KB175345

선생님이 알아서는 안 되는 학교 폭력 일기

不能讓老師發現的霸凌日記

쿤룬 삼부곡 2

쿤룬 지음 | 강초아 옮김

선생님이 알아서는 안 되는 학교 폭력 일기

한스미디어

⋆ 일러두기 : 모든 각주는 옮긴이 주입니다.

소녀는 스스로 손목을 그었다가

자신이 흘린 피 웅덩이에서 깨어났다.

차례

1

그 안에 '무엇'이 숨겨져 있었다.

흔들흔들. 어른어른.

페이야培雅는 흐리멍덩한 상태로 끈적끈적하고 서늘한 액체 웅덩이에 잠겨 있었다. 자신의 몸에서 흘러나온 액체다. 따스한 몸을 벗어난 액체는 금세 식어 버렸다. 페이야는 정신을 차리려 애쓰며 간신히 눈을 떴다. 주변은 온통 붉었고 피 냄새가 진동했다.

천천히 오른손을 들어 올리니 핏방울이 비처럼 쏟아졌다. 페이야의 얼굴은 손목의 상처에서 흘러나온 피로 점점이 얼룩졌다. 상처가 꽤 깊었지만 통증은 없었다. 페이야는 이대로 죽을 때까지 피가 흐르게 내버려 둘지 고민했다.

그 순간 상처가 쩍 벌어졌다. 그 안에 '무엇'이 숨겨져 있었다. 살에 파묻힌 눈알 한 쌍. 페이야는 겁이 났다. 도망치고 싶었지만 불가능했다. 그것은 페이야의 몸 안에 있으니까.

상처 안에서 뻗어 나온 피 묻은 손가락이 상처를 찢듯이 벌렸다. 페이야는 그것과 오른 팔뚝 전부를 몸에서 떼어내려는 듯 손을 마구 털었다. 하지만 소용없었다. 그것은 어느새 상처에서 빠져 나와 바닥에 툭 떨어졌다. 아기가 태어나는 것처럼.

상처에서 나온 것은 한 소녀였다. 소녀는 양 무릎을 가슴 앞으로 모아 끌어안은 채 덜덜 떨었다. 피가 엉겨 붙은 긴 머리카락이 소녀의 몸 위로 축 늘어져 있었다. 소녀는 머리카락 사이로 페이야를 노려봤다. 원한이 가득한 시선에 페이야는 온몸의 솜털이 쭈뼛 섰다.

소녀가 갑자기 페이야의 목을 조르기 시작했다. 페이야는 버둥거리며 소녀의 팔을 밀어냈지만, 소녀는 반드시 페이야를 죽이고야 말겠다는 듯 몸에서 힘을 풀지 않았다. 페이야는 상황을 이해할 수가 없었다. 하지만 소녀의 얼굴을 보자마자 발버둥 치던 걸 멈췄다.

소녀는 바로 페이야 자신이었다.

잠에서 깬 페이야는 황급히 목 주변을 주물렀다. 목이 졸리던 감각이 생생했다. 심호흡을 하며 마음을 가라앉히려 애썼다. 오른손을 들어 이리저리 살펴봤지만 다행히 손목은 매끈했다. 상처 따위는 없었다. 그저 악몽을 꿨을 뿐이다.

이마에 맺힌 식은땀을 훔친 뒤 휴대전화를 켰다. 오전 5시 16분. 세상의 모든 소리가 죽어 버리기라도 한 듯 주위가 고요했다. 창이 없는 방이라 흐린 수면등이 유일한 빛이었다. 은은한 노란색 불빛이 방을 절반 정도 비췄고, 나머지 절반은 어둠에 잠겨 있었다. 페이야의 침대는 빛과 어둠이 나뉘는 경계선에 위치했다.

페이야는 모로 누우며 이불을 꽉 끌어안았다. 온힘을 다해 안아도 무언가 부족한 듯해 얼굴까지 푹 파묻었다. 희미하게 '안전하다'는 감각이 차오를 때쯤에야 천천히 팔에서 힘을 풀었다.

이번에는 천장을 향해 바로 누웠다. 수면등이 만들어 낸 그림자가 일그러진 괴물처럼 벽면을 타고 올랐다. 페이야는 아직 이불을 끌어안은 채였다. 가슴을 압박하면 안심이 된다. 불안에 갉아 먹힌 틈새가 조금이나마 채워지는 듯했다.

멍하니 있는 사이 잠기운이 완전히 사라졌다. 계속 누워 있어 봤자 다시 잠들 수 있을 것 같지 않아서 등교 준비를 하기로 했다. 잠옷을 벗자 학생들이 흔히 입는 흰색 브래지어가 드러났다. 쇄골과 어깨 여기저기에 멍이 들었다. 팔뚝에 난 손톱자국에는 벌써 딱지가 앉았다. 허벅지에도 비슷한 상처가 곳곳에 있다.

페이야는 교복 상의를 입고 단추를 채웠다. 다음 순서는 치마와 무릎 위까지 올라오는 까만 양말이다. 최대한 양말을 끌어당겨서 무릎에 든 멍을 가렸다. 겉으로 봐서는 몸이곳저곳에 상처가 있는 줄 아무도 모를 것이다.

방문을 열자 빗소리가 귀를 때렸다. 페이야는 창 쪽으로 다가갔다. 비에 젖은 거리는 평소보다 색이 짙어서 지켜보는 사람의 마음에 음울한 감정을 덮어씌운다. 예쁘게 생겼지만 미간에 어두운 그림자가 드리운 페이야 자신과 닮았다.

페이야가 사는 집은 넓은 편이다. 관리가 잘 된 가구는 사용감이 없어서 전시용 제품 같다. 둘째 고모의 성격 때문이다. 전체적으로 나쁘지 않은 거주 환경이지만 페이야 입장에서는 겉만 번드르르하다고 느껴질 뿐이다. 페이야가 원하는 것은 진짜 가족, 진짜 집이니까.

고모 부부의 방 앞을 지날 때는 발뒤꿈치를 들고 살금살금 걸었다. 고모는 시끄러운 걸 질색해 작은 발소리에도 신경질이 폭발하곤 했다. 페이야는 이 집에 들어온 첫날부터 고모의 폭풍우 같은 성질을 경험한 바 있었다.

페이야는 우산 하나를 꺼낸 뒤 조심스럽게 문고리를 돌렸다. 소리 없이 현관문을 열기 위해서다. 고모가 깨지 않았는지 재차 확인한 후에야 곤두선 신경이 조금 느슨해졌다.

우산을 쓰고 아파트 단지를 가로질렀다. 빗줄기가 제법 굵어서 거리에 크고 작은 물웅덩이가 생겼다. 웅덩이를 밟을 때마다 운동화에 흙탕물이 튀었고 책가방과 치맛단도 축축해졌다. 끔찍한 날씨였다.

아직 버스가 다닐 시간이 아니라서 편의점으로 향했다. 거기서 아침 식사를 때울 생각이었다. 자동문이 열리는 알림음이 울리고, 따뜻한 커피 향기와 삶은 달걀을 졸이는 간장 냄새가 콧속으로 스며들었다.

"어서 오세요!"

목소리만 들리고 사람은 보이지 않는 걸 보니 진열대를 정리 중인 것 같았다. 페이야는 샌드위치와 밀크티를 집어 들고 계산대로 향했다. 점원은 그사이 계산대에 돌아와 있었다. 안경을 쓴 남자는 대학생처럼 보였는데, 예의 바른 태도에 세상 물정도 잘 알 것 같은 느낌을 풍겼다. 하지만 헐렁한 유니폼 때문인지 약간 칠칠치 못해 보였다.

"전부 해서 49타이완달러입니다. 50타이완달러 받았습니다. 여기 거스름돈과 영수증입니다. 고맙습니다." 미소를 띤 점원은 잘 프로그래밍된 로봇처럼 빠르고 정확하게 움직였다.

페이야는 창가 자리를 골라 앉았다. 시간이 지날수록 거리에 사람과 차가 늘어났다. 비가 끊임없이 유리창을 두드렸지만 페이야의 시선을 끌지는 못했다. 빗방울은 구불구불 창 위를 미끄러지다 벽면 아래의 이끼 틈새로 사라졌다. 멍하니 창밖을 바라보던 페이야는 한참이 지나서야 샌드위치를 한 입 베어 물었다. 고무를 씹는 듯했다.

선택이란 게 가능했다면 학교에 가지 않았을 텐데. 페이야는 쇄골 위를 꾹꾹 눌렀다. 멍든 자리가 아팠다. 하지만 물러난다면 패배하는 것이다. 그럴 수는 없다. 절대로 물러나지 않을 테다. 그렇잖아도 없던 입맛이 아예 사라졌다. 샌드위치를 미련 없이 포기한 페이야는 책가방을 멨다.

계산대를 지나치는데, 점원이 페이야를 불러 세웠다.

"별일 없는 거죠?" 그가 물었다. 연못에 빠진 작은 동물을 구하려고 손을 뻗는 사람 같은 태도였다. 선의로 한 질문이었겠지만 너무 갑작스러웠다. 페이야는 어떻게 대답해야 할지 몰라서 어색하게 시선을 피했다. 그러다가 '류촨한劉傳翰'이라 적힌 이름표에 눈길이 닿았다.

"아니, 작업 걸거나 그런 건 아니고요." 점원도 페이야만큼이나 어색한지 급히 변명했다. "딱 봐도 안 좋은 상황인 것 같아서……."

확실히 그랬다. 상황은 좋지 않았다. 그렇게 티가 나는 걸까? 지나가는 사람조차 알아볼 만큼 제 얼굴이 우울해 보일 줄은 몰랐다. 페이야는 고개를 저어 점원의 오지랖을 무시했다. 편의점에서 나오자마자 차가운 바람과 빗방울이 얼굴을 때렸다. 페이야는 머리카락을 한데 모아 묶었다. 어깨 위에 흐트러져 있는 것보다는 좀 더 안전하게 느껴지니까. 숨을 깊게 들이마셨다. 불안감을 있는 힘껏 폐 속에 밀어 넣고 꼭꼭 숨겼다.

절대로 약한 모습을 보이지 않아야 한다. 등교할 시간이다.

둘째 고모에게 맡겨진 페이야는 원치 않는 전학을 했다. 수속은 간단했지만 고모 집에서 좀 떨어져 있는 학교라 버스를 타고 통학해야 했다.

비가 오는 날이면 버스엔 승객이 평소보다 많고 운행 속도는 그만큼 느려진다. 페이야가 탔을 때는 이미 빈자리가 없었다. 페이야는 승객들 틈에 끼어 손잡이를 잡고 섰다. 버스는 가다 서다를 반복하며 계속 흔들렸다.

페이야는 7시 30분 전에 학교에 도착했다. 생활지도부장 선생님이 교문 앞에 서서 학생들을 경멸하는 눈초리로 훑어봤다. 그는 꼭 노예상인 같았고, 학생들은 끌려온 노예처럼 보였다. 페이야는 그런 눈빛을 못 본 척하는 데 이골이 났다. 그녀는 선생님을 피해 멀리 돌아서 교실로 향했다.

책상과 의자가 삐뚤빼뚤하게 줄지어 있는 교실로 들어갔다. 학생들은 삼삼오오 둘러앉아 아침거리로 사온 음식을 먹으며 떠들고 있었다.

반에서 고립되어 있는 페이야는 자리에 앉자마자 교과

서를 폈다. 예전 학교에서는 학급 석차 3등, 전교 석차 20등 바깥으로 밀려난 적이 없었다. 하지만 급하게 전학 절차를 밟는 바람에 새 학교에서는 성적 우수자 반에 들어가지 못했고, 심지어 교사들이 제발 사고만 치지 않기를 비는 문제아 반에 배치되고 말았다.

고등학교 입학시험이 코앞인데도 반 애들은 평소와 다름없이 희희낙락이었다. 페이야는 주변 환경에 흔들리지 않고 자신을 채찍질했다. 수업시간에는 선생님 말씀에 집중했고, 교과서와 공책에는 필기한 내용이 빼곡했다. 물론 선생님이 열심히 수업을 진행하는 경우에만 그랬고, 그렇지 않은 선생님일 때는 자습을 선택했다. 하지만 페이야의 교과서가 너덜너덜한 이유는 필기를 열심히 해서만이 아니었다.

"야, 모범생. 아침부터 공부야? 착한 척하기는."

거침없는 조롱에 뒤이어 페이야의 교과서가 바닥으로 떨어졌다. 교과서를 밀어내고 책상 위에 얹힌 것은 손이었다. 야시장에서 산 싸구려 반지를 몇 개나 낀 손가락과 검은색 매니큐어가 얼룩덜룩 발린 손톱.

페이야는 화를 참으며 고개를 들었다. 손의 주인은 가지런히 자른 앞머리를 눈썹까지 덮는 최신 유행 헤어스타일을 한 여자애였다. 그 옆으로 여학생 몇 명이 시녀처럼 둘러섰다. 다들 비뚜름한 미소를 짓고 있었다.

앞머리 여자애가 가슴 앞으로 팔짱을 끼며 '노는 애'의 트레이드마크인 짝다리를 짚었다. 겨우 중학생인 주제에 스스로 '구이메이鬼妹'* 같은 살기등등한 별명까지 지었다.

"착한 척한다는 말 들으니까 찔리냐?"

말없이 일어나 교과서를 주우려 했지만 구이메이는 억지로 페이야를 자리에 앉혔다. "야, 전에 있었던 일도 아직 안 끝난 거 알지? 수업 끝나고 서관 화장실로 와. 안 오면 어떻게 되는지 두고 봐!"

구이메이는 거들먹거리면서 홱 돌아섰다. 떠나면서 페이야의 교과서를 짓밟는 것도 잊지 않았다. 시녀들은 잘 훈련된 개처럼 구이메이의 뒤를 따랐다. 여자애들은 자리로 돌아가서도 한참을 떠들며 페이야를 비웃었다.

"깔깔깔, 너 말 진짜 못되게 한다!"

"못된 건 재야! 어디서 착한 척이람."

"저년, 가만 안 둘 거야."

"2반 애들도 불러."

* 악귀 같은 여자라는 의미의 별명.

2

구해 주는 대가는 라인*Line*으로

수업이 끝나기 30분 전에 선생님이 자습을 지시하고 교실을 나갔다. 사실 선생님이 있거나 말거나 큰 차이는 없다. 어차피 아이들은 수업 중에도 딴짓을 하며 떠든다. 다만 이번 '자습'은 구이메이와 시녀들에게 교실 앞문과 뒷문을 모두 점거할 짬을 주었다.

어차피 도망칠 마음 따위 없던 페이야는 교과서와 필통을 가방에 챙겨 넣고 구이메이 무리를 똑바로 쳐다봤다. 구이메이는 작은 빗으로 앞머리를 빗고 또 빗었다. 머리카락이 한 올이라도 흐트러지면 참을 수 없는 듯했다. 그녀는 페이야를 주시하며 입술을 끌어올려 소리 없이 뭐라고 말했다. 보나마나 듣기 싫은 욕지거리를 내뱉었을 터였다.

종이 울렸다. 페이야는 가방을 메고 곧장 구이메이 쪽으로 갔다. 다른 애들이 전부 고개를 돌려 둘을 쳐다봤다. 구이메이가 아침에 한 말을 모르는 학생은 없었다. 다들 오늘도 페이야가 고생깨나 하겠다고 생각했다.

구이메이는 전학 온 첫날부터 페이야를 괴롭혔다. 페이야가 가정교육을 잘 받은 모범생처럼 보여서 눈꼴이 시었던 걸까? 아무도 이유를 몰랐다. 알려고 하지도 않았다. 반 아이들은 페이야가 괴롭힘당하는 걸 방관했고, 자기도 엮일까 봐 전염병 환자 보듯 페이야를 피했다. 페이야는 반에서 철저한 외톨이였다. 반대로 교사들에게는 신임을 받았는데, 그 사실이 구이메이를 더 짜증 나게 했는지 선생님한테 이르면 가만두지 않겠다고 자주 을러댔다.

사실 선생님에게 알리는 건 좋은 방법이 아니다. 아빠가 교사였기 때문에 페이야는 이런 사건에서 학교와 교사가 어떤 입장을 취하는지 잘 알았다.

그리고 아빠는 이제 페이야에게 어떤 조언도 해 줄 수 없었다…….

아빠가 당한 일에 비하면 이건 아무것도 아니야.

페이야는 주먹을 꼭 쥐고 구이메이를 똑바로 보면서 성큼성큼 걸어갔다.

"뭘 봐." 구이메이가 빗을 집어넣자 시녀들이 포위하듯 페이야를 둘러쌌다. 조직폭력배가 힘없는 시민을 겁박하는 영화 장면 같았다.

구이메이가 서관 화장실을 고른 이유는 명백했다. 그곳이 학교에서 가장 은밀한 장소였기 때문이다. 그 근처에는 자주 사용하지 않는 특별실과 창고 대용으로 쓰이는 빈 교실밖에 없었다. 그래서 무언가 말썽을 일으키려는 애들 외에는 아무도 오가지 않는다.

페이야를 붙잡은 구이메이 일당은 하교하는 학생들과 반대 방향으로 움직였다. 낯선 얼굴들이 페이야의 옆을 스쳐 지나갔다. 이들과 자신은 똑같은 중학생이지만 서로 완전히 다른 방향으로 나아가고 있었다. 페이야는 불현듯 자기 삶이 평범한 중학생의 모습에서 벗어났다는 사실을 깨달았다. 등교한 뒤 수업을 듣고 집에 돌아가면 가족들이 기다리는 나날은 이제 돌아오지 않는다. 동생은 지금 어떻게 지내고 있을까? 큰고모가 잘해줄까? 아빠가 돌아가신 뒤 큰고모와 둘째 고모가 페이야와 동생을 각각 한 명씩 맡았다. 구시대적 남아선호사상 때문인지 큰고모는 남동생만 데려가겠다고 선언했고, 페이야는 둘째 고모에게 떠넘겨졌다.

페이야는 답답했다. 왜 구이메이 같은 애와 실랑이하며 시간을 낭비해야 하지? 해가 바뀌면 고등학교 입학시험이 시작된다. 지금은 공부에 매진해야 할 때였다. 페이야는 이 학교에 오고 나서야 모든 학생이 성적에 신경 쓰며 살지 않는다는 걸 알게 되었다. 어떤 애들은 공부를 똥 덩어리처럼 생각했고, 매일 먹고 놀고 나쁜 짓을 하는 데만 관심이 있었다.

바로 지금처럼.

서관 건물에 가까워지자 하교하는 학생들이 뜸해졌다. 건물 사이를 잇는 복도에는 페이야와 구이메이 일당만 남았다. 비 오는 학교는 어둡고 생기가 없었다. 빗줄기가 점점 거세졌다.

모퉁이를 돌아 복도 끝에 이르자 화장실이 보였다. 담배 냄새가 났다. 망을 보던 남학생들이 구이메이를 발견했고, 그중 한 명이 안쪽을 향해 외쳤다.

"어이! 구이메이가 누굴 데리고 왔는데. 전학 왔다는 그 여자앤가 봐."

남학생 몇이 건들대며 밖으로 나왔다. 기세로 보나 덩치로 보나 밖에 있던 애들보다 훨씬 불량해 보였다. 체육복 윗도리 안에 사복을 입었고, 교복 바지도 멋대로 통을 줄였다. 머리카락을 밝은 자주색으로 염색한 남학생이 구이메이의 얼굴에 담배 연기를 뿜었다.

"오오, 안면 분사냐!" 옆에 있던 남학생이 키들거렸다.

"분사 좋아하네! 야, 연기 아무데나 뱉지 말랬지!" 짜증을 내는 구이메이의 말투에는 애교가 섞여 있었다. 주먹 쓰는 걸로 유명한 애들이라 건드려서 좋을 게 없기 때문이다. 특히 자주색 머리 남학생은 사채업자의 아들인데, 학교 바깥의 불량배들과도 자주 어울렸다.

"너, 또 누굴 괴롭히고 다니는 거야?" 자주색 머리가 구이메이 일당을 쓱 훑어보더니 페이야의 어깨에 손을 올리려 했다. 그 손을 피해 뒤로 물러서던 페이야는 시녀들 중 한 명과 부딪혔다. 그 애는 욕설을 뱉으며 페이야를 밀쳤고, 균형을 잃은 페이야는 자주색 머리 남학생 쪽으로 넘어졌다. 자주색 머리는 피하기는커녕 페이야를 받아 안았다. 그의 몸에서는 땀 냄새와 헤어 왁스 냄새가 났다. 더럭 겁이 난 페이야가 남학생을 떠밀었다.

"속 좁게 왜 이래? 잠깐 안은 것 가지고." 자주색 머리가 픽 웃으며 왁스를 떡칠한 머리를 쓸어 넘기자 비듬 몇 조각이 바람에 날렸다.

"예쁜 애 앞이라고 젠틀한 척이냐? 엄청 밝히는 주제에." 노랑머리 남학생이 실처럼 가느다란 눈으로 페이야를 훑었다. 노랑머리가 우쭐대며 말했다. "라인* 아이디 알려 주면 내가 널 책임질게. 어때?"

"기사님 납셨네! 멋있다!" 자주색 머리가 손뼉을 치면서 웃어 댔다. 구이메이는 남자애들의 눈치를 살피며 억지웃음을 지었다. 페이야는 수치심 때문에 얼굴이 새빨개졌지만 손끝은 반대로 차갑게 식었다. "필요 없어!"

"무섭다, 무서워!" 노랑머리가 킬킬대며 담배를 입에 물었다. 옆에 있던 남자애가 쏜살같이 불을 붙였다.

"여기서도 남자를 꼬시네, 여우 같은 년!" 구이메이가 페

* 타이완에서 주로 쓰는 메신저 앱.

이야의 멱살을 잡고 여자 화장실로 밀어 넣었다. 어두컴컴하고 습한 화장실에서는 싸구려 방향제와 담배 냄새가 났다. 벽면 한쪽에 설치된 환풍기가 윙윙 돌며 차갑고 축축한 바깥 공기를 들여보내고 있었다. 어느 모로 보나 공포 영화의 한 장면이었다. 귀신이 나오지 않는다는 것만 빼면.

짝! 구이메이는 다짜고짜 페이야의 뺨을 때렸다. 화끈거리는 통증과 함께 왼쪽 귀에서 이명이 울렸고, 현기증까지 났다.

"며칠 전에는 잘만 대들더니? 어디 또 덤벼 봐!" 구이메이가 사납게 소리쳤다.

페이야는 지지 않고 구이메이에게 손을 휘둘렀다. 짝 하고 큰 소리가 났다. 남자 화장실에 있던 녀석들이 무슨 일인가 하고 구경하러 올 정도였다. 구이메이는 충격을 받은 듯 벌겋게 부은 볼을 손으로 감싼 채 말을 제대로 잇지 못했다. 페이야는 숨을 헐떡였다. 손바닥이 바늘 수십 개에 찔린 듯 얼얼했다.

구이메이는 페이야의 반격에 어찌할 바를 몰랐다. 페이야 역시 한 대 때린 뒤에는 어떻게 해야 하는지 알지 못했다. 누군가를 때리는 것은 물론이거니와 말싸움도 거의 해본 적이 없었기 때문이다. 방금 구이메이의 뺨을 때린 건 거듭되는 괴롭힘 때문에 쌓인 감정이 저도 모르게 폭발해 벌어진 일이었다. 그게 페이야 인생의 첫 폭력이었다.

"이년이!" 구이메이의 시녀 중 한 명이 페이야를 거칠게 밀쳤다.

그사이 정신을 차린 구이메이가 미친 사람처럼 소리를 지르며 달려들었다. 페이야는 점점 구석으로 몰렸다. 어느새 팔로 머리를 감싸고 바닥에 웅크린 채 주먹질과 발길질을 견디는 상황이 되었다.

맥없이 얻어맞기만 하던 페이야는 반격했다. 한참 팔다리를 휘둘러 힘이 빠진 구이메이의 발목을 잡아당긴 것이다. 구이메이는 중심을 잃고 옆에 서 있던 시녀 한 명과 한 덩어리가 되어 굴렀다. 머리카락이 산발이 된 그녀는 별명 그대로 악귀 같은 꼴이었다. 가지런히 빗었던 앞머리도 엉망진창이었다. 구이메이가 뭐라고 고함을 치며 페이야를 할퀴려 들었다. 페이야는 저도 모르게 한 손으로 구이메이의 손목을 붙잡고, 남은 한 손으로 무방비 상태인 아래턱을 올려쳤다.

그 바람에 혀를 깨문 구이메이가 페이야를 힘껏 밀쳤다. 입을 감싼 손에 뻘건 피가 섞인 침이 묻어 나오자 구이메이가 다시 달려들었다. 시녀 둘도 합세했다. 이번에는 페이야도 반격하지 못하고 고스란히 얻어맞았다. 쏟아지는 폭우를 피하지 못하듯. 페이야의 몸에 가득한 멍들은 이렇게 생겼다. 며칠 전에도 바로 이곳에서, 이런 식으로 구이메이 패거리에게 구타당했다.

흰색 교복 블라우스에 발자국이 수없이 찍혔다. 단추가 뜯겨 나가 브래지어가 다 보였다. 볼과 목덜미엔 땀과 흙으로 범벅이 된 머리카락이 들러붙었다. 페이야는 얻어맞으면서도 구이메이를 죽일 듯이 노려봤다.

땀을 뻘뻘 흘리며 페이야를 때리던 구이메이는 화가 좀 가라앉았는지 빗을 꺼내 흐트러진 앞머리를 다듬었다. 그녀는 욱신거리는 손목을 털면서 페이야를 향해 경고를 날렸다. "오늘은 이만 봐준다. 그렇지만 명심해. 이게 끝이라고 생각하지 마. 또 잘난 척하면 아는 오빠한테 부탁해서 사람 백 명 정도 부르는 건 껌이야. 얌전히 지내라고!"

구이메이는 시녀들을 데리고 화장실을 떠났다. 구경하러 모인 남학생들도 뿔뿔이 흩어졌다. 난투극이 드디어 막을 내렸다.

페이야는 화장실 벽에 기대어 앉았다. 차가운 타일에 닿은 뺨이 화끈거렸고 몸 구석구석 아프지 않은 곳이 없었다. 한참 지나서야 몸을 일으켜 주름진 교복을 폈다. 하지만 뜯긴 단추를 되돌릴 수는 없어서 고개를 숙이자 가슴과 배가 훤히 보였다. 정말 난감했다.

거울 앞으로 다가간 페이야는 멍하니 자기 모습을 바라봤다. 머리는 헝클어졌고, 입가는 찢어져 피가 났다. 그 몰골에 실소가 터졌다. 처량하고도 무기력한 웃음이었다. 페이야는 삶이 예전과는 완전히 달라졌음을 뼈저리게 느꼈다. 아예 다른 사람이 되어 버린 것 같았다. 페이야의 인생은 어느 시점 이후로 궤도를 벗어난 열차처럼 점점 더 잘못된 방향으로 달리고 있었다.

언제부터였을까? 페이야는 머리카락을 헤집었다. 거울 속 얼굴이 낯설었다. 이게 정말로 나야?

3

거친 여자로 진화한 소녀는 마땅히 교수형에 처해야 한다.

집으로 가는 길은 멀기만 했다.

페이야는 단추가 없어져 잠그지 못한 앞섶을 가리려 책가방을 앞으로 멨다. 가방을 보물단지처럼 끌어안고 버스를 탔다. 버스 안 사람들의 얼굴은 하나같이 무표정했고, 퀭한 눈으로 창밖을 응시하거나 휴대전화에 고개를 처박고 있었다. 청량했던 아침 버스와 달리 붐비고 온갖 좋지 않은 냄새가 풍겼다.

노약자석에 앞뒤로 앉은 두 아주머니가 수다를 떨었다. 앞에 앉은 아주머니는 뒤를 돌아볼 때마다 팔로 옆에 앉은 사람을 쳤는데, 자기가 그러는 줄도 모르는 듯했다. 옆자리 승객의 표정은 점점 굳어졌다. 아주머니들이 페이야를 흘끗거렸다. 긴 세월 갈고 닦은 눈치로 이상한 점을 포착한 듯했다.

"저기 봐, 저 여학생 좀 이상한 것 같아." 앞자리 아주머니가 은밀한 이야기라도 하듯 목소리를 깔고 페이야를 슬쩍 손가락질했다. 가방으로 가슴은 가렸지만 아래쪽은 블라우스를 여미지 못한 게 보였다.

"에구머니! 요즘 애들은 무슨 생각을 하는지 모르겠다니까. 옷도 제대로 안 입고 돌아다니고 말이야!" 뒷자리 아주머니가 버스 안에 다 들리게 말했다.

"우리 딸도 그래, 밖에서 대체 뭘 하는지. 잔소리 좀 했더니 대들기나 하고!" 앞자리 아주머니가 맞장구쳤다.

주변 승객들, 특히 남자들이 호기심 어린 눈으로 '옷도 제대로 안 입은 여자애'를 힐끔거렸다. 페이야는 못 들은 척하며 이를 악물고 수치심과 분노를 억눌렀다. 약한 모습을 보이기 싫어서 오히려 등을 꼿꼿이 세웠다.

버스에서 내린 페이야는 시간을 확인했다. 둘째 고모가 집에 있을 시간이다. 퇴직 공무원인 둘째 고모는 평일에는 항상 옛 동료들과 모임을 갖는다. 커피를 마시거나 영화를 보거나 나들이를 가는 모임이었다. 그런 다음 저녁 7시 전에 집으로 돌아왔다. 지금이 마침 7시였다.

고모의 집은 아파트 2층에 있었다. 이곳은 주로 회사원이나 군인, 공무원, 교사가 사는 아파트 단지였다. 페이야는 조심스럽게 열쇠를 꽂고 소리 나지 않게 잠금을 풀었다. 그다음 최대한 무음에 가깝게 문고리를 돌렸다. 문을 살짝 열고 그 틈으로 동정을 살피는데, 하필이면 고모가 현관에 있었다. 페이야를 발견한 고모의 날카롭고 길쭉한 얼굴이 서서히 일그러지며 눈썹이 치켜 올라갔다.

"장페이야張培雅!"

중간관리자까지 지낸 적 있는 고모는 부하직원을 질책하듯 소리를 질렀다.

숨을 데가 없었던 페이야는 체념하고 집에 들어갔다. 곧장 잔소리가 쏟아졌다. "너 이게 무슨 꼴이니! 밖에서 뭘 하고 다니는 거야? 당장 설명하지 못해?"

"어쩌다 보니……." 페이야는 자세히 설명할 생각이 없었다. 지금까지의 경험으로 미루어 보면, 고모는 학교 폭력을 당하고 있다고 사실대로 말해도 도움의 손길을 줄 사람이 아니었다. 오히려 상황을 악화시키기만 할 터였다.

"어쩌다 보니? 넌 내가 바보로 보여? 말도 안 되는 거짓말 하지 마라. 나중에 네 아빠 린칭霖青을 어떻게 보려고 이래? 남자 혼자 힘들게 애들을 키웠는데, 린칭이 떠나자마자 이렇게 막 나가다니!"

슬픔이 고모의 얼굴을 뒤덮었다. 고모는 목이 막히는 듯 기이한 소리를 냈다. 꼭 비염에 걸린 바다사자의 숨소리 같았다. 현관에서 꼼짝도 못하고 서 있던 페이야는 뒷목에 소름이 돋았다. 최대한 빨리 이 자리에서 벗어나고 싶었다. 고모가 발작을 일으키면 얼마나 더 시달릴지 알 수가 없었다.

페이야의 마음을 읽기라도 한 듯, 고모가 현관문을 거칠게 열며 말했다. "나가! 나가라고! 밖에서 반성해!"

마침 2층으로 올라오던 이웃사람이 고모의 난리법석을 목격하고는 계단참에서 오도 가도 못하고 있었다. 고모는 이웃을 보자 바로 태도를 바꿨다.

"아주머니, 우스운 꼴을 보여 드려 죄송합니다. 얘가 제 조카딸인데, 요즘 반항기인지 말을 안 들어요. 이맘때 애들이 다 그렇잖아요, 아시죠? 그래서 꼭 잔소리를 하게 된답니다. 호호호, 위층으로 올라가시나요? 페이야, 길을 비켜 드리지 않고 뭘 하니?"

페이야는 고모가 시키는 대로 벽에 바짝 붙었다. 아주머니가 위층으로 올라가 시야에서 사라지자 고모는 목소리를 낮춰 경고했다. "내가 들어오라고 하기 전에는 집에 못 들어올 줄 알아. 여기 서서 제대로 반성해!"

페이야는 현관문 밖에 서 있는 동안 같은 건물에 사는 사람들의 발소리와 문 여닫는 소리를 들었다. 그들은 들어올 때든 나갈 때든 전전긍긍하지 않았다. 가족에게 신경질 폭격을 당할까 봐 문을 열 때마다 걱정하는 사람은 페이야뿐인 것 같았다. 그렇지만 독립하려면 대학생이 될 때까지는 기다려야 했다. 지금 중학교 3학년이니 3년 넘는 시간을 더 참아야 했다.

다리의 상처가 아팠지만 벽에 등을 대고 앉아 교과서를 꺼냈다. 독립하려면 지금부터 준비해야 했다. 시간 낭비는 금물이다. 열심히 공부해서 좋은 성적을 받는 게 페이야가 지금 할 수 있는 유일한 일이다. 아빠는 페이야와 동생의 성적에 관심이 많았고, 덕분에 공부하는 습관이 몸에 배었다. 하지만 종일 쌓인 피로가 페이야를 짓눌렀다. 파도처럼 밀려오는 묵직한 피로감에 눈꺼풀이 스르르 감겼다. 그녀는 차갑고 딱딱한 바닥에서 주변 상황도 잊고 금세 깊이 잠들었다.

그러다 눈을 떴을 때 페이야는 자기가 어디에 있는지 잠시간 알아채지 못했다. 정장 바지에 감싸인 다리가 보였다. 반짝반짝 잘 닦인 가죽구두가 바지 끝으로 삐죽 나와 있었다. 시선을 들어 올리자 다리의 주인이 페이야를 내려다보고 있었다.

괜한 생각인지도 모르지만 페이야의 오므린 허벅지 사이를 빤히 보고 있는 것 같았다. 잠기운이 싹 달아났다. 둘째 고모부였다.

페이야가 깬 것을 알아차린 고모부가 천천히 허벅지에서 시선을 떼고 인자한 미소를 지으며 물었다. "왜 밖에서 이러고 있니?"

페이야는 대답하지 않았다. 솟구치는 역겨움을 누르느라 대답할 수가 없었다. 그녀는 방어적인 태도로 교복 치마를 끌어내렸다. 페이야의 행동은 누가 봐도 확실한 의미를 담고 있었고, 고모부 역시 그 의미를 알아차렸다. 고모부는 겉으로만 웃는 기묘한 미소를 지으며 혼잣말하듯 말을 이었다. "네 고모한테 쫓겨났나 보지? 성질 좀 죽이라고 몇 번이나 말했는데도 들을 생각이 없나 보다. 네가 고생이 많구나."

고모부는 한숨을 쉬더니 몸을 숙였다. 등 뒤가 벽만 아니었다면 페이야는 할 수 있는 한 뒤로, 더 뒤로 물러났을 것이다. 고모부에게서 최대한 멀리.

"같이 들어가자꾸나." 고모부가 손을 뻗었다. 페이야는 팔뚝을 잡고 일으키는 손길에서 달아나고 싶었지만, 의식주를 둘째 고모 집에서 해결하는 처지라 강하게 저항하지 못했다. 고모부가 손에 힘을 주었다. 손가락이 살 속으로 파고들어 아팠다.

페이야는 책가방을 꽉 안고서 천천히 일어섰다. 고모부는 일부러 그러는지 아닌지 알 수 없는 눈초리로 페이야의 여미지 못한 교복 안쪽을 힐끗 쳐다봤다. 가슴이 보였을 테지만 어떻게 할 도리가 없었다. 페이야는 수치심에 입술만 깨물었다. 고모부는 팔을 놓지 않은 채 다른 손으로 열쇠를 꺼내 문을 열었고, 페이야를 세게 잡아당겨 문 안으로 밀어 넣다시피 했다.

거실에서 한국 드라마를 보고 있던 고모가 현관문 여는 소리에 고개를 돌리더니 페이야를 보고 벌컥 화를 냈다. "걜 왜 들여보내는 거야? 저 꼴 좀 봐! 밖에서 무슨 짓을 하고 다니는지 모르겠다니까!"

"넌 먼저 들어가렴." 고모가 난리를 치자 고모부도 어쩔 수 없었는지 겨우 페이야를 놓아 주었다.

페이야는 뒤듯이 방에 들어가 문을 잠갔다. 문에 등을 대고 한참 동안 숨을 골랐다. 고모부가 꽉 잡았을 때의 촉감이 팔뚝에 여전히 남아 있었다. 그게 너무 싫었다. 가방을 내려놓은 페이야는 불도 켜지 않고 방 한쪽 구석에 웅크렸다. 방문을 닫아도 들리는 고모의 저주와 욕설을 듣지 않으려고 귀를 막았다.

어둠 속에서 꼼짝도 않는 페이야의 머릿속에선 온갖 생각이 빙글빙글 돌아다녔다. 고모부의 웃는 얼굴이 몇 번이나 떠올랐다가 일그러지면서 사라졌다. 구이메이와 그 일당은 무섭지 않았다. 고모부야말로 페이야가 가장 두려워하는 사람이었다. 고모부는 무슨 핑계든 찾아내 항상 페이야를 만지려 들었다. 처음에는 어른이 아이를 귀여워하는 거라 생각했지만, 시간이 지날수록 무언가 이상하다는 느낌이 들었다.

페이야를 바라보는 시선이 특히 이상했다. 어떨 때는 사랑스럽게 여기는 것 같았고, 어떨 때는 음침하고 탐욕스러웠다. 소유욕을 느끼는 이성異性의 눈빛이었다.

옷장에 넣어 둔 속옷을 누군가 건드렸던 날이 가장 무서웠다. 처음에는 편집증이 폭발한 고모가 페이야의 방을 불시에 검사했다고 생각했다. 하지만 곧 직감적으로 고모부의 짓이라는 걸 알아차렸다. 그날 이후 페이야는 방에 들어오면 바로 문을 잠갔고, 잠들기 전에는 문이 제대로 잠겼는지 몇 번이나 다시 확인하곤 했다. 고모가 난리를 칠게 뻔해서 시도하진 않았지만, 페이야는 자기 방문의 문고리를 교체하고 열쇠를 따로 보관하고 싶다는 생각을 수없이 했다.

역겨웠다. 너무도 역겨웠다. 어디도 안전하지 않았다. 아빠가 돌아가신 뒤 페이야는 자신이 얼마나 무력한 존재인지, 다른 사람들에게 휘둘리며 살아야 하는 처지가 어떤 것인지 아프게 깨달았다. 방 바깥에서 목소리가 점점 뜸해졌다. 드디어 밤이 깊었다.

페이야는 고모 부부가 잠든 틈에 목욕하기로 했다. 그래야 목욕한 후 욕실에서 나갈 때 욕실 문 앞에 버티고 선 고모부와 마주치지 않는다. 욕조에 몸을 뉘었더니 물이 꽤 뜨거웠지만, 굳은 근육을 풀고 방과 후 생긴 타박상을 완화하기에는 딱 좋았다.

목욕을 마친 페이야는 발뒤꿈치를 들고 조용히 방으로 돌아와 방문을 잠갔다. 자정이 지났지만 잠이 오지 않았다. 이곳을 벗어날 방법을 찾느라 머릿속이 복잡했다. 하지만 아빠가 돌아가신 뒤 페이야를 맡겠다고 나선 다른 사람이 없었다. 그래서 둘째 고모네로 오게 된 것이다.

페이야는 충동적으로 청바지와 티셔츠를 입고 후드 달

린 아디다스 검은색 바람막이 외투를 걸쳤다. 주머니에 휴대전화, 열쇠, 지갑을 챙겼다. 이 외투를 입을 때마다 그리움이 깊어졌다. 아빠가 페이야와 동생을 데리고 나가서 사준 옷이었는데, 남매가 약속이나 한 듯 같은 옷을 골랐다. 페이야가 아빠에게 받은 마지막 선물이었다.

페이야는 아빠의 죽음을 직접 목격했다. 머리가 부자연스러운 각도로 돌아가 있었고, 둔기에 맞아 으스러진 오른손은 고깃덩이처럼 보였다. 시체에서 시작된 핏자국이 뒤로 길게 이어져 있었다. 아빠는 죽기 전에 필사적으로 도망치려 했던 것 같다.

아빠가 목이 꺾여 죽었다는 건 나중에 알게 되었다. 그게 마지막으로 전해 들은 소식이었다. 그 후로는 어떤 정보에도 접촉할 수 없었다. 큰고모가 경찰과의 연락을 혼자 책임지는 듯했다. 한참 시간이 흘렀는데 범인은 잡히지 않았다.

페이야는 범인의 얼굴도 보았다. 동생과 같이 여름방학 캠프에 갔다가 집에 돌아왔을 때, 아빠의 시체 옆에 그가 있었다. 깨끗한 인상의 소년으로, 흉악한 살인을 저지른 범죄자라고는 상상하기 힘들었다. 카페에서 책을 읽거나 모델로 광고 촬영을 하는 게 더 어울릴 법했다.

하지만 그 사람이 아빠를 죽였다.

아빠를 잔인하게 살해한 범인이 전혀 살인자처럼 보이지 않았다는 것보다 받아들이기 어려운 사실은 따로 있었다. 페이야는 아빠의 죽음이 그다지 슬프지 않았다. 이혼 후 혼자서 아이들을 키운 아빠는 언제나 상냥했다. 하지만 사랑받는다는 느낌은 들지 않았다. 페이야는 아빠가 무언가에 탐닉한다는 점을 예민하게 알아차렸다. 탐닉의 열정은 자식에게 보여 주는 관심보다 깊고 뜨거웠다. 그 사실이 아빠의 죽음보다 더 힘들었다.

페이야는 더 혼란에 빠지기 전에 생각을 멈췄다. 새장이나 다름없는 고모 집을 빠져나와 한 발 한 발 계단을 내려갔다. 아파트 단지 입구의 경비실을 지날 때 푸둥푸둥한 몸집의 경비원이 문 앞에서 담배를 피우는 게 보였다.

"이렇게 늦은 시간에 어딜 가니?"

"야식을 사려고요." 페이야는 미리 준비해 둔 이유를 댔다.

"여자애가 늦게 돌아다니면 위험해. 곧 비도 올 것 같은데, 우산은 있니? 하나 빌려줄까?" 경비원이 친한 척 말을 붙였다.

"후드가 있어서 괜찮아요." 길게 이야기를 주고받을 마음이 없었던 페이야는 경비원이 또 입을 열기 전에 얼른 단지 밖으로 나갔다.

깊은 밤 골목에는 가로등 불빛뿐이었다. 하늘의 별들은 일찌감치 죽어 버렸다. 사위는 고요했고, 마음은 이상할 정도로 편안했다. 새장을 벗어나 자유를 얻은 카나리아가 된 것 같았다.

페이야는 가볍게 허밍을 했다…….

4

생리적 욕구를 해결해야 할 필요성

밤의 도시는 낮과는 완전히 다른 별개의 세계처럼 보였다. 페이야는 지금까지 밤의 세계를 본 적이 없었다. 학교와 학원을 마치면 곧장 집에 들어갔기 때문이다. 페이야는 전과 달라졌다. 갑자기 닥쳐온 변화에 맞춰 억지로라도 자신을 바꿔야 했다.

조용한 세상에 페이야 혼자만 남은 듯했다. 귀를 기울이면 아주 작은 소리도 들릴 것 같았다. 멀리서 들리는 자동차 소리가 인류가 아직 멸절하지 않았다고, 이 도시의 주민들은 살아 있으며 지금은 잠들어 있을 뿐이라고 일깨워 주었다. 동이 틀 때까지 기다리면 세상은 원래의 모습을 다시 찾아 바쁘고 시끄럽게 굴러갈 것이다.

아침이면 또 학교에 가야 한다. 그 사실이 편안하고 명랑했던 페이야의 마음에 일순간 그늘을 드리웠다. 발걸음이 도로 무거워졌다. 페이야는 참아야 한다고 스스로를 다잡았다. 고등학교 입학시험까지만 버티면 구이메이 같은 애들과도 안녕이다. 페이야는 남은 평생 그들과는 다시 만나지 않기를 바랐다.

밤바람이 살랑살랑 불어왔다. 여름의 열기는 거의 사라진 10월 말이지만, 뜨겁던 기운이 약간은 남아 있는지 종종 갑자기 더워지는 날도 있었다. 오늘은 꽤 선선했지만 바람막이 외투 하나면 충분히 체온을 유지할 수 있었다. 변덕스러운 날씨는 돌발적으로 소나기를 뿌리곤 했다. 방금도 갑자기 비가 지나갔다. 잠깐 사이에 머리며 옷이 축축해졌다.

페이야는 급한 대로 눈에 보이는 편의점에 들어가 비를 피하기로 했다. 아침에 들렀던 곳이다. 편의점 처마 밑으로 달려가 얼굴에 달라붙은 젖은 머리카락을 정리하고 외투를 벗어 물방울을 털었다. 외투에서 떨어진 빗물이 발치를 적셨다.

머리와 옷을 정리한 뒤 들어간 편의점 내부는 에어컨을 틀어 시원하다 못해 추웠다. 빨리 머리의 물기를 닦지 않으면 감기에 걸릴 것 같았다. 그렇게 생각하자마자 재채기가 나왔다. "에취!"

"어서 오세요!" 계산대 아래에서 남자 점원의 몸이 쑥 올라왔다. 점원이 테가 두꺼운 안경을 벗고 눈을 비비며 하품을 했다. 페이야는 점원을 알아봤다. 아침에 보았던 그 사람이다. 이름이…… 촨한?

어째서 또 저 사람일까? 아침부터 지금까지 일하는 걸

까? 회사에서는 사람을 뼛골까지 부려먹는다던 말이 진짜였구나. 페이야는 휴대용 화장지 세 개를 계산대로 가져갔다. 슬쩍 확인해 보니 '촨한'이 맞았다.

촨한의 대응은 아침에 그랬듯 기계처럼 정확했다. "총 25타이완달러입니다. 30타이완달러 받았습니다. 여기, 거스름돈과 영수증입니다. 감사합니다." 계산을 마친 촨한은 로봇에서 인간으로 모드 변환을 한 듯 목소리에 온기가 생겼다. "아침에도 왔던 걸로 기억하는데, 맞죠?"

페이야는 고개를 끄덕였다. 아침에 촨한이 말을 걸었던 게 지금 생각하면 아주 이상하지는 않게 느껴졌다. 차가운 동전과 영수증을 꽉 쥐면서 이런 상황에서는 어떻게 해야 좋을지 생각했다. 무슨 말이라도 해야 하나, 아니면 아무 말도 하지 않아야 하나? 촨한은 머리를 긁적이더니 다시 변명했다. "아침에는 정말 다른 뜻이 아니었어요. 괜한 말을 했다면 죄송합니다. 저 여자한테 마구 들이대는 그런 사람 아닙니다!"

"아뇨, 그렇게 생각하지 않았어요." 만약 수작을 부리려는 의도가 있었더라도 자기는 그런 데 둔하니 아마 알아차리지 못했을 거라고 페이야는 생각했다. 촨한의 당황하는 반응이 재미있게 느껴졌다.

"그렇다면 다행이고요. 비 맞았어요? 화장지로는 다 안 닦일 텐데, 잠깐만 기다려요." 촨한이 직원 휴게실로 들어가더니 빨간색 소형 드라이어를 가지고 나왔다. 그가 계산대 옆 벽면을 가리키며 말했다. "거기 콘센트 있으니까 편하게 머리 말려요."

페이야는 편의점에서 머리카락을 말린다는 게 이상하게 느껴졌다. "정말 괜찮아요?"

"밤에는 손님도 적고 본사 직원도 안 와요. 정말 괜찮아요."

페이야는 고맙다고 인사한 뒤 머리카락을 말리면서도 엄청난 위화감을 느꼈다. 오늘 처음으로 한밤중에 집을 빠져나왔고, 처음으로 편의점에서 머리카락을 말리고 있다. 페이야가 드라이어 바람을 쐬는 동안 촨한은 금전등록기의 동전을 정리했다. 페이야는 이따금 촨한을 쳐다봤다. 몇 번 시선이 마주쳤다. 촨한도 페이야 쪽을 힐끔거렸기 때문이다. 그러면 촨한은 어색한 미소를 지으며 고개를 주억거린 다음 도로 동전을 정리했다.

딩동. 손님이 들어오자 촨한은 반사적으로 말했다. "어서 오세요. 지금 특가 판매 중입니다!"

페이야는 이상한 냄새를 맡았다. 편의점 안에 가득한 커피 향기에도 묻히지 않는 묘한 냄새였다. 그녀는 두리번거리며 냄새의 진원지를 찾다가 편의점에 지금 막 들어선 젊은 여자를 발견했다. 엉덩이 살이 보일 정도로 짧은 데님 바지에 얇은 검정 재킷을 입고, 밟히면 발가락이 부러질 것 같은 높은 통굽 샌들을 신고 있었다. 머리는 금발로 염색했는데, 얼굴이 빨갛고 눈빛이 흐릿한 데다 걸을 때도 비틀거렸다.

"시끄러워, 이게 무슨 소리야! 왜 편의점에서 머리를 말려? 정신 나간 거 아냐?" 여자가 소리를 꽥 지른 뒤 딸꾹질을 거하게 했다. 그러고는 주변을 두리번거렸다. 무언가를 찾는 모양이었다.

"미안해요. 드라이어는 일단 꺼야겠어요. 저 손님이 술에 취한 것 같은데 주정을 부릴지도 몰라서요." 페이야는 촨한이 시키는 대로 했다.

금발 여자가 성큼성큼 걸어왔다. 어찌나 기세등등한지 싸움을 걸러 오는 줄 알았다. 촨한이 나서서 페이야를 가려 주었다. 여자는 그들을 지나쳐 음료 냉장고 쪽으로 갔다.

"저 사람은 이 근처에 살아요. 단골이죠. 올 때마다 술에 잔뜩 취해 있어요. 맑은 정신인 걸 본 적이 없죠. 참, 저 여자가 갑자기 다가오면 얼른 피해야 해요. 저번에는 토한 적도 있거든요." 촨한이 작게 속삭였다. "30분이나 걸려서 겨우 다 치웠는데, 아침까지 냄새가 안 빠졌어요."

페이야는 엄청난 사람이라고 생각하며 입을 다물지 못했다.

만취한 여자는 냉장고 문을 부수기라도 할 듯 거칠게 열어젖힌 뒤 맥주병을 한가득 안고 비틀비틀 계산대로 왔다.

그 몇 걸음 동안에도 진열대에 부딪혀서 껌과 초콜릿을 우수수 떨어뜨렸다. 어찌어찌 안고 온 맥주병이 계산대 위에 우르르 쏟아졌다. 그중 한 병이 데구루루 굴러서 아래로 떨어졌지만 촨한이 다급히 손으로 받아냈다. 그런데 맥주병을 잡으려고 뻗은 손이 금발 여자를 스쳤는지 여자가 계산대를 내리치면서 버럭 화를 냈다.

"어딜 만져!" 술 냄새가 훅 끼쳤다.

"죄송합니다. 실수였습니다." 촨한이 곧바로 사과했다.

"내가 취했다고…… 함부로 만지고 말이야! 내가 고소, 고소할 거야! 경찰 불러서 잡아가게 할 거야!"

금발 여자는 소리를 지르며 난리를 치다가 맥주병 하나의 뚜껑을 따려고 했다. 몇 번 헛손질을 하더니 화가 났는지 돌연 맥주병을 바닥에 패대기쳤다. 유리병이 큰 소리를 내며 깨졌다. 페이야는 화들짝 놀랐다.

맥주 냄새와 여자의 몸에서 나는 술 냄새까지, 페이야는 냄새만 맡아도 어지러울 지경이라 저도 모르게 코를 싸쥐었다. 이렇게 냄새가 심한데 왜 사람들은 술을 좋아하지? 이해할 수 없었다.

"손님, 죄송합니다. 오해예요. 유리에 찔리지는 않으셨나요?" 촨한은 이런 상황에도 당황하지 않고 금발 여자의 안전부터 챙겼다.

"너, 네가 뭔데 이래라 저래라 해! 맥주 포장이 왜 이따워야? 열리지가 않잖아!" 금발 여자가 갑자기 촨한의 가슴을 때렸다. 퍽, 퍽 소리가 났다. 보고 있던 페이야가 얼굴을 찡그릴 만큼 세게 때리는데도 촨한은 뒤로 한 발 물러서서 여자의 공격 범위에서 벗어날 뿐, 시종일관 담담했다.

금발 여자는 딸꾹질을 하더니 다른 맥주병을 집어 들었다. "내가 꼭 따고 만다!" 여자가 다시 병을 바닥에 내던졌다. 이번에는 페이야도 전처럼 놀라지는 않았다. 하지만 사방이 유리조각과 맥주로 흥건한 모습은 전에 경험하지 못했던 정신없는 장면이었다. 여자는 그 뒤로도 한참 난리법석을 피우다가 편의점을 떠났다.

촨한은 한숨을 쉬며 엉망이 된 바닥을 치우기 시작했다. 페이야가 도우려 하자 그가 페이야를 말렸다. "이쪽으로 오지 말아요. 다칩니다."

"경찰에 신고해야 하지 않나요?" 페이야가 휴대전화를 꺼냈다.

"괜찮아요." 촨한의 대답에 페이야는 당황했다. "아직 그럴 정도는 아니에요. 나중에 더 심한 짓을 하면 그때 신고할 거예요. 깨진 맥주는 점장님께 어떻게 처리할지 물어봐야죠."

"이런 짓을 했는데도 신고할 정도가 아니라고요? 화도 안 나요?" 페이야는 이해가 잘 되지 않았다.

"괜찮아요. 편의점에서 일하면 온갖 사람들을 다 마주치게 돼요. 세상 공부를 했구나 하고 생각하면 편하죠. 다행히 나는 아르바이트생이니까 매일 출근하는 것도 아니고요."

"아르바이트예요? 그런데 오늘은 하루 종일 일했잖아요."

"하루 종일? 아, 나는 밤 11시부터 다음 날 아침 7시까지 일해요. 그래서 오해를 한 거군요. 오늘 아침, 아니지, 12시가 지났으니 어제 아침이라고 해야죠. 어제 아침에 손님이 왔을 때는 퇴근 전이었어요. 시간 얘기가 나와서 말인데, 지금 새벽 3시가 넘었어요. 집에 안 들어가도 됩니까? 아니면 나처럼 야간학교에 다녀요?"

등교할 생각을 하자 페이야의 얼굴이 흐려졌다. 그녀는 고개를 숙이고 아무 말도 하지 않았다. 지금 집에 들어가면 세 시간은 잘 수 있을 테지만, 잠보다 드물게 주어진 자유가 더 소중했다. 마음대로 바깥을 쏘다닐 기회는 흔치 않았다.

"그래요. 그럼 손님은 집에 가고 싶지 않은 걸로 합시다. 머리도 다 말렸고, 청소도 끝났고, 잠시 한가한 시간이니 생리적 욕구를 해결해 봅시다." 촨한이 제안했다.

"무슨 욕구요?" 페이야가 경계하는 투로 물었다.

촨한이 씩 웃더니 직원 휴게실에서 종이상자를 들고 왔다. 페이야는 아직 세상물정을 모를 나이지만 멍청하지는 않았다. 머뭇거리며 다가가 보니 상자 안에 샌드위치, 빵, 도시락 등이 가득했다.

"오늘 유통기한이 끝나는 폐기 물품이에요. 점장님이 저한테 마음대로 처리해도 된다고 했어요. 괜찮으면 같이 먹을래요? 야식으로."

페이야는 잠깐 고민했다. 배가 몹시 고팠다. 하루 종일 거의 먹은 것이 없었고, 점심 이후로는 아무것도 먹지 못했다. 하지만 가게에서 폐기하기로 한 식품을 대놓고 먹는 것도 좋지는 않을 것 같았다. CCTV도 있는데 나중에 절도나 무전취식으로 법적 문제가 생기면 어떡하지.

"말 안 하면 먹는 걸로 알게요. 받아요. 오징어 주먹밥은 클래식이라 확실히 맛있을 거예요. 이건 새우 샐러드 맛인데, 좀 맵긴 하지만 괜찮아요. 매운 거 잘 먹어요? 음…… 또 뭐가 맛있나? 이거! 치즈 치킨 샌드위치요. 이것도 클래식이라 할 만하니 먹어 봐요. 오늘 남은 도시락은 추천할 만한 게 아니고요."

"잠, 잠깐만요. 너무 많아요. 다 못 먹어요……." 페이야의 두 손에 주먹밥과 샌드위치가 쌓였다. 무척 배고프긴 하지만 이걸 다 먹을 정도는 아니었다.

"성장기의 식욕을 쉽게 생각하면 안 됩니다. 많이 먹어야 키도 크고 몸도 자랄 수 있어요. 아이고, 엄마들이나 하는 잔소리를 했네요. 미안해요, 집에서 물리도록 들었을 텐데."

페이야가 잠깐 입을 다물었다가 고개를 저었다. "저는 엄마가 안 계세요."

"아, 그런 뜻으로 한 말이 아니에요. 고의가 아니고……."

촨한이 급하게 사과했다. "나는 만날 입으로 화를 부른다니까요. 생각 없이 말하는 편이라 그래요. 정말 미안합니다……."

이상했다. 촨한은 주정을 부리는 손님을 대할 때도 침착했는데 이런 일로는 어린애처럼 당황했다. 페이야는 촨한이 참 재미있다고 생각했다. 다른 사람이 불쾌할까 봐 걱정을 많이 하는 성격이라 거듭 사과하는 거겠지.

촨한의 마음을 다독여 주고 싶었다. 그런 건 별일 아니라고 말해 주고 싶었다. 페이야는 어릴 때부터 한부모 가정에서 자랐고, 엄마가 없다는 사실에 일찌감치 익숙해졌다. 그러니까 촨한도 거기에 신경 쓸 필요는 없다.

"사자獅子, 힘든 일을 끄집어 낸 건 내가 잘못한 거야."

페이야가 뭐라고 입을 떼려던 순간, 촨한이 혼잣말을 하듯 말을 이었다.

페이야는 의아하게 촨한을 바라보며 물었다. "사자? 동물 말인가요?"

"사자? 무슨 사자요?"

"방금 '사자'라고 말했잖아요."

"예? 제가요? 아마도 말실수, 말실수일 겁니다."

그렇게 말한 촨한이 종이상자를 내려놓고 음료 진열대에서 밀크티 두 팩을 가져왔다. "주먹밥만 먹으면 목이 막히니까 마실 것도 있어야죠. 이건 제가 사는 거예요. 미안하니까 이걸로 사죄할게요. 일부러 손님의…… 그런 건 아니에요. 어쨌든 미안합니다."

환한이 음료의 바코드를 찍고 계산기에 동전을 넣었다. "신경 쓰지 말고 마셔요. 이 밀크티는 두 개 사면 두 번째 팩을 정가의 40퍼센트 가격으로 팔거든요. 엄청 싸죠?" 환한은 빨대를 밀크티에 꽂고 종이상자를 뒤적거렸다. 먹고 싶은 야식을 고르는 눈치였다.

페이야는 '사자'가 뭔지 궁금했지만 더 묻지 않았다. 음료와 환한이 골라 준 음식을 들고 창가 자리에 앉았다. 먼저 환한이 추천한 오징어 주먹밥을 뜯어 꼭꼭 씹어 삼켰다. 유통기한이 지났다고 해도 맛은 평소와 다르지 않았다. 페이야는 금세 주먹밥 두 개, 샌드위치 하나, 초콜릿 빵 하나를 해치웠다.

"정말 배가 고팠나 봐요. 하루 종일 아무것도 안 먹었어요?" 환한이 페이야 옆에 앉으며 물었다. 그는 치즈 치킨 샌드위치를 들고 있었다.

페이야는 고개를 끄덕인 다음 밀크티를 쪽쪽 빨았다. 환한은 더 질문하지 않았다. 마침 손님이 와서 계산대로 달려가야 했기 때문이다. 시간을 확인하니 5시가 가까웠지만 하늘은 아직 밝아지지 않았다. 고모가 일어나는 시간은 항상 7시 이후다. 페이야는 좀 더 돌아다니고 싶었다.

계산을 마친 뒤 옆자리로 돌아온 환한에게 페이야가 인

사했다.

"고마워요. 이제 가 볼게요." 페이야는 작별 인사를 하려니 아쉽다고 느꼈다. 그에게 도움을 받았기 때문일까?

"곧 날이 밝는다고 경계심을 풀면 안 돼요. 안전에 주의해요." 촨한이 당부했다.

페이야는 고개를 끄덕인 뒤 비가 그친 거리로 나섰다. 조금 차가운 기운이 도는 공기가 신선했다. 그녀는 사치스러운 기분을 만끽하며 힘껏 호흡했다. 맑은 공기가 폐 속 구석구석까지 천천히 들어왔다 나가도록. 피로감은 싹 사라졌다. 페이야는 빗물 웅덩이를 밟으면서 옛 기억을 떠올렸다. 비가 내린 뒤면 동생과 둘이서 하던 놀이가 있었다. 그 시절은 붙잡으려 할수록 손가락 사이로 빠져나가는 듯했다. 눈가가 촉촉해지고 금세 눈이 부었다. 페이야는 눈치 없이 흘러내린 눈물을 손등으로 닦았다.

왜 눈물이 나는 거지?

편의점에 혼자 남은 촨한은 이제 다른 사람에게 들킬 걱정 없이 혼잣말을 계속할 수 있었다.

"사자. 네 생각은?"

"맞아. 예쁜 여자애지."

"확실해? 이러는 건 안 좋은 것 같아. 안 돼, 진짜 안 돼."

"안 돼, 그럴 수는 없어. 너 도대체 무슨 생각인데?"

"너랑 옥신각신할 생각 없어. 난 그만 상품 정리하러 가야겠다……."

5

고독한 짐승은

고독한 우리에

갇혀 있다.

대부분의 사람들이 출근 혹은 등교할 시각이 환한에게는 퇴근 시간이었다. 야간근무란 낮과 밤이 뒤바뀌는 직장인 셈이다. 그는 금전등록기에 든 지폐와 동전을 센 뒤, 거스름돈으로 쓸 동전을 제외한 나머지를 전부 사무실의 금고에 넣었다. 그다음에는 진열대 상품 중 부족한 것을 채우고 퇴근 카드를 찍었다.

출근 시간이 가까워지자 손님이 점점 늘어났다. 결제, 전자레인지, 커피 한 잔 그리고 또 한 잔, 줄을 선 사람들……. 아침마다 보는 풍경이었다. 환한은 유니폼을 벗어 사물함에 넣고 바쁘게 일하는 다음 타임 점원에게 손 인사를 하고 가게를 나섰다.

이른 아침에 보았던 희부연 햇빛은 얇아서 쉽게 꿰뚫어 볼 수 있는 거짓말 같았다. 지금은 먹구름이 햇빛을 대신해 빌딩 사이 하늘을 뒤덮고 있었다. 바람도 불기 시작했다. 환한은 오토바이에 탄 뒤 헬멧을 썼다. 이제는 몸이 야간근무에 적응해 생각만큼 피곤하진 않았다. 그는 오토바이를 몰고 출근길 차량 흐름에 합류했다.

신호가 바뀌기를 기다리면서 환한은 옆 오토바이 운전자의 어두운 표정을 흘낏 보았다. 손잡이에 아침거리를 담은 비닐봉지를 걸고 있었는데, 햄버거와 밀크티 같았다. 그러고 보니 직접 만든 따뜻한 음식을 먹은 지도 오래되었다는 생각이 들었다. 돈도 아낄 수 있고 편리한지라, 환한은 대개 편의점에서 폐기용으로 빼 놓은 음식으로 허기를 채웠다. 인공적인 맛에 양도 불쌍할 정도로 적었다. 유일한 장점은 가성비가 현저히 떨어지는 음식들을 사느라 쓴 돈을 마음아파할 일이 없다는 것뿐이었다. 계속 전자레인지에 데워 먹는 음식물만 섭취하다 보니 자기 미뢰가 좀 이상해졌다는 생각도 했다.

학교도 야간부를 다녀서 환한의 인간관계는 몹시 제한적이었다. 낮은 자는 시간이었고, 저녁이 되면 학교에 가서 강의를 들었다. 강의가 끝나면 출근을 했다. 그러니 학교에서 동기들을 만나는 것이 드문 인간관계의 대부분인데, 환한은 갈수록 학교 친구들과의 대화를 따라가기 힘들다고 느꼈다. 공통 화제가 떨어지면 친구들은 지루해서 못 견디겠다는 표정을 짓곤 했다.

편의점에서 일하면서 다양한 사람들을 마주치기는 하지만, 환한은 손님과 가장 낮은 수준의 단순한 관계를 유지하고 싶었다. 말없이 물건만 계산해 주는 관계 말이다.

밤 시간에 편의점에서 근무하면 취한 손님을 자주 만나게 된다. 술과 담배를 사러 오는 어린 양아치도 흔하다. 잠도 없이 거리를 배회하는 정신병자들도 있다. 이런 인간들을 상대하는 일은 참 귀찮았다. 이럴 때마다 인간에게 가졌던 흥미가 0점 이하로 뚝 떨어지는 기분이었다. 그는 스스로를 우리에 갇힌 고독한 맹수 같다고 생각했다.

"사자, 그래도 네가 있어서 다행이야." 고가도로로 진입하며 촨한이 중얼거렸다. 지나가는 바람에 말소리가 묻혔다. 하지만 사자는 분명히 그의 말을 들었을 터였다.

촨한이 사는 곳은 4층의 원룸이었다. 그래도 작은 욕실이 딸려 있고 창도 있었다. 이 정도 조건이면 타이베이에서는 나쁘지 않았다. 무엇보다 월세가 저렴했다. 목욕을 마친 촨한은 젖은 머리에 나체로 욕실을 나섰다. 편의점에서 일할 때는 기존의 유니폼을 적당히 입는지라 본인 치수보다 큰 옷을 입어야 해서 말라 보였지만, 실제의 촨한은 오랫동안 운동을 해 근육이 탄탄하게 발달한 몸을 가지고 있었다.

그는 컴퓨터를 켜고 바탕화면을 뚫어져라 쳐다봤다. 모래시계가 마우스 커서에 달라붙어 떨어지지 않았다. 겨우 부팅이 끝나자 웹브라우저를 열었다. 흔히 사용하는 크롬*Chrome*이나 파이어폭스*Firefox*가 아니었다. 브라우저 화면도 일반적인 프로그램과 달랐다. 웹사이트 주소를 입력하자 온통 시커먼 배경이 나타났고, 이어서 피처럼 붉은 색으로 커다란 글자가 떠올랐다.

WE ARE JACK

이어 비밀번호를 입력하자 마침내 진짜 웹사이트 내부로 들어갈 수 있었다. 첫 페이지 중앙에는 영상 링크가 있었고, 내용을 짐작케 할 만한 캡처 사진이 첨부되어 있었다. 13분 전에 업로드. 환한은 잠깐 동작을 멈추고 생각에 잠겼다가 영상을 재생했다.

영상은 겨우 2분 남짓한 길이로, 첫 장면은 검은 천으로 눈을 가리고 양손이 뒤로 묶인 남자의 모습이었다. 남자는 겁에 질려 움직이지 못했지만 온몸이 덜덜 떨리고 있었다. 영상을 조금 넘기자 남자의 배가 풍선처럼 부푼 모습이 화면을 가득 채웠다. 곱슬곱슬한 가슴 털이 아랫배까지 죽 이어져 있었다. 화면은 여기서 몇 초간 멈췄다가 다음 장면으로 바뀌었다. 일부러 보여 주려고 찍은 듯한 서바이벌 나이프가 화면에 나타났다. 칼날의 예리함을 과시하듯 클로즈업해서 자세히 찍었다.

곧 서바이벌 나이프가 남자의 배를 찌르고, 아래로 갈랐다. 선연한 붉은 선이 그였다. 진한 핏줄기가 비현실적으로 솟구쳤다. 배를 가르는 일이 마치 과일을 자르는 것처럼 쉬워 보였다. 다시 화면이 바뀌었다. 마지막 몇 초간 화면에는 남자의 잘린 머리를 탁자에 올려놓고 그 잘린 목 아래로 창자를 가지런히 늘어놓은 장면이 나왔다. 배치에 꽤나 신경 쓴 모양새다. 탁자 위에는 피로 큼직하게 'JACK'이라고 써 놓았다.

환한은 덤덤하게 영상을 끄고 왼쪽 위의 메인 메뉴를 눌러 영상 목록으로 들어갔다. 그 페이지에는 9개의 정사각형 칸이 모여 있었고 칸마다 영상의 섬네일이 보였다. 환한은 아무 칸이나 클릭해서 영상을 재생했다. 영상의 내용은 전부 고문과 살해였는데, 공통적으로 사람의 배를 갈랐다. 마치 의식을 치르는 것 같았다.

환한이 둘러보는 사이트는 다크웹에 속한 곳으로, 특정한 방식을 사용해야만 진입 가능했다. 다크웹에는 세상에 알려지면 안 되는 온갖 불법적인 일들이 숨겨져 있다. 인간의 욕구를 총망라했다고나 할까. 살인 청부, 무기 거래, 인신매매, 사이비 종교 집회, 돈을 내고 관람하는 살인쇼……. 현실 사회에서는 허용될 수 없는 범죄가 이곳에서는 아무렇지 않게 자행되었다. 괴물들이 제멋대로 활개 치며 돌아다닐 수 있는 곳. 그들은 이곳에서 자신과 똑같은 괴물을 만나 바깥에서는 드러내지 못할 짐승 같은 욕망을 만족시킨다.

이 사이트는 피와 살점을 탐닉하는 살인자들의 모임이

다. 그들은 스스로를 '잭'이라 불렀다. 사이트 첫 페이지에 나오는 "WE ARE JACK"이라는 문장 역시 "우리는 잭이다"라는 뜻이었다. 이들이 말하는 잭은 유명한 살인마 잭 더 리퍼*Jack the Ripper*다.

"나를 죽인 뒤에 너희들을 죽이겠다."

멍투성이 얼굴에서 코피를 줄줄 흘리는 소년이 절단되는 영상을 보던 환한이 얼굴을 일그러뜨리며 흉악한 목소리를 토해 냈다. 그는 다시 무표정한 얼굴로 다른 영상을 살펴봤다. 가끔 영상 아래의 댓글을 읽어보기도 했다. 댓글은 주로 영어였지만 다른 언어도 섞여 있었다. 잭 조직의 구성원은 전 세계에 퍼져 있었기 때문에, 영어를 사용하는 것은 의사소통의 편의성을 위해서였다.

"사자." 사이트를 돌아다니다 멈춘 환한이 불렀다.

"내가 또 말실수를 했구나?" 환한이 키보드를 내려다봤다. 스탠드 불빛에 비쳐 키보드에 묻은 지문이 잘 보였다. 그는 방금 자기 입을 뚫고 나온 그 말을 반성했다. "아무도 못 들어서 다행이야."

환한은 잠시 입을 다물었다가 다시 혼잣말로 물었다. "너, 왜 또 그 여자애 이야기를 꺼내?"

"정말 확실해?" 환한이 엄지손가락으로 관자놀이를 누르고 원을 그리듯 돌렸다.

"아니야, 잊지 않았어. 오늘은 출근도 안 하니까 좋은 기회지."

"그래, 네 말대로 할게." 환한은 웹사이트를 닫은 다음 컴퓨터를 껐다. 침대에 걸터앉은 그의 머리카락은 여전히 젖어 있었다. 축축하고 헝클어진 머리카락은 사나운 빛이 감도는 그의 눈을 가려 주지 못했다.

ᔐ

또 깊은 밤이다.

항상 취해 있는 그 금발 여자는 언제나 그랬듯 술에 절다시피 한 상태였다. 요란하게 튜닝한 녹색 자동차를 타고 왔는데, 차 문을 열자 술 냄새가 훅 끼쳤다. 그녀는 차 문에 기댄 채 운전석에 앉은 사람과 농지거리를 주고받았다. 최대 음량으로 튼 전자음 가득한 댄스 음악은 주변 이웃들의 선잠을 다 깨울 기세였다.

여자는 등이 훤히 파인 검정색 민소매 미니드레스를 입고 있었다. 가슴과 허리의 곡선이 적나라하게 드러났다. 거기다 발가락이 보이는 하이힐을 신었다.

"무슨 소리야, 안 취했어!" 금발 여자의 웃음소리는 차에서 울리는 댄스 음악과 대결이라도 하듯 컸다. 운전석에서 손이 쑥 하고 나와 여자의 가슴을 움켜쥐자, 여자는 그 손을 피하기는커녕 오히려 적극적으로 잡아다 자기 가슴에 꾹 눌렀다. "또 만져? 네 맘대로 만져도 될 것 같아? 팁으로 10배는 내야지!"

운전석의 사람이 뭐라고 하자 여자가 까르르 웃으며 머리카락을 흔들었다. "뭐래! 나는 술집 여자가 아니라니까!" 운전자의 손이 거침없이 여자의 가슴을 주무르자 여자가 말했다. "이만 꺼져, 다음에 봐!"

하지만 손은 슬쩍 아래로 미끄러지더니 여자의 치맛자락을 걷어 올렸다. 그 바람에 금발 여자의 둥근 엉덩이와 T자 모양의 검은색 팬티가 드러났다.

"야, 나 갈 거라니까!" 여자가 눈썹을 잔뜩 치켜세우며 손을 쳐내더니 빽 소리를 질렀다. "사람 말이 말 같지가 않아?"

금발 여자는 몸을 홱 돌려 그 자리를 떠나려 했지만, 취한 채 급히 걸으려다 보니 발목이 꺾여 휘청거렸다. 그 바람에 왼쪽 구두 굽이 뚝 하고 부러졌다. 여자는 짜증을 내며 구두를 벗어 내팽개쳤다. 녹색 자동차 안에서 웃음소리가 터져 나왔다. 여자가 고개를 돌려 자동차 쪽을 노려봤지만, 운전석에 앉은 사람은 약 올리듯 크게 엔진 소리를 내며 차를 몰고 가 버렸다. 오늘따라 심하게 고요해 소리는 몇 블록 떨어진 곳까지 다 들릴 것 같았다.

금발 여자는 화를 다스리는지 그 자리에 잠깐 서 있었다. 가로등 아래에 내던져진 하이힐이 참 억울해 보이는 모양새였다. 여자는 머리를 긁적이며 하이힐을 집어 들더니 맨발로 울퉁불퉁한 아스팔트길을 걸었다. 체내의 알코올 때문에 풍랑을 만난 배 위에 선 것처럼 비틀거렸지만, 다행히 그녀는 이 동네를 잘 알았다. 매일 밤 걷는 길이니 기억하지 못할 리 없다. 눈을 가리고 걸어도 문제없을 터였다. 여자는 한참 걷다가 문득 엉덩이 한쪽이 드러나 있다는 걸 깨달았다. 어쩐지 시원했다는 생각을 하며 치마를 끌어내리고 트림을 했다. 이어서 참기 힘든 구역질이 올라왔다.

거리가 빙글빙글 도는 것처럼 보였다. 좁은 방화용防火用 골목으로 뛰어 들어간 여자는 하수구 구멍에 대고 토했다. 술과 섞인 위액이 쏟아졌다. 한참 있다 몸을 세웠지만 또 속이 뒤집혀 다시 토악질을 했다. 위 속을 전부 비운 뒤라 나오는 것은 없고 아프기만 했다.

여자는 어지러운 머리를 껴안고 쪼그려 앉았다. 사흘이 멀다 하고 취해선 앞으로는 술을 끊겠다고 결심하지만, 그 시도가 성공한 적은 없었다. 술만 보면 먹을 것을 본 난민처럼 통제불능이 되고 다음 날 숙취로 괴로워하며 후회하기를 반복했다.

"받아." 갑자기 남자 말소리가 들렸다. 여자는 취해서 환청을 듣는 건가 했다. 무거운 머리를 겨우 들어 올리자 정말로 사람이 있었다. 골목이 너무 어두워 얼굴은 제대로 보이지 않았다. 내민 손과 그 손에 쥐여진 화장지만 보였다.

“입을 닦아.” 그 사람이 명령했다.

여자는 기분이 좋지 않았다. “왜 명령질이야? 네가 닦으라면 닦아야 돼? 네가 뭔데! 나…… 아악!”

그 사람은 여자에게 더 말할 기회를 주지 않았다. 그는 여자를 차서 넘어뜨리고 복부를 몇 번이나 걷어찼다. 여자는 처음에 비명을 지른 후로는 더 이상 소리를 내지 못했다. 그저 몸을 둥글게 말고 울기만 했다. 그가 여자의 발목을 잡아 방화용 골목 안으로 질질 끌고 갔다. 골목은 몹시 어둡고 섬뜩했다. 여자는 휴대전화를 꺼내 신고하려 했지만 금세 전화기를 빼앗겼다.

“안 돼…….” 공포로 술기운이 싹 달아났다. 휴대전화 화면의 불빛 덕분에 여자는 그 사람의 얼굴을 얼핏 볼 수 있었다. 자주 가던 편의점의 점원이었다.

점원은 여자의 휴대전화를 부러뜨린 뒤 주머니에 넣었다. 그러고선 다시 주머니에서 꺼낸 손에는 박스 포장용 테이프가 들려 있었다. 무슨 일이 벌어질지 눈치챈 여자는 기어서라도 달아나려 했지만 도로 발목이 붙잡혔다. 그녀는 점점 깊숙한 곳으로 끌려갔다. 골목 입구가 조금씩 멀어졌다. 점원이 발목을 쥔 손을 휘둘러 여자의 몸을 뒤집었다. 여자는 놀라서 팔을 마구잡이로 휘두르며 점원을 때렸다. 하지만 그래 봤자 점원에게는 모기에 물린 것과 비슷했다. 반면 여자가 돌려받은 대가는 배를 세게 차이는 것이었다.

여자는 신물을 토하며 고치처럼 몸을 말고 훌쩍였다. 달아날 수 있다는 생각이 들지 않았다.

점원은 여자의 양손을 모아 잡고 박스 테이프를 손목에 몇 번이나 감아 묶었다. 그런 다음 눈 위에도 테이프를 붙였다.

시각을 빼앗긴 여자는 온몸의 힘을 그러모아 소리를 질렀다. 구조를 요청하기 위해서가 아니라 공포를 견디지 못해 몸 밖으로 쏟아내고 싶었기 때문이었다. 여자의 비명은 아주 짧게 끝났다. 뒷부분이 박스 테이프에 막혔으니까. 마지막으로 여자의 양쪽 귀가 막혔다. 이제 그녀는 보지도, 듣지도, 소리를 내지도 못하게 되었다.

여자는 점원이 자신을 어깨에 들쳐 업는 것을 느꼈지만 그가 어디로 향하는지는 알 수 없었다. 그곳에서 자신을 기다리는 게 어떤 결과일지는 더욱 알지 못했다.

6

어떤 비밀이든
의사 선생님에게는
말해도 돼.

자유를 만끽했던 느낌을 잊지 못한 페이야는 또다시 밤중에 집을 빠져나왔다. 이번에는 갑자기 쏟아질 비를 대비해 우산을 챙겼다. 페이야는 오늘 밤도 목적 없이 이곳저곳 돌아다녔다. 밤의 마력은 여전했고, 어느 거리든 전부 특별해 보였다.

또 한 번의 고요한 밤을 보낼 줄 알았는데, 튜닝한 자동차가 어디선가 맹수처럼 달려왔다. 무시무시한 엔진 소리가 꼭 짐승의 포효 같았다. 자동차는 페이야 옆을 스치듯 지나갔다. 그 순간 귀를 찌를 듯 커다란 음악 소리가 들렸다. 페이야는 길가에 딱 붙어서 차를 피했다. 자동차는 골목을 지나 도로에 올라타더니 속력을 높였다. 엔진 소리가 더욱 커졌다. 차가 몇 블록이나 멀어진 뒤에도 멀리서 은은하게 들릴 정도였다.

튜닝 자동차와 마주친 일은 성가시긴 했어도 좋은 기분을 망칠 정도는 아니었다. 페이야는 계속 걷다가 편의점에서 만난 금발 여자가 길 한가운데 서서 하이힐을 내던지는 걸 보았다. 술주정을 부리는 것 같았다.

페이야는 얼른 뒤돌아 다른 골목을 찾기로 했다. 몇 걸음 걷기도 전에 여자가 토하는 소리가 들렸다. 역시 발길을 돌리길 잘했다는 생각이 들었다. 길모퉁이를 돌기 직전 뒤를 돌아봤지만 금발 여자는 어느새 보이지 않았다. 페이야는 촨한이 그 여자와 엮이지 말라고 경고했던 일이 떠올라 편의점에 가 보기로 했다.

편의점 유리문이 열릴 때 나는 기계음은 깊은 밤에는 더 잘 들린다. 하지만 아까 마주친 자동차의 소음처럼 반감이 생기는 종류의 소리는 아니었다. 오히려 생각지 못하게 마음이 편안해졌다. 페이야는 편의점 바깥 테라스에서 가게 안을 들여다봤다. 오늘 야간 담당은 촨한이 아니라 피곤해 보이는 중년 남자였다. 편의점 일이 얼마나 귀찮고 힘든지가 얼굴에 역력히 드러나 페이야는 조금 무서워졌다.

페이야는 자기가 촨한의 특별함 때문에 이 편의점에 다시 왔다는 걸 인정했다. 촨한은 자신에게 우호적이었지만 어딘지 이상해서 호기심이 생겼다. 그가 혼잣말처럼 말한 '사자'는 무엇인지도 알고 싶었다. 자신이 잘못 들은 건 절대 아니었다. 페이야는 수업을 집중해서 듣는 습관이 있어 다른 사람이 하는 말을 흘려듣지 않았다. 촨한은 '사자'에 관해서 숨기려 했다. 페이야는 그럴수록 그게 뭔지 알아내고 싶었다.

그 사람이 감추고 있는 게 뭘까? 페이야는 골똘히 생각하면서 동네를 크게 한 바퀴 돌아 둘째 고모 집으로 돌아왔다. 경비원은 졸고 있었다. 페이야는 거의 소리를 내지 않고 움직였다. 이곳에서 사는 동안 그녀는 모든 일을 조심스럽게 해야 했다. 신경증이 있는 고모 모르게 돌아다니는 페이야에게는 세심한 편이 아닌 경비원을 따돌리는 일이 어렵지 않았다.

페이야는 입구를 지나면서 경비원 쪽을 향해 얼굴을 잔뜩 찡그려 이상한 표정을 지어 보였다. 마주칠 때마다 과할 정도로 살갑게 구는 경비원에게 답례를 하는 셈이었다.

거실에는 불이 환하게 밝혀져 있었다. 둘째 고모는 도둑이 들까 봐 하루 종일 집 안의 큰 전등을 다 켜 두곤 했다. 고모가 생각하는 '도둑'은 사실상 페이야일지도 모른다. 고모의 말에는 숨겨진 의미가 많아서 이런 식으로 연상하지 않을 수가 없었다. 페이야는 자기 방으로 들어가 옷을 갈아입고 이불 속으로 파고들었다. 휴대전화로 기상 알람을 맞추고 잠들었다. 하루가 끝났으니 이 집에서 벗어날 날짜까지는 또 하루가 줄어들었다.

시간이 빨리 흘렀으면 좋겠다고 생각하며 페이야는 꿈속으로 빠져들었다.

페이야는 몇 시간 후 알람 소리에 깨어났다. 아직 어려서인지 짧게 자도 크게 피곤하지는 않았다. 교복을 입고 첫차 시간에 맞춰 집을 나섰다. 학교에서 보내는 시간은 대동소이했다. 저번에 화장실로 끌려가서 얻어맞은 뒤 구이메이 패거리는 며칠간 특별한 움직임이 없었다. 자기네가 승리했다고 생각하는 것 같았다. 그래도 페이야를 볼 때마다 비아냥거리는 건 빼먹지 않았다. 페이야는 못 들은 척하면서 꾹 참았다.

수업이 끝나자 페이야는 혼자 일어나 교실을 벗어났다. 항상 그랬다. 페이야 편을 들어 주려는 학생은 없었다. 오히려 페이야 옆에 있다가 괜히 불똥이 튈까 봐 다들 겁을 냈다.

페이야는 학무처學務處와 교무처教務處를 지나 1층의 한 사무실 앞에 섰다. 벽에는 '상담지도실'이라 적혀 있었다. 우습게도 선생님들이 머무는 상담지도실은 학교에서 가장 위험한 장소인 서관 화장실과 같은 건물에 있었다. 오로지 층수만 달랐다.

페이야가 문을 두드렸다. "안녕하세요."

선생님들 중 몇이 고개를 들었다가 도로 하던 일에 집중했다. 페이야의 방문이 익숙했기 때문이다. 그녀가 왜 왔는지도 알았다.

인사를 한 페이야는 곧장 상담지도실 한쪽 구석의 작은 방으로 들어갔다. 팔걸이가 있는 의자 두 개와 큼직한 쿠션이 보였다. 교내 행사에서 학생이 직접 손바느질로 만든 쿠션이었다. 페이야는 환기를 위해 창을 열고 천장용 선풍기를 켰다. 그런 다음 의자 위치를 미세하게 조정하고, 손거울을 꺼내 머리 모양과 옷매무새를 정돈했다. 이 모든 과정을 마치고서야 의자에 앉은 그녀는 편안한 마음으로 기다렸다.

마침내 문이 열리는 소리가 들리자 페이야는 긴장한 표정으로 문 쪽을 쳐다봤다.

"야오姚 선생님, 안녕하세요!" 아름다운 여성이 들어오자 페이야가 고개를 숙여 인사했다. 흠 잡을 데 없는 '착한 학생'의 태도였다.

닥터 야오는 가볍게 미소를 지으며 모직 코트를 벗어 의자 팔걸이에 걸쳤다. 버건디 색깔의 에나멜 핸드백과 크라프트지로 만든 종이상자는 의자 옆에 내려놓았다. 두 다리를 비스듬히 모아 앉은 그녀는 손을 겹쳐 무릎 위에 올렸다. 기름한 손가락이 치맛단 위에 맞춘 것처럼 닿아 있었다.

"오늘은 좀 피곤해 보이네?" 닥터 야오가 물었다.

역시 선생님께 들켰다고 생각하며 페이야는 딱딱하게 웃었다. 그녀는 닥터 야오처럼 예쁜 여자 앞에 서면 대개 긴장하곤 했다. 닥터 야오는 늘 우아하고 담백한 미소를 짓고 있었다. 처음 닥터 야오를 만났을 때 페이야는 한동안 충격에 빠져 있었다. 닥터 야오가 자신이 상상했던 의사의 이미지와 전혀 달랐기 때문이다. 페이야는 근엄한 표정을 짓는 안경 쓴 중년 여성이 올 거라고 생각했다. 그런데 닥터 야오는 젊을 뿐만 아니라 연예인이라고 해도 믿을 만큼 예뻤다. 만약 그녀가 의사가 되기 전에 영화를 찍은 적이 있다고 말했더라도 페이야는 의심하지 않았을 것이다.

닥터 야오와의 상담은 페이야의 담임교사가 주선했다. 상담지도실에서는 외부기관과 연계해 청소년 심리상담사를 초빙하는 프로젝트를 추진했는데, 담임이 아버지를 여윈 페이야를 상담 학생으로 추천했다.

둘째 고모에게는 눈엣가시지만, 페이야는 대부분의 어른들이 보기에 착하고 성적도 좋은 모범생이었다. 여기에 담임의 추천이 더해져 페이야는 정기적으로 닥터 야오와 상담할 기회를 얻었다. 또 상담은 정당하게 수업을 빠질 수 있는 방법이기도 했다. 페이야는 짧게나마 교실을 벗어날 수 있어서 좋았다. 교실은 무슨 일이든 자신을 물어뜯으려 하는 사람들이 모여 있는 공간이었기 때문이다.

"요즘 어떻게 지냈니?" 닥터 야오가 다정하게 물었다. 의사의 문진이라기보다는 큰언니가 여동생에게 신경 써 주는 것 같은 태도였다. 하지만 선을 넘을 정도로 친밀한 느낌은 아니었다.

페이야는 조금 망설였다. 그러다가 마음속을 다 들여다보는 것 같은 닥터 야오의 눈빛을 받으며 지난 며칠간의 경험을 털어놓았다. "한밤중에 몰래 집을 빠져나갔어요. 음…… 충동적으로 그런 건 아니에요. 늘 집 밖을 돌아다니고 싶었는데 우연히 기회가 생겨서……."

닥터 야오는 페이야의 말을 경청했다. 그녀는 조급하게 말을 끊는 법이 없었다.

"처음 밤거리를 돌아다닐 때는 정말 즐거웠어요. 낮에 있었던 불쾌한 일들이 다 사라지는 것만 같았죠. 정말 오랫동안, 이렇게 자유롭다고 느낀 적이 없었거든요. 전에는 그런 생각은 한 적 없었어요. 밤에 몰래 나가고 싶다는 생각도 한 적 없고요. 제가 많이 바뀐 것 같아요. 혹시 너무 제멋대로인 걸까요?" 페이야는 말썽을 피운 뒤 퍼뜩 정신이 든 어린아이처럼 불안한 심정을 감추지 못하며 닥터 야오에게 물었다.

"사람은 변해. 그게 바로 성장하는 과정이지. 난 페이야가 제멋대로라고 생각하지 않아. 밤에 나가서 뭘 부수거나 증명하려고 하는 건 아니잖아. 잠시 숨통을 틔우려는 것뿐이지. 하지만 너무 외진 곳에는 가지 마. 항상 안전에 주의하고. 그건 나랑 약속하자." 닥터 야오가 녹을 듯이 미소 지으며 대답했다.

"그럼요. 늘 조심하고 있어요." 페이야는 대답하자마자 조금 찔리는 기분이 들었다. 실은 너무 즐거운 나머지 위험한 상황을 마주칠 수도 있다는 점을 잊고 있었기 때문이다.

"그 애들은 요즘 어때? 계속 괴롭히니?"

페이야는 침묵했다. 닥터 야오를 신뢰하기 때문에 구이메이 일당이 하는 짓을 말해 준 적이 있었다.

"불안하다면 담임선생님께 말씀드려서 해결해. 내가 도와줄게." 닥터 야오가 제안했다.

"아, 아뇨." 페이야는 곧바로 반대했다.

닥터 야오가 페이야의 어깨를 가볍게 잡았다. "여기 있던 멍은 아직 안 나았어?"

멍 이야기를 들으니 페이야는 지난 상처들이 은은하게 아파 왔다. 얼마 전까지는 통증 자체를 잊고 있었는데, 한 번 언급이 되니 오히려 고통의 존재감이 커졌다. 다행히 닥터 야오의 손이 따뜻해서 안심이 되었다. "한 번 더 해 볼래요. 아직 패배를 인정하고 싶지 않거든요."

닥터 야오가 격려하듯 화답했다. "난 페이야가 잘 처리할 거라고 믿어. 하지만 너무 애쓰지는 마. 가끔은 한 발짝 물러나면 더 많은 게 보이기도 하니까."

페이야는 다시 몇 가지 근황을 이야기했다. 대화하다 가끔 머리카락을 젖히고 볼을 만질 때 무척 덥다는 생각이 들었다. 자기 얼굴이 처음부터 빨갛지는 않았는지 걱정이 되기도 했다. 페이야는 종종 벽에 걸린 시계를 쳐다봤다. 시곗바늘은 냉정하게도 계속 앞으로 나아갔다. 수업이 끝나는 시각까지 10분도 채 남지 않았다. 이제 곧 닥터 야오와 헤어져 교실로 돌아가야 한다는 뜻이었다.

"남은 시간엔 케이크를 먹으면 딱 좋겠다." 닥터 야오가 크라프트지 상자를 열고 둥근 치즈케이크를 꺼냈다. 냄새만 맡아도 무척 맛있을 것 같았다. 그녀는 플라스틱 칼을 꺼내 케이크를 자른 뒤 한 조각을 종이 접시에 담아 페이야에게 건넸다.

페이야는 기대감을 품고 플라스틱 포크로 치즈케이크를 잘라 입에 쏙 넣었다. 눈이 둥그렇게 커졌다. 케이크가 혓바닥 위에서 녹아내리자 진한 치즈 향기가 입안을 가득 채웠다. 달고 맛있었다.

"맛있지?" 닥터 야오가 물었다.

페이야는 열심히 고개를 끄덕였다. "어디서 사셨어요?"

"산 거 아니야."

"그럼 선생님이 만드셨어요?"

"그것도 아니야. 내가 상담하는 환자가 구웠어. 그 사람은 디저트에 특별한 재능이 있거든. 무엇이든 쉽게 해내지. 지금까지 걔가 어렵다고 하는 레시피를 본 적이 없단다." 닥터 야오의 말투에는 자랑스러움과 애정이 담뿍 배어 있었다. 마치 사랑하는 반려동물에 대해 이야기하는 듯한 태도였다. 하지만 페이야는 그런 점은 알아차리지 못했다. 그저 야오 선생님은 상담하는 환자와 사이가 참 좋은 것 같다는 생각만 했다.

"대단해요. 이 케이크, 정말 맛있어요!" 페이야는 쉬지 않고 칭찬했다. 그녀는 이거라면 100조각도 먹을 수 있겠다고 진심으로 생각했다.

"다음에 또 가지고 올게. 혹시 기회가 된다면 페이야와 그 사람이 직접 만날 수도 있겠지. 둘이 잘 통할 것 같아. 괜찮다면 남은 건 전부 너한테 줘도 될까? 사실 나는 자주 먹는 거라서." 닥터 야오가 조금 난처한 미소를 지으며 케이크 상자를 페이야에게 내밀었다.

페이야는 조심스럽게 상자를 받아 무릎 위에 올려놓았다. "다음 수업 시작 전까지 다 먹진 못할 것 같아요."

"괜찮아. 선생님께 말씀드려서 네가 여기 한 시간 더 있게 해 줄게. 아쉽지만 나는 이만 가야 해서. 다음에도 같은 시간에 만날까?" 닥터 야오가 모직 코트를 집어 들며 말했다. "페이야는 똑똑해. 듣기 좋으라고 하는 말이 아니라 진짜 똑똑한 사람이야. 그러니까 너무 무리하지 마. 천천히 적응해 가면 되니까."

"네, 노력할게요!" 페이야가 진지한 태도로 대답했다.

"페이야, 다음에 봐." 닥터 야오는 손을 흔들고선 빠르게 방을 떠났다.

~

어둠.

금발 여자가 볼 수 있는 유일한 것.

여자는 듣지도 못하고 시간의 흐름도 알지 못했다. 손발이 다 묶여 있어 벌레처럼 꿈틀대는 것밖에 할 수가 없었다.

숙취로 인한 두통도 공포를 이기지는 못했다. 여자는 앞으로 어떤 짓을 당하게 될지 두려웠다. 금발 여자가 평소에 어울리는 놈들도 좋은 녀석들은 아니었다. 대부분 동네 건달이라 힘을 과시한답시고 폭력을 휘두르는 일이 다반사였다. 그래서 술에 취한 여성이 그런 녀석들에게 잘못 걸리면 어떤 꼴을 당하는지는 잘 알았다.

하지만 이놈은 어딘가 달랐다. 그는 무언가 다른 계획이 있어 보였다. 금발 여자의 불길한 예감은 그가 하려는 짓이 강간 정도가 아닐 거라고 말하고 있었다. 지금까지 구타는 했어도 성적인 폭행은 하지 않은 것도 그런 예감을 더 강하게 했다.

도대체 뭘 하려는 걸까? 온갖 끔찍한 상상이 끊임없이 이어졌다. 여자는 저도 모르게 몸을 떨었다. 왜 술을 그렇게 많이 마셨을까, 왜 집까지 데려다 달라고 하지 않았을까. 그랬다면 이 사람에게 붙잡히지 않았을 텐데.

후회해. 후회해. 후회해……. 여자는 돌연 발목을 붙잡는 손을 느꼈다. 그녀는 짐짝처럼 끌려갔다. 바닥에 마찰되는 등이 몹시 아팠다. 피부가 벗겨진 것 같았다. 여자는 자신이 마른 곳에서 물기가 있는 곳으로 옮겨졌다는 걸 알아차렸다. 춥고 역겨웠다.

눈을 가린 테이프가 뜯겼다. 테이프에 달라붙은 눈썹도 같이 뜯겼다. 갑자기 빛을 보는 바람에 눈이 아팠다. 어둡고 작은 방이었다. 미약한 빛을 뿌리는 전구가 천장 구석에 홀로 매달려 있었다.

여자가 눈동자를 마구 굴렸다. 그녀는 겁먹긴 했지만 가능한 한 빨리 이곳이 어딘지 파악하려 했다. 사면이 전부 하늘색 타일로 덮여 있었다. 쉽게 더러워지는 색이었다. 물때가 끼면 더욱 역겨워지는 종류의 타일이었다. 뭔지 모를 오물이 타일 사이의 줄눈을 따라 흘러나오는 듯했다. 한쪽 벽면에는 녹슨 쇠고리가 다섯 개 박혀 있었다. 벽을 단단히 파고든 쇠고리에는 쇠로 된 수갑과 사슬이 걸려 있었다.

여자는 자신의 추측이 틀렸기를 간절히 바랐다. 저건 사람을 벽에 매달기 위한 장치가 아니라…….

하지만 여자를 납치해 온 편의점 점원은 금세 그녀의 환상을 깨부쉈다. 여자는 아무 효과 없는 저항을 거쳐 대大 자 모양으로 벽에 고정되었다. 목과 손목, 발목에는 각각 수갑이 채워지거나 쇠사슬이 묶였다. 그녀는 살려 달라고 빌 기회도 갖지 못했다. 목을 감은 쇠사슬이 바짝 죄여 와 숨쉬

기도 어려웠다.

점원은 느긋하게 고무장갑을 꼈다. 그는 벌거벗고 있었다. 검은 털이 가슴에서 아랫배까지 죽 이어졌다. 그리고 그 아래에는……. 여자는 눈을 의심했다. 음경이 없었다. 뭐라고 형용할 수 없는 살덩이가 뭉쳐져 있을 뿐이었다. 마치 잘렸다가 아문 상처 같았다.

여자가 무엇을 쳐다보는지 눈치챈 점원이 갑자기 여자의 얼굴을 세게 때렸다. 여자는 청력을 반쯤 상실했다. 점원은 계속해서 여자를 때렸다. 한 번, 두 번, 세 번…….

금발 여자는 고통 속에서 힘없이 고개를 늘어뜨렸다. 눈물이 더러운 바닥에 뚝뚝 떨어졌다. 하지만 이런 그녀의 모습은 상대의 연민을 불러일으키지 못했다. 치마가 걷어 올려지고, 팬티가 내려갔다. 갑작스러운 격통이 덮쳤다. 여자는 자신의 몸이 찢어진다고 생각했다. 점원의 손가락이 쇳덩이처럼 몸 안으로 침범해 아랫도리를 거칠게 찢고 벌리고 갈랐다. 그녀는 입이 막혀 있어 비명은커녕 욱, 욱 하는 소리밖에 낼 수 없었다.

점원이 거칠게 손가락을 빼내더니 여자의 눈앞에 들이댔다. 그녀는 고무장갑이 체리처럼 붉은 피로 흠뻑 젖은 것만 볼 수 있었다. 여자는 가련하게 울었다. 얼마나 고통을 당하게 될지 상상조차 할 수 없었다.

악몽은 이제 막 시작되었다.

7

보고도
보지 못한 것처럼

밤 9시 반, 야간부 강의가 드디어 끝났다. 촨한은 하품을 쩍 하더니 노트와 볼펜을 가방에 집어넣었다. 이제 하루 일과가 정식으로 시작되는 시간이다.

강의실을 나서는데 친구가 촨한을 불러 세웠다. "노래방 같이 안 갈래?" 다른 친구도 권했다. "가자, 같이 놀면 좋잖아."

"미안. 아르바이트가 있어." 촨한이 쓴웃음을 지으며 사과했다. "다음에, 다음에는 꼭 같이 갈게."

"저번에도 그렇게 말하고 계속 빠졌잖아. 하루 쉰다고 해! 내일이 토요일이라 우리도 마침 시간이 비거든." 친구들이 장난조로 항의했다.

"나도 쉬고 싶은데 야간근무는 하려는 사람이 없어서 대타를 세우기가 힘들어. 진짜 미안. 다음에 내가 살게." 촨한은 한 번 더 사과하고 자리를 떴다.

차가운 바람이 불었다. 뼛속을 파고드는 한기에 촨한은

녹색 사파리 점퍼의 지퍼를 목 끝까지 올렸다. 바람을 정면으로 받으며 주차장에 도착한 그는 엉망으로 주차된 오토바이들 사이에서 자신의 검은색 야마하를 찾아냈다. 테가 두꺼운 안경을 벗어 안쪽 주머니에 넣으니 그의 흉흉한 눈빛이 그대로 드러났다. 시선이 잠시 마주치기만 해도 사람들은 소름이 끼치는 느낌을 받을 듯했다. 지금의 좐한은 편의점에서 근무하는 선한 인상의 청년과 완전히 다른 사람처럼 보였다.

차체와 같은 색으로 맞춘 검은색 풀페이스 헬멧을 쓰고 실드를 완전히 내리자 그의 위험해 보이는 눈빛이 다시 가려졌다.

좐한은 오토바이에 시동을 걸고 미로 같은 주차장을 거침없이 빠져나갔다. 정지 신호에 멈춘 그가 현재 시각을 확인했다. 아르바이트 시작 시간까지 약간 여유가 있었다.

"거길 들렀다 가기에는 빠듯하겠군. 사자, 네 생각은 어때?" 좐한이 혼잣말을 시작했다. 그의 목소리는 헬멧에 가로막혀 본인의 귀에만 들렸다.

"좋아, 한 번 해 보자. 난 제시간에 도착할 거야." 좐한은 녹색 신호등이 켜지자마자 사냥감을 덮치는 맹수처럼 달려 나갔다. 가로등과 차량이 빠르게 그를 스쳐 지나갔다.

이틀 전만 해도 더위가 남아 있었는데 기온이 갑자기 뚝 떨어진 것처럼, 도로 위의 돌발 상황은 예측이 불가능하다.

환한이 네거리를 지나던 순간, 정지 신호를 위반한 택시가 갑자기 속도를 높여 차선을 넘어왔다. 차량 옆구리를 들이받나 싶던 그는 침착하게 관성력을 억누르며 오토바이를 꺾었다. 시커먼 타이어 자국이 도로에 길게 남았다. 이를 본 사람들이 깜짝 놀라 비명을 질렀다. 택시 운전사도 놀란 나머지 브레이크를 밟았다.

영화 속 장면처럼 멋진 주행 기술을 선보인 환한은 아무 일도 없었다는 듯 다시 액셀러레이터를 밟았다. 택시 운전사는 멍하니 멀어지는 오토바이 꽁무니만 바라봤다.

30분 후, 환한은 위런漁人 부두에 도착했다. 강가라 바람이 더 거셌다. 강물에 비치는 가로등 불빛이 바람이 부는 대로 수면에 이는 파문과 어우러져 멋진 야경을 만들었다.

헬멧을 벗은 환한의 머리카락이 바람에 흩날렸다. 바람 소리가 몹시 컸지만, 그는 자기 목소리가 사자에게 들리지 않을까 봐 걱정하지 않았다. "이건 무효야. 그 택시 때문에 길을 돌아서 왔잖아. 사자, 너도 다 봤으면서 그래."

사자와 말다툼을 하는 것 같던 환한이 갑자기 입을 딱 다물고 검은 강물을 응시했다. 한참을 그러고 있던 그는 정해 둔 시간이 되자 헬멧을 쓰고 오토바이에 올랐다.

~

환한은 11시가 되기 전에 아르바이트 장소인 편의점에 도착했다. 오토바이는 가까운 전용 주차 빌딩에 세웠다. 헬멧을 벗고 다시 안경을 쓴 뒤, 몇 번 심호흡을 하며 바깥으로 뿜어내던 날카로운 기운을 갈무리하자 그야말로 딴판인 사람이 되었다. 본질이야 달라지지 않겠지만 안경의 효과 때문인지 온화하고 예의 바른 사람처럼 보였다. 환한의 뭐라 표현하기 힘든 지친 느낌이 조금씩 무형의 그림자로 뭉치고 있다는 것을 누구도 알아차리지 못했다. 환한 자신조차도.

정리를 마친 환한이 편의점으로 들어갔다. 늦은 시간인데도 웬일로 계산대 앞에 긴 줄이 늘어서 있었다. 혼자서 계산을 하고 있던 동료 점원 아저阿哲는 상황을 빠르게 해결할 능력이 없었다. 환한은 얼른 출근 카드를 찍고 유니폼을 입은 뒤 아저를 도왔다.

"안녕하세요. 이쪽에서도 계산해 드리겠습니다!" 환한이 손님들 앞에 서서 숙련된 점원의 미소를 띠며 상품을 건네받아 바코드를 찍고 돈을 받은 후 거스름돈을 내어 주었다. 그렇게 몇 번을 반복하자 계산대 앞의 손님이 전부 사라졌다.

"퇴근 직전의 폭탄이었어." 아저가 길게 한숨을 쉬며 필요할 만큼의 잔돈만 남기고 현금을 전부 꺼냈다. 그러면서 환한에게 오늘 야간근무에 관한 전달사항을 설명했다.

손님이 없는 틈을 타 환한은 음료 냉장고에서 페트병 음료를 두 병 꺼내 계산한 뒤 아저에게 한 병을 주었다. "고생했어."

"또 얻어먹네. 고마워." 아저가 음료수에 빨대를 꽂고 몇 모금 빨았다. "참, 거기 봤어?"

"뭘?"

"뭐긴, 다크웹 말이야."

"조금. 어떻게 그런 걸 찾아낸 거야?"

"우연이었지. 인연이 닿은 거야. 놀랍지? 특히 '잭'이라는 사이트 말이야, 처음에는 조작된 영상인 줄 알았는데 보면 볼수록 진짜라는 걸 알겠더라. 다크웹에 있는 건 전부 납치, 살해, 인간사냥 같은 콘텐츠인데, 그놈들은 잡아 온 사람의 배를 산 채로 가르잖아. 그야말로 살인마 잭의 후예라고. 너도 잭 더 리퍼는 알지? 유명한 살인마를 숭배하는 사람들이 진짜 있다니, 정말 신기해." 아저가 이해하기 어렵다는 듯 고개를 저었다.

"그래, 맞아." 환한은 갑자기 맛없게 느껴지는 음료수를 내려놓았다. 그가 금전 등록기를 열어 괜히 그 안의 동전을 만지작거리자 짤랑짤랑 소리가 났다.

아저가 지폐 뭉치를 크라프트지로 된 수금 봉투에 넣고

오늘 날짜와 금액을 적었다. "넌 이런 화제가 별로지? 미안. 하지만 다크웹의 사이트를 보고 나니 우리가 사는 세상이 거대한 거짓말처럼 느껴지지 않았어? 익숙한 평화와 안전 등등은 전부 가짜인 거지. 지금도 지구 어딘가에선 누군가 납치당하고 있을지도 몰라. 운 나쁘게 '잭'의 손에 걸린다면 배가 갈라지고 그 모습이 영상으로 찍혀 다크웹에 업로드되겠지. 그런 일이 여기서 일어날 수도 있다고!"

"불가능한 일은 아니지. 안녕하세요!"

환한이 잠깐 대화를 끊었다. 손님의 물건 값 계산이 더 급했다. 딱 봐도 피로가 누적된 직장여성인 손님은 우유와 크림 샌드위치를 들고 이동하려 했다. "우유 데워 드릴까요?" 환한이 물었다. 손님이 고개를 끄덕이자 환한은 우유 입구를 조금 열어 전자레인지에 넣었다. 꺼낼 때는 살짝 흔들어 뜨거워진 우유가 전체적으로 분산되게끔 했다.

손님이 떠난 후 아저가 환한을 칭찬했다. "넌 정말 손님에게 잘해 주는 좋은 점원이자 좋은 동료야. 나한테 음료수 사 준 것만 해도 벌써 몇 번째냐? 하지만 너는 종종…… 너무 착하다고 할까? 누구에게나 이렇게 잘해 주는 거야?"

"나도 모르겠어. 그래서 나한테 반감이 생겨?" 환한이 물었다.

"그럴 리가! 공짜로 음료수를 마시는 게 싫을 리가 있냐? 매번 그러니까 미안한 거지. 다음에는 내가 살……. 저 여자 뭐하는 거야?" 아저의 말에 촨한도 편의점 바깥을 쳐다봤다. 페이야가 촨한을 향해 손을 흔들고 있었다.

"저 애 알아?" 아저가 휘파람을 불었다. 그는 촨한보다 몇 살 더 많았지만 그만큼 어른스럽지는 않았다.

"가게에 몇 번 왔어."

"부럽다, 저렇게 귀여운 애랑 마주치다니. 내가 일할 때는 귀찮은 아주머니나 아저씨만 오던데. 난 이만 퇴근할게. 둘 사이에 눈치 없이 끼기 싫다. 바이!" 아저가 촨한을 놀리며 휴게실로 들어갔다. 유니폼도 갈아입지 않고 외투만 들고 나온 그는 얼른 편의점을 나섰다.

촨한은 편의점 밖에 서 있는 페이야에게 갔다. 자동문이 열리자 안팎의 온도차 때문에 닭살이 돋았다.

"또 밤에 놀러 나왔네요……. 왜 그렇게 떨어요?" 가뜩이나 마른 페이야가 방한 기능이 약한 아디다스 바람막이만 입고 있으니 너무 얇게 입은 것처럼 보였다.

페이야는 어깨를 웅송그리고 손을 주머니에 넣은 채 떨고 있었다. "이렇게 추울 줄 몰랐어요……."

"바로 가게에 들어오지, 추운데 왜 밖에 서 있었어요. 얼른 들어와요." 촨한이 페이야를 데리고 들어가 편의점 안 탁자에 앉혔다. "잠깐 기다려요."

촨한은 종이 팩에 든 모카커피를 전자레인지에 넣고 오래 데워 전체적으로 충분히 따뜻해지도록 신경을 썼다. 온장고 안에 보관한 캔 음료는 온도가 균일한 편이라 전자레인지에 데울 때처럼 어디는 차고 어디는 뜨거울 일이 없다. 하지만 오늘은 기온이 갑자기 떨어져 온장고 음료가 많이 나갔고, 미리 넣어 두어서 따뜻해진 음료는 거의 다 팔린 상태였다.

"뜨거우니까 조심해요." 촨한이 열린 입구에서 김이 모락모락 올라오는 모카커피를 페이야 앞에 내려놓았다. 페이야는 양손으로 커피를 감쌌다. 차가운 손끝에 온기가 돌아오는 것을 느끼며 조심스럽게 입을 대고 한 모금 마셨다. 따뜻한 커피가 목구멍을 타고 넘어가는 느낌이 그녀를 편안하게 만들어 주었다.

"다음에는 밖에 서 있지 말고 바로 들어와요. 편의점에 출입 제한이 있는 것도 아닌데. 광고에서도 나오잖아요. '자기 집처럼 생각하세요.' 하고. 손님들은 대부분 그렇게 행동해요." 촨한이 옆 탁자에 놓인 음료수 캔과 편의점에서 파는 브랜드가 아닌 일회용 도시락의 포장 용기를 가리켰다. 소스와 밥알 등이 떨어져 있어서 지저분했다.

"네, 고맙습니다……." 페이야는 촨한과 눈을 마주치지 못하고 커피만 빤히 쳐다봤다.

그녀가 편의점에 온 이유는 너무 춥지만 집에 돌아가고 싶지 않았기 때문이다. 그리고 촨한이 어떤 사람인지 확인하고 싶기도 했다. 학교가 아니라 괴롭힘을 당할 일이 없는 곳에서 페이야는 대답했다. 하지만 자신이 촨한의 개인적인 비밀을 캐내는 것 같아서 미안했다.

페이야는 무슨 말을 해야 할지 몰라 계속 커피만 홀짝였다. 날씨도 춥고 늦은 시각이라 손님이 없어서 촨한은 한가했다. 그는 탁자에 널린 쓰레기를 치운 후 페이야 맞은편에 앉았다.

침묵. 촨한은 침묵이 불편하지 않은 듯했지만 페이야는 뭐라도 말을 꺼내야 할 것 같은 기분이었다.

"저기." "그……." 두 사람이 거의 동시에 말문을 열었다가 도로 입을 닫았다. 둘은 어색한 침묵 속에서 상대방이 말을 잇기를 기다렸다.

결국 내심 찔리는 게 있는 페이야가 먼저 말했다. "왜요?"

"학교에 괴롭히는 애가 있는 거지요." 촨한이 페이야를 빤히 보며 말했다. 확신에 찬 말투는 의문문이 아니었다.

그 말이 페이야의 아픈 곳을 찔렀다. 페이야는 오기를 부리듯 반문했다. "딱 봐도 그래 보여요? 내가 괴롭히기 좋은 사람처럼 생겼나 보죠?"

"그런 게 아니라, 즐거워 보이지가 않아서요. 그건 알아볼 수 있어요. 맞은 적도 있나요?"

페이야는 아랫입술을 꼭 깨물었다. 한참 망설인 끝에 고개를 끄덕였지만, 곧바로 자기가 왜 성실하게 있는 그대로 대답해야 하나 싶어서 화가 치밀었다. 그녀는 이런 상황이 되길 절대 바라지 않았다.

"선생님은 알아요?"

계속되는 질문에 페이야는 미간을 찌푸렸다. 설마 벌을 받는 걸까? 환한이 감추고 있는 비밀을 알아내려 했기 때문에 반대로 자신이 가장 보여 주기 싫은 부분을 들키게 된 걸지도 모른다.

페이야는 고개를 저었다. "선생님께 말씀드린 적은 없어요."

"같은 반 애들은 다 봤는데도 못 본 척, 아무 일도 없는 척하고요?" 환한의 어조는 평이했다. 하지만 한 마디 한 마디가 페이야의 마음을 아프게 때리는 듯했다. 무엇보다 그녀가 가장 견디기 힘든 부분까지 짚었다. 페이야 자신도 스스로가 이렇게까지 힘들어하리라고 생각하지 못했다. 어느새 눈물이 눈가를 따라 흘렀다. 방관하는 친구들은 페이야에게 또 다른 가해자였다.

페이야는 유리창 바깥에 시선을 고정하고 울음을 삭이려 애썼다. "맞고만 있었던 건 아니에요. 나도 싸웠어요! 전에는 누구랑 싸우고 때리는 건 상상도 못했는데 지금은……. 나도 똑같이 때리지 않으면 바보처럼 가만히 얻어맞기만 하니까. 선생님께 말씀드리지 않은 건 문제 있는 학생으로 보이기 싫어서예요. 혼자서 해결하고 싶었어요……. 당신이 보기에도 내가 멍청하고 괴롭히기 좋은 애 같아요?"

"아니요. 절대 아니에요." 촨한이 부정했다.

"그런데 왜 계속, 계속 물어요? 당신하고 관계도 없는 일인데!" 페이야도 자기가 어린애처럼 화풀이를 하고 있다는 걸 알았다. 하지만 폭발하는 감정을 다스리기가 어려웠다.

"나하고 관계없는 일인 건 알아요."

"그러면 왜 물었어요? 이렇게 쌀쌀맞게 굴 거면서!" 페이야는 이토록 무책임한 반응이 돌아온 걸 믿을 수가 없었다. 촨한이 먼저 들쑤셨는데 말이다! 참지 못한 눈물이 페이야의 얼굴을 온통 적셨다.

"미안해요, 확인을 해야 하니까……." 촨한이 화장지를 뽑아 페이야에게 내밀었다. 페이야는 못 본 척하고 손으로 부어오른 눈을 문질러 눈물을 닦았다. 촨한은 화장지를 페이야 앞으로 밀어 주었다.

"뭘 확인한다는 거예요? 당신이 왜요?" 페이야가 코를 훌쩍이며 물었다. 그 순간 그녀는 촨한이 몹시 슬픈 표정을 짓고 있다는 걸 벼락같이 깨달았다. 돌아가신 아빠도 이토록 연민에 가득 찬 눈빛으로 페이야를 바라본 적이 없었다.

"도와주고 싶어요."

8

저 여자의 뒷배,
이 남자의 도움

"왜요?"

전혀 예상하지 못한 말이었다. 학교 친구들조차 방관하는데 몇 번 마주친 사람이 끼어들겠다고 하는 말을 믿기 어려웠다.

하지만 페이야의 의문이 풀리기 전에 시끄러운 음악 소리가 둘의 대화를 끊었다. 두 사람은 동시에 가게 바깥을 바라봤다. 튜닝한 녹색 자동차가 편의점 앞에 서 있었다. 유리창으로는 자동차에서 울리는 음악 소리를 막기 힘든 듯했다. 묵직한 베이스음이 울릴 때마다 유리창이 흔들렸다. 차 문이 열리자 소리는 더 커졌다.

젊은 남녀가 차에서 내렸다. 마르고 키가 큰 남자는 한국 연예인 스타일로 잔뜩 꾸몄는데, 심지어 아이라인까지 그렸다. 그 일행인 여자를 본 페이야는 자기 눈이 잘못되었기를 바랐다. 이런 데서 구이메이를 만날 줄이야.

구이메이의 꾸밈새는 학교에서 보던 것과 달랐다. 추운

날인데도 엄청나게 짧은 핫팬츠를 입고, 소매만 검고 나머지는 흰 야구 점퍼를 걸쳤다. 야구 모자를 뒤로 돌려서 쓰고 빨간색 립글로스를 바른 데다 속눈썹도 붙였다. 화장을 해서 그런지 나이보다 성숙해 보였다. 하지만 페이야의 눈에는 제멋대로 날뛰는 불량소녀일 뿐이었다.

저 애가 왜 여기 나타났을까? 이곳은 학교에서 한참 떨어져 있었다. 페이야도 전학을 와야 하는 상황만 아니었다면 그만큼 먼 중학교에 다니지 않을 터였다. 밤의 외출은 페이야가 자신을 힘들게 하는 것들로부터 벗어날 수 있는 유일한 탈출구였다. 그런데 지금 구이메이를 만났다는 건 이 유일한 탈출구조차 곧 망가질 거라는 징조일까?

구이메이와 남자가 편의점으로 들어오는 것을 본 페이야는 얼른 후드를 뒤집어쓰고 손으로 얼굴을 슬쩍 가렸다. 촨한이 목소리를 낮춰 물었다. "아는 사람이에요?"

페이야가 고개를 끄덕였다.

"괴롭힌 사람이 어느 쪽이죠?" 촨한이 다시 물었다.

"여자 쪽……." 페이야는 작은 목소리로 대답하면서 '역시 너무 표 나게 굴었구나' 하고 생각했다.

"어이, 아무도 없어?" 남자가 계산대 앞에 서서 소리를 질렀다. 구이메이도 덩달아 소리쳤다. "손님이 왔는데 왜 안 나와! 주인한테 항의할 거야!"

"어서 오세요." 촨한은 화난 기색 없이 평온하게 말하며 계산대로 향했다. "안녕하세요. 필요하신 게 있습니까?" 그렇게 말하던 췐한은 남자 손님이 눈에 익다는 사실을 깨달았다. 손님 쪽도 아는 사람을 만났다는 반응을 보였다.

"어어…… 어어어어!" 남자는 연기하듯 놀라움을 표시했다. "이야, 오랫동안 소식도 없더니 이런 데 숨어 있었구나. 오랜만이다, 브라더!" 남자는 열정적으로 췐한의 어깨를 끌어안았다가 힘 있게 두들겼다가 했다. "어이쿠, 근육은 여전하네!"

"아구이阿鬼*?" 췐한이 갈라진 목소리로 남자를 불렀다.

"몇 년 못 봤다고 쌀쌀맞게 구네? 그래도 우리가 형제나 다름없는 사이였는데. 나 요새는 그렇게 안 불려. 지금은 다들 '구이거鬼哥**'라고 하지." 구이거가 한 발짝 물러서더니 무대에서 박수갈채를 받는 주인공처럼 과장된 태도로 양팔을 활짝 벌렸다. 옆에 선 구이메이가 분위기를 맞추며 환호했다. 남자를 숭배하는 듯한 눈빛이었다.

"너는 아직도 발을 빼지 않았구나?" 췐한이 한숨을 쉬며 말했다.

"발을 빼? 나쁜 곳도 아닌데 왜? 귀여운 동생들한테는 내가 필요해. 누군가는 험한 세상에서 길을 잃은 어린 양들

* 귀신, 마귀라는 뜻의 별명.
** 원래의 별명인 '아구이(귀신)' 뒤에 형님, 오빠를 의미하는 '거(哥)'를 붙인 이름. 그가 몇 년 사이에 뒷골목 불량배에서 좀 더 영향력이 있는 사람이 되었음을 보여 준다.

을 돌봐야지. 계속 길 잃은 채 살도록 내버려 둘 수는 없잖아. 나는 그 애들을 가족처럼 생각해. 우리는 행복하고 즐거운 대가족이란 말씀. 참, 소개할게. 이쪽은 나와 의남매를 맺은 애야. 구이메이, 이쪽은 촨한 오빠라고 부르면 돼. 자, 인사!"

"촨한 오빠!" 구이메이가 얌전하게 고개를 숙였다. 면접을 보러 온 구직자도 그만큼 공손하지는 못할 듯했다. 구이거가 구이메이의 볼을 꼬집었다. 구이메이는 애교 섞인 투정을 부렸다. "못됐어, 아프다고요!"

"귀엽긴." 구이거가 구이메이의 이마에 쪽 하고 입을 맞췄다. 그런 다음 촨한 쪽을 보며 말을 이었다. "그건 그렇고, 뭐 좀 물어보자. 금발로 염색한 여자 본 적 있어? 자주 술에 취해 있는 애야. 걔가 이 근처를 곧잘 다닌다고 했거든. 내가 걔한테 술을 사다 주는 걸 귀찮아하지만 않았어도 너를 여기서 일찍 만났을지도 모르겠다. 지금이라도 만나서 다행이지만."

구이거가 다시 한 번 촨한의 어깨를 두드렸다. "기억 나? 그 여자는 눈에 확 띄거든. 맞아, 옷도 엄청 섹시하게 입어. 보자마자 자빠뜨리고 싶다니까. 구이메이, 너도 술집에서 그 여자 본 적 있어? 치마가 네 핫팬츠보다 짧았을 걸." 구이거가 구이메이가 입은 핫팬츠를 잡고 위로 끌어올리려는 듯한 손짓을 했다.

"그런 식으로 말하지 마. 네 동생이라는 애한테도 그러면 안 되지." 촨한이 저지했다.

"어, 그렇지. 미안하다, 넌 진짜 신사라니까. 그래서 말인데, 그 여자 본 적 있어?"

"단골손님이라 기억이 나. 하지만 요즘은 안 왔어."

구이거가 소리 나게 이마를 쳤다. "아깝다! 그 여자 때문에 귀찮아 죽겠어. 다들 나한테 그 여자가 어디 갔냐고 묻는 거야. 내가 어떻게 알겠냐? 하필이면 그 여자를 마지막으로 본 사람이 나래. 걔가 내 차에 타는 걸 다들 봤는데 그 후에 사라졌대. 증발한 것처럼!"

구이거가 계산대 앞에 놓인 껌을 멋대로 가져가 입에 넣었다. 그는 고개를 비뚜름하게 기울인 채 촨한을 빤히 쳐다봤다. 고대의 화석을 품평하는 전문가라도 되는 것처럼.

"너 많이 변했구나. 아주 근엄하신데? 몇 년 만에 만난 형제 같은 친구도 반갑지 않은가 봐? 우리가 예전에 얼마나 잘나갔는지 기억나? 이 학교에서 싸우고 나서 다음 학교로 가 또 싸웠지. 나중에는 우리 둘을 길에서 마주치면 애들이 전부 벌벌 떨었잖아. 눈만 마주쳐도 멀리 도망가고. 하! 잡스러운 것들이 자칭 '형님'이랍시고 거들먹대다가 나한테 걸리면 싹싹 빌었지."

"그때 우리는 너무 유치했어. 지금 여기에 멀쩡히 서 있는 것만 해도 행운이야."

"왜 그래? 말도 없이 사라져서 손 씻고 성인군자가 되기라도 했냐? 형제여, 내가 널 아는데 우리는 같은 종류의 인간이야. 미친놈처럼 날뛰며 살아야 자유롭지. 들어 봐, 너하고 같이 할 만한 일이 있어. 내가 최근에 큰 건수를 맡았거든. 로우 리스크에 하이 리턴! 내부거래보다 더 많이 벌 수 있을 거야. 힘을 합쳐서 크게 한탕 하고 큰형님 소리 좀 들어 보자!"

"일해야 돼. 시험공부도 해야 하고." 촨한이 딱 잘라 거절했다.

"아니, 아니. 친구야, 네가 말하는 '일'이라는 게 편의점 야간근무냐? 장난하지 마. 이런 일은 미래가 없어. 손님이 시키는 대로 개처럼 일하는 게 좋다고? 내가 편의점에서 일하시는 분들을 깎아 내리는 건 아니야. 매일 진상들을 상대하면서 주먹 한 번 안 날리는 건 진짜 대단하지! 나였으면 벌써 두들겨 패서 그놈들이 더는 못 짖게 했을걸. 아니면 너도 손님을 때린 적 있으려나? 옛날에 멋모르던 멍청이들을 교육했던 것처럼?" 구이거가 씩 웃었다. 교활한 표정과 눈빛에는 보는 이를 불편하게 만드는 사악함이 담겨 있었다.

"난 네가 1대 5로 싸웠던 날을 영원히 못 잊을 거야. 너도 갈비뼈가 부러지긴 했지만 멍청이 다섯 놈을 전부 입원시켰지. 그땐 정말 놀랐어. 사람을 때릴 때 네가 그렇게 무시무시할 줄이야!" 구이거가 엄지손가락을 치켜세우며 흥분한 어조로 말했다. "다시 생각해 봐. 이번 건수가 진짜 괜찮거든. 내 전화번호 두고 갈 테니까 언제든지 연락해. 그리고 혹시 그 금발 여자 소식을 들으면 그것도 좀 알려 주고."

ᔓᔕ

세 사람이 대화하는 동안 페이야는 상품 진열대 뒤에 숨어 이야기를 엿들었다. 환한의 과거가 그렇게나 화려했다니. 지금의 부드럽고 예의 바른 태도를 보면 구이거 같은 불량배와 어울렸던 과거를 연상하기 어려웠다. 그 남자의 말만 들으면 동고동락했던 '형제' 사이 같았다…….

슬쩍 고개를 내밀어 구이거라는 남자를 살펴보니 구이메이가 왜 그를 따라다니는지 알 것 같았다. 구이거는 학교에서 마주치는, 땀 냄새를 풀풀 풍기고 '리그 오브 레전드' 같은 게임 얘기나 떠드는 또래 남자애들보다 훨씬 매력적이었다. 하지만 숨길 수 없는 사악한 기운이 있어서 어떻게 보아도 좋은 사람은 아닐 거라는 생각이 들었다. 하지만 그런 면이 구이메이 같은 어리지만 삐뚤어진 애들을 끌어당기는 요인일 터였다.

페이야는 진열대 뒤에 숨어서 구이거가 얼른 편의점에서 나가기를 기도했다. 자신이 숨 쉴 수 있는 작은 공간이 망가지지 않기를 바랐다. 그때 상품 진열대 너머로 구이메이가 애교를 부리는 목소리가 들렸다. "오빠, 음료수 사 주세요."

"마시고 싶은 걸로 가져와. 내 거는 과일주스로." 구이거가 관대하게 대답했다. 페이야는 점점 가까워지는 발소리를 들었고, 곧 빽빽거리는 목소리가 뒤를 이었다. "이 계집애가 왜 여기 있어? 너, 우리 얘기를 엿들은 거야?"

웅크린 채 고개만 든 페이야의 눈에 양손을 허리에 척 얹은 구이메이가 보였다. 아래에서 올려다보니 붙인 속눈썹이 생각했던 것보다 훨씬 길었다.

"아, 아니야. 신경 쓰지 마." 페이야는 궁색하게 대답했다. 구이메이는 그 말에 더 화가 나서 페이야의 멱살을 잡았다.

"한동안 가만두니까 아픈 게 뭔지 다 잊어버렸어?" 구이메이가 페이야를 때리려고 막 손을 들어 올렸을 때였다. 누군가 강한 힘으로 구이메이의 손목을 잡아채더니 팔을 등 뒤로 꺾었다. 구이메이가 고개를 돌리자 무시무시한 표정을 지은 촨한이 보였다. 구이메이는 등줄기가 오싹했다. 조금 전에 본 온화한 인상의 점원과는 딴판이었다. "오, 오빠……. 아파요……."

"미안." 촨한이 손을 놓으면서 눈을 내리깔았다.

한순간에 지나가긴 했지만 페이야도 촨한이 갑작스레 드러낸 흉흉한 분위기를 목격했다. 그게 구이거가 방금 말했던 과거가 사실이라는 걸 증명해 주는 듯했다. 촨한은 실제로 어떤 사람인 걸까? 지금까지의 다정다감했던 태도는 다 가짜일까?

촨한은 금세 페이야가 알던 편의점 점원으로 돌아왔다. "할 말이 있으면 폭력은 쓰지 말고 좋게 해요."

뒤따라 온 구이거가 열 오른 말투로 손뼉을 쳤다. "반응 속도 대단한데? 난 또 네가 양지로 나간 뒤에 실력이 녹슬었을 줄 알았지. 그런데 얘가 숨어서 우리 이야기를 엿들었다면 뭐라도 해명해야 하지 않아?" 구이메이는 제 편이 왔다는 생각에 다시 의기양양해졌다.

촨한은 표정 하나 변하지 않고 두 사람 사이에 서서 페이야를 감쌌다. "이 애는 내 친구야. 네 동생과 갈등이 있는 모양이더군. 그 문제를 여기서 해결했으면 좋겠는데."

"그렇지만 쟤가 날 때렸는데요." 구이메이가 억울한 듯 구이거에게 하소연했다.

"네가 날 괴롭힌 게 먼저야. 내가 뭘 어쨌다고 그래?" 페이야도 발끈했다. 그녀는 촨한의 등 뒤에서 고개를 내밀고 구이메이에게 따져 물었다.

구이거가 구이메이의 머리를 톡톡 두드렸다. 꼭 반려동물을 달래는 것 같았다. "알았어, 알았어. 둘 다 잘못한 걸로 하자. 내 친구 체면이 있으니 너도 적당히 해." 구이거는 구이메이의 귓가에 대고 속삭였다. "말 잘 들으면 상을 줄 테니까."

구이메이는 당장 입을 다물고는 친밀하게 구이거의 허리를 껴안았다. 유칼립투스 나무를 껴안은 코알라 같았다. 구이거는 양팔을 벌려 나쁜 의도가 없다는 제스처를 하면서 촨한에게 말했다. "해결됐네. 이번에는 내가 네 일을 도왔으니까, 다음에는 네가 내 일을 도와줄 차례겠지?"

"사라졌다는 그 여자가 어떻게 된 건지 나도 신경 쓸게." 촨한은 구이거가 무슨 뜻으로 한 말인지 알면서도 일부러 딴소리를 했다. 구이거는 촨한의 모르쇠에 웃음을 터뜨렸다. "모르는 척하긴. 내가 뭘 도와 달라는 건지 알잖아. 됐다, 오늘은 여기까지만 하자. 기회가 되면 또 올게. 그때도 이러면 재미없어."

구이거는 편의점을 나가려다가 갑자기 무언가 떠오른 것처럼 촨한을 향해 윙크했다. "맞다, 칭찬하는 걸 깜빡했네. 네 꼬마 여자 친구 참 귀여워. 안목이 높구나, 친구."

"쓸데없는 소리 하지 마. 중학생한테 무슨 말을 하는 거냐." 촨한이 부정했다. 옆에서 듣던 페이야의 얼굴도 빨개졌다.

구이거는 아무렇지도 않게 구이메이의 허벅지를 쓰다듬었다. 손이 다리 사이로 미끄러져 들어갔다. "얘도 중학생인데 뭘. 하하하!"

촨한이 한숨을 쉬었다. 머리가 아파 왔다. 두 사람은 녹색 자동차에 올라타 고막을 울리는 음량으로 음악을 틀고 떠나갔다. 튜닝한 엔진이 포효하는 짐승처럼 골목 전체를 울렸다. 자동차가 멀어지고, 주변이 완전히 고요해진 후에야 촨한은 묵묵히 계산대에 남겨진 껌 포장을 집어서 바코드를 찍었다. 그리고 자기 지갑에서 돈을 꺼내 결제했다. 구이거는 돈을 내지 않고 껌을 까서 먹었고, 심지어 그걸 챙겨 갔다.

"아까 그…… 구이거? 그 사람하고 진짜 친구예요?" 페이야가 두 손을 가슴 앞으로 모아 쥔 자세로 물었다. 촨한을 무서워하는 듯한 태도였다.

"아주 오래전에는 그랬죠. 내가 무서워요?" 촨한이 또 페이야의 마음을 꿰뚫어 보았다.

당황한 페이야가 모아 쥔 손을 얼른 내렸다. 시선도 촨한을 보지 못하고 이리저리 돌아다녔다. "아니, 그게 아니라……. 어휴, 사실은 방금 많이 무서웠어요. 도대체 어떻게 된 일이에요?" 쭈뼛거리며 물은 페이야는 말을 마치자마자 후회했다. 정말 바보 같은 질문이었다.

다행히 촨한은 화를 내지 않았다. 하지만 잠깐 사이에 피로감이 잔뜩 쌓인 듯 보였다. 오랫동안 잠을 제대로 못 잤거나 어떤 귀찮은 문제를 해결하지 못해 쩔쩔매는 사람 같았다. 딱히 해결 방법이 없는 무거운 피로감이었다. 지켜보는 페이야까지 마음이 불편해질 정도였으니, 무언가 큰 고민이 있는 듯했다.

“아까 들었겠지만, 저 녀석이 말한 게 다 맞아요. 예전에는 정말로 막 살았거든요. 하지만 지금은 아니에요. 난 그냥 편의점 아르바이트생이고 무사히 졸업하기만 바라는 야간부 대학생이에요.”

“그럼 사자는요? 저번에 말한 사자는 뭐예요?” 페이야가 다시 물었다. 그녀는 공부할 때도 궁금한 게 있으면 끝까지 집요하게 질문하곤 했다.

환한은 단호하게 부인했다. “사자 같은 건 없어요. 잘못 들은 겁니다. 아니면 제가 무언가 잘못 말한 걸 거예요.”

“하지만…….”

“그만.” 환한이 말을 끊었다. “너무 늦었어요. 동이 튼 뒤에야 집에 갈 건가요?”

난 정말 멍청이야, 쫓겨나게 생겼어. 페이야는 속으로 후회했다. 멋대로 다른 사람의 비밀을 찔러 봐서는 안 되는 거였다. 어쩌면 학교 폭력에 시달리는 페이야처럼 환한에게도 인정하고 싶지 않은 부분이 있을지 모른다. “미안해요. 더는 안 물을게요. 오늘도 고마웠습니다.” 페이야가 얼른 편의점 문을 열고 나가려 했다. 그런데 환한이 페이야를 불러 세웠다.

“내가 너무 예민했어요. 미안합니다.” 환한이 사과하더니 다시 말했다. “혹시 그 여자애가 또 괴롭히면 나한테 말해요."

페이야는 촨한의 친절함에 조금 감동했고, 그만큼 자신의 이기적인 호기심을 자책했다. 다시는 주제 넘는 질문을 하지 말아야지. 페이야는 그렇게 생각하면서 조심스럽게 입을 열었다. "또 와도 되나요?"

"네?" 촨한이 당황했다.

"방금 화가 났잖아요? 정말 죄송합니다."

"아, 그거요. 바보 같은 말이네요. 여기에는 언제든지 와도 됩니다."

촨한이 웃었다. 아주 살짝 지은 미소였지만 페이야도 그를 따라 안심하고 웃어 버렸다.

9

사자獅子,
사자,
말해 줘.

구이거는 큰 소리로 튼 댄스 음악에 맞춰 고개를 흔들었다. 액셀러레이터에서 발이 떨어지지 않아 속도는 시속 80킬로미터에서 100킬로미터까지 점점 빨라졌다. 그는 기분이 좋았다. 정말 좋았다. 술주정뱅이 여자의 소식을 알아보려고 들어간 편의점에서 몇 년간 만나지 못한 옛 친구와 마주쳤다. 구이거는 그 시절을 떠올렸다. 어려서 멋모르고 미친 듯이 살았다고 해야 하나? 하지만 그는 지금도 여전히 미친 듯이 살고 있다.

그러나 환한은 달라졌다. 다른 사람과 바꿔치기라도 한 것 같았다. 환한을 모르는 사람은 그가 조용하고 내향적인 사람이라 여기겠지만, 구이거는 그와 함께 거리를 누비며 지낸 시절이 있었다. 자신보다 환한을 잘 아는 사람은 없을 터였다. 지금 환한의 모습은 가짜다. 구이거의 눈에 지금의 환한은 너무 나약했다. 발톱이 뽑힌 사자처럼 예전의 힘을 잃어버렸다.

편의점 같은 데서 얌전히 일을 하다니, 우습지도 않았다. 학교에서든 바깥에서든 마주치는 애들마다 모두 두려워하던 놈인데 지금은 손님에게 굽실대는 점원이라고?

그의 변화가 아무 예고 없이 일어난 것은 아니었다. 촨한이 의식적으로 자신을 멀리할 때부터 이상하다는 느낌이 들었지만, 모든 연락을 끊을 거라고는 예상하지 못했다. 그래서 구이거는 지난 몇 년간 촨한이 어디서 죽었을 거라고 생각했다.

어쩌다 사람이 죽은 것뿐인데, 이렇게까지 전전긍긍할 일인가? 구이거는 속으로 그렇게 생각하며 촨한을 비웃었다.

"왜 촨한 오빠를 끼워 줘야 하는 거예요?" 구이메이가 소리치듯 물었다. 음악 소리가 너무 컸다.

무슨 바보 같은 말이람? 구이거는 더욱 냉소하며 구이메이에게 물었다. "1대 5로 싸워서 다섯 놈을 전부 이기고, 그 놈들을 몽땅 입원시키는 사람 본 적 있어?"

"없어요. 하지만 우리가 싸움을 하러 가는 건 아니잖아요! 우리 쪽에도 사람이 많은데 꼭 그 사람이 필요한 건 아니죠." 구이거는 구이메이의 말투에서 은은한 질투의 냄새를 맡았다.

"동생아, 너 정말 순진하구나!" 구이거가 하하하 웃으면서 한 손으로 구이메이의 두부처럼 하얀 허벅지를 쓰다듬었다. 구이메이는 그의 손을 피하지도 않고 내버려 두었다.

"그러면 이유를 설명해 봐요!"

"간단해. 나는 확실한 녀석이 필요해. 머릿수가 많은 건 또 다른 문제지. 중요한 건 쓸 만한 놈이 있느냐는 거야. 건수는 있는데 안심할 수 있는 사람이 없었거든. 내 말이 믿기지 않나 봐? 네가 촨한이 싸우는 걸 못 봐서 그래. 난 지금 생각해도 무섭다! 그건 일방적인 도살이었어. 상대방이 종이 인형처럼 찢겨 나가는데……. 그놈들은 촨한한테 살려 달라는 말도 제대로 못했어. 게다가 예전에 우리가 친하게 지낼 때……."

"예전에? 지금은 아니라는 거예요?" 구이메이가 말 속에 숨은 의미를 짚었다.

"아, 당연히 지금도 친하지. 형제 같은 친구인데, 평생 가는 거야! 네가 영원히 내 여동생인 것처럼 말이다." 구이거가 소리 내어 웃으면서 구이메이의 허벅지를 꽉 쥐었다.

"나는 여동생 하기 싫어요! 오빠한테 여자가 되고 싶다고요!" 구이메이는 대담하게 고백했다. 구이거는 이 멍청한 여자애의 마음이 어떤지 일찌감치 눈치채고 있었다.

구이거는 액셀러레이터를 밟던 발에서 천천히 힘을 뺐다. 속도를 낮춰 길가에 차를 댄 그는 주머니에서 흰색 알약이 든 작은 지퍼 백을 꺼냈다. 구이거가 알약 하나를 구이메이의 눈앞에 대고 흔들었다. 구이메이는 사료를 받아먹으려는 잉어처럼 입을 벌리고 졸랐다. 하지만 구이거는 알약을 입에 넣어 줄 듯 굴다가 마지막 순간에 손을 뒤로 뺐다.

"왜 안 줘요?"

"착하게 굴지 않았으니까." 구이거가 알약을 자기 입에 넣는 척했다. 그러자 마음이 급해진 구이메이는 온몸을 던지다시피 해서 남자의 목에 매달렸다.

"나 계속 착했는데! 앞으로도 착하게 말 잘 들을게요. 주세요, 주세요……." 구이메이가 입술을 삐죽이며 애원했다. 얼마나 얼굴을 들이댔는지 붙인 속눈썹이 구이거의 볼에 닿았다. 구이거는 한쪽 입술만 끌어올리며 사악한 미소를 지었다. "착한 아이니까 뭐든지 다 할 거지?"

"그럼요! 촨한 오빠보다 더 쓸 만한 사람이 될게요!" 구이메이가 힘껏 고개를 끄덕였다. 시선은 구이거가 쥔 알약에 박혀 있었다.

"그럼 날 좀 도와줘. 아주 중요한 일이야." 구이거가 귓속말로 계획을 전했다. 구이메이의 눈이 점점 커지더니 망설이는 투로 물었다.

"왜 그렇게 해야 해요?"

그는 강압적으로 구이메이의 입을 벌리더니 손가락과 알약을 같이 집어넣었다. 구이메이는 괴로워하면서도 저항할 엄두를 내지 못해 구이거가 하는 대로 가만히 있었다. 목구멍에서 숨이 막히는 듯한 소리가 울렸다. "물론 그 녀석이 내 일을 돕도록 압박하기 위해서지."

구이거가 손가락을 빼냈다. 구이메이의 입에 들어간 알약이 식도를 타고 미끄러졌다. 구이메이는 약을 꿀꺽 삼킨 뒤 만족스럽게 웃었다. 구이거는 알약이 든 지퍼 백을 통째로 구이메이의 점퍼 주머니에 넣어 주었다. 기쁨에 겨운 환호성이 돌아왔다.

구이거가 엄포를 놓았다. "너는 한 알도 먹으면 안 돼. 네 친구들한테 먹이는 거야."

"딱 한 알도 안 돼요?" 구이메이가 주머니를 쓰다듬으며 물었다. 몹시 실망한 투였다.

"안 돼. 네가 받을 상은 직접 줄 거야. 요 작은 것들은 친구들이 네 말을 얌전히 따르게 만드는 데 써야 돼. 알겠어? 일을 망치면 벌을 받는 걸로는 끝나지 않을 거다."

"알았어요." 구이메이가 재깍 고개를 끄덕였다. 눈빛이 몽롱해지고 실없이 웃기 시작하는 걸 보니 약 기운이 도는 모양이다. 구이거는 자신만만했다. 그가 뭘 시키든 따르도록 사람들을 조종하는 건 너무 쉬웠다. 얼마나 쉽냐고? 골목길 편의점에서 아르바이트를 하는 것 정도.

구이거는 다시 액셀러레이터를 밟았고, 자동차는 아무도 없는 밤거리를 질주했다.

∿

어두운 직원 휴게실. 옅게 깔린 땀 냄새는 영원히 사라지지 않을 것 같았다. 기간이 지난 홍보자료, 진열대에서 내려온 폐기용 상품 등이 한쪽 구석에 어질러져 있었다. 잘 살펴보면 3년 전에 유통기한이 지난 상품도 있었다.

촨한은 사물함에 단정히 갠 유니폼을 집어넣었다. 휴게실에는 촨한뿐이었다. 지금은 아침 7시. 야간근무를 하는 그는 퇴근한 상태였다. 다음 타임의 점원은 지금 계산대에서 손님을 상대하느라 바빴다. 그러니 휴게실로 누군가 들어올 일은 없었다. 그래서 촨한은 사람들 앞에서처럼 억누르지 않고 입 밖으로 소리 내어 혼잣말을 하고 있었다.

"사자, 어떻게 생각해?" 괴로운 목소리였다.

그에게서 벗어나. 다시는 엮이지 마. 사자가 충고했다.

"아구이는 쉽게 포기하지 않을걸. 반드시 다시 나타날 거다. 네가 말한 것처럼 나는 그놈과 엮이고 싶지 않아. 다 과거가 되었어. 끝난 일이야."

아니. 그건 과거가 된 적이 없어. 이걸로 끝나지는 않아, 너도 알잖아. 사자는 언제나 정곡을 찔렀다.

"그럼 내가 어떻게 해야 하지?" 촨한은 눈을 감고 딱딱한 철제 사물함에 머리를 기댔다. 그는 사자의 대답을 듣기도 전에 힘겹게 관자놀이를 눌러 댔다. 두통을 가라앉히려는 듯 보였다. 그가 돌연 낮게 으르렁거렸다. 천천히 일그러지는 얼굴은 흉악해 보였다. 촨한은 열쇠를 움켜쥐고 휴게실 문을 거칠게 열어젖혔다. 계산대 앞에 손님이 북적거리는 통에 동료 점원은 그가 성큼성큼 편의점을 빠져나가는 데 신경을 쓰지 못했다.

촨한은 오토바이에 올라탔다. 시동을 걸고 쏜살같이 달려 골목길 바깥의 차도로 접어들었다. 머릿속을 교란시키는 장면들이 하나씩 떠올랐다. 누군가의 어머니가 통곡하는 소리를 배경으로, 죽은 사람을 위해 태우는 종이돈이 뜨거운 불길에 들어갔다 재가 되었다. 타지 않은 종이돈은 바람을 타고 처량하게 흩날렸다. 빈소 한가운데 흑백 영정사진이 걸려 있었다. 죽은 자의 시선이 끈끈하게 달라붙어 말없이 비난을 쏟아 내는 듯했다.

얼굴에서 표정이 사라진 죽은 자의 친구, 분노를 토하는 죽은 자의 친구, 눈물을 흘리는 죽은 자의 친구……. 낯선 얼굴들이 적의를 가득 담고서 촨한을 쏘아보며 아우성쳤다. 뒤쪽에서 주먹이 휘둘러지자 그는 무의식적으로 그걸 막았다. 촨한은 주먹을 꽉 쥐고 있었지만, 늘 그래 왔던 것처럼 반격할 생각은 들지 않았다.

혼란한 와중에 그의 옷깃을 붙잡는 손이 있었다. 아까의 그 어머니다. 충혈된 두 눈에 비통한 증오가 담겨 있었다. 그 어머니가 촨한을 추궁했다. 하지만 촨한은 그녀가 무슨 말을 하는지 알아듣지 못했다. 전혀 해독할 수가 없었다. 모든 언어가 뇌를 파고드는 소음처럼 느껴졌다. 웅웅웅……. 웅웅웅…….

환한은 번뜩 정신을 차렸다. 방금 버스를 거의 들이박을 뻔했다.

냉정해. 냉정해야 해. 사자가 주의를 주었다. 그러나 환한은 사자의 말에 귀를 기울이지 않았다. 그는 속도를 더 높여 버스를 앞질렀다. *네가 후회하고 있다는 건 알아. 하지만 이런 식으론 목숨만 버리는 꼴이야.* 사자가 다시 말했다.

"목숨을 버리면 어때서?"

어리석은 데다 의미도 없는 짓이지. 너는 그 여자애를 선택했어. 그렇지 않나? 사자가 물었다. 그러니 아직 죽을 때가 아니다. 적어도 지금은.

그렇긴 했다. 하지만 선택했다고 해서 뭘 어쩌란 말인가? 환한은 지금 감정을 터뜨릴 필요가 있다고 느꼈다. 모든 잉여의 것, 불필요하게 혼란스러운 생각들을 제거해야 했다. 그러지 않는다면 사자가 있어도 얼마나 더 버틸 수 있을지 알 수 없었다. 그는 미친 듯 질주했다. 정해진 목적지도 없었다. 그저 속도에 몸을 맡기고 생각을 마비시키려 했다. 그러나 무언가가 뼈다귀에 달라붙은 구더기처럼 그의 피와 살에 파고들었다. 매일 조금씩 몸집을 불리는 광기를 가능한 한 억누른다 해도, 결국 참회와 비틀림 때문에

'인간'이라 이름 붙은 이 육체가 붕괴할 때까지 그는 벗어날 수 없을 터였다.

"내가 어떻게 해야 하지?" 환한이 도움을 청했다.

그 여자애가 너의 해탈이 되어줄 거다. 사자는 환한과 똑같은 고통을 느끼는 듯했다. 온갖 괴로움을 맛본 과거는 환한 한 사람만의 것이 아니었다. 사자는 그와 절대 분리할 수 없다.

ᔐ

날이 밝았다. 하지만 어두운 욕실에서는 그걸 알 수 없었다. 여러 날을 갇혀 지낸 금발 여자의 모습은 눈 뜨고 보기 힘들 지경이었다. 그동안 아무것도 먹지 못했고, 그나마 주어지는 물도 양이 몹시 적었다. 여자의 목구멍은 메말라 곧 찢어질 것만 같았다. 어쩌다 짧게 잠이 들면 악몽을 꾸고, 그렇지 않을 때는 수영장에 뛰어들어 물을 잔뜩 들이키는 꿈을 꿨다. 그런 꿈을 꾸다가 온몸이 부서지는 것처럼 아파서 깨어나면 꿈과 현실의 간극이 더욱 크게 다가왔다.

목말라. 물을 마시고 싶어.

외롭게 혼자 매달린 전구는 꺼졌다 켜졌다 했다. 여자는 아예 눈을 감아 버렸다. 그건 이제 몇 가지 남지 않은 그녀가 뜻대로 할 수 있는 일이었다. 여자의 손목과 발목, 그리고 목까지 쇠사슬이 칭칭 감겨 있었다. 여자는 생물 표본처럼 벽에 고정된 뒤 처음에는 통증을 느꼈지만 이제는 아무런 감각이 없었다……. 몸이 존재하지 않는 것 같았다. 그저 강렬한 공포만이 여자가 아직 살아 있음을 알려 주었다. 여자는 종종 차라리 죽고 싶다고 생각했지만, 지금으로서는 자살하는 것도 사치스럽게 느껴졌다.

갑자기 문이 열리는 소리에 놀란 여자가 조그맣게 비명을 질렀다. 공포에 질린 눈으로 문을 뚫어져라 바라보는 모습은 학대당한 개 같았다.

문은 천천히 열렸다. 열린 틈으로 빛이 새어 들어왔다. 뒤에서 빛을 받으며 나타난 사람 그림자는 공포의 근원, 여자를 납치한 편의점 점원이었다.

점원은 벌거벗고 있었다. 여자는 최대한 시선을 피해 그와 마주보지 않으려 애썼다. 점원이 담배 냄새를 풍기며 가까이 다가왔다. 그는 여자에게 얼굴을 바짝 들이댔다. 여자는 눈알을 이리저리 굴리며 최대한 그의 눈길을 피하려 했다.

"날 봐. 왜 안 보지?" 점원의 갈라진 목소리는 뱀 같았다. 그가 갑자기 이성을 잃은 것처럼 소리를 질렀다.

"날 봐! 날 보라고!"

여자는 화들짝 놀라 시키는 대로 했다. 눈물이 차오른 눈이 점원 쪽을 향했다. 하지만 아까부터 고개를 한쪽으로 돌리고 있었기 때문에 꼭 흘겨보는 것처럼 보였다. 여자는 본능적으로 이 남자가 두려웠다……. 음경이 없어도 남자라고 할 수 있다면 말이다.

"내가 역겨워? 역겨워?" 점원이 샤워기를 잡고 물을 최대로 틀었다. 여자의 몸 위로 차가운 물이 쏟아졌다. 여자는 버둥거리며 비명을 지르려 했지만 입이 막혀 있어 소리는 입안에서만 맴돌았다. 입술 주변은 피부가 트고 갈라져 엉망이었다. 테이프를 거듭해서 붙였다 떼었다 했기 때문이다.

차가운 물이 얼굴에 뿜어지자 여자는 눈을 제대로 뜰 수가 없었다. 젖은 머리카락이 얼굴에 달라붙었다. 점원은 샤워기를 여자의 코 쪽으로 들이댔다. 콧속으로 물이 들어가자 여자는 숨도 제대로 쉬지 못했다.

점원이 샤워기를 던져 버린 후 축축한 바닥을 밟으며 나갔다가 금세 돌아왔다. 여자는 푹 젖어 커튼처럼 늘어진 머리카락 사이로 점원이 과도를 쥐고 있는 걸 보았다. 그가 여자의 옷깃을 잡아당겼다. 몸에 달라붙는 검정색 미니원피스에 칼집을 낸 점원이 옷을 양쪽으로 벌려 찢었다. 목에서부터 배꼽까지 옷이 쭉 찢어졌다.

칼날은 날카로웠다. 옷을 찢는 것뿐 아니라 여자를 죽이는 것도 문제가 아닐 터였다. 여자는 점원의 움직임에서 눈을 떼지 못했다. 곧 벌어질 일이 두려웠다……. 한편으로는 집행이 유예될 것 같다는 착각이 들었다. 점원이 갑자기 마음을 바꿔 그녀를 살려 줄지도 모른다.

점원은 칼을 쥐지 않은 손으로 여자의 윗배를 꾹 눌렀다. 칼을 찔러 넣을 위치를 가늠해 보는 듯했다. 여자는 애원하고 싶었다. 그가 시키는 대로 무슨 일이든 할 테니 목숨만 살려 달라고 빌고 싶었다……. 여자의 기도가 응답을 받은 것인지, 점원은 그 상태 그대로 멈췄다. 과도는 허공에서 꼼짝하지 않았다.

망설이던 점원이 과도를 던져 버리곤 자리를 떴다. 여자는 자신이 살아남았음을 깨달았다. 하지만 그는 언젠가 손을 쓸 것이다. 친구들과 가족들은 자신의 실종을 알아차렸겠지? 누군가 자신을 찾고 있겠지? 아무런 수사도 하지 않는 건 아니겠지? 무슨 수를 써서라도 구조되는 날까지 살아남아야 했다……. 여자는 마음속으로 기도했다.

점원의 그림자가 다시 문 밖에서 새어 들어오는 빛을 가렸다. 등 뒤로 빛을 받은 그는 더욱 무시무시했다. 여자는 점원이 왜 다시 돌아왔는지 의아했다. 그의 손에 들린 물건을 볼 때까지, 불안한 예감은 점점 커졌다. 피가 식는 기분이었다. 그는 재봉용 가위를 들고 있었다. 날카롭기가 일반 가위와는 비교도 되지 않았다.

점원은 숨을 헐떡이며 여자를 노려봤다. 미치광이처럼 안광이 번들거렸다. 그가 여자의 오른손을 거칠게 잡아당기고는 집게손가락을 꽉 쥐었다.

"난 못하겠어. 배를 가르는 건 난이도가 너무 높아. 아직 준비가 되지 않았어……." 점원이 더욱 헐떡였다. 긴장해서인지 흥분해서인지는 알 수 없었다. "움직이지 마. 손가락 하나만 자르면 돼. 남은 손가락은 다음에 자를게." 점원이 가위를 벌려 여자의 손가락에 갖다 댔다.

"우우! 우!" 여자는 온 힘을 다해 소리를 질렀지만 소용없었다. 무슨 말을 해도 웅웅 혹은 웅웅 같은 소리만 날 뿐이었다.

"가만히 있어! 하나만 자른다니까!" 점원이 여자의 귓가에 대고 포효했다. 겁을 먹은 여자는 눈물을 쏟았다.

점원이 가위 손잡이를 쥔 손에 힘을 주었다. 예리한 가윗날은 쉽게 피부를 갈랐다. 손가락뼈에서는 저항이 조금 느껴졌다. 그러나 점원이 한 번 더 꾹 힘을 주자 딸깍 하는 맑은 소리와 함께 잘린 손가락이 더러운 바닥을 굴렀다. 선홍색 피가 상처에서 뿜어져 나와 물과 함께 배수구로 흘러들었다.

여자의 몸이 심하게 경련했다. 파도처럼 격통이 밀려와 머릿속을 강타했다. 여자의 얼굴에는 혈색이라고는 없었다.

점원은 가위를 던져 버리고 나갔다. 욕실에는 어둠만 남았다. 빈사 상태였던 전구가 결국 완전히 꺼졌다.

10

괴물은
끊임없는 후회 속에서
태어난다.

촨한 덕분에 며칠 동안 구이메이가 조용했다. 페이야는 오랜만에 평화로운 학교생활을 만끽했다. 구이메이의 괴롭힘이 멈추자 주변 학생들도 조금씩 페이야에게 말을 걸었다. 전염병 바이러스라도 본 듯 그녀를 피하던 예전과는 완전히 달랐다. 하지만 그들의 방관과 무시를 잊을 수 없었던 페이야는 분위기를 망치지 않을 정도로만 대꾸할 뿐, 그 아이들과 진짜 친구가 될 생각이 없었다.

학교에서의 부담이 줄어들자 이제 남은 것은 둘째 고모와 고모부였다. 고모의 신경질은 언제 터질지 모르는 폭탄이었다. 페이야가 세심한 편이라 고모의 '뇌관'을 가능한 한 피하면서 꿋꿋하게 버텼으니 망정이지 그러지 않았다면 벌써 미쳐 버렸을 터였다. 거기다 페이야는 나쁜 마음을 먹었을지도 모르는 고모부까지 경계해야 했다.

페이야의 생활 패턴은 크게 달라졌다. 하교하면 바로 잠들어 한밤중에 깨어났다. 밤은 자유롭게 외출하는 시간이었다. 페이야는 점점 더 그런 생활에 익숙해졌다. 유령처럼 은밀하게 몰래 집에서 빠져나갔다 돌아왔다.

경비원은 늘 고개를 떨어뜨린 채 잠들어 있었다. 이 아파트 단지 거주민들은 일과 시간과 휴식 시간이 비슷한지 밤 11시 이후로는 드나드는 사람이 거의 없었다. 무방비하게 잠든 경비원을 볼 때면 페이야는 그 얼굴에 낙서를 하고 싶다는 충동을 느꼈다. 하지만 그런 생각은 금세 지워 내고, 못된 장난을 칠 생각이 어디서 생겨났는지 모르겠다며 스스로 반성했다.

이 시간에는 영업하는 가게가 드물다. 닭튀김을 파는 노점을 지나던 페이야는 먹을 것을 사 가야겠다는 생각이 들었다. 노점 주인은 닭튀김에 넣을 각종 식재료를 늘어놓고 손님이 고르게 했다. 예전에는 길거리 음식을 거의 사 먹지 않았다. 그래서 페이야는 지금 신세계를 발견한 것처럼 호기심이 가득 차올랐다. 페이야는 촨한이 무엇을 좋아할지 생각해 보았다. 가장 무난할 것 같은 어묵을 먼저 집어 들고 그다음엔 떡과 토란, 콩깍지……. 어느새 재료가 한 접시 가득 찼다. 너무 많을까? 페이야는 꽤 묵직한 접시를 들고 고민했다. 하지만 남자들은 먹성이 좋으니까 괜찮겠지?

"다 골랐니? 어묵은 잘라 줄까?" 노점 주인은 40대의 통통한 아저씨였다. 페이야가 고개를 끄덕이자 칼이 도마 위로 떨어졌다. 어묵은 몇 조각으로 잘렸고, 이어서 떡도 툭툭

썰려 철제 쟁반에 던져졌다. 거기서 전분을 묻힌 뒤 다른 재료들과 함께 기름이 담긴 냄비에 호쾌하게 빠뜨렸다. 냄비 안에서 격렬하게 기포가 솟았고, 맛있는 냄새가 퍼졌다.

"고춧가루는? 뿌릴까?" 아저씨가 멋들어진 동작으로 튀긴 재료들을 건져 올리며 물었다.

"조금만요." 페이야가 그렇게 말했지만 고춧가루를 뿌리는 아저씨의 손길은 꽤나 대범했다. 이건 공짜니까 안심하라는 듯했다. 빨간 가루가 뜨끈뜨끈한 튀김 위에 대량으로 쏟아졌다. 페이야는 살짝 당황했다. 너무 매워 보이는데!

"자, 딱 200타이완달러구나!" 아저씨가 튀김을 종이봉투에 담아 주었다. 페이야는 돈을 내면서 촨한이 매운 음식을 잘 먹었으면 좋겠다고 생각했다.

닭튀김을 들고 가는 동안 골목 안에는 맛있는 냄새가 가득했다. 페이야는 닭튀김이 악마의 음식으로 분류되는 이유를 이해할 수 있었다. 냄새만 맡아도 손가락이 움찔거렸다. 촨한이 어떤 반응을 보일지 기대가 되었다. 편의점에서 파는 음식만 먹는 건 몸에 좋지 않다. 닭튀김도 그다지 건강한 음식은 아니지만…….

그때 앞에서 다가오는 발소리가 들리더니 마르고 키가 큰 청년이 나타났다.

페이야는 그 남자가 자신을 빤히 쳐다보는 걸 알아차리고 경계하듯 길 한쪽으로 붙어 걸었다. 그런데 남자는 똑바로 페이야를 향해 걸어와 그녀의 앞을 막았다. 페이야는 남자에게서 눈을 떼지 않으면서 슬슬 뒤로 물러났다. 한밤중에 이상한 사람이 돌아다닌다고 촨한에게 알려 줘야겠다는 생각이 들었다.

"우연이네? 촨한 만나러 왔니?" 그 사람이 페이야에게 친한 척 말을 걸었다. 페이야는 의심스러운 눈초리로 남자를 훑어봤다. 서른 살은 안 되어 보였다. 촨한보다는 나이가 있는 듯한데 행동거지가 가벼웠다. 구이거와 한패일까? 점점 경계심이 커진 페이야가 달아나려던 찰나였다.

"너무 긴장하지 마. 난 촨한하고 같이 일하는 사람이야. 전에 촨한을 만나러 편의점에 왔을 때 몇 번 마주쳤잖아? 혹시 촨한만 눈에 들어와서 내가 있는 줄도 몰랐어?"

이런 식으로 희롱하는 말투는 불편했다. 학교에서 '좀 논다'는 녀석들과 똑같았다.

"뭐, 내가 알아서 자기소개를 하면 되니까. 난 아저라고 해. 다음에는 나 무시하지 마!" 아저는 영업사원처럼 웃으며 손을 내밀었다.

페이야는 당연히 그와 악수할 생각이 없었다. 갈 곳을 잃은 아저의 손은 민망하게 도로 주머니에 들어가야 했다. 아저는 휘파람을 짧게 불더니 짜증스럽게 머리카락을 헤집었다. 페이야는 그 자리에 더 있고 싶지 않아서 아저를 피해 걸어갔다. 조금이라도 빨리 떠나고 싶었지만 아저를 자극할까 봐 뛰지는 못했다.

"좋겠다! 진짜 부럽다! 촨한에게 이렇게 예쁜 여자 친구가 있다니!" 아저가 골목길 전체에 울리도록 크게 소리쳤다.

무슨 소리야, 누가 여자 친구라고……. 페이야는 빠른 걸음으로 모퉁이를 돈 다음 바로 뛰기 시작했다. 몇 번이나 뒤를 돌아보며 아저가 따라오지 않는지 확인까지 했다. 이상하게 느낌이 좋지 않은 사람이었다. 겨우 몇 분 마주했지만 그에 대한 반감이 뿌리 깊게 뇌리에 박혔다. 깊은 밤에도 여전히 불을 밝힌 편의점에 다가갈수록 페이야는 마음이 안정되었다.

페이야는 테라스에 서서 편의점 안을 몰래 들여다봤다. 촨한은 문을 등지고 계산대 뒤쪽의 담배 진열장을 정리하고 있었다. 방금 기분 나쁜 경험을 한 페이야는 괜히 장난을 치고 싶어졌다. 그녀는 몸을 수그리고 자동문 센서를 몰래 건드렸다. 문이 열리며 딩동 하는 알림음이 울렸다. 예상했던 것처럼 촨한이 "어서 오세요!" 하고 외치는 소리가 들렸다.

페이야는 웅크린 채 입을 막고 웃음을 삼켰다. 왠지 의기양양해졌다. 평소에는 약해 보이지 않으려고 아이처럼 구는 법을 잊어버린 듯 행동해도, 페이야는 이제 겨우 열다섯 살이었다.

문이 자동으로 닫혔다. 페이야는 다시 장난기를 발휘했

다. 이렇게 몇 차례 반복하자, 촨한도 더 이상 "어서 오세요!"를 외치지 않았다.

가게 안쪽의 상황이 보이지 않자 페이야는 조금 불안했다. 혹시 촨한을 정말로 화나게 한 걸까? 일단 여기를 벗어났다가 잠시 후에 다시 와서 아무것도 모르는 척할까? 그러면 촨한이 자신에게 사람도 없는데 문이 저절로 열리더라는 이야기를 해 줄지도 모른다.

마음을 정한 페이야는 웅크린 자세를 유지하며 천천히 뒤로 물러났다. 그러면서 무의식적으로 고개를 살짝 들어 올렸는데, 그때 유리문에 얼굴을 바짝 붙인 촨한과 눈이 딱 마주쳤다. 그녀는 너무 놀라 그대로 엉덩방아를 찧었다. 그 서슬에 들고 있던 종이봉투에서 튀김 몇 조각이 튀어나왔다.

얼굴을 딱딱하게 굳힌 촨한을 보며 페이야는 무언가 잘못됐단 걸 직감적으로 느꼈다. 장난이 너무 심했던 걸까? 그녀는 얼른 일어나 가게 안으로 들어갔다. "미안해요. 화났어요?"

하지만 촨한은 냉담한 표정으로 대답하지 않았다.

페이야는 마음이 조급해졌다. "그냥 장난을 좀 친 거예요. 나쁜 뜻으로 그런 건 아니에요……. 계속 아무 말도 안 하면……." 촨한이 무표정으로 시선도 마주치지 않자 페이야는 당황했다. 그녀는 저도 모르게 촨한의 옷자락을 붙잡았다. "죄송해요오……."

페이야의 풀죽은 모습에 일부러 화난 척을 하고 있던 촨한도 더는 참지 못하고 웃음을 터뜨렸다. 페이야는 그제야 자신이 촨한에게 놀림을 받았다는 걸 깨달았다. "날 속였군요! 진짜 화난 줄 알았다고요!" 페이야는 억울해져서 잡고 있던 옷자락을 놓았다. 얼굴이 저도 모르게 빨갛게 달아올랐다.

촨한이 웃음을 멈췄다. "귀신 아니면 정신병자가 나타난 줄 알았다고. 한밤중에 혼자 있는데 그런 일이 생기면 진짜 무서워."

섬세한 성격인 페이야는 촨한의 말에 숨은 의미가 있는 건가 했다. "내가 귀신, 정신병자라고 돌려서 욕하는 건 아니죠?"

"뭐? 그럴 리가! 이런 시간에 자동문이 열렸는데 사람이 없으면 당연히 귀신이라는 생각부터 들지. 편의점 업계에 떠도는 귀신 이야기 몰라?"

"못 들었어요. 안 들을래요. 말하지 마세요! 말하면 화낼 거예요." 페이야는 귀를 막으며 몇 걸음 물러났다. 어린 소녀는 귀신을 두려워하기 마련이다. 페이야가 닭튀김 봉투를 든 채로 손을 움직이자 맛있는 냄새가 훅 끼쳤다. 유혹적인 냄새였다.

촨한이 두 손을 들며 항복했다. "귀신 이야기 안 할게. 야식이야?"

"원래는 오빠한테 사다 주려고 한 건데, 저 혼자 먹으려고요." 페이야는 토라진 것처럼 대꾸하고는 탁자 쪽으로 걸어갔다. 보란 듯이 어묵 한 조각을 입에 쏙 넣었다.

환한이 냉큼 녹차 두 병을 가지고 와 페이야 옆에 앉았다. 말없이 빤히 쳐다보는 환한 앞에서 페이야는 소시지도 한 조각 꺼내 먹었다.

"뭘 봐요. 먹고 싶어요?"

"살찔 거야." 페이야가 저도 모르게 쏘아붙였다. "오빠나 조심해요. 매일 폐기 상품만 먹으면 나보다 오빠가 먼저 뚱뚱해질 걸요!"

두 사람은 절대 지지 않겠다는 듯 서로 노려봤다. 그러다 누구 입에서 먼저 웃음소리가 새었는지 모르게 똑같이 웃어 버렸다.

"자요!" 웃느라 얼굴이 더 빨개진 페이야가 종이봉투에서 튀긴 죽순을 꺼냈다. 환한은 죽순을 받고 녹차 병을 페이야 앞으로 밀어 주었다. 편의점과 거리는 모두 텅 비어 있었다. 지금 나란히 앉은 둘만 세상에 남은 것 같았다. 편의점에서 트는 배경음악은 사랑 이야기만 늘어놓는 발라드뿐이어서 환한은 아예 음악도 꺼 버렸다.

"이제 좀 조용하네." 환한이 말했다.

페이야도 고개를 끄덕였다. 지금 이 순간이 좋았다. 둘은 말없이 튀김만 오물거렸지만 조금도 어색하지 않았다.

"즐거워 보여요." "이젠 안절부절못하지 않네?" 두 사람이 동시에 입을 열었다.

촨한이 먼저 말하라는 눈짓을 했다. "맞아, 고맙다는 인사를 먼저 해야죠. 구이메이…… 그러니까 저번에 그 여자애 말인데요. 지금은 나를 괴롭히지 않아요. 그래서 학교생활이 많이 편해졌어요."

"그런데 왜 아직도 한밤중에 거리를 돌아다니는 거야?" 촨한이 물었다.

페이야는 고민거리를 또 하나 들킨 기분이었다. 둘째 고모의 일은 촨한에게 말한 적 없었지만 그 일 역시 페이야를 힘들게 했다. 하지만 그에게 이야기할 생각은 없었다. 이런 집안 사정은 타인이 도와줄 수 없는 영역인 데다, 더 이상 촨한을 귀찮게 하고 싶지 않다는 마음도 컸다.

"어, 습관이 되어서 그렇죠. 밤만 되면 집을 빠져나오게 돼요." 페이야가 둘러댔다.

"그렇구나." 촨한이 어묵과 파를 집어 먹으면서 말했다. "별일 없으면 늦은 시간에 밖을 돌아다니지 마. 진짜 위험해. 이 시간에 오는 사람은 다들 이상한 데가 있거든. 조심해야지. 아…… 너한테 이상한 데가 있다는 뜻은 아니야."

"네." 조금 전에 만났던 아저가 페이야의 머릿속을 스쳤다. 밤이 깊어지면 정말로 이세계異世界가 열리는 걸까? 평소에는 얌전히 몸을 숨기고 있던 괴물들이 기다렸다는 듯

출몰한다. 몇 번 망설이던 페이야는 아저 일은 언급하지 않기로 했다. 그와 마주치지 않도록 조심하면 될 일이라고 여겼기 때문이다.

지금 페이야는 다른 일에 더 신경이 쓰였다. 궁금한 것을 참지 못하는 그녀는 촨한과 꽤 친해졌다는 생각에 대담하게 질문하기로 했다. "예전에 사람을 때렸다는 게 사실이에요?"

촨한이 막 집으려던 죽순을 내려놓았다. 그는 손바닥을 페이야에게 보여준 뒤 손을 뒤집어 손등도 내밀었다. 손에는 마디마다 굳은살이 박여 있었고, 오래된 흉터도 잔뜩 있었다.

"맞아, 그랬어. 예전엔 아구이와 자주 어울렸지. 우리는 나중에 조직의 큰형님 같은 사람이 될 거라고 생각했어. 다른 놈들과 싸움이 붙는 일도 흔했고. 아구이는 내가 타고난 싸움꾼이라고 그러더군. 학교에서나 거리에서나 싸워서 진 적이 없었거든. 지금 생각하면 그땐 완전히 미쳤던 것 같아……."

"잘 상상이 안 돼요……. 오빠는 이렇게 좋은 사람인데."

"난 한 번도 그렇게 느낀 적이 없어." 한숨을 쉬는 촨한은 조금 전과 달리 피곤해 보였다. "내 말 잘 들어……. 나하고 약속하자. 나중에…… 아니, 지금의 너도 여러 가지 복잡한 상황에 맞닥뜨리고 있지. 그러니까 약속하자. 스스로 후회할 일은 하지 않겠다고 말이야. 절대 하지 않겠다고."

페이야는 촨한이 진심으로 자신을 걱정한다고 느꼈다.

"정말 그렇게 심각했어요?"

"그때의 나는 별거 아니라고 생각했어. 하지만 한참 시간이 흐른 뒤에 돌아보니 후회막심이다." 촨한이 녹차 병을 쥐고 뚜껑을 돌렸다. "미안, 분위기가 너무 무거워졌네."

"아니에요. 전 학교에서 이것보다 훨씬 힘든 분위기도 많이 겪었는걸요." 페이야는 자조적으로 말하며 휴대전화를 집었다. 분위기를 바꾸고 싶었다. "저랑…… 라인 친구 하실래요? 여기 오면 오빠가 항상 있기는 한데, 혹시라도 야식을 사 왔는데 오빠가 쉬는 날일 수도 있으니까 미리 연락하고 올게요."

"라인 친구하자는 말은 평생 처음 듣는다." 촨한이 장난처럼 웃으며 대꾸했다.

페이야도 웃으며 말을 받았다. "그러면 저한테 엄청 고마워하셔야겠네요?"

촨한이 합장을 했다. "정말 감사드립니다아. 배경화면은 네 동생이야?"

"네."

"특이하네. 어린 친구들은 가족사진을 배경화면으로 하는 경우가 별로 없잖아."

남동생 이야기가 나오자 페이야는 마음이 아팠다. 부모님이 일찍 이혼하시는 바람에 동생은 페이야에게 과하게 의존하는 편이었다. 같이 살 적에는 페이야에게 딱 달라붙어 떨어지려 하질 않았다. "사정이 있어서 저하고 동생이 각자 다른 친척집에 맡겨졌어요. 갑자기 동생이 보고 싶네요. 동생을 맡은 친척은 엄격하셔서 스마트폰을 쓰지 못하게 하시거든요. 그래서 동생하고 연락하기가 쉽지 않아요."

"남자아이들은 보존기한이 짧은 신선식품 같은 존재야. 중학교 이후로는 상태가 나빠지는 속도마저 빨라지지. 그러면 늙어서도 철이 들지 않아. 어릴 때 엄하게 가르치는 게 맞아." 그 시절을 겪어 온 사람이자 현재진행형으로 경험하고 있는 환한이야말로 그 사실을 누구보다 잘 알았다.

페이야는 몹시 공감한다는 투로 힘껏 고개를 끄덕였지만, 환한의 말을 농담으로 여기는 기색이 역력했다.

"맞아요. 오빠처럼 철없는 대학생이 되면 큰일이죠."

"나가, 나가!" 환한이 일부러 표정을 굳히며 화내는 척을 했다.

이번에는 페이야도 속지 않았다. 두 사람이 티격태격하는 동안 그다지 넓지 않은 편의점 안에 웃음소리가 가득 찼다. 페이야가 최근에는 거의 누리지 못했던 즐거운 순간이었다.

11

연못에 빠져 익사한 개구리

"누나! 내일이 내 생일이야! 고모가 생일에는 학원에 안 가도 된대. 생일 축하해 줄 거지?" 전화 저쪽에서 동생의 흥분한 목소리가 넘어왔다.

"그럼, 당연하지! 학교 마치면 집으로 가 있어. 누나가 그쪽으로 갈게. 뭐 먹고 싶어?"

페이야는 저도 모르게 웃음이 나왔다. 한참을 만나지 못했는데 동생이 여전히 활발한 것 같아서 기분이 좋았다.

그거면 됐다. 페이야는 아빠의 죽음이 동생에게 나쁜 영향을 줬을까 봐 걱정했다. 그러고 보니 아빠의 일을 잊고 있었다는 생각이 들었다. 아마 일시적으로 그런 거겠지. 그 일은 절대로 잊히거나 무뎌지지 않을 비극이었다. 특히 페이야와 동생은 현장에서 살인자와 마주쳤고 협박까지 당했다. 아빠를 죽인 살인자가 왜 자신들을 죽여서 입을 막지 않았는지는 지금까지도 이해할 수 없다. 살인자는 둘을 털끝도 건드리지 않고 멀쩡히 보내 주었다.

사건 이후 많은 시간이 흐르면서 페이야는 점차 살인자의 얼굴을 잊었다. 지금은 큰 특징만 기억날 뿐이다. 아빠의 모습도 점점 희미해지고 있었다. 사실 아빠는 페이야 남매와 친밀한 관계가 아니었다. 세상 사람들이 '아빠'라고 지칭하는 역할을 연기한다는 느낌이었다. 자식의 일상생활을 돌보기는 했지만 그 안에 깊고 따뜻한 감정은 들어 있지 않았다. 그래서 아빠의 죽음이 힘들기는 했지만 못 견딜 만큼 고통스럽지는 않았다.

내가 너무 차갑고 정이 없는 걸까? 페이야는 자책했다. 하지만 아빠는 자식보다는 다른 일에 더 관심을 쏟았다. 페이야는 아빠의 애정과 관심을 빼앗아 간 게 무엇인지 지금까지도 몰랐다. 하루하루 살아가는 것조차 힘든 현재 상황이 페이야에게서 아빠에 대한 기억을 점점 지워 가고 있었다. 원래부터 얕고 흐렸던 기억이지만 말이다.

"선물, 선물도!" 동생은 전보다 더욱 어리광을 부렸다. 큰고모 댁에는 녀석의 어리광을 받아 줄 사람이 없어서 그런 모양이다.

"벌써 다 준비했지. 큰고모 말씀 잘 듣고 있어야 해. 안 그러면 선물은 도로 가져올 거야." 페이야는 어린애를 달래는 투로 말했다.

"나 계속 착하게 굴었어! 큰고모가 다니라고 하는 학원도 다 가고, 시험도 90점 넘게 받았단 말야!" 동생은 쉬지 않고 떠들어 댔다. 칭찬을 받고 싶어서 안달이 난 것 같았다.

페이야는 동생이 바라는 대로 열심히 칭찬했다. "정말 대단해! 내일 먹고 싶은 거 잘 생각해 두고, 누나가 갈 때까지 얌전히 기다려야 해?"

"응!" 동생이 커다란 목소리로 대답했다. 그러더니 갑자기 비밀 이야기라도 하는 것처럼 목소리를 낮춰 말했다. "누나, 잘 지내는 거 맞아? 둘째 고모는 무서워. 툭하면 화를 내잖아. 내가 둘째 고모랑 살아야 했으면 진짜 싫었을 거야. 누나도 자주 혼나는 거 아니야?"

"아니야. 안 그래. 누나는 엄청 잘 지내. 새 학교에서 친구들도 잔뜩 사귀었어." 페이야의 목소리에는 웃음이 섞여 있었지만, 눈은 반대로 죽은 것처럼 가라앉았다.

전화를 끊은 후, 페이야는 약간 뜨끈해진 휴대전화를 움켜쥐었다. 저도 모르게 피곤한 한숨이 흘러나왔다. 내일은 동생을 만나러 가니까 늦게 귀가할 거라고 고모에게 미리 보고해야 했다. 그건 이 집에서 살려면 꼭 지켜야 하는 규칙이었다. 고모의 냉정한 얼굴을 마주하는 게 싫었지만, 말없이 늦으면 난리를 치는 고모를 떠올리곤 한숨을 쉬며 방문을 열었다.

고모는 거실에 없었다. 작은 목소리로 고모를 불렀는데 서재에서 고모부가 나왔다. 셔츠에 정장 바지를 입고 있는 걸 보면 막 퇴근한 것 같았다. "네 고모는 모임에 갔다. 무슨 일로 그러니?"

"내일이 동생 생일이라서 좀 늦게 돌아올 거예요. 그걸 말씀드리려고요." 페이야는 저도 모르게 교복 치마 끄트머리를 꾹 눌렀다. 고모부가 과하게 짙은 미소를 짓는 바람에 몹시 긴장이 되었다.

"그래, 내가 고모한테 전해 주마. 그럼 내일 차로 데려다 줄까? 학교에서 그 집으로 가는 게 불편하지 않겠니? 일기 예보를 보니 비가 올 거라던데, 차를 타고 가야 젖지 않을 거다." 고모부가 친절하게 제안했다.

난 혼자서는 당신 차를 절대 안 타. 페이야는 극도의 저항감을 느꼈다. 어른들을 대할 때 짓는 예의바른 미소도 살짝 굳었다. 고모부는 페이야가 몸을 피하기도 전에 눈앞으로 훅 다가왔다. 그가 손등을 페이야의 이마에 댔다. 페이야는 고양이 앞의 쥐처럼 꼼짝도 못하고 치마만 더 세게 움켜쥐었다. "왜, 왜요?"

"얼굴이 안 좋구나. 열이 나는 건지 걱정이 된다." 고모부는 이마에 댄 손을 움직여 페이야의 머리카락을 넘기면서 귀를 만졌다. 페이야는 감전된 것처럼 뒤로 물러서며 당황한 눈으로 고모부를 올려다봤다. 고모부가 가볍게 웃으며 물었다. "왜 그렇게 놀라니? 널 걱정하는 것뿐이야."

페이야는 더 말하지 않고 바로 자기 방으로 돌아갔다. "페이야? 페이야!" 뒤에서 고모부가 부르는 소리가 들리자 페이야는 더욱 심란해졌다.

방에 들어가자마자 문을 잠근 그녀는 몸을 둥글게 말고 책상 옆에 앉았다. 고모부가 만진 곳에서 역겨운 감각이 사라지지 않았다. 화장지를 몇 장 뽑아 피부가 빨개지고 아플 때까지 그 부분을 박박 문질렀다. 수치심 때문에 온몸에 열이 올랐고, 분해서 눈물이 났다.

방금 페이야는 반항할 수 없는 토끼가 된 듯한 위기감을 느꼈다. 정말로 위험했다. 지금은 고모부와 단둘이 집에 있는 상황이니 몇 배나 공포스러웠다.

페이야는 라인 앱에 들어가 '촨한'을 클릭했다. 무슨 말을 해야 할지 떠오르지 않아서 그냥 이모티콘을 보냈다. 페이야가 가장 좋아하는 '카나헤이卡娜赫拉' 브랜드의 토끼와 병아리 캐릭터였다. 이 캐릭터 이모티콘은 언제나 페이야의 마음을 어루만져 주는 힘이 있었다. 하지만 지금은 아무 소용이 없었다.

액정 화면을 오랫동안 멍하니 쳐다봤지만 촨한은 계속 메시지를 읽지 않았다. 일하는 중일까? 페이야는 그렇게 생각하면서도 그의 답장을 받고 싶다는 희망을 버리지 못했다. 자신이 혼자가 아니며 도와줄 이가 있다는 걸 확인받고 싶었다.

"하이!" 답장이 왔다.

페이야는 잠깐 고민하다가 빠르게 엄지손가락을 놀렸

다. "오늘 가도 돼요?"

"오늘은 쉬는 날이야. 중간고사 기간이거든. 가끔은 성적 관리도 해야지." 촨한이 답장했다. 메시지 끝에는 미안한 표정 이모티콘도 붙였다.

"오빠도 성적에 신경을 쓰는군요." 페이야가 농담을 던졌다. 메시지를 보자 실망감이 덮쳐 왔다. 페이야는 옆으로 쓰러지듯 힘없이 누웠다. 촨한이 분노한 표정 이모티콘을 보낸 것을 보자 살짝 웃음이 났다.

촨한과 시답잖은 말을 주고받는 사이, 현관문이 열리는 소리가 들렸다. 고모가 돌아온 모양이었다. 페이야는 무슨 일이 있더라도 잠든 척을 해야겠다고 결심했다. 고모가 방문을 두드리더라도 말이다.

페이야는 휴대전화가 목숨을 구해 줄 동아줄인 것처럼 손에 꽉 쥐었다. 짧은 글자 몇 개를 주고받을 수 있을 뿐이지만, 그 덕분에 자신이 도망칠 곳이 있다고 느꼈다.

다음 날.

고대하던 하교 종이 울리자 페이야는 신속하게 가방을 쌌다. 동생의 생일선물이 든 종이가방을 챙겨 들자 교실을 나갈 준비가 끝났다. 그런데 한동안 조용하던 구이메이가 페이야의 앞을 막아섰다. 시녀 둘은 교실 문을 막았다.

"전에 거기, 서관 화장실." 가슴 앞으로 팔짱을 낀 구이메이의 말투는 전에 없이 거칠었다.

"싫어." 페이야가 차갑게 대꾸했다.

"당장 따라와!" 구이메이가 페이야의 팔을 세게 붙잡았다. 손톱이 살을 파고들어 아팠다. 페이야는 구이메이의 손을 쳐내고는 그녀를 어깨로 밀치며 문 쪽으로 향했다. 교실 문을 지키던 시녀들이 페이야를 막았지만, 페이야는 그 애들을 밀어냈다. 당황한 시녀들이 소리를 질렀다. "야!"

페이야는 더 대거리하지 않고 빠르게 교문 쪽으로 걸었다. 교문 앞에는 선생님이 계실 테니 구이메이도 함부로 날뛰지 못할 것이다. 교문만 나서면 도망치기가 한결 쉽다. 페이야는 힘껏 달렸다.

그런데 무언가 이상했다. 구이메이와 시녀들 말고도 다른 반 애들까지 페이야를 뒤쫓아 오고 있었다. 서관 화장실에서 본 자주색 머리 남자애였다. 구이메이가 미리 계획을 세운 게 분명했다.

페이야는 불안한 마음에 더 빨리 뛰었다. 막 1층으로 내려가는 계단을 밟으려는데, 교내에서 유명한 양아치 몇 명이 아래층에서 달려오는 게 보였다. 페이야는 곧바로 몸을 돌려 2층 복도를 달렸다. 하지만 학무처나 교사용 사무실 쪽으로 향하는 복도에도 구이메이 일당이 버티고 있었다.

다른 학생들은 호기심과 의아함을 담아 추격전을 지켜봤다. 영화나 드라마를 보는 것처럼 완벽한 구경꾼의 입장일 뿐, 누구도 페이야를 도와주거나 선생님을 불러 주려 하지 않았다. 구이메이는 어떻게든 페이야를 서관 건물로 끌고 갈 모양이었다. 그래서 페이야는 무조건 반대 방향으로 달아났다. 절대로 잡혀서는 안 된다. 구이메이가 갑자기 왜 이러는지 이유를 모르는 데다, 오늘은 동생 생일을 축하하러 가야 했다.

페이야는 마침내 붙잡히지 않고 1층으로 내려왔다. 하지만 아직 교문은 멀었고, 구이메이 일당은 계속 쫓아왔다. 페이야는 이리저리 도망쳤지만 점점 사람이 드문 사각지대로 몰렸다.

결국.

"계속 도망가 보시지! 참 잘 뛰던데, 더 도망가 보라고!"
구이메이가 페이야 앞에 나타났다. 둘 다 헐떡이고 있었다. 이마와 목덜미는 땀범벅이었고, 교복에도 땀이 배어났다.

페이야는 담벼락으로 둘러싸인 막다른 곳에 몰렸다. 수영장 건물이 시야를 막고 있어서 서관 화장실보다 더 좋지 않았다. 십여 쌍의 시선이 페이야를 옥죄듯 점점 다가왔다. 날개가 돋아나지 않는 한 도망칠 수 없을 듯했다.

"도망갈 데가 없지? 널 어떻게 한다는 것도 아닌데 왜 난리야, 이상하게시리. 하하하! 그냥 너한테 '낙인'을 찍으려는 거야."

뒤쪽에서 천천히 페이야 앞으로 다가온 노랑머리 남자애가 키들거렸다. 페이야를 둘러싼 사람들은 열 명이 넘었고, 모두 교내에서 불량하기로 유명한 녀석들이었다. 구이메이는 대체 무슨 재주로 이렇게 많은 사람을 동원했을까? 무슨 대단한 목적이 있어서?

"지금 해? 여기서?" 자주색 머리 남자애가 교복 셔츠를 펄럭이며 담배를 꺼내 들더니 옆에 있는 녀석에게 물었다. "라이터 있어? 좀 빌리자."

구이메이는 수영장 건물을 흘낏 보더니 말했다. "좀 있다 피워. 우선 얘를 데리고 들어가자." 자주색 머리가 구이메이의 명령이라도 받는 것처럼 얌전히 담배를 집어넣었다. 다른 녀석들은 포위망을 점점 좁혔다.

"놔! 건드리지 마!" 두 명이 페이야의 팔을 하나씩 움켜쥐었다. 선물을 넣은 종이가방이 바닥으로 떨어지자 구이메이가 멀리 걷어찼다.

"얌전히 굴어. 구이거의 친구가 널 봐준다고 해서 우쭐대지 말란 말이야. 이건 구이거가 시켜서 하는 일이거든." 구이메이는 페이야의 머리채를 잡고 수영장 건물로 들어갔다. 하교 시간이라 수영장은 텅 비어 있었다. 구이메이가 이곳에서 일을 벌이기로 결정한 것도 그래서였다. 게다가 실내라 누군가 근처를 지나가더라도 수영장 안으로 들어오지 않는 이상 들킬 염려가 없었다.

소독약 냄새가 났다. 실내 온도도 낮아서 페이야는 뒷목에 소름이 돋았다. 구이메이는 일당을 이끌고 수영장 옆까지 와서야 손을 놓았다. "옷을 벗겨. 내 말 안 들려? 쟤 옷을 벗기라고!"

페이야가 깜짝 놀라는 것과 동시에 구이메이의 시녀가 페이야의 교복 단추를 풀기 시작했다.

"놔!" 페이야는 생각할 겨를도 없이 그 애를 걷어찼다. 시녀는 잠깐 아파하더니 빽 소리를 질렀다. "아프잖아! 다들 도와줘! 못 움직이게 꽉 누르란 말이야! 다리도 잡고."

"뭘 보고만 있어, 빨리 도와!" 구이메이가 멀뚱히 서서 구경하는 남자애들에게 버럭 고함을 쳤다. 남자애들은 얌전히 구이메이의 말에 따라 페이야를 습기 찬 바닥에 눌렀다. 페이야는 팔다리가 전부 붙잡혀 꼼짝도 하지 못했다. "싫어!"

하지만 페이야의 고통은 조금의 동정도 얻지 못했다. 교복 단추가 다 풀리고 브래지어와 하얀 복부가 드러났다. 그때 구이메이의 말이 들렸다. "계속해, 전부 벗겨. 내가 방금 말했지. 알몸으로 만들란 말이야."

"속옷이 흰색이네, 순결하게." 노랑머리가 킬킬대며 브래지어 쪽으로 손을 뻗었다.

페이야는 수치심에 눈을 꼭 감았다. 뜨거운 눈물이 흘렀다. 눈물길을 따라 뺨이 타들어 가는 듯했다. 노랑머리가 브래지어를 세게 잡아당겼다. 그러나 아프기만 할 뿐 벗겨지지는 않았다. 옆에 있던 시녀 중 한 명이 한심하다는 듯 말했다. "바보냐. 등 쪽에서 풀어야지."

"미리 말했어야 알지, 내가 이걸 입어 봤냐고!"

노랑머리가 그렇게 말하는 순간, 페이야는 무언가가 몸을 누르는 걸 느꼈다. 두려움에 도로 눈을 떴더니 여드름 난 노랑머리의 얼굴이 바로 앞에 있었다. 페이야는 비명을 질렀다. 노랑머리가 페이야 위에 올라타 있었다.

페이야는 울면서 소리를 질렀다. "저리 가, 저리 가!"

"뭐야, 부끄러워? 얼굴이 가까운데. 뽀뽀해 줄까?" 노랑머리가 히죽거렸다. 그러면서도 손은 쉬지 않았다. 등 뒤로 두 손을 넣어 브래지어 후크를 잡자 페이야를 끌어안은 것 같은 외설적인 자세가 되었다.

노랑머리의 손가락이 등 위를 애벌레처럼 기었다. 페이야는 울면서 버둥거렸지만 노랑머리에게서 벗어날 수가 없었다. 브래지어가 풀렸다. 교복 블라우스가 마저 벗겨지자 가슴이 고스란히 드러났다. 하지만 악몽은 끝나지 않았다. 다음 차례는 치마였다.

"봐, 팬티도 흰색이야." 페이야의 다리를 잡고 있던 자주색 머리가 무심하게 감상을 말했다. "와, 몸매 좋은데. 가슴 크고, 다리 길고."

페이야는 어떻게든 다리를 꽉 붙이려 애썼다. 하지만 혼자서 여러 사람의 힘을 이길 순 없었다. 끝내 아랫도리마저 전부 벗겨졌다. 실오라기 하나 걸치지 못하고 알몸이 된 페이야는 하얀 양처럼 보였다.

구이메이는 페이야를 똑바로 쳐다보면서 벗겨 낸 옷을 수영장에 던졌다. 교복, 속옷, 양말이 수면을 둥둥 떠다녔다. 그런 다음 휴대전화를 꺼내 페이야를 '조준'했다. "움직이지 못하게 꽉 잡아. 그래야 사진이 잘 나오지." 그러고는 몇 번이나 사진을 찍었다. 플래시가 계속 번쩍였다.

"좋아. 이제 상을 받아 가." 구이메이가 심드렁하게 알약이 든 지퍼 백을 꺼냈다. 녀석들이 기뻐하며 구이메이에게 몰려들었다. 다들 알약을 하나씩 받아 입에 넣었다. 구이메이도 한 알을 삼켰다.

페이야는 몸을 가리려고 최대한 웅송그렸다. 구이메이는 왜 자신을 괴롭히는 걸까? 대체 왜 이렇게까지 하는 걸까? 굴욕감과 분노가 교차했다. 말로 설명하기 힘든 혼란스러운 감정이 점점 차올라 힘들고 괴로웠다.

구이메이가 더러운 벌레를 보듯 페이야를 내려다봤다. 페이야는 피하지 않고 시선을 맞받아쳤다. 그러자 구이메이는 돌연 폭발해 페이야를 수영장 안으로 떠밀었다. 11월의 수영장은 뼈를 얼릴 듯 차가웠다. 페이야는 입안에 들어온 물 때문에 숨을 제대로 쉬지 못해 손발을 마구 버둥거렸다. 주변으로 물보라가 일었다.

구이메이 일당이 웃음을 터뜨렸다. “재 좀 봐, 개구리 같아!”

페이야는 한참을 버둥거리다 겨우 중심을 잡고 섰다. 온몸이 경련했다. 얼굴은 시체처럼 창백했고, 색을 잃은 입술이 파르르 떨렸다.

“뭘 봐? 할 말 있으면 해!” 구이메이가 수영장 끄트머리에 쪼그리고 앉더니 페이야의 얼굴에 침을 뱉었다.

페이야는 점점 감각이 사라져 가는 몸을 움직여 한 발 한 발 구이메이에게 다가갔다. 구이메이는 그걸 보고도 피하지 않았다. 자기편이 여럿 있으니 무서울 게 없었기 때문이다. 페이야는 충분히 가까이 다가간 다음, 재빨리 구이메이의 다리를 붙잡아 수영장 안으로 끌어들였다.

페이야가 덤벼들 거라고는 전혀 예상하지 못한 구이메이는 그대로 물에 빠졌다. 당황한 구이메이가 도와 달라고 외쳤다. 페이야는 구이메이의 어깨를 뒤에서 잡고 내리눌렀다. 한참을 버둥대고서야 겨우 페이야의 손아귀에서 빠져나온 구이메이가 돌아서서 반격했다. 구이메이의 양손이 페이야의 목을 졸랐다.

페이야는 온힘을 다해 구이메이를 할퀴고 때렸지만 구이메이의 손은 떨어지지 않았다. 호흡이 부족해지자 힘이 점점 약해졌다. 방금 먹은 알약이 효과를 발휘해 극도의 흥분 상태에 빠진 구이메이가 페이야를 물속에 처넣었다.
"장페이야, 모범생이다 이거지? 성적 좋고 예쁘면 다야?"

물에 잠긴 페이야는 계속 물을 먹었다. 입과 코에서 기포가 계속 올라왔다. 쉬지 않고 구이메이의 팔을 때리면서 허우적거렸지만 소용이 없었다. 죽을지도 모른다는 공포가 페이야를 잠식했다.

의식이 점점 흐릿해졌다. 첨벙대는 물소리가 멀어졌다. 구이메이의 목소리도 사라졌다. 아무것도 들리지 않았다. 팔다리에는 감각이 없었고, 시야가 깜빡거리다가 어느 순간 새까매졌다…….

12

기자가 질문하고,
교장이 답하다.

추워. 아파. 시야가 안개가 낀 것처럼 부옜다. 기포가 뽀글뽀글 올라갔다. 코가 아팠다. 콧속으로 들어오는 것은 공기가 아니라 온통 물이었다.

지금 페이야에게는 아주 많은 산소가 필요했다. 하지만 입을 벌려도 물만 들어왔다. 힘껏 들이마신 물이 목구멍으로 넘어가 숨이 막혔다. 고통스러워…….

공기든 구조의 가능성이든 손에 잡히지 않았다. 무언가가 몸을 아래로 끌어당기는 듯했다. 점점 힘이 빠졌다. 주위가 어두워졌다. 기포가 더 많아졌다…….

페이야는 힘없이 눈을 떴다. 낯선 천장이 보였다. 사람을 부르려고 입을 열고서야 산소마스크가 입과 코를 덮은 걸 알아차렸다. 손가락을 움직이는 것조차 힘들었다. 오른쪽 집게손가락이 어딘가에 살짝 끼어 있는 느낌이었다. 페이야는 힘겹게 고개를 움직여 주변을 살폈다. 산소측정기가 보였다. 페이야는 다시 눈을 감았다…….

다음에 깨어났을 때는 침대 옆에 간호사가 있었다. 간호사가 귓가에 뭐라고 속삭였는데, 의식이 혼란한 상태라 알아듣기가 힘들었다. 여전히 수영장 물속에 잠겨 있는 것 같았다. 간호사의 말소리가 이해할 수 없는 소음처럼 느껴졌다.

간호사가 의사를 데려왔다. 의사가 몇 가지 검사를 하고 페이야에게 뭐라 뭐라 당부했다. 하지만 페이야는 여전히 의식이 몽롱해 의사의 말도 알아들을 수가 없었다. 페이야는 침대에 가만히 누워 사람들이 오고가는 것을 느꼈다. 하지만 눈동자를 움직일 의지도 없어서 멍하니 허공만 바라봤다.

아무 생각도 할 수 없었다. 뇌가 작동을 멈춘 것만 같았다. 시간이 한참 흘렀다. 한 시간? 아니면 하루? 페이야는 천천히 정신을 잃기 전 일어난 일을 회상했다. 구이메이가 자신을 물속에 처넣었고, 페이야는 익사할 뻔했다.

익사 직전 산소가 부족해서 느꼈던 공포감을 기억해 낸 페이야는 저도 모르게 숨을 크게 들이쉬었다. 산소마스크를 통해 들어오는 산소 농도가 높아지면서 점차 머리가 맑아졌다. 페이야는 자신이 죽다 살아났다는 걸 확연히 깨달았다. 조금만 잘못되었다면 그대로 질식사했을 것이다.

하지만 페이야는 분노하지 않았다. 분노할 힘조차 남아 있지 않았다. 마음속에 차오르는 감정은 차가웠다. 빠져 죽을 뻰했던 수영장의 물보다 더 차가웠다.

페이야는 자기가 얼마나 정신을 잃고 있었는지 몰랐지만, 깨어난 후 그날 밤을 병원에서 보냈고 다음 날 아침에 고모부가 왔다. 의사는 마지막 검사를 마친 뒤 퇴원을 허가했다. 이 모든 과정은 페이야에게 몹시 흐릿하게 기억되었다. 페이야는 인형처럼 고모부와 의사가 시키는 대로 움직였다.

고모부는 페이야의 어깨를 껴안고 모든 과정에 동행했다. 다른 사람들 눈에는 딸을 아끼는 아빠처럼 보였을 것이다. 사실은 전혀 그렇지 않은데도. 페이야는 거부감을 보이지 않았다. 지금 페이야의 얼굴은 표정 짓기를 포기한 듯했다. 얼굴 근육도 기억상실증이 있나? 페이야는 지금껏 어떻게 얼굴을 움직여서 감정을 표현했는지 전부 잊어버린 것 같았다. 고모부가 과하게 친밀한 태도로 어깨를 감싸고 있다는 감촉도 흐릿했다. 모든 감각이 마비된 것 같았다.

페이야를 조수석에 앉힌 고모부가 친절하게도 안전벨트를 매 주었다. 그 과정에서 몸 여기저기에 고모부의 손이 닿았지만 페이야는 가만히 있었다. 고모부는 욕심껏 행동했다.

차가 주차장을 빠져나갔다. 햇빛이 페이야의 눈을 찔렀다. 너무 밝았다.

빛에 익숙해진 뒤 페이야는 눈을 떴다. 너무 맑게 느껴질 정도로 날씨가 좋았다. 하늘은 구름 한 점 없이 깨끗한 푸른색이었다. 햇빛이 시야에 들어온 모든 사물을 선명하게 만들었다.

페이야는 멋진 풍경을 보아도 조금도 즐겁지 않았다. 오히려 좋은 날씨가 짜증스러웠다.

고모 집의 현관에 들어서자 거실에서 텔레비전을 보는 둘째 고모가 보였다. 퇴직 공무원인 고모는 남아도는 시간을 낭비하며 살았다. 고모가 미간을 찌푸리고 한쪽 입가를 끌어올렸다. 잔소리하기 직전의 표정이었다.

"너 학교에서 대체 뭘 하고 다니는 거니? 비싼 돈 들여서 학교에 보내는 게 전부 낭비 같구나! 학생이면 학생답게 공부를 열심히 해야지, 수영장에서 물장난이나 하고 그러면 되겠어? 봐! 뉴스가 다 났더라!" 고모가 리모컨을 들고 채널을 돌렸다. 몇 번이나 채널이 바뀐 뒤 고모가 찾던 뉴스가 나왔다. "저거 봐! 교장선생님 맞지? 기자가 인터뷰를 하러 갔다고!"

페이야는 느릿느릿 텔레비전을 쳐다봤다. 화면에 나온 금테 안경을 쓴 대머리 중년 남자는 교장선생님이 맞았다. 그는 차분한 태도로 질문에 답했다. "장張 모 여학생은 3학년이라 성적 스트레스 때문에 수영장에 가서 물놀이를 했습니다. 그러다 실수로 물에 빠졌고요. 다행히 친구가 근처에 있다가 그 장면을 목격한 덕분에 구급차를 부를 수 있었습니다."

물놀이? 페이야는 교장이 무슨 말을 하는지 이해할 수가 없었다.

기자가 다시 질문했다. "학생이 수영장에서 혼자 노는 걸 선생님들이 몰랐다는 겁니까? 학교의 관리 소홀 아닌가요?"

"그럴 리가요! 사실……." 교장이 얼른 반박했다. "수영장은 개방하는 시기 말고는 항상 문이 잠겨 있습니다. 그 부분은 엄격하게 관리하고 있어요. 이번에는 학생이 몰래 들어간 거라 선생님이 계시지 않았던 거고요. 요즘 학생들은 옛날 아이들보다 스트레스를 견디는 힘이 약합니다. 조금만 힘들어도 버티지 못하고 이런 행동을 하지요. 이 부분에 더욱 주의를 기울여 지도하도록 선생님들께 권고하고 있습니다. 앞으로는 이런 일이 일어나지 않도록 해야 합니다."

무슨 소리야? 페이야는 이게 대체 무슨 일인지 점점 더 이해할 수 없었다. 놀고 싶어서 수영장에 간 게 아니다. 자신은 구이메이에게 끌려갔다. 그런데 교장이 왜 저렇게 말하는 거지?

둘째 고모는 페이야의 얼굴 바로 앞에다 손가락질을 했다. "봐, 보라고! 이런 일로 뉴스에 나오다니 망신살이 뻗쳤어! 장페이야, 똑똑히 들어라. 사고를 치라고 널 학교에 보낸 게 아니야. 학교를 다니기 싫으면 그만둬! 네가 린칭의 딸만 아니었어도 일찌감치 내쫓았을 거다. 그러면 이런 망신은 안 당했겠지!"

"그런 게 아니에요." 페이야가 툭 내뱉었다. 지금껏 한 번도 자기변호를 한 적 없었는데, 지금은 하고 싶은 말을 참을 기력조차 없었다. "우리 반에 나쁜 애가 있는데, 걔가 절 억지로 물에 빠뜨렸어요."

고모가 소파에 리모컨을 던졌다. "네가 뭘 잘못했겠지! 그 애가 이유도 없이 널 괴롭히겠어? 나쁜 애? 학교가 무슨 감옥이야, 그런 애가 다니게? 넌 내가 바보로 보여? 경고하는데, 또 학교에서 말썽을 부리면 바로 쫓겨날 줄 알아. 네 큰고모한테 보내 버릴 거야!"

"됐어, 됐어. 막 퇴원했는데 애를 자극하지 말자고." 고모부가 끼어들어 고모를 달랬다. 그러면서 페이야를 돌아보고 웃으며 말했다. "방에 가서 쉬렴. 며칠은 학교에 가지 말고 집에 있는 게 좋겠다."

"학교를 쉬어? 수업 진도를 못 따라가면 어떡하라고? 린칭은 명문고를 졸업해서 사범대학을 나왔어! 그러니까 걔도 당연히 명문고에 들어가야 해. 그래야 린칭 얼굴에 먹칠하지 않는 거야." 고모는 페이야의 학교생활에는 관심도 없다가 성적에만 반응했다.

페이야는 정말로 지쳤다. 더 보고 싶지도 듣고 싶지도 않았다. 껍데기만 남은 것 같았다. 페이야는 고모의 고함과 고모부의 거짓 친절을 무시하고 방에 들어갔다. 허물어지듯 침대에 쓰러져 베개에 코를 박았다. 사라진 감정은 여전히 돌아오지 않았다. 대신 그 자리에 평온함이 깃들었다. 자포자기. 모든 것을 포기하고 얻은 평화였다.

페이야는 차라리 그때 죽는 게 나았을 거라는 생각을 했다.

"생각은 좀 해 봤어? 그 사이에 마음이 좀 변했나?" 구이거가 다리를 꼬고 앉아서 멀리 계산대에 있는 촨한에게 소리쳤다.

"무슨 생각?" 촨한이 의뭉스럽게 대꾸했다. 구이거의 '건수'를 화제로 삼고 싶지 않았다. 촨한은 구이거를 힐끗거리며 라인 메시지를 보냈다. 페이야에게 오늘은 편의점에 오지 말라고 일러두려는 거였다. 그는 페이야가 구이거와 마주치지 않기를 바랐다. 요 며칠 페이야가 메시지도 읽지 않고 편의점에 오지 않는 것만으로도 충분히 걱정스러웠다.

"모른 척하지 마." 구이거가 맥주를 몇 모금 마신 뒤 트림을 했다. "들어 봐, 어렵게 구한 건수야. 해외에서 온 고객이라고. 네가 할 일은 그냥 배달이야. 최고로 간단하지."

구이거가 간단하다고 강조할수록 촨한은 실제로는 다를

거라고 생각했다. '배달', '해외'라는 키워드에서 떠올릴 만한 건 밀수였다. 운 나쁘면 마약 운반일 것이다. 촨한이 반문했다. "그렇게 좋은 돈벌이면 네가 직접 하지 그래?"

"형제 같은 친구 사이니까 양보하는 거야! 다른 사람에게 맡기면 불안해. 일이 잘못되면 아무것도 못 먹어. 제발, 너는 평범하게 살 팔자가 아니야. 손님이 시키는 대로 일하는 점원이 되셨다 이거야? 월급으로 2만 2천 타이완달러를 받으면서 고용보험도 들고? 우리는 큰일을 할 사람이야. 옛날 생각 안 나? 우리는 특별해. 날 때부터 큰형님이 될 재목이었다고."

"향을 피우러 간 적이 있냐?" 촨한의 목소리는 갑자기 몇 살을 훌쩍 먹은 듯했다.

구이거가 눈을 크게 뜨며 과장된 놀람을 표현했다. "내 귀가 잘못됐나? 너 방금 뭐라고 했어? 향? 죽은 사람한테 절하면서 피우는 그 향?"

촨한이 고개를 끄덕였다. 처음부터 답을 알고 물었지만, 그래도 구이거의 대답을 직접 듣고 싶었다. 예상대로 구이거는 그 일을 전혀 마음에 담아 두지 않았던 것 같다. 그 일은 촨한과 구이거 두 사람이 함께 저지른 짓이고 평생 짊어지고 가야 할 죄였다. 촨한이 구이거와 연락을 끊은 것도 그 때문이었다.

"그게 향을 피울 일인가? 내가 잘못한 것도 아닌데. 그

녀석이 너무 멍청한 탓이었어. 자기가 죽을 길을 스스로 찾아간 거라고." 구이거의 태도는 경박하기 짝이 없었다.

"아니, 우리가 잘못한 거다. 나와 네가 그 녀석을 죽였어."

구이거는 귓불에 매달린 귀걸이를 만지작거리며 심드렁하게 말했다. "인간의 도리 어쩌고 할 거면 집어치워. 역겨워서 토할 것 같네. 정말 그렇게 미안하면 죽음으로 사죄하지 그랬어? 하지만 넌 그러지 않았잖아. 멀쩡하게 살아 있지. 아르바이트하면서 대학까지 다니고! 듣기 좋은 말은 잘도 지껄이지만 인간은 결국 이기적이야. 나는 그런 게 다 귀찮고 답답해. 류촨한, 너 약이라도 먹었냐? 난 너한테 약을 준 기억이 없는데!"

구이거가 맥주 캔을 쾅 하고 내려놓더니 가게 바깥으로 나갔다. 촨한은 그가 아예 떠날 거라고 생각했지만 구이거는 문 앞에 서서 담배를 꺼내 물었다. 구이거가 부정확한 발음으로 권했다. "너도 피울래?"

"내가 담배를 안 피운다는 걸 잊어버렸나 보군."

"사람은 변하니까. 네가 이렇게 한심하게 변했듯이." 바람 때문에 라이터의 불이 자꾸 꺼졌다. 구이거는 몇 번이나 실패한 끝에 담배에 불을 붙였다. 한 모금 깊게 빨아들였다가 바람 부는 방향으로 연기를 내뿜으며 그가 물었다. "내가 향을 피우러 가면, 일을 도울래?"

촨한은 단호하게 고개를 저었다. "난 안 할 거다. 다른 놈이나 찾아보지그래."

"젠장!" 구이거가 화를 내며 담배를 던졌다. "내가 몇 번이나 좋게 말했는데 뭘 들은 거야? 절대로 날 돕지 않겠다는 거냐?"

"다른 사람을 찾아."

"좋아, 좋아." 구이거는 휴대전화를 꺼내더니 손가락을 빠르게 움직였다. 전화기를 빤히 들여다보던 그가 촨한 쪽으로 몸을 돌렸다. 할 일을 했다는 듯 휴대전화를 주머니에 집어넣은 구이거가 말했다. "내 말 똑똑히 들어. 이 일은 네가 하는 게 제일 좋아. 다시 말해서 네가 아니면 안 된다는 거야. 다음에 또 오마." 그는 골목에 세워 두었던 튜닝 자동차를 몰고 가 버렸다.

촨한은 바닥에 주저앉았다. 구이거 때문에 떠오른 과거의 기억과 맞서 싸우느라 힘이 쭉 빠졌다. 그와 구이거는 처음부터 잘못되었다. 비극이 일어나기 전에는 왜 깨닫지 못했을까? 촨한은 관자놀이를 꾹 누르며 탁한 숨을 내쉬었다. "사자, 편의점을 그만두는 게 좋겠어. 구이거가 계속 찾아오게 두면 안 돼."

일을 그만둔다고 문제가 해결되진 않아. 구이거는 페이야를 알아. 페이야를 통해 너를 찾아올 거야. 사자가 핵심을 짚었다.

"페이야가 며칠째 연락이 없어. 구이거가 자기 밑에 있는 여자애한테 페이야를 괴롭히지 말라고 했다지만 언제 말을 번복할지 몰라."

그놈은 이랬다저랬다 하는 쓰레기니까. 사자는 환한의 진실한 감정을 대변한다. 조금도 숨기지 않고.

"사자."

말해. 사자는 인내심 있게 듣는다.

"난 정말 후회해." 환한이 주먹으로 바닥을 내리쳤다. 손등에 푸른 힘줄이 불뚝거렸다. 이 손과 어리석었던 자신이 그 비극을 만들어 냈다.

적어도 지금의 너는 함부로 사람을 다치게 하지 않아. 과거를 되돌릴 수 없다면 다른 데서 보충하면 돼. 환한은 사자의 조언이 페이야를 염두에 둔 말이란 걸 금세 알아차렸다. 페이야는 정말 마음이 쓰이는 아이다. 환한은 페이야가 거짓말을 하고 있다는 걸 이미 알고 있었다. 학교 폭력뿐 아니라 다른 문제도 분명히 있을 터였다.

"그 애를 도와야 해." 낮고 갈라진 목소리가 나왔다.

넌 그 애를 도와야 해. 사자가 찬성했다.

환한은 천천히 감정을 정리한 뒤 아무 일도 없었던 것처럼 편의점 근무를 이어 했다. 새벽에는 시간도 느리게 흘러서 생각할 시간이 충분했다. 거듭되는 자책감을 정리하는 일은 끝없는 고행과도 같았다. 그는 누군가를 다치게 했고, 그걸 똑같이 상처로 돌려받았으며, 결국 과할 정도로 타인을 걱정하는 속죄자가 되었다.

하늘빛은 육안으로 판별하기 힘든 속도로 바뀐다. 변화를 알아차릴 때면 하늘은 이미 희부옇게 밝아 왔다. 아침햇살이 부드럽게 내리쬘 때 밤과 낮은 자리를 바꾼다. 예상하지 못했던 손님이 온 것은 그때였다.

촨한은 당혹감과 의아함을 담아 유리문 바깥을 쳐다봤다. 바람만 불어도 쓰러질 것처럼 초췌한 소녀가 거기 있었다.

겨우 며칠 보지 못했을 뿐인데, 페이야가 왜 이렇게 말랐을까?

촨한은 얼른 그녀 가까이 갔다. "어떻게 된 거야? 무슨 일 있었어?"

페이야의 눈에는 초점이 없었다. 이리저리 방황하던 시선은 촨한의 것과 마주치고서야 비로소 제대로 초점이 잡혔다. 누가 이런 눈빛으로 그를 바라보는 건 처음이었다. 구조를 요청하는 눈빛이었다. 촨한은 두 번 생각하지 않고 물었다. "내가 어떻게 하면 될까?"

말하는 법을 잊은 듯 입술만 오물거리던 페이야가 겨우 목소리를 냈다.

"오빠 집에 가도 돼요?"

"미안, 좀 지저분하다." 좐한이 원룸을 빠르게 치웠다. 빈 페트병과 깡통을 쓰레기봉투에 버리고, 아무렇게나 던져 놓은 옷가지는 옷장에 쓸어 넣었다. 이어서 창문을 열고 환기를 시켰다. 페이야는 좐한이 앉으라고 할 때까지 문 옆에 가만히 서 있었다.

"미안해요." 페이야가 갑자기 사과했다. 좐한이 바쁘게 움직이던 손을 멈추고 의아한 듯 물었다. "왜 그렇게 말해?"

"귀찮게 했잖아요. 미안해요." 페이야는 몹시 위축되어 있었다. 무서운 일을 겪고 겁을 먹은 어린애 같았다. 울음을 참는 듯한 목소리였다.

"전혀 귀찮지 않아. 절대 아니야."

"고마워요……. 너무 피곤해서 좀 쉬고 싶어요." 페이야가 지친 목소리로 말했다. 좐한은 얼른 침대보를 판판하게 펴고 이불의 먼지를 털었다. 페이야는 검은색 스니커즈와 얇은 코트를 벗고 침대에 앉았다. 그러고는 힘겹게 손을 짚으며 옆으로 누웠다. 그녀는 그 상태로 창밖을 바라봤다. 순수한 파란색 외에는 아무것도 없었다.

좐한은 페이야에게 이불을 덮어 주고 침대 옆에 주저앉았다. 두 사람은 창밖을 바라보며 아무 말도 하지 않았다.

환한이 고개를 돌려 보니 페이야가 소리도 없이 울고 있었다. 그는 저도 모르게 손을 뻗었지만, 자기 손이 덜덜 떨리고 있단 걸 깨달았다. 이 손이 사람을 때려눕히던 기억이 머릿속을 스쳤다. 환한의 손은 허공에 한참 멈춰 있었다. 그는 숨을 깊게 들이마신 뒤 천천히 내뱉었다. 마음을 다잡은 환한이 페이야의 머리에 손을 얹고 부드럽게 쓰다듬었다.

“마음 놓고 쉬어. 내가 계속 옆에 있을 거야. 여기서는 누구도 너를 해치지 못해.”

“고마워요.” 페이야의 목소리는 떠다니는 먼지처럼 연약했다. “오빠 침대, 땀 냄새…….”

민망해진 환한이 얼른 말했다. “시트하고 베개를 새것으로 줄게. 잠깐만 일어나 봐. 금방 돼.”

“괜찮아요.” 페이야는 눈을 감았다. “오빠가 또 저를 구했네요. 고마워요.”

페이야는 환한이 지켜보는 가운데 천천히 잠에 빠졌다. 무방비하게 잠든 얼굴이 마른 인형 같았다. 여기저기 부서져서 더 이상은 상처를 감당할 수 없는 인형.

잠든 페이야는 환한의 목소리를 듣지 못했다. 사자만 들었다.

“구원을 받은 건, 사실 나야.”

13

더 많은,
더 많은 연습이
필요해.

점원은 비밀의 문 앞에 서 있었다. 저 문 뒤에는 그가 잡아 온 사냥감이 있다.

그는 사냥감보다는 '포로'라는 단어를 쓰고 싶다. 문 뒤의 공간은 원래 욕실이었지만 점원의 필요에 의해 개조했다. 기본적인 목욕 기능은 없애고 사람을 벽면에 고정하는 형틀을 추가했다. 점원은 잡아 온 여자를 거기 매달았다가 갑자기 마음을 바꿔 도로 풀어놓았다. 사실 벽에 고정되어 있으면 꼼짝도 하지 않으니 죽었는지 살았는지 알 수가 없다.

여자는 죽으면 안 된다. 사람을 납치하는 일은 생각보다 쉽지 않았다. 점원은 오랫동안 스토킹한 끝에 계획을 세웠는데, 실행 전 갑작스러운 충동 때문에 예정보다 먼저 손을 썼다.

그날 밤, 점원은 늘 그랬듯 어둑한 곳에 숨어서 금발 여자를 지켜보다가 그녀가 시끄러운 음악이 새어 나오는 튜닝 자동차에서 내리는 것을 보았다. 차에 탄 놈이 몸을 주물러대는데도 여자는 아무렇지 않은 듯 그 남자와 시시덕거렸다.

돌이켜 보면 그 일이 기폭제가 되었다. 점원은 여자가 그런 꼴로 그런 행동을 하는 걸 참을 수 없었다. 그는 여성을 '비너스'처럼 완벽한 존재라 여기는 환상을 지니고 있었다. 그런데 금발 여자는 성별 외에는 그가 여성에게 기대하는 걸 단 하나도 채워 주지 못했다. 그건 사실 그리 중요하지 않았다. 아무 문제도 아니었다. 왜냐하면 점원이 여성에게 무엇을 기대하든, 그는 여성과 절대 가까워질 수 없기 때문이었다.

아랫도리가 이유 없이 아팠다. 점원은 저도 모르게 손을 뻗었지만 이 통증이 진짜가 아니라 환상통임을 잘 알았다. 오래전에 사라진 그의 음경은 한 토막만 남아 배뇨 기능만 제공하는 살덩어리였다.

"추악해." 점원이 바지허리를 잡아당겨 그늘에 가려진 자신의 '음경'을 들여다봤다. 본인도 역겨워서 제대로 시선을 두지 못하는데 어떤 여자가 이런 것을 받아 주겠는가? 점원은 스스로를 비웃었다.

내 바지 안에는 웃음거리가 숨겨져 있지! 왜 그런 일을 당했을까, 왜 남자에게 가장 중요한 신체 부위를 잃어버리고 말았을까, 점원은 울분에 찼다. 이건 불공평하다. 세상은 항상 그에게 악의적이었다. 분개하던 그는 또다시 눈을 찌르는 빛을 보았다. 점원은 그날로 돌아간 것처럼 사타구니를 붙잡고 뒹굴었다. 사방으로 피가 뿌려지던 그날처럼 무너져 오열했다. 나한테 왜 이러는 거야? 대체 왜!

점원이 바지에서 손을 빼 문손잡이를 돌렸다. 욕실은 며칠 전보다 밝았다. 그가 마침내 전구를 새것으로 갈아 끼웠기 때문이다. 얼룩진 타일 바닥에 쓰러진 여자가 보였다.

여자의 찢어진 옷은 일찌감치 벗겨져 젊고 고통 받은 몸뚱이가 드러나 있었다. 반짝이던 금발은 마른 짚처럼 색이 흐렸다. 여자는 두 손을 가슴 앞에 모아 끌어안고 있었다. 손 안에 숨긴 것을 들킬까 봐, 점원이 그것을 빼앗아갈까 봐 몹시 두려운 듯했다.

점원이 점점 가까워지자 여자가 힘겹게 고개를 들었다. 목이 움직이는 각도는 크지 않았다. 사실 여자는 지금 열이 높아서 쓸데없는 동작을 하는 데 낭비할 힘조차 없었다. 하지만 본능에서 우러난 공포 때문인지 무의식적으로 고개를 들고 그녀에게는 악몽과도 같은 방문자를 확인하려 했다.

점원은 편의점표 샌드위치와 생수를 가져왔다. 정해진 먹이 시간이다. 여자를 죽이면 안 된다. 적어도 지금은. 점원은 샌드위치와 생수 병을 내던지고 샤워기의 수압을 최대로 높여 여자 쪽으로 물을 뿌렸다. 여자는 느릿느릿 몸을 말았다. 그 모습이 자궁 속 태아 같았다. 물론 이 공간은 양수에 잠겨 있는 것과 달리 안전하지 못하지만 말이다.

점원이 샤워기를 잠그고 여자 쪽으로 다가갔다. 그가 거친 동작으로 여자의 손을 움켜잡았다. 여자는 조금 저항하긴 했지만 개미보다 무력했다. 점원이 쥐어 든 손바닥에는 빨간색 붕대가 엉망진창으로 감겨 있었다. 붕대를 물들인 빨간색은 균일하지 않았다. 상처에서 흘러나온 피로 염색된 것이니 그럴 수밖에 없다. 여자의 손에서 이상한 부분은 또 있었다.

손가락이 하나도 없다.

점원은 여자의 오른손을 잡고 감긴 붕대를 덤벙덤벙 풀었다. 손가락과 손바닥이 연결되는 부분은 피투성이에다 누런 고름도 흘렀다. 그는 상처 부위를 골똘히 관찰했다. 그의 바지 안에 숨어 있는 웃음거리와 비슷해 보여서 그만 웃음이 터졌다. "하하하!"

정신이 혼미한 여자가 그의 웃음소리에 대답이라도 하듯 조그맣게 신음했다. 점원이 고개를 끄덕였다. "배고프지?"

그는 여자의 머리채를 잡아당겼다. 강제로 들린 여자의 얼굴은 백분이라도 두껍게 바른 것처럼 핏기가 하나도 없었다. 점원이 여자의 입을 벌려 햄 샌드위치를 억지로 먹였다. 여자는 씹을 힘도 없어서 입안에 음식이 가득 찼다.

"먹어, 빨리! 굶어 죽는 것도 쉽지 않을걸." 점원이 여자의 얼굴을 우악스럽게 쥐고 샌드위치를 입안에 밀어 넣었다. 목 안에서 간간이 신음 소리가 났다. 점원은 이러다 여자가 목이 막혀 죽을 수도 있다는 생각이 불현듯 들어 샌드위치를 다시 끄집어냈다.

"됐어. 인간은 일주일 정도 굶어도 안 죽어." 점원은 생각을 바꿨다. 이번에는 가져온 생수를 여자의 입안에 콸콸 부었다. 이런 식으로 물을 먹이면 사레가 들 수밖에 없다. 여자는 구토를 참지 못했고, 토사물이 점원의 손을 온통 더럽혔다.

점원이 손등에 묻은 햄과 빵 부스러기를 노려봤다. 천천히 일어서던 그가 느닷없이 여자를 걷어찼다. 분노에 휩싸인 그는 바닥에 물이 고인 것도 잊고 마구 발길질을 하다가 미끄러졌다. 아픈 뒤통수를 감싸고 일어서려던 순간 점원은 여자가 힘없이 픽 웃는 소리를 들었다. 그는 화를 주체하지 못하고 반쯤 기다시피 욕실을 뛰쳐나갔다가 식칼을 가지고 돌아왔다. 점원이 여자의 몸 위에 걸터앉아 칼을 높이 쳐들었다.

내리찍고 아래로 그으면 여자의 배를 가를 수 있다! 점원은 그 과정을 거듭 시뮬레이션 했었다. 하지만 한참을 망설이며 칼을 내리찍지 못했다. 잭 조직원들은 맥도날드에서 햄버거를 시키듯 쉽게 산 사람의 배를 가르던데.

왜, 왜 그는 그렇게 하지 못할까?

여자가 가느다랗게 입을 벌려 흰 이를 드러냈다. 숨기지 못한 비웃음이 입가에 매달렸다. 점원은 허공에 칼을 휘두르며 히스테릭하게 고함쳤다. "죽어! 죽어! 죽어!" 하지만 칼은 여자에게 한 번도 닿지 않았다.

난 아직 준비가 안 된 것뿐이야. 아직 때가 아니라서 그래. 그냥 연습이 더 필요한 것뿐이야. 나는 반드시, 문제없이……. 헐떡이는 점원의 가슴이 격렬히 오르내렸다. 그는 식칼을 쥔 손끝에 감각이 없음을 느꼈다. 칼의 차가움에 전염되어 손이 얼어 버린 걸지도 모른다.

돌연 영감이 떠올랐다. 전율이 몸 안을 달렸다. 점원은 킬킬 웃으며 여자의 헝클어진 머리카락을 치웠다. 머리카락 뒤에 가려졌던 귀가 보였다. 선명하고 찬란했다. 오색 빛깔 사탕처럼 유혹적이었다.

"나는 연습해야 해. 많이, 더 많이……." 점원은 여자의 귀를 꽉 잡고 칼끝을 귀와 얼굴의 경계에 댔다. 그는 사악한 미소를 지으며 마침내 칼을 움직였다. 여자의 비명은 짧고 힘이 없었다. 며칠째 계속된 고통이 여자에게서 버둥거릴 힘조차 빼앗았다.

점원은 피가 떨어지는 귀를 치켜들고 절단면의 매끈함에 감탄했다. 식칼이 바닥에 떨어지는 소리가 욕실을 울렸다. 그는 두 손으로 자른 귀를 높이 받쳐 들었다. 고개를 꺾어 역광으로 올려다보자니 자신이 성물이라도 들고 있는 것만 같았다. 점원은 거의 울먹였다. 광기는 숭고한 무엇으로 승화되었고, 평온한 기운이 그의 몸 안으로 흘러들었다.

그는 존재하지 않는 음경이 발기한 것을 느꼈다.

점원은 눈을 감고 만족스러운 한숨을 내뱉었다.

이토록 멋진 감각이라니. 나중에 여자의 배를 가르면 더 큰 쾌감을 느끼겠지. 점원의 아랫배가 마구 떨리더니 뜨거운 물줄기가 터졌다. 그가 바지 속으로 손을 넣어 끈끈한 액체를 만지작거렸다.

그는 불가사의한 것을 보듯 손에 묻은 액체를 관찰했다. 그리고 혀를 내밀어 천천히, 천천히 핥았다.

~

페이야가 깨어나고 꽤 시간이 흘렀다.

하지만 그녀는 침대에 누워서 멍하니 찬한의 뒷머리만 바라봤다. 덩치는 크지만 소년 같은 그는 줄곧 페이야 곁을 지켰다. 그는 지금 침대 옆에 기대앉아서 졸고 있었다. 찬한의 베개는 부드러웠고 이불은 따뜻했다. 방 안은 그의 느린 숨소리를 잘 들을 수 있을 만큼 조용했다.

모처럼 평온했던 순간은 휴대전화를 꺼내면서 끝났다. 페이야는 자기가 숫자를 잘못 본 줄 알았다. 둘째 고모가 건 부재중 전화가 50통이 넘었다. 휴대전화를 비행기 모드로 바꾸려는 순간, 고모의 전화가 또 걸려 왔다. 페이야는 몇 초간 망설였지만 결국 전화를 받았다.

"너 지금 어디야? 학교에서 네가 결석했다고 전화가 왔다! 꼭 말썽을 피워야 속이 시원해? 내가 말했지……." 목소리가 너무 커서 귀가 아플 지경이었다. 페이야는 전화기를 귀에서 멀리 떼었다. 고모의 땍땍거리는 소리는 끊임없이 이어졌다. 더 듣고 싶지 않았던 페이야는 전화를 끊고 휴대전화를 비행기 모드로 전환했다.

"집에서 온 전화야?" 환한이 깼다.

페이야가 고개를 끄덕였다. "미안해요. 시끄러웠죠."

"아니야, 뭘 그런 걸로 미안해." 환한이 기지개를 폈다. "가족들에게 말하지 않을 거야? 걱정할 텐데."

"그 사람들은 가족이 아니에요." 페이야는 둘째 고모와 자신이 집주인과 세입자 정도의 관계라는 걸 밝히고 싶지 않았다.

페이야는 아빠가 남긴 재산을 고모들이 나눠 가진 걸 잘 알고 있었다. 그래서 고모에게 빚졌다는 마음은 전혀 가지지 않았다. 페이야는 원래라면 자신과 동생이 가졌어야 할 그 돈을 방세라고 여겼다.

"동생이 제 유일한 가족이에요." 페이야는 휴대전화 배경화면으로 설정한 동생과 찍은 사진을 바라봤다. 동생에게 생일 축하하러 가겠다고 했는데 전부 물거품이 되었다. 준비한 선물도 어떻게 되었는지 모른다.

페이야는 둑이 터진 듯 그동안의 일을 털어놓았다. 동생과 여름 캠프에 다녀왔는데 집에 괴한이 침입해 아빠를 살해했다는 것. 그 후 각자 친척집에 맡겨졌다는 것. 자신이 둘째 고모의 신경질과 고모부의 의도가 불순한 접촉을 어떻게 견디고 있는지, 매일 자기 방 안에서도 안심할 수 없을 정도로 조심하며 지내고 있다는 것까지 전부 이야기했다.

페이야의 말을 듣는 촨한은 무표정했다. 하지만 페이야는 조금도 불편하지 않았다. 그가 집중하고 있다는 걸 온전히 느낄 수 있었기 때문이다. 이 순수한 남자는 처음 만났을 때부터 지금까지 페이야에게 도움의 손길을 뻗는 것을 주저하지 않았다. 그 덕분에 페이야는 이 세상에 자신이 머물 수 있는 장소가 아직 남았다고 느꼈다. '안전하다'는 감각을 잃어버렸던 페이야는 촨한을 만난 후 그게 어떤 느낌인지 다시 알게 되었다.

촨한과 같이 있으면 편안했다. 하지만 그것 때문에 미안한 마음도 들었다.

"내가 귀찮아지면 감추지 말고 말해 줄래요? 나도 알고 있어야 하니까……." 페이야는 아끼는 장난감을 잃어버릴까 봐 겁내는 아이처럼 물었다. 물론 그녀가 촨한을 장난감이라 여기는 건 아니었다. 오히려 지극히 소중한, 동시에 지금으로서는 유일한 친구라고 생각했다.

"그런 일이 생기면 꼭 말할게. 걱정하지 마. 너 때문에 내가 귀찮거나 힘든 건 전혀 없어. 다만 네가 가족이나 친척들, 학교에 어떻게 설명해야 할지 그게 걱정이지." 촨한이 일어서서 바지를 툭툭 털었다. "으아, 다리가 저려……."

"미안해요." 페이야가 사과했다. "내가 침대를 빼앗아서……."

"너도 참, 뭐 그런 걸 다 신경 쓰고 그래. 나한텐 사소한 일이야. 남자가 바닥에서 자야지, 널 바닥에 재울 수는 없잖아? 그나저나 배고프다. 너도 얼굴빛이 안 좋으니까 점심은 나가서 먹자."

"좋아요." 일어나서 신발 끈을 묶는 페이야에게 촨한이 물었다. "범인은 잡혔어?"

"아마 아닐걸요. 처음에만 뉴스에 나왔고 나중에는 아무 소식도 없었어요."

"너무 위험해." 촨한의 말투가 갑자기 싸늘해져 페이야는 깜짝 놀랐다. "살인자가 널 노릴 수도 있어."

그럴 가능성이 없지는 않았다. 페이야는 사건 발생 후 몇 달간 자주 악몽을 꿨다. 꿈속에서 그녀는 예전에 살던 집의 거실로 돌아가곤 했다. 아빠는 피 웅덩이에 꼼짝 않고 누워 있고, 등을 보인 채 서 있던 살인자가 천천히 몸을 돌려……. 페이야는 항상 거기서 깨어났다. 온몸이 식은땀으로 축축했다. 무시무시한 꿈을 꾸긴 했지만 페이야는 살인자가 자기나 동생을 뒤쫓아 올 거라는 생각은 한 적이 없었다. 환한의 말을 듣고서야 페이야는 자신이 너무 경계심이 없었다는 걸 깨달았다.

"나하고 약속해. 앞으로 밤에 빠져나올 거라면 미리 연락해. 도착할 때가 지나도 네가 오지 않으면 난 널 찾으러 갈 거야. 못 찾으면 바로 경찰에 신고할 거고. 내가 휴무일 때는 넌 얌전히 집에 있어야 해." 환한이 엄격한 말투로 당부했다.

페이야는 매일 밤 새장 같은 고모 집을 뛰쳐나오고 싶었지만, 환한이 자신을 걱정하는 마음을 이해하기 때문에 그러겠다고 대답했다. 그렇게 약속한 뒤 환한을 따라 건물 아래로 내려가다가 계단참에서 환한의 이웃과 딱 마주쳤다. 채소 바구니를 든 아주머니였다.

아주머니는 눈썹을 치켜 올리더니 사람 좋은 웃음을 지었다. "여자 친구야? 정말 예쁘구나!" 아주머니는 친아들이 결혼하는 것처럼 기뻐했다. 어찌나 크게 말하는지, 페이야는 이 건물 사람들이 전부 아주머니의 목소리를 들었을 거라고 생각했다.

"아닙니다. 오해하셨어요." 환한이 담담하게 사실을 말했다. 그는 편의점에서 일하면서 이런 침착한 태도를 가지게 되었다. 매일 온갖 종류의 이상한 사람들을 마주치니, 이웃집 아주머니의 오지랖 넓은 수다 정도야 대수롭지 않을 만했다. 반면 페이야는 얼굴이 새빨개져서 환한의 등 뒤에 숨었다.

"아니긴 뭐가 아니야! 내가 이 나이 먹고 그것도 몰라볼까 봐? 아유, 젊은 사람들 데이트에 방해되니까 이만 갈게!" 아주머니는 다정하게 손까지 흔들어 주고 콧노래를 흥얼거리며 계단을 올랐다.

"신경 쓰지 마. 농담하시는 거야. 마이웨이덩麥味登*에 갈까? 이 근처에는 맛있는 식당이 별로 없어."

"어디든 좋아요." 페이야는 두 손으로 얼굴을 감싸며 대답했다. 얼굴이 뜨끈뜨끈한 것 같았다. 설마 빨이 빨개진 건 아니겠지?

11월이지만 기온은 딱 좋게 서늘했다. 온화한 봄 날씨 같았다. 페이야와 촨한은 나란히 거리를 걸었다. 가로수 가지와 잎 틈으로 부드럽게 흘러내린 햇빛이 보도블록 위에 예쁜 점을 그렸다. 살짝 싸늘한 바람이 불어와 페이야의 긴 머리카락을 흔들었다. 페이야는 거슬리는 머리카락을 포니테일 스타일로 묶으려 했고, 그러느라 걷는 속도가 느려졌다. 촨한이 페이야를 빤히 쳐다봤다. 페이야가 의아한 듯 물었다. "왜요?"

"머리 묶은 건 처음 봐."

"가끔 묶어요. 이상해요?"

* 타이완의 유명 프랜차이즈 음식점. 브런치 메뉴로 유명하다.

촨한이 볼을 긁적였다. "아니. 잘 어울려."

"오빠는 머리를 푼 게 좋아요, 묶은 게 좋아요?" 페이야는 저도 모르게 질문하고는 곧바로 부끄러워졌다. 세상에, 지금 무슨 말을 한 거람! 엄청 이상한 질문이었어! 그녀는 속으로 비명을 질렀다. 쥐구멍에라도 숨고 싶었다.

"묶은 거." 촨한은 1초도 고민하지 않고 대답했다.

포니테일을 좋아하는구나. 페이야는 그의 대답을 명심하고, 거의 다 묶었던 머리를 푼 뒤 더욱 정성 들여 꼼꼼히 다시 묶었다. "지금 어때요? 괜찮아요?"

"응." 촨한이 고개를 끄덕였다.

페이야는 조금 시무룩해졌다. "정말? 무조건 좋다고만 하지 말고요."

"정말이야. 묶으면 다 좋아."

"그게 뭐야! 관심이 없는 거잖아요! 일부러 다시 묶었는데……." 페이야가 항의했다.

"그런 게 아니야, 정말 예쁘니까……." 촨한이 다시 볼을 긁적였다. "관심이 없는 게 아니라고."

두 사람은 반쯤 장난치듯 티격태격하면서, 보잘것없지만 동시에 만족스러운 평범한 행복을 느꼈다.

14

천사가 허락한 약속의 땅

밤, 단수이淡水* 방파제.

페이야와 촨한은 검푸르고 고요한 강물을 내려다봤다. 고민이 있을 때 바람 쐬기 좋은 곳이라며 촨한이 오자고 했다. 낮에는 관광객으로 붐비지만 밤의 단수이는 또 다른 모습이었다. 페이야는 방파제 끄트머리에 앉아서 발을 달랑달랑 흔들었다. 집에 들어가지 않는 것도, 학교에 가지 않는 것도 언젠가는 끝내야 했다. 결국 마주쳐야 할 사람이고 일인 데다 촨한의 집에 계속 머무는 것도 안 될 일이었다. 이보다 더 민폐를 끼칠 수는 없었다.

촨한과의 관계는 너무 소중해서 잃어버리는 것이 더욱 두려웠다. 그래서 페이야는 촨한에게 어떤 부담도 주고 싶지 않았다. 구이거와 페이야 사이에서 촨한이 난처해질까

* 타이베이에 있는 강. 이 강이 바다로 흘러나가는 하구인 위런(漁人) 부두는 일몰이 아름답기로 유명한 관광지다.

봐 구이메이 이야기는 꺼내지 않고, 고모와 싸워서 집을 나온 거라고 둘러댔다.

"난 여기에 자주 와." 촨한이 입을 열었다. "정말 자주, 생각이 나면 그냥 오곤 해. 답답할 때, 화날 때, 혼란스러울 때, 어떻게 해야 좋을지 모를 때. 도로에 차가 드문 한밤중에는 얼마나 빨리 도착하는지 도전하기도 하고."

"과속하면 위험해요." 페이야가 걱정했다.

"알아. 하지만 어떨 땐 위험하다는 걸 아니까 더 하고 싶어. 나쁜 버릇인데 영 고쳐지지가 않아."

"안 돼요. 다시는 그러지 마세요." 페이야는 촨한이 교통사고를 당한다는 생각만 해도 아찔했다.

"최대한 노력할게. 오늘은 어떻게 할래? 우리 집에 있을 거야, 아니면 집에 갈 거야? 내가 귀찮을 거라는 걱정은 하지 말고."

"집에 가려고요. 계속 회피할 수는 없잖아요. 난 겁쟁이가 아니에요." 페이야는 주먹을 꽉 쥐어 보였다. 난 겁쟁이가 아니야. 페이야가 마음속으로 되뇌었다.

두 사람은 다시 촨한의 오토바이에 올라탔다. 뒷자리에 탄 페이야가 촨한의 옷자락을 잡았다. 어느새 그러는 게 습관이 되었다. 그러면 마음이 편안해져 이 습관은 쉽게 없어지지 않을 것 같았다. 둘은 밤 깊은 시각에 둘째 고모네 집 앞 골목에 도착했다. 페이야는 오토바이에서 내려 헬멧을 촨한에게 돌려줬다.

"무슨 일 있으면 연락해. 네가 들어가는 것까지 보고 나서 갈게."

"고마워요." 페이야가 몇 번이나 뒤돌아보면서 손을 흔들었다. 장난기가 솟은 페이야가 놀리듯 말했다. "앞으로 편의점에 갈 땐 꼭 머리를 묶고 갈게요!"

촨한은 말없이 볼만 긁적였지만 조금 기쁜 기색이었다. 페이야의 발걸음이 이유 없이 가벼워졌다. 페이야는 한 번 더 손을 흔들고는 아파트 단지 안으로 들어갔다.

경비원은 여전히 꾸벅대며 졸고 있었다. 페이야는 살금살금 집 안으로 들어왔다. 거실에 켜 둔 전등은 먼지 하나까지 다 비출 것처럼 밝았지만 그건 아무런 쓸모가 없었다. 페이야는 절대 이 장소를 그리워할 수는 없을 거라고 생각했다. 멋진 인테리어도, 이곳에 사는 사람도. 페이야는 현관에 서서 몇 분 정도 가만히 기다리다가 둘째 고모가 완전히 잠들었다는 확신이 들자 천천히 자기 방으로 향했다.

∿∿

페이야는 늘 그랬듯 아침 6시가 조금 넘었을 때 일어나 첫 차를 탔다. 몇 안 되는 승객이 잠기운을 다 떨치지 못한 채 앉아 있었다. 차창에 머리를 기대고 아직 완전히 밝아지기 전인 하늘을 바라보던 페이야는 학교에서는 또 무엇이 자신을 기다릴지 걱정했다.

정류장에서 내린 페이야는 등교하는 학생들 사이에 끼어 교문을 통과했다. 그녀가 교실로 들어서자 반 분위기가 삽시간에 달라졌다. 수다를 떨던 학생들이 전부 입을 딱 다물었다. 어떤 아이는 무언가 확인하려는 듯 페이야를 빤히 보았고, 어떤 아이는 아닌 척하면서 몰래 그녀를 훔쳐봤다. 짧은 정적이 지나간 후 학생들은 저마다 옆 사람과 속닥이기 시작했다. 밤에 울어대는 풀벌레 소리 같았다.

페이야는 아무렇지 않은 표정으로 자기 자리에 앉았다. 전학 온 이후로는 항상 그 자리였다. 지난해 이 교실을 쓴 학생의 낙서가 남은 책상. 병원에 며칠 있다 와서 그런지 교실이 더욱 낯설었다. 페이야는 잘못 맞춘 퍼즐 조각처럼 있으면 안 될 곳에 온 기분이었다.

아침 자습 시간을 알리는 종이 울렸지만 아이들은 자리에 앉을 생각이 없었다. 각자 친한 친구들끼리 삼삼오오 모여 웃고 떠들었는데, 이게 이 반의 일반적인 상태였다. 페이야는 영어 단어와 숙어를 복습했지만 글자가 하나도 머리에 들어오지 않았다. 뇌가 유용한 정보는 들여보내지 않으려 하는 것 같았다.

교실이 다시 조용해지자 교과서에 정신이 팔려 있던 페이야도 이상함을 눈치챘다. 반 아이들의 입을 다물게 만든 주인공이 페이야를 찾아왔다. 페이야 앞자리에 기고만장하게 걸터앉은 구이메이는 그 사이 반의 '보스'가 되었는지 더욱 기세등등했다. 구이메이의 시녀 두 명은 페이야가 도망치지 못하게 양옆을 막아섰다.

"핵심만 말할게. 선생님이든 누구든 너한테 뭘 물으면, 너 혼자서 수영장에 빠진 거라고 해. 알겠어?" 구이메이가 명령했다.

무슨 낯짝으로 이런 말을 하는 거지? 페이야가 구이메이를 노려봤다. 감정이 치밀어 올라 심장 박동이 점점 빨라졌다. 그 이름은 두려움이 아니라 분노였다. 이 분노는 오래 쌓여 깊고도 복잡했다. 예리한 증오가 분노 안에 담겨 마침내 비뚤어지고 있었다. 페이야는 태어나서 지금까지 이토록 한 사람을 증오한 적이 없었다. 아빠를 죽인 살인자도, 아빠의 재산을 가로채고 페이야를 학대하는 둘째 고모도 페이야에게서 증오라는 감정을 끌어내지는 못했다.

구이메이는 페이야가 처음으로 마음속 깊은 곳에서부터 증오한 대상이었다. 페이야는 구이메이를 이 세상에서 영원히 사라지게 할 수만 있다면 같이 죽어도 좋다고 생각했다. 그날 벌어진 일은 페이야에게 지울 수 없는 상처였다. 이제 페이야는 평생 잊을 수 없는 상처를 짊어지고 숨을 헐떡이면서 살아가야 했다.

그런데 기가 막히게도 구이메이는 여유로운 손짓으로

휴대전화를 꺼내 화면을 몇 번 건드리더니 페이야에게 보여 주었다. "시키는 대로 안 하면 이 사진을 뿌릴 거야."

페이야의 얼굴이 하얗게 질렸다. 구이메이가 손에 쥐고 있는 건 그날 강제로 찍힌 나체 사진이었다.

"네 이름하고 주소도 같이 인터넷에 올리려고. 온 세상 사람들이 다 너를 알아볼 거야. 페이스북에 올리면 '좋아요'를 얼마나 많이 받을까?" 구이메이는 페이야를 완전히 눌렀다고 생각하는지 의기양양하게 웃으며 떠났다. 그 뒤를 시녀들이 졸졸 따라갔다.

석상처럼 굳은 페이야는 혼란에 빠졌다. 아까 본 사진을 떠올리지 않으려고 애썼지만 그럴 수가 없었다. 벌거벗은 자신이 바닥에 짓눌려 있는 모습이 머릿속을 떠다녔다. 페이야는 구이메이를 증오했고, 무력하게 휘둘리는 자신을 더욱 증오했다. 구이메이에게 복수하기도 전에, 페이야는 증오라는 이름을 가진 양날의 검에 베여 피를 흘리고 있었다.

"방금 봤어? 그거 설마……." 가까이에 있던 아이가 고개를 돌려 자기 친구에게 소곤거렸다. 점점 더 많은 목소리가 들렸다.

"알몸 사진이지? 불쌍해……."

"나였으면 자살했을 거야."

"조용히 해. 구이메이한테 들리겠다. 우리가 일렀다고 생각하면 어떡해……."

"아무도 구이메이를 못 건드려. 옆 반 애들까지 걔 말을 듣더라!"

수많은 속삭임이 뭉쳐 벌떼 소리처럼 들렸다. 페이야는 귀를 막아 교과서에 집중하려 했다. 하지만 흰 종이와 검은 글자의 강렬한 대비조차 제대로 눈에 들어오지 않았다. 글자는 해독할 수 없는 부호가 되어 일렁였다. 귀를 막은 것도 별 효과가 없었는지 페이야를 부르는 소리가 어렴풋이 들렸다.

부르지 마, 듣기 싫어, 안 들려……. 페이야의 머릿속은 끓는 물처럼 시끄럽고 혼란했다. 옆에 있던 아이가 페이야의 어깨를 치고 교실 문을 가리키고 나서야 담임이 자신에게 손짓하는 걸 알아차렸다.

페이야는 들끓는 감정을 겨우 억눌렀다. 하지만 선생님 쪽으로 걸어가는 동안 발이 허공에 뜬 것처럼 느껴졌다. 담임은 페이야를 교실 밖으로 데려가 질문했다. "장페이야, 몸은 좀 괜찮니?"

페이야는 고개를 끄덕였다. 담임이 정말로 자신의 건강 상태가 걱정되어서 묻는 게 아니라는 것쯤은 알았다. 역시나 담임이 목소리를 낮추며 말을 이었다.

"나하고 교무실에 좀 가자. 물에 빠진 일로 할 이야기가 있어. 혼내려는 건 아니니까 걱정하지 말고. 그날 무슨 일이 있었는지 확인하려는 거야."

마침 1교시 담당 교사가 와서 담임이 사정을 설명했다.

"얘는 제가 교무실로 데려가야 해서 이번 시간에 빠질 겁니다."

"물에 빠졌다던 그 애예요?" 1교시 담당 교사가 싫은 기색을 고스란히 내비치며 페이야를 위아래로 훑어봤다. 그러고는 귀찮은 투로 손을 두어 번 흔들었다.

교무실로 가는 내내 페이야는 생각하기를 포기했다. 텅 빈 머리로 앞서 가는 담임의 뒤만 따랐다. 교무실에는 선생님 몇 명만 있었다. 다른 선생님은 다 수업을 하러 간 모양이었다. 담임은 페이야를 소파에 앉힌 뒤 낮은 목소리로 입을 뗐다.

"선생님도 시험을 앞둔 3학년이 받는 스트레스는 잘 안다. 너는 성적에 신경을 많이 쓰는 편이니 더 그랬겠지. 사범대학에 다닐 때 직속 선배였던 네 아버지가 나를 많이 도와주셨는데, 내가 널 잘 챙겨주지 못한 것 같아서 미안하구나. 하지만 너무 바빠서 어쩔 수가 없었단다. 물론 이번에 생긴 일은 선생님이 직분을 다하지 못해서 생긴……."

페이야는 선생님이 말 속에 감춘, 명확하게 언급하지는 않는 핵심을 알아차렸다. 돌아가신 아빠도 교사였다. 그래서 어렸을 때부터 교사를 많이 만났기 때문에 그들이 어떤 원칙을 선택해 일을 처리하는지, 교사라는 생물의 특징이 무엇인지 속속들이 알았다.

지금 담임은 진짜 하고 싶은 말은 숨기면서 페이야가 자신을 믿게끔 입에 발린 말만 하고 있었다.

"하지만 이번 일은 뉴스에까지 나왔고, 학교에도 큰 문제가 되었거든……. 그러니 너도 마음의 준비를 해야 할 거야. 혹시 기자가 찾아오면 인터뷰는 거절해야 한다? 아, 혹시 네가 입원한 병원으로 찾아갔으려나? 선생님이 정말 바빠서 병문안도 못 갔구나. 음, 그래서 말인데…… 기자가 찾아왔었니?" 담임이 페이야 쪽으로 몸을 기울이며 은근히 질문했다.

내가 입원한 동안 아무도 찾아오지 않았지. 페이야를 가엾게 여긴 간호사가 몰래 알려 주었다.

"저는 혼수상태여서 기자가 왔어도 인터뷰할 수 없었는데요." 페이야는 쌀쌀맞게 대답했다.

담임은 한숨 돌린 듯 의자에 기댔다. "잘됐구나! 기자들은 다 나쁜 놈이란다. 너한테 찾아가서 귀찮게 굴지 않았다니 정말 다행이야. 앞으로도 기자를 만나게 되면 무시하렴. 아…… 교장선생님!" 담임이 벌떡 일어나 막 교무실에 들어온 교장에게 인사했다.

우락부락한 생활지도부장 선생이 교장을 따라 같이 들어왔다. 교장은 뉴스에 나왔을 때처럼 온화하지 않았다. 무표정한 얼굴이 냉혹했다. 그는 담임의 공손한 인사를 무시하고 곧장 페이야를 질책했다.

"이번 일이 얼마나 심각한 건지 이해는 하고 있는 거냐? 교육부에서도 공문이 내려왔어. 네가 학교에 얼마나 민폐를 끼쳤는지 알겠니?"

교장이 페이야를 야단치는 동안 생활지도부장 선생은 턱을 치켜들고 삼두근이 도드라지도록 팔짱을 낀 자세로 그 뒤에 서 있었다. 몹시 위협적인 태도였다.

"구급차가 학교 안까지 들어왔고, 하교 시간이라 자식을 데리러 온 학부모들이 그걸 다 봤어. 교육부뿐 아니라 학부모회에서도 학교의 관리 소홀이 아니냐며 난리다. 네가 어린 마음에 놀고 싶어 한 것이야 이해하지만 이번 일은 쉽게 넘어갈 수가 없다. 부장 선생님, 이 학생에게 벌점 2점을 주고 석 달간 교내 봉사활동을 시키도록 하세요. 봉사활동을 하는 동안 선생님이 직접 이 녀석을 지켜보면서 생활지도에 애써 주시고요."

"알겠습니다!" 생활지도부장 선생이 힘차게 고개를 끄덕였다.

"제 발로 수영장에 간 게 아니에요. 물놀이 따위를 한 적도 없고요." 페이야는 분해서 목소리가 떨렸다.

"변명하기는! 구급차가 왔는데, 네가 물에 빠진 게 사실이 아니란 말이야?" 생활지도부장 선생이 호통을 쳤다.

페이야는 눈물을 흘리지 않으려고 애를 썼다. 이 사람들 앞에서는 절대 약한 모습을 보이지 않겠다고 거듭 다짐했다. "같은 반 학생이 저를 강제로 끌고 갔어요. 저는 전학 온 뒤로 계속 괴롭힘을 당했어요. 이것 보세요!" 페이야는 교복 소매를 걷어 시퍼런 멍을 보여 주었다. 구이메이가 뭐라고 협박하든 모든 사실을 밝힐 셈이었다.

"왜 지금까지는 말하지 않다가 이제야 이야기하는 거니, 응?" 담임이 당황했다. "누가 널 괴롭혔어?"

페이야는 구이메이와 시녀들 몇 명의 이름을 댔다. 담임은 일부러 목소리를 높여 페이야를 추궁했다.

"그 애들은 반에서 인기가 많은 친구들이잖아. 네가 물에 빠졌을 때도 그 친구가 119에 전화를 걸어서 너를 구해 주었어, 페이야. 네가 성적도 좋고 영리한 건 알지만 이런 때에…… 반 친구에게 잘못을 뒤집어씌우는 건 좋지 않아."

"거짓말로 선생님을 속일 수 있을 거라고 생각하지 마라. 너 같은 애는 질릴 만큼 많이 봤거든." 생활지도부장 선생이 코웃음을 치며 말했다.

"제 몸에 다른 상처도 많아요. 전부 그 애들이 때려서 생긴 거예요. 못 믿겠으면 검사해 보세요!" 페이야는 마음이 급해져서 다른 쪽 소매도 걷어 올렸다. 거기에는 벌써 빨간 딱지가 앉은 구이메이의 손톱자국이 있었다. 이 상처들이 어떻게 가짜일 수 있단 말인가? 이건 페이야가 참고 또 참았던 일의 증거였다.

"말도 안 돼, 전혀 뉘우칠 줄을 모르는군!" 교장이 벌컥

화를 내며 담임에게 명령했다. “이 학생은 선생님이 제대로 가르치셔야겠습니다. 더 이상 말썽을 피우면 안 됩니다. 아시겠습니까?”

“반 애들도 다 봤어요! 한 명씩 불러서 물어보세요, 다들 알고 있다고요!” 페이야는 자신이 거짓말쟁이로 몰리는 것도, 진실이 왜곡되는 것도 참을 수 없었다. 하지만 교장은 페이야의 말을 싹 무시하고 가 버렸다.

생활지도부장 선생은 교장의 뒤를 따라가다가 교무실을 나서기 직전 고개를 돌리고 페이야에게 말했다. “방과 후에 시간 맞춰서 학무처로 와. 내가 널 찾으러 가게 만들기만 해 봐!”

페이야는 두 손에 얼굴을 파묻었다. 선생님들이 이런 태도로 나온다는 게 믿기지가 않았다. 상황이 나아지기는커녕, 학교의 모두가 자신을 적대하는 것 같다는 불안감마저 느껴졌다.

“페이야, 넌 지금 막 퇴원한 상태라 정서적으로 안정되지 않아서 그런 거야. 걱정하지 마. 내가 시간을 내서 잘 처리할게. 그러고 보니 오늘이 야오 선생님이 오시는 날이지? 같이 상담지도실로 가자. 네 상황도 말씀드릴 겸.” 담임은 다시 페이야에게 다정한 태도를 보였다. 얼굴을 바꿔 끼우는 스위치라도 있는 것 같았다.

페이야는 진심이 담기지 않은 담임의 말을 더 이상 듣고 싫지 않았다. 그래서 담임이 따라오든 말든 그냥 상담지도실 쪽으로 향했다. 페이야가 움직이자 얼른 뒤따라 온 담임은 계속 당부의 말을 늘어놓았다. "야오 선생님과 대화하면서 네 마음을 잘 이끌어 달라고 하렴. 반 친구가 널 괴롭힌다는 이야기는 그만 하고. 그런 이야기가 밖으로 나가 봐야 좋을 게 없단다."

무슨 말을 해도 에너지만 낭비될 뿐이라, 페이야는 어떤 대꾸도 하지 않았다. 누구도 페이야를 믿어 주지 않았고, 오히려 페이야가 친구를 모함한다고 몰아갔다. 학생이 물에 빠져 죽을 뻔했던 사건이 사실은 학교 폭력 사건이었다면 분명히 큰 문제가 될 터였다. 이런 사실이 알려지면 학교에 좋을 게 없었다.

소문을 듣고 몰려든 기자들은 사실에 과장을 한껏 더해 보도할 것이다. 페이야는 구이메이가 강제로 찍은 자신의 나체 사진이 유출되면 직업윤리가 없는 기자들이 뭐라고 기사를 써 댈지도 대충 예상할 수 있었다. 세상 모든 사람이 장페이야가 짐승처럼 비참하게 유린당했음을 알게 될 터였다.

"다 알고 있었죠, 그렇죠?" 페이야는 담임의 얼굴이 잠깐 굳어진 것을 포착했다.

그랬다. 담임은 페이야가 구이메이 일당에게 괴롭힘을 당하는 걸 알면서도 내버려 두었다.

"선생님이 챙겨야 할 학생이 얼마나 많니. 학교에서 하라는 업무도 정말 많단다. 선생님이 반에서 일어나는 일을 전부 다 알지는 못해. 너도 무슨 일이 있었으면 선생님한테 일찍 이야기했어야지! 페이야, 너도 선생님을 좀 이해해 주렴. 수업만 하는 게 아니라서 신경 써야 할 일이 잔뜩 있어. 학생들 부모님을 상대하는 것만 해도……. 정말 바빠서 틈이 나질 않아……."

"포켓몬은 다 잡으셨어요? 매일 주식 등락 지켜보느라 힘드시죠?" 페이야는 차가운 말투로 담임의 핑계를 깨부수었다. 교무실에 종종 드나들었으니 담임이 평소에 뭘 하며 시간을 보내는지 모를 수가 없었다.

난처한 표정 연기를 하던 담임의 얼굴이 순간 뻣뻣해지고 입술도 부자연스럽게 떨렸다. "선생님이 잘해 준다고 이렇게 기어오르다니! 교장선생님께 처벌을 가볍게 해 달라고 부탁드릴 참이었는데 그러면 안 되겠구나. 교내 봉사 활동을 석 달은 해야 얌전해지겠어!"

담임의 커다란 목소리에 상담지도실에 있던 다른 선생님들이 고개를 들어 이쪽을 쳐다봤다. 담임은 더 이상 말하지 않고 빠르게 그 자리를 떠났다.

페이야는 노크도 하지 않고 선생님들의 시선을 받으며 닥터 야오와 상담을 하는 방으로 들어갔다. 닥터 야오는 이미 도착해 있었다.

"성량이 좋은 선생님이네. 여기서도 다 들렸어." 닥터 야오가 농담을 던지고는 곧 따뜻한 목소리로 페이야를 위로했다. "안 좋은 일을 겪었구나. 그렇지?"

페이야는 의자에 앉아 말없이 고개를 끄덕였다. 닥터 야오는 차근차근 질문했고, 페이야는 지금까지 구이메이에게 당한 일들을 모두 털어놓았다. 방금 교장, 담임 등과 있었던 일까지 전부 말했다.

"무척 끔찍하구나. 내가 너를 데리고 진단서를 끊으러 가 줄 수 있어. 네가 원한다면 변호사도 소개해 줄게. 이런 일이 일어나다니, 절대 그냥 덮으면 안 돼." 닥터 야오가 제안했다.

"그러면 구이메이가 충분히 대가를 치를까요?" 페이야는 지금껏 받은 굴욕을 고스란히 구이메이에게 돌려주고 싶다는 생각뿐이었다.

닥터 야오가 쓴웃음을 머금었다. "너희는 아직 미성년자야. 게다가 만 열여섯 살이 되지 않아서 형사책임을 지지 않아. 그러니 내 생각에는 페이야가 받은 고통에 비해 훨씬 모자란 처벌을 받을 거야. 널 괴롭히지 못하도록 경고하는 정도에서 끝나겠지."

"그러면 안 할래요." 페이야는 당장 반대했다. "이건 불공평해요. 왜 이런 거죠?"

"참 우스운 일이지만…… 페이야, 우리는 가해자에게 우호적이고 피해자를 무시하는 세상에 살고 있단다. 가해자가 받을 처벌을 동정하는 사람이 정말 많아. 그럴 때 피해자는 존재하지 않는 것처럼 지워지곤 하지."

페이야는 닥터 야오의 말이 틀리지 않음을 알았다. 반 아이들은 페이야가 당하는 학교 폭력을 뻔히 보면서도 무시했다. 담임조차 구이메이 편에 서서 페이야에게 책임을 전가했다. 괴롭힘을 당하는 학생이 바이러스라도 되는 것처럼, 반의 평화를 깨뜨리는 나쁜 아이인 것처럼.

"하지만 페이야. 이건 너에게 유리한 일이 될 수도 있어. 너와 그 애의 조건이 똑같다면." 닥터 야오는 페이야에게 비밀을 알려 주었다. 페이야는 어리둥절해하다가 금세 그녀의 말뜻을 깨달았다. 닥터 야오가 칭찬하듯 미소 지었다. "그래, 넌 정말 예민하고 섬세해. 그러니 금방 알아낼 거라고 믿었어. 역할이 뒤바뀌면 너도 가해자가 될 수 있단다. 사실 넌 더 쉽게 용서받을 거야. 죄 없는 사람을 응징한 게 아니니까. 네가 겪은 일이 알려지면 사람들에게 동정을 얻겠지. 페이야, 가해자가 되어서 모든 진실을 밝히면 돼. 수없는 악행을 견디다 못해 반격했을 뿐이라고 말이야."

닥터 야오의 제안은 몹시 유혹적이었다. 보복하겠다는 생각에 사로잡힌 페이야는 그 제안을 따라 계획을 세울 뻔했다. 하지만 동생이 떠올랐다. 만약 동생이 알게 되면 어떡하지? 동생이 이 일에 말려들면 어떡하지?

"하지만 이건 네가 한 일이 들켰을 때를 전제로 말한 거야. 들키지 않으면? 그건 또 다른 문제란다." 닥터 야오의 말에는 마약처럼 저항할 수 없는 힘이 있었다. 페이야는 더 많은 이야기를 듣고 싶다는 기대감에 가득 차 닥터 야오를 올려다봤다.

닥터 야오가 다정하게 페이야의 손을 잡았다. 그녀의 손은 부드럽고 따뜻했다. 이 학교로 전학 온 뒤 페이야는 이처럼 뜨거운 사람과 접촉한 적이 없었다. 그녀는 천사처럼 눈부셔서 똑바로 바라보는 것조차 힘들었다.

"페이야가 날 믿어 준다면, 나는 온힘을 다해 페이야를 도울 거야. 네가 겪은 고통이 이대로 사라지지 않도록."

그건 약속의 땅으로 가는 초대장 같았다. 페이야는 초대에 덥석 응해도 될지 갑자기 두려워졌다. 닥터 야오는 이렇게나 좋은 사람이고, 선량하고…….

정말로, 그래도 될까?

15

이를 부러뜨리고
피거품을 물게 하는 수업,
현재 등록 중

환한은 구이거가 정한 대로 반차오板橋*의 노래방에 시간 맞춰 도착했다.

구이거는 성격상 자신의 목적을 이루기 전까지 절대 포기하지 않을 터였다. 더 이상 그와 엮이고 싶지는 않았지만, 어쩌면 오늘 확실히 담판을 지을 수 있을지도 몰랐다. 엉망진창으로 보낸 그 시절에서 환한이 얻은 거라곤 허무와 후회뿐이었다. 현재의 평범한 삶은 어렵게 손에 넣은 만큼 소중했다. 그 시절에 저지른 일들에 대한 후회가 불쑥 저를 덮치곤 했지만, 환한은 적어도 그 바닥에서 빠져나왔다. 구이거처럼 점점 더 깊이 들어가지는 않았다.

환한은 종업원에게 구이거가 빌린 룸을 확인한 후 그 문 앞에 섰다. 여기까지 오는 동안 거들먹대는 어린 불량배에게 길을 비켜 주기도 했다. 환한은 지금 어떤 문제도 일으

* 타이완 최북단에 위치한 대도시 신베이시(新北市)의 현청 소재지.

키고 싶지 않았다. 예전에는 멋모르는 어린 녀석들이 먼저 지나가도록 양보하는 일은 절대 하지 않았다. 과거 홍청망청 놀던 곳에 다시 오지 않았다면 촨한 스스로도 자신이 얼마나 달라졌는지 깨닫지 못했을 것이다.

촨한은 노랫소리가 조금씩 새어 나오는 룸의 문고리를 잡았다.

확실히 끝내자. 사자가 말했다.

'그래야지.' 촨한은 생각했다. 오늘을 마지막으로 이 더러운 과거지사를 싹 정리해야 한다고.

촨한이 문을 밀어서 열자 막 우웨톈五月天*의 노래를 부르던 남자애가 놀라서 음정이 맞지 않던 노래를 멈췄다. 룸에는 구이거 말고도 한 번 마주쳤던 구이메이와 낯선 얼굴의 소년 소녀들이 있었다. 다들 유행하는 스타일로 잔뜩 꾸몄지만 어린 티가 났다. 촨한은 그중에서 그나마 나이가 많은 녀석도 겨우 고등학생일 거라고 짐작했다. 성인은 한 명도 없어 보였다.

유치원 교사 같군. 사자가 비꼬았다.

촨한도 사자의 말에 공감했다. 하지만 모인 녀석들이 어리다고 해서 방심하지는 않았다. 촨한 역시 저 나이였던 때

* 1999년에 데뷔해 한 시대를 풍미한 타이완의 인기 밴드. 중국어권의 비틀스라고도 불린다.

가 있었다. 그리고 그때의 자신은 두려울 게 없었다. 사람이 많은 장소에서는 더 제멋대로 굴었다. 무슨 행동을 하든 그 전에 생각을 하지 않았다. 계획이고 뭐고 없이 일단 들이박았다. 그러니 남에게 쉽게 이용당했다. 촨한이 아는 구이거라면, 장기짝으로 써먹기 위해 어린애들을 부하로 삼았을 터였다. 자기가 '선택받은 자'라고 굳게 믿는 저 소년 소녀들은 언제든지 구이거 대신 희생양이 될 수 있었다.

소파 중간에 앉아 있던 구이거가 양팔을 벌리며 촨한을 환영했다. "친구여, 마침내 왔구나! 자, 자, 이리 와서 앉아!" 구이거의 오른쪽에 앉았던 여자애가 얼른 자리를 내어 주었다. 구이거 왼쪽에 달라붙어 있던 구이메이는 화장을 고치면서 꼼짝도 하지 않았다. 오늘 그녀는 야구 모자를 거꾸로 쓰고 허리가 보이는 짧은 티셔츠에 데님 핫팬츠를 입었다. 야구 모자는 구이거가 쓰고 있는 것과 똑같았는데, 자기 권력을 과시하는 듯한 느낌이었다.

촨한은 다들 빤히 쳐다보는 가운데 조용히 자리에 앉았다. 사자가 조심스럽게 당부했다. *말로 해서 안 되면 어떻게 할 건지 먼저 정해. 싸울 건지 아니면 일단 물러설 건지.*

촨한 역시 사자와 같은 고민을 하고 있었다. 이 자리에서 구이거의 제안을 거절하는 건 어린애들 앞에서 그의 체면을 깔아뭉개는 짓이 될 것이다. 촨한은 구이거가 총이라도 가지고 온 게 아닌 이상 감히 자신에게 덤비지 못할 거라 생각했다. 나머지 어린놈들이야 더 말할 것도 없었다. 촨한은 사자도 그들에게 호된 맛을 보여주자는 데에 찬성할 거라 믿었다.

구이거는 탁자에 놓인 맥주병을 따서 촨한에게 건넸다.

"일단 마시자!"

촨한은 맥주병의 주둥이를 가만히 관찰했다. 안에서 뽀글뽀글 올라오는 기포가 보였다. 구이거는 자기 손에 들린 맥주병을 촨한의 것과 맞부딪혔다. "마셔! 술도 끊은 건 아니지? 내가 먼저 비울 테니까, 안 마시면 벌로 세 병 더 마시기다!" 구이거는 호탕하게 맥주를 꿀꺽꿀꺽 마셨다. 동시에 촨한에게도 맥주를 마시라는 눈짓을 했다.

촨한은 우선 구이거의 말을 따랐다. 익숙한 쓴맛이 목구멍으로 넘어갔다. 그는 예전에 구이거와 함께 당구장이나 노래방을 돌아다니던 시절을 떠올렸다. 그때는 술을 밥 먹듯 마셨다.

병을 싹 비운 구이거가 입가에 묻은 거품을 닦으며 외쳤다. "오랜만에 너하고 이렇게 마시니까 좋네. 하하하! 자, 소개할게. 이쪽은 내 동생들이야. 인사들 해라, 촨한 형님이다!" 주변의 소년 소녀들이 착하게 말을 따랐다. "촨한 형님!" "촨한 오빠!" "촨한 오빠, 멋있어요!"

촨한은 어린놈들이 그러거나 말거나 딱딱한 표정으로 앉아 있기만 했다. 구이거가 흥이 식었다며 타박했다. "내

귀여운 동생들한테 그렇게 냉정하게 굴지 마. 네가 어린애를 좋아한다는 건 다 아니까. 샤오시小熙, 옆에 와서 앉아!" 구이거가 방금 환한에게 자리를 양보한 소녀를 불렀다.

싸구려 향수 냄새와 함께 보들보들한 몸이 바싹 붙어 왔다. 샤오시라는 여자애는 애교스럽게 환한의 팔을 껴안으면서 은근슬쩍 그의 손을 자기 가슴에 문질렀다. 구이거가 자랑스럽게 소개했다.

"샤오시는 자기 학교에서 제일 예쁜 애야. 어때, 귀엽지?"

환한은 미간을 찌푸리며 샤오시의 손을 쳐냈다. "하지 마라."

놀란 샤오시가 겁먹은 듯 구이거를 쳐다봤다. 구이거는 환한 앞쪽으로 손을 뻗어 샤오시의 뺨을 쓰다듬었다. "에구, 울지 마. 넌 진짜 예쁜데, 환한 오빠한테 여자 친구가 있어서 그런 거야. 정말 좋은 남자지? 환한, 페이야라는 애가 그렇게 마음에 들어?"

"나하고 갠 그런 사이가 아니야." 환한은 구이거가 페이야를 언급하자 거부감을 느꼈다.

"그래? 하지만 정말 예쁘더라고. 다리는 길고, 피부는 뽀얗고, 차가운 미인 스타일이야. 조금만 더 자라면 정말 대단할걸. 나도 걜 보면 몸이 근질근질해. 넌 싫다니까 내가 꼬셔 보려고." 구이거의 무례한 말을 들은 환한은 무서운 눈빛으로 구이거를 노려봤다. "농담이야, 농담. 널 자극하려고 한 말이라고. 봐, 이렇게나 걔한테 신경 쓰면서 아닌 척하긴."

구이거는 케첩이 덕지덕지 묻은 감자튀김을 입에 넣고는 느긋하게 물티슈에 손가락을 쓱쓱 문질렀다. 기름기를 닦은 구이거가 주머니에서 휴대전화를 꺼냈다. "네가 신경을 쓰니 다행이지. 안 그랬으면 우리 구이메이가 열심히 일한 게 다 헛수고가 될 뻔했어." 구이거가 자기 휴대전화를 환한 앞에 내밀었다. 그가 준비한 깜짝 선물을 환한이 잘 볼 수 있도록 말이다.

이 개자식! 환한의 눈빛이 흉흉해졌다. 옆에 앉아 있던 샤오시가 놀라 비명을 지르며 멀리 떨어졌다. 나머지 애들도 벌떡 일어났다. 개중에는 소매를 걷으며 언제든지 달려들 준비를 하는 놈도 있었다. 당장 무슨 일이라도 벌어질 기세였다. 다만 구이메이는 담담하게 화장을 계속 고치고 있었다.

환한의 꽉 쥔 주먹 위로 푸른 힘줄이 툭툭 불거졌다. 그는 구이거가 페이야의 나체 사진을 찍을 정도로 수단과 방법을 가리지 않을 줄은 몰랐다. 구이거는 예전에 환한이 알던 그대로의 인간이었다. 음험하고 수치를 모르며, 뱀보다 더 악독한 인간.

"뭐야, 다들 앉아." 구이거는 아무 일 아니라는 듯 애들을 달랬다.

아이들은 천천히 자리에 앉았지만 여전히 환한에게 시

선을 고정하고 있었다.

구이거는 휴대전화를 촨한의 눈앞에 흔들어 대더니 손가락으로 화면을 넘겨 다음 사진까지 보여 주었다. "먼저 말해 둘게. 네가 날 때려서 내장이 파열되든, 전화기를 빼앗아서 부수든 전부 소용없을 거야. 나한테 무슨 일이라도 생기면, 그러니까 아주 조그만 상처라도 나면 내 부하가 사진을 인터넷에 뿌릴 테니까. 그러면 타이완 남자들이 다 네 여자 친구 나체 사진을 다운로드하겠지. 대단하지 않냐, 응?"

구이거가 장난스럽게 혀를 날름거리자 혀에 꽂힌 피어싱이 잘랑잘랑 흔들렸다. "여기 있는 애들이 전부 덤벼도 널 어쩌지는 못하잖아. 너한테 맞아서 피나 토하겠지. 내가 기억상실증도 아니고, 네 주먹 솜씨가 어떤지 잊었겠냐? 내 목숨 지킬 수단도 없이 너한테 이런 사진을 보여 주겠냐고."

구이거가 손끝으로 액정화면을 톡톡 두드렸다. 여러 사람에게 손발이 붙잡혀 바닥에 억눌린 페이야가 그 안에 있었다. 촨한은 가슴이 찢어질 것만 같았다. 형체를 알 수 없는 고깃덩이가 될 때까지 구이거를 두들겨 패고 싶었다.

"네가 한다는 그 건수 때문에?" 촨한이 분노에 차 구이거를 노려보며 물었다.

"그렇지! 그러게 처음부터 한다고 했으면 좋잖아? 그랬으면 귀여운 페이야가 이런 꼴도 안 당했을 텐데." 구이거가 입을 삐죽댔다. 한국의 유명 연예인을 따라 그린 아이라인이 그를 더욱 교활해 보이도록 만들었다. "걱정 마. 내가 보장할게. 너만 얌전하게 협조하면 이 사진이 유출되는 일은 없을 거다. 게다가 우리가 어떤 사이냐. 번 돈은 너한테도 몫을 나누어 줄 거라고."

"도대체 무슨 건수기에? 죄 없는 사람을 건드리는 일이라면 절대 안 할 거다." 촨한이 딱 잘라 말했다.

하지만 그의 말에서 파고들 틈을 발견한 구이거는 기분 좋게 웃었다. "당연히 그런 일은 아니지. 너한테서 '향을 피우러 갔느냐' 같은 이상한 질문을 또 받고 싶진 않거든? 너 운전면허 있지? 없어도 돼. 운전만 할 수 있으면."

"면허는 있다. 차는 없고."

"그거면 돼. 차는 내가 제공하지. 너는 그냥 차를 지정된 장소로 몰고 가서 사람이 오거든 물건만 주면 끝이야. 편의점 일만큼 간단하지?"

"마약이냐?"

"그런 물건은 그냥 두는 게 더 돈이 돼. 마약 수요가 얼마나 큰지 넌 상상도 못할 거다. 다들 큰 뜻은 없고 '소확행小確幸'*을 추구하니 이 꼴이지. 물건은 해외로 몰래 보낼 건데, 그게 뭔지는 말해 줄 수 없어. 너는 그냥 남이 알면 부끄러

* 일본 작가 무라카미 하루키(村上春樹)가 만든 '작지만 확실한 행복'이라는 뜻의 신조어로, 타이완에서도 유행했다.

운 성인용품을 배달하는 택배기사가 된 거고, 받는 사람도 섹스토이나 포르노를 구입하는 놈이라고 생각해. 내가 일러주지 않아도 어떻게 해야 할지 알겠지? 입만 꽉 다물고 있으면 문제 생길 건 없어. 미리 경고하는데, 이 일이 새어 나가면 바로 사진을 인터넷에 올릴 거다. 자, 이제 합의된 거지?"

구이거가 손을 내밀었다. 촨한은 그 손을 맞잡지 않고 새 맥주병을 따 벌컥벌컥 마셨다. 구이거는 어색하게 손을 거두더니 괜히 옆에 앉은 구이메이의 허벅지를 꼬집었다. 마스카라를 바르던 구이메이가 짜증을 부렸다. "아이, 참! 오빠 때문에 번졌잖아요!"

"뭐 어때. 번져도 예쁜데."

"아까는 샤오시가 제일 예쁘다면서요?"

"그건 샤오시네 학교에서 그렇다는 거고." 구이거가 능글맞게 대꾸했다.

"너무해! 그런 게 어디 있어요!" 샤오시가 시무룩해졌다.

촨한의 귀에는 바로 옆에서 떠드는 소리가 들리지 않았다. 그는 맥주병을 으스러져라 움켜쥐고 생각에 잠겼다. 페이야를 보호하려고 했는데 오히려 내가 그 앨 진창에 끌어들였어……. 사자, 내가 또 멍청한 짓을 저질렀어. 이제 어떻게 해야 해? 이놈들을 전부 쓰러뜨리고 구이거한테 원본을 내놓으라고 해야 하나? 하지만 그랬다가 만에 하나라도 사진이 유출되면 수습할 수가 없어져.

아니면 일단 구이거에게 협조하는 척을 할까?

그러는 수밖에 없어. 사자가 대답했다. *페이야가 더는 상처받으면 안 되니까.*

"너, 돈을 얼마나 벌면 그만둘 거냐?" 촨한이 물었다.

구이거는 양 옆의 여자애들을 희롱하던 것을 멈추고 생각에 잠겼다. 쩝 하고 입맛을 다신 구이거가 대답했다.

"돈이 많은 게 싫은 사람은 없지. 나는 돈 벌 건수만 있으면 계속 할 거다. 하지만 네 질문도 일리가 있어. 너한테 언제까지고 억지로 일을 시킬 수는 없으니까. 이렇게 하자! 1천만, 딱 1천만 타이완달러를 벌 때까지 물건 배달을 해 준다면 사진을 지워 주지. 뭐, 네가 갖고 싶다면 그 전에 너한테만 보내 주고."

촨한은 쓸데없는 소리에 반응하지 않았다. "딱 1천만이다. 지금 바로 배달할 거냐?"

구이거가 손가락을 살랑살랑 흔들었다. "급하긴. 시간이 정해지면 다시 알려줄게. 같이 잘해 보자고, 친구." 구이거가 촨한에게 맥주병을 들어 보이더니 몇 모금 마셨다.

"전화해라." 촨한이 벌떡 일어났다. 분노한 그는 룸의 문을 발로 걷어차서 열었다. 복도를 지나가던 어린 불량배들이 그 소리에 깜짝 놀랐다. 놀람이 조금 가라앉자 녀석들은 촨한을 둘러싸고 을러대기 시작했다. 아까 룸에 들어올 때 촨한이 길을 양보해 준 놈들이었다.

"아, 놀래라! 폭탄이라도 터진 줄?" 얼굴이 누리끼리한 놈은 딱 붙는 바지를 입었는데, 다리가 작대기처럼 가늘었다. 팔뚝에도 근육이라고는 없었다. 나머지 한 놈은 입을 삐죽거리면서 짝다리를 짚고 섰다. 표정이 꼭 '뭘 봐' 하고 말하는 듯했다. "아저씨, 왜 문을 차고 난리야? 뭘 믿고 여기서 날뛰셔?"

사자. 촨한의 부름에 오래전 강제로 버렸던 '것'이 돌아왔다.

수업 시간이다. 사자가 포효했고, 촨한이 뒤따랐다.

과거의 촨한처럼 어리석은 놈들은 호되게 당해야 세상을 알게 될 것이다. 촨한이 가까이 있는 놈의 머리를 잡고 끌어당겼다. 오른쪽 무릎이 놈의 얼굴에 틀어박히자 녀석이 비명을 질렀다. 손을 놓자 놈의 코에서 피가 줄줄 흘렀다. 놈이 코를 싸쥐고 바닥을 나뒹굴었다.

"니, 니미럴!" 다른 녀석이 큰소리로 욕을 했다. 입은 용맹했지만 몸은 뒤로 몇 발짝 물러서는 중이었다.

촨한은 사냥감을 덮치는 맹수처럼 한 놈의 멱살을 잡고 주먹으로 턱을 올려쳤다. 맞은 녀석은 코와 입으로 피를 뿜으며 나가떨어졌다. 이가 부러졌는지 핏물 사이에 흰 것들이 보였다. 이어서 팔꿈치로 다른 놈의 광대뼈를 후려쳤다. 그렇잖아도 못생긴 얼굴이 괴상하게 함몰되어 더욱 보기 흉했다.

촨한의 찢어진 손가락에는 피가 흥건했다. 촨한의 피도

있었고, 방금 쓰러진 두 녀석의 피도 있었다.

마지막으로 남은 녀석은 친구들이 다 쓰러지자 나대던 태도가 싹 사라졌다. 핏기가 가신 입술이 덜덜 떨리더니 비틀거리며 뒤로 물러났다.

"손님, 손님! 그만하십시오! 아니면 경찰을 부르겠습니다!" 촨한의 뒤에서 종업원의 목소리가 들렸다. 촨한이 홱 돌아봤다. 누구 하나 죽일 듯한 눈빛에 종업원의 입이 꾹 닫혔다.

"방해하지 마라." 그렇게 말하던 촨한은 갑자기 돌아서며 주먹을 휘둘렀다. 순진하게도 상황이 끝났다고 생각하던 마지막 녀석은 도망가지도 않고 그 자리에 있다가 촨한의 주먹에 얻어맞고 쓰러졌다.

"살려 주세요! 엄마!" 놈이 꼬마 여자애처럼 뾰족한 비명을 질렀다. 촨한이 한 걸음 내딛으며 여드름투성이의 못생긴 얼굴을 걷어찼다. 놈의 머리가 대리석 바닥에 세게 부딪혀 큰 소리가 울렸다.

"안……." 놈이 울먹였지만 촨한은 다시 걷어찼다.

"돼……." 애원은 소용이 없었다. 촨한은 불쌍하다는 감정을 모르는 사람처럼, 놈이 더 이상 소리를 내지 못할 때까지 연거푸 걷어찼다. 쓰러진 모양새가 꼭 길가에 내놓은 불에 타는 쓰레기 같았다.

룸에 있던 사람들이 문을 열고 복도를 기웃거렸다. 그중에는 어린 불량배의 일행도 있었지만, 그들은 겁에 질려 문 뒤에 숨어선 일행이 맞는 모습을 훔쳐보기만 했다. 구이거도 룸을 나왔다. 구이거는 구이메이를 옆구리에 끼고, 손에는 감자튀김과 맥주를 들고 있었다. 마치 재미있는 영화라도 보러 가는 사람처럼 보였다. 촨한이 사람을 두들겨 패는 걸 본 구이거는 기쁨을 참을 수 없는 듯했다. 감자튀김과 맥주는 구이메이에게 떠맡기고 힘껏 박수를 쳤다.

"형님 여전하시네! 촨한, 이제야 정신이 들어? 이게 바로 너야! 다들 봤냐? 촨한 형님이 사람을 팰 때 얼마나 대단한지!" 구이거가 룸 안에 있던 동생들에게 자랑스레 떠벌렸다.

촨한은 모여든 사람들을 무시하고 큰 걸음으로 자리를 떠났다. 흉흉한 기세에 사람들이 벌벌 떨며 언제라도 발톱을 휘두를 맹수를 보듯 촨한을 쳐다봤다. 종업원도 그를 붙잡을 엄두를 내지 못했다.

거리로 나서자 차가운 바람이 촨한을 덮쳤다. 손가락이 찢어지고 부었지만 아픔도 느껴지지 않았다. 분노와 광기에 사로잡힌 촨한의 머릿속엔 다 깨부수고 싶다는 생각만 가득했다. 무엇보다도 원하는 대로 때리고 부수는 쾌감을 오랜만에 느끼고 나니 더 큰 쾌감을 갈구하는 본능을 누르기가 힘들었다. 촨한이 싸움질을 그만두지 못했던 가장 큰 이유가 이것이었다.

촨한이 길게 한숨을 쉬었다. 쾌감은 급속히 사그라졌다.

이성이 돌아온 뒤에는, 예전의 자신이 잘못 살고 있다는 것을 깨달았던 그 순간처럼 후회가 밀려왔다.

"내가…… 무슨 짓을 한 거지?" 환한이 떨리는 목소리로 스스로에게 질문했다. 하지만 아무도 대답해 주지 않았다. 사자마저 침묵했다.

세상에 환한 홀로 남은 듯했다. 낯선 거리에서 그는 홀로 후회했다.

16

알게 되더라도
나를 원망하지 마.

촨한이 사라진 후에야 쓰러진 녀석들의 일행이 조심조심 룸에서 나왔다. 그 전에는 포탄을 피해 숨은 난민처럼 엄폐물 뒤에서 오들오들 떨기만 했다.

그들은 너무 놀란 나머지 일행을 챙기면서도 경찰이나 구급차를 부를 정신이 없었다. 그저 자기한테까지 화가 미치지 않은 데 감사할 따름이었다. 종업원도 이 일에 낄 생각이 없었다. 그의 시급에는 위험수당이 포함되어 있지 않으니까.

구이거는 문간에 옹기종기 모여 구경에 정신이 팔린 동생들을 제치고 룸으로 돌아갔다. 옆구리에는 여전히 구이메이를 끼고 있었다. 둘만 남자 대담해진 구이메이가 목에 매달려 키스를 졸랐지만 구이거는 손으로 구이메이의 입술을 덮어 버렸다. 구이메이는 온순한 양처럼 귀엽게 눈을 깜빡거렸다. 학교에서 횡포를 부리던 기세는 온데간데없었다. 구이메이가 겁 없이 설치는 것도 전부 구이거를 믿고

하는 짓이었다.

구이거는 품에서 예의 지퍼 백을 꺼내 알약 하나를 앞니로 물고, 구이메이의 입을 막았던 손을 치웠다. 구이메이가 눈치 빠르게 먼저 입술을 붙여 왔다. 알약과 구이거의 혀가 동시에 구이메이의 입안으로 밀려들었다. 두 혀가 서로를 끌어당기는 자석처럼 딱 붙어 비벼졌다. 구이메이의 목이 크게 꿀렁대며 알약이 넘어갔다.

구이메이는 진한 키스에 숨이 부족해져 구이거를 밀어냈다. 하지만 구이거는 그녀를 놓지 않았다. 구이메이는 축 늘어진 뒤에야 구이거의 품에서 풀려났다. 얼굴은 새빨개졌고, 숨은 계속 헐떡였다.

기진맥진한 구이메이가 구이거에게 기댔다. "그 건수, 페이야로 하면 안 돼요?"

"그럴 거면 너로 해도 되게?" 구이거가 입술에 묻은 타액을 닦으며 대답했다. 그는 꽤나 흥미가 돋는다는 듯 구이메이의 당황한 얼굴을 감상하다가 손가락으로 톡 건드렸다. "바보야, 지금 페이야를 건드리면 환한의 협조를 얻을 수가 없어. 걘 유용한 인질이라고. 뭐, 나도 환한이 이렇게 쉽게 걸려들 줄은 몰랐지만 말이다. 사람이 변하면 부모 얼굴도 몰라본다더니."

"그렇지만 페이야를 남겨 둬도 좋을 게 없어요." 구이메이는 고집을 부렸다.

구이거가 구이메이의 턱을 들어올렸다. "걔가 그렇게 거슬려? 질투하는 거 다 보인다."

"내가 왜 그 멍청한 년을 질투해요? 말도 안 돼."

"그거야 네가 제일 잘 알겠지. 재미있는 생각이 하나 났는데, 페이야란 애한테 형제나 자매가 있어?"

구이메이가 기억을 더듬었다. "있다고 했던 것 같아요……. 부모랑 같이 살진 않는다던데요."

악의로 가득 찬 구이거의 눈이 번쩍거렸다. "좋았어! 잘되면 인질이 늘겠군. 어렵게 구한 건수니까 제대로 한탕해야지. 잘 들어, 애들 몇 명 데리고 가서 내가 시키는 대로……." 구이거는 구이메이의 귓가에 대고 계획을 설명했다.

"그럴 거면 내가 물건을 데려가면 되잖아요. 왜 꼭 촨한 오빠가 있어야 해요?" 구이메이가 의문을 표했다. 촨한을 언급하는 목소리에는 전과 달리 두려움이 약간 배어 있었다.

구이메이는 촨한의 일방적인 학살 쇼를 보며 편의점에서 마주쳤을 때 페이야를 때리지 않아서 다행이라는 생각부터 했다. 그때 자기가 페이야를 때렸더라면 오늘 본 불량배들보다 훨씬 참혹한 꼴을 당했을 터였다. 구이메이는 페이야에게 대체 무슨 대단한 매력이 있어서 촨한이 그렇게 빠져 있는지 모르겠다고 생각했다.

"멍청하긴. 이것도 눈치를 못 채서 어떡할래?" 구이거가 그나마 더 차가운 것을 골라 맥주병을 땄다. 그가 병 주둥이를 구이메이의 입가에 가져다 댔다.

구이메이는 얌전히 입을 벌리고 구이거가 먹이는 대로 맥주를 삼켰다. 약효가 돌기 시작했다. 원래 술도 약한지라 구이메이는 금세 흐느적거렸다. 얼굴에 붉은 기운이 돌고, 영혼의 무게마저 사라진 듯 몸이 가벼웠다. 실없이 웃던 구이메이가 손을 뻗어 구이거의 바지 지퍼를 열었다.

ᔐ

학교 사랑 봉사활동 3일째.

소위 '학교 사랑'이라는 이름의 봉사활동은 사실 생활지도부장이 내키는 대로 일을 시키는 거였다. 어제는 운동장에서 낙엽을 치웠고, 그제는 방과 후에 교문 앞에 서 있는 벌을 받았다. 생활지도부장 선생은 학생들 앞에서 페이야를 훈계했다. 물론 페이야는 먼 곳만 쳐다봤다. 페이야가 담담할수록 생활지도부장 선생은 더 화가 나는 모양이었다. 처음에는 훈계였다가 질책이 되고, 마지막에는 미친 듯 소리 지르며 욕을 하는 지경까지 갔다. 하지만 그런다고 해서 페이야가 반성하는 것도 아니었거니와, 오히려 다른 학생들이 놀라서 그들을 피해 갔다.

오늘은 학무처를 청소하는 일이었다. 페이야는 시커멓게 때가 탄 걸레를 쥐고 창틀에 앉은 먼지를 닦았다.

"먼지 한 톨이라도 있으면 안 된다! 한 톨이라도! 먼지 한 톨도 없는 게 뭐냐고? 그건 바로 내가 손가락으로 쓱 훑어도 아무것도 묻지 않는 상태다. 알겠어?"

침을 튀기며 떠들던 생활지도부장 선생은 막 끓인 용정차를 컵에 따랐다. 옆에 앉은 선생님은 말린 호박씨를 씹었다. 두 사람은 소파에 편안한 자세로 앉아 노트북으로 NBA 경기 중계를 보았다. 생활지도부장 선생은 쉬지도 않고 입을 움직였다.

"어제 너희 집에 연락을 드렸더니 전화를 받은 분이 어머니가 아니라 고모더구나. 친척 집에서 살면 얌전히 지내고 말썽을 부리지 말아야지. 다행히 네 고모는 사리가 바른 분이시더군. 나더러 널 잘 가르쳐 달라고 하시기에 기쁜 마음으로 그러겠다고 했지. 내가 학교 선생으로 몇 년이나 일한 줄 알아? 비뚤어진 학생을 바로잡은 게 한두 명이 아니란 말씀! 너희 반 담임이 그러더라. 네가 자기한테 대들었다고 말이다. 사람이 그러면 못써. 자고로 사람이라면……."

페이야는 그가 무슨 말을 하든 귓등으로 흘렸다. 구이메이의 괴롭힘에 비하면 이런 의미 없는 잔소리는 아무것도 아니었다. 둘째 고모와 마음이 맞는 사람이 하는 말은 조금도 참고할 가치가 없었다. 페이야는 그가 시키는 대로 유리창을 닦았지만 잘못했다는 말은 전혀 하지 않았다. 그저 생활지도부장 선생이 자기 권위가 먹혔다고 느끼도록 장단을 맞춰 주기만 했다.

그는 쉬지 않고 떠들었고, 옆자리 선생님도 드문드문 추임새를 넣었다. "요즘 애들은 정말 가르치기 힘들어요. 때릴 수도 없고요. 예전에는 학생들이 선생님께 말 한 마디 제대로 붙이기는 했나요? 요즘은 스승을 존중하는 마음이 땅에 떨어졌지요."

"네 고모 말씀이 아버지도 교사셨다지? 그런데 지금 너를 보니 네 아버지라고 학생을 제대로 가르쳤을까 싶다."

그때 휴대전화가 진동했다. 페이야는 전화를 받을 틈이 없어서 그냥 두었다. 그러나 전화한 사람은 끈질기게 걸고 또 걸었다. 결국 페이야는 차를 잔뜩 마신 생활지도부장이 화장실에 간 틈을 타 책상 뒤에 웅크린 채 전화를 확인했다. 전화한 사람은 둘째 고모였다.

내 행적을 확인하려는 전화겠지. 페이야는 짜증을 냈다. 며칠 전에 다 말했잖아. 학교에서 봉사활동을 해야 한다고 말이야. 그런데 둘째 고모는 왜 자꾸 나를 귀찮게 하지? 통제 욕구가 채워지지 않아서 그런가? 페이야는 한숨을 쉬며 포기했다는 듯 전화를 받았다. 그런데 이번에는 예상이 빗나갔다. 둘째 고모는 페이야의 행적에는 관심이 없었다.

"너, 동생을 어디로 데려갔어? 지금 너랑 같이 있지?" 둘째 고모의 뾰족한 목소리가 페이야의 고막을 찔렀다.

"제가 왜요. 동생이 없어졌어요?" 페이야는 덜컥 겁이 났다. 동생은 놀기 좋아하는 성격이기는 해도 집에 알리지 않고 혼자 놀러 다닐 아이는 아이었다.

"애가 없어졌으니까 너한테 묻지! 큰고모가 지금 여기저기 찾으러 다니고 있는데 안 보인대. 점심때 학교 끝나고 바로 집에 와야 하는데 지금까지도 들어오질 않았대! 너, 정말 걔 데려가지 않았어? 맹세해?" 둘째 고모는 페이야가 동생을 몰래 데려갔다고 정해 놓은 것처럼 따져 물었다.

"맹세해요." 페이야는 불안을 이기지 못하고 다급하게 대꾸했다. "학교 부근도 찾아보셨어요? 친구들한테는 연락해 보셨고요?"

"내가 그걸 어떻게 알아? 내가 데리고 사는 것도 아닌데! 너나 네 동생이나 어린 것들이 왜 이리 속을 썩이는지, 우리가 편할 날이 없어! 나하고 네 큰고모가 너희를 먹여 주고 입혀 주고 학비까지 내 주는데 고마운 줄은 모르고 말이야! 너만 해도 물에 빠져서 뉴스에 나오질 않나, 선생님께 대들지를 않나……. 얘? 장페이야, 너 내 말 듣고 있는 거니?"

지겨운 여자. 페이야는 전화를 끊어 버렸다. 둘째 고모는 당장 다시 전화를 걸어 왔지만 페이야는 무시했다. 고모와 입씨름을 하며 시간을 낭비할 때가 아니었다. 페이야는 둘째 고모 번호를 수신거부 설정한 뒤 연락처에서 큰고모 집을 찾아 전화를 걸었다. 지금 제일 중요한 일은 동생을 찾는 거였다. 신호가 한참 울려도 전화를 받는 사람이 없었다. 페이야는 큰고모네 식구가 전부 동생을 찾으러 나갔을 거라고 추측했다. 큰고모는 '어린아이는 얌전히 공부만 하면 된다, 휴대전화는 쓸 일이 없다'는 주의여서 동생에게 연락할 길이 없었다.

"누가 게으름을 부려도 된다고 했지? 어? 휴대전화로 뭐 하는 거냐?"

페이야가 고개를 들었다. 화장실에 다녀온 생활지도부장이 페이야를 향해 걸어왔다.

"몰래 영상이라도 찍어서 기자한테 보내려고? 그런 짓을 하는 애들은 많이 봤다. 어디 네 맘대로 언론에 찔러 봐라. 벌점을 한 번만 더 받으면 퇴학이야! 내 말 똑바로 들어!" 생활지도부장은 본인이 생사여탈권을 쥐기라도 한 것처럼 학생들을 협박하길 즐기는 사람이었다. 물에 빠진 사건이 뉴스에 났을 때 교장은 학교의 명예를 떨어뜨렸다며 페이야를 야단쳤고, 페이야에게 벌점 2점을 주었다. 구이메이 같은 불량학생도 이렇게 심각한 징계는 받은 적이 없었다.

예전의 페이야였다면 퇴학을 면하려고 얌전히 시키는 대로 했을지도 모른다. 하지만 아빠가 돌아가신 후 겪은 일들로 인해 페이야는 더 이상 순진한 소녀일 수 없었다. 지금 이 순간부터 달라졌고, 다시는 예전으로 돌아가지 않을 것이다.

페이야는 일어서서 생활지도부장에게 차갑게 대꾸했다. "똑바로 들었어요. 당신이 그럴 배짱이나 있는지 모르겠지만."

생활지도부장은 말문이 막혔다. 조용하고 연약해 보이던 여학생이 자기 면전에서 이런 말을 할 줄은 꿈에도 몰랐다. 게다가 페이야는 걸레를 집어던지고 밖으로 나가려 했다.

"거기 서! 학교 사랑 봉사활동이 아직 안 끝났다!"

그렇게 학교를 사랑하면 혼자 봉사하시면 되겠네. 페이야는 속으로 비아냥거렸다. 당연히 발걸음도 멈추지 않았다. 화가 머리끝까지 난 생활지도부장이 페이야를 쫓아와 팔을 붙들었다. "거기 서라니까! 누구 맘대로 나가?"

"선생님이 절 추행한다고 소리 지르면 어떻게 될 것 같아요?" 페이야는 벽돌 난간 너머로 하교하는 학생들과 운동을 하려고 학교 운동장을 찾은 이웃 주민들에게 시선을 주었다. 목격자는 충분했다.

"너, 너! 여기서 기다려! 여자 선생님을 모셔 올 테니까, 그때도 그런 짓을 할 수 있나 보자!" 생활지도부장이 재빨리 학무처로 다시 들어갔다. 다른 사무실에 전화해 남아 있는 선생님을 부를 생각인 듯했다.

물론 페이야는 그 자리에서 그를 기다릴 만큼 멍청하지 않았다. 페이야는 빠른 걸음으로 학교를 벗어났다. 지금 가장 시급한 문제는 동생을 찾는 거였다.

저녁 5시가 넘은 시각, 겨울의 해는 빠르게 저물었다. 페이야는 점점 걱정이 커졌다. 버스를 타고 가면서 휴대전화로 구글 지도를 검색해 동생이 갈 만한 장소가 있을까 찾아봤다. 동생과 주고받은 대화도 최대한 떠올려 보았지만 아는 게 없었다. 서로 다른 친척 집에 맡겨지는 바람에 전처럼 자주 대화하지 못했기 때문이다. 이게 어떻게 새로운 삶일까? 이건 그저 탈취였다.

페이야의 마음속에 작은 바람이 움텄다. 나중에 자립하게 된다면 방을 빌려서 동생과 같이 살고 싶었다. 가족은 함께 살아야 한다. 피는 물보다 진하다고 했다. 가족은 떨어질 수 없는 관계였다. 동생은 페이야가 인정할 수 있는 유일한 가족이었다. 그리고 아무런 예고도 없이 처음 만났을 때부터 정중했던, 친해진 뒤에는 늘 믿을 수 있었던 한 사람이 떠올랐다.

만약 촨한까지 함께 살 수 있다면…… 나쁘지 않을 것 같아. 페이야는 머릿속 생각에 지레 놀라 자기 뺨을 두드렸다. 지금은 이런 생각을 할 때가 아니었다. 얼른 동생을 찾아야 한다. 독립하는 건 그 뒤의 일이다.

페이야는 버스에서 내렸다. 구글 지도를 켜 동생이 다니는 학교로 찾아갔다. 텅 빈 학교는 문이 잠겨 있었지만, 페이야는 담장을 넘어 들어갔다. 동생 학년의 모든 교실을 살폈지만 당연히 아무도 없었다. 페이야는 학교 근처 공원과

패스트푸드점을 돌아다녔다. 그 다음은 서점과 피시방이었다. 그러나 가는 곳마다 동생은 없었다. 추운 날씨였지만 이곳저곳 바쁘게 뛰어다니는 페이야의 이마에는 땀이 송골송골 맺혔다.

휴대전화가 울렸다. 낯선 번호였다. 페이야는 머뭇거리다 전화를 받았다. 전화기 저편에서 들려온 건 때려 죽여도 잘못 들을 수 없는 목소리였다.

"야, 모범생. 지금 바쁘지?" 구이메이의 말에 무언가가 있었다. 남의 불행을 기뻐하는 듯한 그런 것.

직감이 속삭였다. 구이메이는 동생의 실종과 관련이 있다. 그게 아니라면 이런 순간에 전화를 걸 이유가 없다. 이 미친 계집애는 페이야를 어디까지 몰아붙여야 만족할까? 구이메이의 목소리가 귀를 마구 때리는 것 같았다. 페이야는 전화를 던져 버리고 싶은 충동을 참으며 물었다. "무슨 말을 하고 싶은 거야?"

"동생이 어디 있는지 알고 싶어? 그러면 학교 옆에 있는 강둑으로 혼자 와. 알아들었어? 아, 넌 친구가 없지. 어차피 혼자 오겠네." 구이메이가 깔깔댔다.

페이야는 구이메이에게 약한 꼴을 보이기 싫었다. "그러는 너는? 시녀들이 없으면 집 밖으로도 못 나오지?"

"이게 뭐라는 거야! 난 처음부터 애들 데려갈 생각은 없었거든! 오든 말든 맘대로 해. 네 동생이지 내 동생이야?"

구이메이가 전화를 끊었다.

죄 없는 동생까지 끌어들이다니. 상황을 이해하게 된 페이야는 한참 동안 제자리에 서서 냉정을 유지하려 애썼다.

페이야는 자신이 품은 증오가 더 깊어질 수 있다는 데 놀랐다. 이제 페이야는 어떤 대가를 치러서라도 구이메이가 후회하게 만들겠다고 다짐했다. 더는 참을 수 없었다. 그 미친 계집애가 저 좋을 대로만 하게 놓아두지 않을 것이다. 정말, 끝이다.

페이야는 망설임 없이 어디론가 전화를 걸었다.

강둑에서 맞는 바람은 아플 정도로 셌다. 긴 머리카락이 마구 날렸다. 페이야는 혼자서 계단을 내려와 강가에 섰다. 좀 떨어진 농구장에서 경기 중인 남자애들 소리가 들렸다. 빠르게 달리는 소리, 공이 바닥과 마찰하는 소리.

페이야는 농구장을 등지고 점점 더 사람이 적은 곳으로 갔다. 농구장 조명등이 비추는 범위를 벗어나자 가로등의 흐린 불빛만 남았다. 손가락이 찬바람에 얼어붙고 뺨도 굳어 갔다. 페이야는 외투의 옷깃을 세우고 인내심 있게 기다렸다.

10분 후 마침내 구이메이가 나타났다. 구이메이는 강둑의 가장 높은 곳에 서서 페이야를 내려다봤다. 이번에는 정말로 곁에 따라붙은 아이들이 없었다. 그녀가 혼자인 드문 기회였다.

페이야는 동생을 걱정하는 마음을 누르며 구이메이가 먼저 다가오기를 기다렸다. 과연 구이메이는 계단까지 가지도 않고 강둑 비탈을 미끄러져 페이야가 있는 곳까지 왔다.

"정말 혼자 왔네, 용감하기도 하지." 구이메이는 페이야를 얕잡아본다는 걸 숨길 생각도 하지 않았다.

"내 동생 어디 있어?"

"내가 사실 아무것도 모르고, 그냥 널 놀리고 싶었던 거라면 어때? 울기라도 할 거야?" 구이메이가 일부러 '멍청아, 넌 속았어'라는 표정을 지었다. 페이야는 더는 참지 못하고 구이메이의 멱살을 잡았다. "똑바로 말해! 알아, 몰라? 난 지금 너한테 낭비할 시간이 없단 말이야!"

구이메이가 페이야의 손을 탁 쳐내더니 야구점퍼의 옷깃을 바로 했다. "좋아. 알고 싶다니까 말해 주는 거야. 나를 원망하지 말라고."

17

나를 죽여.

'배달'을 위해 구이거는 특별히 검은색 포드 자동차를 준비했다. 눈에 띄지 않아서 이런 일을 하기에 좋았다.

차문에 기대 선 구이거는 자동차 딜러처럼 차체를 탕탕 두드렸다. "물건은 트렁크에 있어. 지정 장소에 도착하면 연락해. 다음 할 일을 알려 줄게."

운전석에 앉은 촨한은 핸들을 쥐어 보았다. 손맛이 나쁘지 않았다. 이어서 액셀러레이터와 브레이크를 번갈아 밟으며 느낌을 확인했다. 이번이 첫 배달이니 확인해 둘 게 많았다. 그중 가장 급한 게 바로 이거였다. "사진을 유출하지 않은 건 확실하겠지?"

구이거가 팔을 양쪽으로 벌렸다. "당연하지. 아니면 어떻게 너와 계속 일할 수 있겠냐. 걱정 마라. 1천만으로 약속했으니 딱 1천만 타이완달러를 벌 때까지만 도와. 나도 함부로 날뛰진 않을 거다."

촨한은 그를 의심하지 않을 수 없었다. 구이거는 성실함이나 신뢰 같은 것과는 거리가 멀었다. 촨한 역시 협조하는 척하면서 기회가 오면 바로 행동에 나설 생각이었다. 촨한에게는 일종의 확신이 있었다. 이 일이 1천만 타이완달러를 벌 수 있을 만큼 대단한 건수라면, 구이거는 분명히 계속 돈을 벌고 싶어 할 터였다. 그러니 페이야의 나체 사진을 가지고 다시 협박할 거라는 것도 예상 범위 내의 일이었다.

"내가 배달할 게 뭐지? 마약? 총기?"

구이거는 손가락을 흔들었다. "제이슨 스태덤이 나온 〈트랜스포터*The Transporter*〉라는 영화 봤어? 물건이 뭔지는 묻지 않는다, 정해진 기한 내에 물건을 전달한다. 그게 원칙이잖아. 우리 고객은 겁이 많아. 조그만 문제도 일어나선 안 돼. 물건은 내가 특별한 방법으로 봉해 놓았으니 고객이 받아서 확인하기 전에는 절대 건드리지 마. 그랬다간 이 일을 다시는 못하게 돼. 내비게이션은 설정했어?"

촨한이 시동을 걸었다. 자동차가 동면에서 깨어난 곰처럼 낮게 으르렁댔다. 내비게이션의 화면을 터치해 도착지를 설정했다. 그 장소는 분명히 인적이 드물고 비밀스러운 곳일 터였다.

"준비 끝났으면 출발해. 도착 후 연락하고. 가라, 제이슨 스태덤!" 구이거가 썰렁한 농담을 하며 배웅했다. 촨한은 무표정하게 차창을 올리는 버튼을 눌렀다.

액셀러레이터를 밟자 검은 포드 자동차가 주차장에서 출발했다. 속도감이 나쁘지 않았다. 정지 신호를 받은 환한은 핸들에 놓인 손을 쳐다봤다. 문득 '어떻게 이런 게 존재하지?' 하는 생각이 들었다. 물론 자신의 손이 맞다. 손마디마다 아직 다 아물지 않은 상처가 나 있다. 슬슬 검붉은 딱지가 앉는 중인 상처를 보며 환한은 얼마 전 이성을 잃고 때린 어린 불량배들이 떠올랐다.

그렇게 사람을 때린 게 얼마만이더라? 달이 아니라 해로 세어야 할 만큼 오래전이다.

차내는 밀폐되고 적막한 공간이라 쉽게 머릿속이 복잡해진다. 환한은 과거의 기억이 소리 없이 그의 몸을 타고 오른다고 느꼈다.

구이거와 알게 된 것은 환한의 일생에서 가장 큰 실수였다. 구이거만 만나지 않았더라도 많은 일이 달라졌을 것이다.

나도 없을 거다. 사자가 말했다.

"너도 없겠지." 환한이 대답했다. 다른 사람이 지금 환한을 본다면 그가 유리창에 대고 말을 한다고 여길지 모른다.

나를 벗어나고 싶나? 사자의 목소리가 얼핏 쓸쓸하게 들렸지다. 하지만 그는 곧 환한을 격려했다. *계속 이렇게 살면 안 돼. 너는 나를 죽이고, 앞으로 나아가야 한다.*

"평생 그렇게 못할 것 같다."

주행 신호다. 촨한이 액셀러레이터를 밟았다. 속도계가 빠르게 올라갔다. 그러나 아무리 속도가 빨라져도 마음에 들러붙은 후회를 떨칠 수는 없었다.

~

시간을 뒤로 돌린다. 촨한이 고등학교에 다니던 때로.

그 시절 촨한은 교복을 입었고, 고등학생 특유의 오만불손한 태도로 세상을 바라봤다. 지금 그런 것처럼 검은 테 안경 같은 건 쓰지 않았기 때문에, 제 눈에 비친 모든 것들을 똥 덩어리처럼 멸시하는 눈빛을 적나라하게 드러내 놓고 다녔다.

폭염이 기승을 부리던 어느 여름날이었다. 방과 후에 학생들이 적잖이 모여 농구를 했다. 촨한과 구이거, 그리고 몇몇 녀석이 운동장 단상 뒤에 모여 있었다. 그 장소는 촨한과 구이거를 '보스'로 섬기는 아이들의 점령지였다. 구이거는 사복 티셔츠를 안에 입고 교복 셔츠는 그 위에 걸치고만 있었다. 그 시절 학생들 사이에서 유행하는 스타일이었다. 그는 한 손으로는 여자 친구의 허리를 감고, 남은 손으로 담배를 들고 있었다. 구이거가 구경하기 좋은 곳을 골라 자리를 잡았다.

깡마른 남자애가 촨한 앞에 서 있었다. 어깨를 움츠리고 고개는 푹 처박은 꼴이 환한을 마주볼 엄두가 나지 않는 모양이었다. 자세나 기질이 조용하고 온유한 것이, 환한이나 구이거 같은 애들과는 완전히 달랐다.

환한이 고개를 삐뚜름하게 기울이며 을렀다. "야, 고개 들어."

남자애는 감히 고개를 들지 못했다. 손가락이 지렁이처럼 한데 얽혀 꿈틀거렸다. 섭씨 30도가 넘는 오후인데 공포에 질린 소년은 식은땀을 흘렸다. 잠시 후 소년이 포탄에 맞은 것처럼 배를 감싸며 무릎을 꿇었다.

"일어나, 겨우 한 대 가지고." 환한이 손목을 이리저리 움직여 관절을 풀었다. "다시 말한다, 일어나."

바닥에 넘어졌던 소년은 환한의 성질을 건드릴까 봐 신음소리도 제대로 내지 못했다. 환한이 뒷덜미를 잡고 소년을 끌어 올리더니 복부에 한 번 더 주먹을 내질렀다.

"얼굴은 때리면 안 돼." 구이거가 싱글거리며 담배를 피웠다.

"우웩!" 소년의 입이 커다랗게 벌어지고 토사물이 쏟아졌다. 환한은 뒤로 훌쩍 물러서며 무서운 눈길로 웅크린 채 구토하는 남자애를 노려봤다. 시큼한 냄새가 공기 중에 퍼지자 둘러섰던 녀석들이 코를 싸쥐었다.

"더러워……." 구이거의 여자 친구도 인상을 쓰며 고개를 돌렸다. 다른 놈들도 비웃어 댔다. 흔히 있는 심심풀이였다. 매번 다른 녀석이 이곳에 붙들려 와서 촨한과 구이거의 '환대'를 받고 돌아갔다.

구이거는 보란 듯이 손부채질을 하고 코를 막으며 소란을 떨었다. "야, 저거 처리해! 냄새에 질식하겠어."

무릎을 꿇고 있던 소년은 힘없이 입을 닦으며 용서를 비는 듯한 표정으로 촨한을 올려다봤다. 새끼 돼지처럼 나약한 모습을 본 촨한은 더욱 흉포해져서 소년을 걷어차고 얼굴을 꾹 밟았다. 소년의 코는 토사물에서 1센티미터도 채 떨어지지 않은 땅바닥에 짓눌렸다.

"깨끗하게 먹어치워. 또 토할 수 있나 두고 보자." 촨한의 협박에 고통으로 일그러진 소년의 얼굴에서 눈물이 뚝뚝 떨어졌다. 물론 소년은 토사물을 도로 배 속에 집어넣지 못했다. 촨한이 그 애의 머리채를 잡고 얼굴을 토사물에 처박았다. 소년은 팔을 휘저으면서 욱, 욱 하고 소리를 질렀다.

"이를 악물고 더 많은 기다림을……." 구이거의 주머니에서 갑자기 음악 소리가 들렸다. 휴대전화 벨소리였다.

"여보세요? 뭐라고? 바오報 형님이 우리가 자기 여자 친구를 건드렸다고 담판을 지으러 왔어? 너희들 지금 피시방에서 맞았다고?" 구이거가 버럭 짜증을 냈다. "우리가 눈이 멀었냐, 그 여자를 건드리게? 알았다니까, 30분이면 가. 일단 버텨."

구이거가 전화를 끊더니 주위에 둘러선 녀석들에게 눈

짓을 했다. "일 났다, 가자. 촨한, 그쯤 해. 다 먹으려면 날 샌다. '물주'한테는 잘해야지."

촨한이 코웃음을 치더니 손을 놓았다. 소년은 굴욕적인 표정으로 고개를 들었다. 얼굴에는 위액과 소화되다 만 음식물이 온통 들러붙어 있었다.

구이거가 남자애 옆에 쪼그려 앉아서 가식적인 태도로 소년의 어깨를 두드렸다. "괜찮아, 괜찮아. 얼른 일어나자. 우리는 의리가 있는 놈들이야. 네가 돈만 제때 가져오면 아무 문제도 없어. 일이 이렇게까지 되면 우리도 안 좋다고. 가서 깨끗하게 씻고, 누가 물으면 실수로 토사물 위에 엎어졌다고 해. 알았지?"

소년은 우느라 제대로 대답하지 못했다. 구이거가 소년의 어깨를 다시 팡팡 두드렸다. 이번에는 일부러 힘을 주었다. "몰라도 돼. 우리 촨한이 네가 이해할 때까지 교육해 줄 테니까." 촨한이라는 이름을 듣자 소년은 얻어맞은 개처럼 덜덜 떨었다.

구이거가 씩 웃었다. 그는 꽤나 만족한 듯 보였다. 구이거는 여자 친구의 볼에 쪽 입을 맞추고는 부하들에게 명령했다. "가자, 바오 형님한테 인사드리러. 촨한, 이따가도 잘해야 해. 약해빠진 놈을 괴롭히는 건 성취감이 없잖아. 그런데 너는 꽤 재미있나 보다?"

"겁나서 덤비지도 못하는 놈은 당해도 싸." 촨한이 굶어

앉아 울고만 있는 남자애를 노려봤다. 그는 나약한 꼬락서니를 보면 덮어놓고 화가 치밀었다. 그래서 이런 녀석들은 더욱 심하게 괴롭히게 되었다.

그 후의 담판에서 촨한은 제대로 풀지 못한 짜증과 분노 때문에 상대편 '보스'가 피를 토할 때까지 주먹을 휘둘렀다. 물론 촨한 자신도 적잖은 대가를 치러야 했다. 그가 아무리 싸움에 도가 텄다 해도 상대편의 사람 수가 세 배나 많았으니 어쩔 수 없는 일이었다. 촨한이 무시무시한 기세로 상대편 보스를 쓰러뜨리고 혼자 길을 뚫지 않았더라면 구이거와 다른 녀석들이 무사히 그곳을 빠져나올 수 있었을지는 미지수였다.

부상당한 촨한은 그 후 아예 수업을 빼먹고 집에서 쉬었다. 어쨌든 아무도 촨한에게 상관하지 않았다. 정말 오랫동안 누구도 그에게 간섭하지 않았다. 촨한이 사람을 잘 때리는 건 우연이 아니었다. 격투기를 좋아했던 촨한의 아버지가 어린 촨한을 데리고 도장에 가곤 했던 것이다. 덕분에 어려서부터 어깨너머로 격투기를 배운 촨한은 나이가 좀 들자 제대로 된 훈련도 받았다. 그는 게으름을 피우지도 않고 누구보다 열심히 격투기를 배웠다. 훈련을 열심히 하면 아버지가 기뻐했기 때문이다. 두 사람은 부자라기보다 형제처럼 가까웠다. 촨한은 중학교에 다니기 전부터 이미 성인과 대련할 수 있을 만큼 실력이 좋았다. 도장의 어른들은 다들 환한의 재능을 칭찬했고, 아버지도 그를 자랑스러워 했다.

하지만 타이완에서 체육을 진로로 삼으면 체육협회에서 모욕적인 대우를 받거나 남의 신세를 지는 일을 피할 수 없다. 그래서 환한의 아버지도 아들을 어떻게 키울지 꽤나 고민했다. 결국 체육인이 되는 것은 포기했지만, 환한은 위급한 상황에서 스스로를 지킬 수 있도록 격투기 훈련을 계속했다.

그런데 환한은 자기 몸을 지키는 데서 그치지 않고 남을 괴롭히는 데 배운 것을 써먹었다. 환한의 아버지는 환한이 중학생일 때 교통사고로 돌아가셨다. 그런데 사고를 낸 상대방은 온갖 악랄한 수단을 동원하여 피해 보상을 하지 않으려 했다. 심지어 통곡하는 어머니와 환한의 앞에서 자신의 과실이 아니라고 소리 높여 주장하기도 했다. 화를 참지 못한 환한이 그 사람과 드잡이를 하는 바람에 오히려 상해죄로 고소를 당했다.

이런 우여곡절을 겪은 후 환한은 달라졌다. 어머니는 가게를 위해 일하느라 바쁘셨고, 환한의 성적은 아버지의 갑작스런 죽음 이후 곤두박질쳤다. 그래서 사고 치는 녀석들만 모아 놓았다고 소문이 자자한 사립 고등학교에 가는 수밖에 없었다. 개학 첫날 환한이 건방지다고 생각한 선배들이 찾아와 그에게 시비를 걸었다. 곧바로 싸움이 벌어졌는데, 촨한은 선배들을 전부 때려눕혔다. 그때부터 풍파가 시작됐다.

'1학년에 싸움 좀 하는 놈이 들어왔다'는 소문이 전교에 퍼졌다. 선배의 권위를 세우겠다며 찾아와 싸움을 걸거나 뒤에서 기습하는 일이 하루가 멀다 하고 벌어졌다. 하지만 그 누구도 촨한을 이기지 못했다.

촨한은 끊임없는 싸움을 거치면서 폭력을 당연하게 여기게 되었고, 성격도 점점 거칠어졌다. 같은 학교의 구이거는 온갖 방법으로 촨한을 싸움판에 끌어들였다. 한 사람은 수단을 가리지 않는 음흉함으로, 또 한 사람은 한 방이면 다 쓰러뜨리는 강력한 주먹으로 유명해졌다. 두 사람이 함께 움직이면 세상에 무서울 게 없었고, 비슷한 또래 중에서 그들을 막을 수 있는 녀석도 없었다. 둘은 다른 학교에까지 가서 싸움을 벌였고, 그 지역 학교 전부를 제패하기에 이르렀다.

바오 형님과의 싸움에서 부상을 당한 뒤 학교를 빼먹는 데 맛을 들인 촨한은 부상이 다 낫고도 며칠 만에 등교했다. 하지만 얌전히 교실에서 수업을 듣는 게 아니라 운동장 단상 뒤에서 노닥거렸다. 거기는 촨한이 학교 내에서 가장 마음 편하게 지낼 수 있는 곳이었다.

촨한은 시멘트로 만든 단상 벽에 기대어 담배에 불을 붙였다. 한 모금씩 빨고 내뱉으며 흩어지는 담배 연기를 보면서 멍하니 시간을 보냈다. 이렇게 아무 목표도 없는 생활은 그다지 즐겁지 않았지만, 그렇다고 무언가 더 할 수 있는 것도 없었다. 그냥 하루하루 살아갈 뿐이었다. 항해를 하다 보면 배가 항구까지 무사히 갈 수도 있고, 중간에 침몰할 수도 있는 것 아니겠는가.

조회를 준비하려고 단상에 올라온 여학생 몇 명이 구름처럼 담배 연기를 뿜는 촨한을 발견했다. 사람들과 갈등을 빚는 게 일상이 된 촨한은 무서운 눈길로 그들을 노려봤다. 여학생들은 촨한과 눈이 마주치자 화들짝 놀라서 시선을 피했다. 마치 그가 사나운 맹수라도 되는 것처럼.

촨한은 냉소하며 담배꽁초를 하수구 쪽으로 튕겼다. 구이거에게 학교에 왔는데 지루해서 미치겠다, 수업이 끝나면 저번에 토한 남자애를 데려오라고 문자를 보냈다. 구이거가 촨한에게 보낸 답장은 의미를 알 수 없는 웃는 이모티콘이었다.

"이런 걸 보내면 무슨 말인지 어떻게 알아?" 촨한이 눈살을 찌푸리며 새 담배를 꺼내 불을 붙였다.

하수구 뚜껑 주변에 담배꽁초가 열 개 가까이 떨어졌을 때쯤 수업 종료 종이 울렸다. 조용하던 운동장이 시끌시끌해졌다. 농구 코트는 땀을 흘리는 학생들로 가득했다. 촨한은 멀리서 그들을 쳐다봤다. 자신과 그들이 다른 부류라는 건 잘 알고 있었다.

"오래 안 보이더니 드디어 학교에 오셨군?" 구이거가 나타났다. 이번에는 여자 친구도 부하도 데려오지 않았다. 그가 촨한 옆에 주저앉더니 대범하게도 촨한의 손아귀에서 담뱃갑을 빼어갔다.

"뭐야, 한 개비도 없잖아? 빈 갑을 왜 가지고 있어?" 구이거가 담뱃갑을 내던지고 주머니에서 아직 뜯지 않은 새 담배를 꺼냈다.

"너도 있으면서 왜 내 걸 가져가?"

"네 담배가 내 담배고, 내 담배도 네 담배고 그런 거지. 뭘 따지고 그래?" 구이거가 담배를 한 개비 더 꺼내 촨한에게 건넸다. 두 사람은 각자 담배에 불을 붙였다. "네가 찾던 물주는 오늘 학교에 안 왔어."

촨한도 대충 짐작 가는 바가 있었다. "집에 숨어 있는 건가? 멍청한 새끼."

"집에도 없어." 구이거가 묘한 웃음을 지었다. 수수께끼라도 내는 것 같았다.

"인내심 시험하지 말고 얼른 말해." 촨한이 으르렁거렸다. 구이거가 아니라 다른 녀석이었다면 벌써 살려 달라고 빌었을 것이다.

구이거가 고개를 끄덕였다. 그는 촨한을 도발할 정도로 어리석지는 않았다. "걘 장례식장에 있지." 그렇게 말하자마자 귓가에 촨한의 고함소리가 터졌다. "농담은 집어치워! 마지막으로 묻는다. 걔 어디 있어?"

구이거는 슬슬 뒤로 물러났다. 도망갈 거리를 확보하려는 듯했다. "농담 아닌데. 네가 학교에 나오지 않는 동안 그 '물주'가 자기 집 옥상에서 뛰어내렸어. 죽었다고."

"뭐라고?" 촨한은 이해가 잘 되지 않았다. 뛰어내리고, 죽어?

"죽었다니까. '물주'가 자살에 성공하셨단 말이야." 구이거는 개미를 밟아 죽인 것처럼 덤덤했다. "그 녀석 부모가 며칠째 학교에 찾아왔어. 유서가 발견됐는데 자기 아들이 학교 폭력을 당한 것 같다면서. 듣자 하니 네 이름을 콕 집어서 말했대. 뭐, 넌 별로 신경 쓸 것 같지 않아서 연락하진 않았어."

구이거는 아무렇지도 않은 듯 담배를 피웠다. "안심해, 우리한테 문제될 건 없어. 자살한 놈을 괴롭혔다는 이유로 처벌받은 사람은 없으니까. 하지만 선생한테는 군말을 들을 수도 있으니 알아 두고. 차라리 이대로 쭉 수업에 나오지 마. 상황이 좀 잠잠해진 뒤에 학교에 오면 돼. 그때쯤 되면 다들 이 사건을 잊어버릴 거다."

"어느 장례식장이야?" 촨한이 물었다.

구이거가 드라마틱하게 놀람을 표시했다. "진짜야? 그게 왜 궁금해? 거기 가서 그 녀석 부모한테도 쓴맛을 보여 주려고? 설마 사과하겠다는 건 아니지? 촨한, 이건 너답지 않

아. 수업 빼먹는다고 뇌도 빼 버렸냐? 네가 가서 사과를 하면 받아 줄 것 같아? 알려지면 웃음거리만 된다고!"

"어느 장례식장인데." 촨한이 이를 사리물었다. 이마와 팔뚝에도 푸른 힘줄이 돋았다. 위험을 알아차리는 데 능숙한 구이거가 그걸 알아차리지 못할 리 없었다. 지금의 촨한은 어느 때보다도 위험했다. 구이거는 얼른 정보를 불었다.

"거기 가는 건 바보짓이야. 걔 가족이 널 때려죽일걸." 구이거가 한 번 더 말렸지만 촨한은 아무것도 들리지 않는 듯했다.

유가족의 울음소리로 가득 찬 장례식장에 도착한 촨한은 그곳에서 평생 잊지 못할 장면을 보았다. 화가 난 유가족들이 달려와 촨한의 몸을 찢어 버릴 듯한 기세로 밀고 때렸다. 촨한은 그걸 피하지 않고 고스란히 맞았다. 두 눈에 핏발이 선 소년의 아버지가 종이돈을 촨한의 얼굴에 뿌렸다. 혼란한 와중에 누군가 촨한의 옷자락을 잡았다. 그 힘은 몹시 약했지만 촨한은 저도 모르게 그쪽을 바라봤다.

그곳에는 극도로 슬픔에 빠진 '어머니'의 얼굴이 있었다. 창백한 얼굴은 서리가 낀 것 같았고, 두 눈은 피가 맺힌 듯 붉게 물들어 있었다. 소년의 어머니가 희게 질린 입술을 떨며 애원했다.

"내 아들을 돌려줘……."

"내 아들이 왜 자살을 해야 해……."

"돌려줘……."

"으아아!" 이성을 잃은 촨한이 소리를 지르며 힘껏 브레이크를 밟았다. 날카롭고 길게 끌리는 마찰음과 새까만 타이어 자국을 도로에 남기며 포드 자동차가 갓길에 멈춰 섰다.

회상은 중단되었다.

촨한은 미친 사람처럼 핸들에 머리를 박아 댔고, 그럴 때마다 경적이 울렸다.

"죽여, 죽여! 내 목숨을 가져가!"

"너희를 죽이겠다! 나를 죽이고, 너희도 죽이고, 누구도 살아남지 못할 거다……. 전부 죽는다……."

비통하게 외치는 촨한은 꼭 잘못을 자책하는 아이처럼 보였다. 그 애의 죽음에는 구이거의 책임도 있다. 옆에서 방관했던 부하 놈들의 책임도 있다. 그들 모두 죽어 마땅했다. "죽인다……. 너희들……."

촨한은 뒤로 쓰러지듯 몸을 기댔다. 몸이 운전석 밑으로 꺼질 것만 같았다. 힘들고 숨이 찼다. 마치 1천 미터 깊이의 해저에서 산소가 모자라 다급히 수면 위로 올라온 사람처럼 보였다. 그때의 기억을 떠올리면 촨한은 항상 이렇게 이성을 잃는다.

자살해도 달라지는 건 없어. 마음속에서 사자의 목소리

가 울렸다.

언제부터였는지는 잊어버렸지만, 환한이 알아차렸을 때 사자는 이미 존재했다. 사자는 끊임없이 환한과 대화했다. 한 번, 두 번, 사자의 존재가 점점 더 진실이 되고 더 이상 환한 자신과 분리할 수 없을 때까지 둘은 이야기를 계속했다. 사자는 매일 줄어들기는커녕 깊어지기만 하는 죄책감에서 탄생했다. 환한은 자신이 무너지는 것을 피하려고 본능적으로 '사자'라는 존재를 만들어 냈다. 사자는 환한이 감당하지 못한 후회와 자책을 감당했다.

"나는 평생 나를 용서하지 못할 거야." 환한의 목소리는 거의 들리지 않을 정도로 힘이 없었다. 하지만 사자는 다 안다. 사자는 이 세상에서 환한을 가장 잘 이해하는 존재다.

사자가 바로 환한이므로.

18

신사 숙녀 여러분,
알려 드릴 것이 있습니다.

환한은 제멋대로 행동한 결과가 이렇게 큰 상처를 남길 거라고는 전혀 예상치 못했다. 그렇게 생각 없이 살던 순간에는 그야말로 악마의 꼬임에 빠진 것만 같았다. 특히 구이거와 함께할 때는 정도를 모르고 날뛰었다.

그는 몇 번이고 거울에 비친 자신이 낯설다고 느꼈다. 눈빛은 언제 터질지 모르는 폭탄 같았다. 거듭된 폭발과 남을 해치는 결말. 제 힘을 믿고 약자를 업신여기든지, 같은 부류인 불량배들과 잔혹하게 싸우든지, 어느 것이든 끝없는 악순환이었다. 끝은 없고 점점 더 깊이 빠져들 뿐이었다.

환한은 소식을 듣고 장례식장에 갔을 때 '물주'의 친척들에게 거칠게 밀쳐지고 얻어맞으면서도 비틀비틀 빈소에 들어가 그 녀석의 관 앞에 무릎을 꿇었다. 영정은 흑백사진이었지만 그 얼굴에는 화사한 웃음이 걸려 있었다. 그건 환한이 그 녀석에게서 한 번도 본 적 없는 웃음이었다. 학교에서는 물에 빠진 개처럼 비참하게 애원하는 꼴만 보았다.

그 순간 환한은 마침내 깨달았다. '물주'의 부모님은 아들을 돌려받지 못할 것이다.

저승에서 누군가 환한의 악행을 일깨우듯, 오랫동안 숨어 지냈는데 결국 다시 구이거와 엮이고 말았다.

환한은 이제 악당을 도와 나쁜 짓을 하면 안 된다는 것을 잘 알고 있다. 그래서 구이거가 경고했는데도 불구하고 트렁크에 실린 '물건'이 무엇인지 미리 확인할 생각이었다. 총이든 마약이든 밀수품이든, 적어도 무엇인지는 알아 두어야 했다.

차에서 내린 환한이 트렁크를 열었다. 검은 여행 가방이 들어 있었다. 지퍼를 테이블타이로 꽉 묶어 놓아서 표 나지 않게 열어 보기가 어려웠다. 구이거는 고객이 트집을 많이 잡는 편이라고 했다. 섣불리 가방을 열었다가 들켜서 거래가 무산되면 구이거가 화를 낼 터였다. 환한은 망설였다. 지금은 마찰을 빚기보다는 구이거의 경계심을 낮추는 게 중요했다. 구이거는 환한을 믿어서 이 일을 맡긴 게 아니었다. 그는 환한을 쓰기 좋은 도구라 여기고 있었다.

싸움에 비유하자면 지금 환한의 처지는 일방적으로 얻어맞을 수밖에 없는 상황이다. 구이거는 환한이 저항하지 못할 강력한 패를 쥐고 있었다. 양쪽을 다 고려한 끝에, 환한은 물건을 제시간에 배송하기로 결심했다. 조용히 엎드려 있다 보면 허점을 잡을 가능성이 커질 터였다. 적어도 구이거가 더 무리한 요구를 하기 전까지는 시키는 대로 행동하는 게 좋을 듯했다.

생각에 몰입했던 촨한은 돌연 울리는 휴대전화 벨소리에 깜짝 놀랐다. 전화를 건 사람은 구이거였다. *차에 감시 카메라를 설치한 건 아닐까?* 사자가 구이거를 의심했다. 촨한은 구이거가 그 정도로 자신을 의심하지는 않기를 바랐다. 전화가 온 순간이 너무 공교롭긴 하지만, 우연일지도 모른다.

"어떻게 됐어? 내비게이션은 문제없지?" 전화기 저편은 대화 소리, 수신이 불량해서 나는 잡음 등으로 시끄러웠다.

"괜찮아." 촨한이 시치미를 떼고 대답했다. 다행히 이곳은 차 소리도 들리지 않는 조용한 곳이라 바깥에 나와 있는 걸 들키진 않을 듯했다.

그때였다. 잘못 본 것인지 몰라도 여행 가방이 움직였다. 촨한은 손을 뻗어 가방을 눌러 보았다. 부드럽고 푹신했다.

"시간 내에 도착해서 나한테 연락하라고! 쓸데없는 짓은 하지 마!" 구이거가 명령했다. 촨한은 짧게 대답하고는 전화를 끊었다. 시선은 여행 가방에서 떨어지지 않았다.

여행 가방이 또 꿈틀거렸다.

촨한은 눈을 감고 여행 가방에 올려놓은 손바닥에 집중했다. 조그만 움직임 하나라도 놓치지 않으려 했다. 몇 초 후 촨한은 오싹함을 느꼈다. 여행 가방에 든 것은 살아 있는 생명체다. 가방 한쪽에 일부러 뚫은 듯 보이는 작은 구멍이 여러 개 나 있는 걸 보면, 가방에 넣은 생명체가 질식해 죽는 것은 피하려 했던 듯하다.

환한은 '물건'이 분명 사람이라고 확신했다. 구이거의 낮은 도덕관념을 생각하면 인신매매는 놀랄 일도 아니었지만, 환한이 예상한 것 이상으로 사악한 일이었다.

그가 약속대로 '물건'을 배달한다고 가정하면, 가방 안에 든 사람이 어떤 결말을 맞을지에 대해서는 쉽게 말할 수 없다. 남자는 장기를 적출당할지도 모른다. 장기 매매는 일정한 수요가 있고 시장도 항상 존재했다. 여자라면 성性과 뗄 수 없는 관계가 있다. 어쨌든 남자도 여자도 위험하다. 살아 있는 인간을 사려는 고객이 자비롭고 온화한 사람이겠는가?

환한은 '물건'을 풀어 준다면 구이거를 속이지 못할 거라고 생각했다. 둘 사이의 거래 역시 이대로 휴지조각이 될 것이다. 의심이 많은 구이거는 두 번째 기회 같은 건 주지 않을 터였다. 그 후에 일어날 일은 페이야에게 심각한 문제가 될 게 분명했다. 환한은 어떻게든 무고한 사람이 희생되는 일은 없도록 할 생각이었다.

세 번째 선택도 있지. 사자가 일깨워 주었다.

맞아. 환한도 알고 있었다. 구이거에게 직접적으로 저항하는 게 불가능하고, 물건을 미리 열어 보면 거래가 취소될

가능성이 있다면, 남는 방법은…….

그들을 해치우는 거야. 사자가 바위처럼 무겁게 말했다. 환한도 그건 할 수 있으리라고 생각했다. 이런 거래를 하는 놈은 구이거와 같은 부류의 인간일 테니 연민을 느낄 이유가 없다. 거래 장소는 은밀한 곳이라 목격자도 없을 터였다. 환한이 손을 쓰기에 좋은 조건이었다.

환한은 직접 사람을 죽인 적이 없었다. 그런데 지금은 천칭으로 어느 쪽의 목숨이 더 무거운지를 재는 것만 같았다. 당연히 죄 없는 '물건' 쪽이 더 무거울 터였다.

구이거나 고객은 죽든 말든 상관하지 않겠다, 둘 다 깃털처럼 가벼운 목숨이니까. 생각을 정리한 환한은 바지허리에 꽂아 둔 전투용 압축 스틱을 꺼내 휘둘렀다. 스틱이 공기를 찢는 소리를 냈다. 만일의 사태에 대비해 호신용으로 가져온 도구로, 가볍지만 살상력은 뛰어났다. 상대방이 물건을 확인하느라 경계가 허술해진 틈을 타 기습한다면 상당한 효과를 거둘 수 있을 것이다.

하지만 환한은 상대방이 수적으로 우위일 경우와 총을 가지고 있을 경우도 고려했다. 환한의 몸놀림이 아무리 뛰어나다고는 해도 몽둥이로 총과 대적할 수는 없다. 액션 영화가 아니니까.

그는 다시 선택의 고민에 빠졌다. 결국 여행 가방을 열고 어떤 사람인지 확인부터 한 뒤 후속 대책을 고민하기로 했다. 어쨌든 이대로 '물건'을 운반해 거래를 성사시키는 건 불가능했다.

차 안을 샅샅이 뒤졌지만 날카로운 도구는 전혀 찾지 못했고, 구이거가 잊어버린 듯한 라이터만 있었다. 촨한은 테이블타이를 조심스럽게 녹여서 지퍼를 열었다. 가방 안에는 눈도 입도 가려진 어린 남자아이가 있었다. '물건'이 사람이라는 걸 감추기 위해서였는지 몸은 두꺼운 이불로 감싸고 머리만 내놓은 상태였다.

촨한이 아이의 눈가리개를 풀어 주었다. 눈물이 그렁그렁한 남자아이는 맹수에게 잡아먹히기 직전의 작은 동물 같았다. 그 애는 촨한이 사람을 먹는 괴물로 변해서 당장이라도 자신을 덮치지는 않을지 두려워하는 눈으로 그를 올려다봤다. 촨한은 갑자기 아이 얼굴이 눈에 익었다고 생각했다. 동시에 휴대전화가 울렸다. 페이야 전용 벨소리였다. 촨한은 전화를 받으면서 페이야가 오늘 편의점으로 오겠다는 연락일지, 아니면 또 무슨 문제가 생긴 것일지 생각했다.

"내 동생을 데리고 있어요?" 촨한은 곧바로 모든 것을 깨달았다. 어째서 이 남자애가 눈에 익었는지도. 페이야의 목소리에 한 번도 들은 적 없는 낯선 느낌이 섞여 있었다.

촨한은 남자애를 망연히 쳐다봤다. 페이야의 휴대전화 배경화면…….

내가 페이야의 동생을 인신매매 고객에게 배달할 뻔했다! 촨한은 충격과 동시에 분노를 느꼈다. 이것도 전부 구이거의 계략이었다.

납치된 아이가 페이야의 동생인 것은 절대 우연이 아닐 터였다. 구이거에게는 이 참혹한 일들이 손쉬운 계략이었다. 페이야의 나체 사진을 찍은 게 첫 단계였다. 구이거는 그 사진으로 촨한을 협박해 물건 배달을 맡겼다. 페이야의 동생을 납치해 팔아먹을 '물건'으로 삼은 뒤 촨한에게 이를 배달시키라 한 이유도 촨한을 완벽히 제압해 순순히 자기 명령을 따르게 하기 위해서였을 것이다.

구이거는 촨한이 페이야를 몹시 신경 쓴다는 데 착안했으리라. 촨한이 사라진 동생을 데리고 가서 팔아 버렸다는 사실을 알게 되면 페이야는 그를 끔찍하게 여길 게 분명했다. 구이거는 이 비밀을 손아귀에 쥐고 영원히 촨한을 협박해 자기 일을 돕게끔 할 수 있었다. 구이거 입장에서는 이중 보험인 셈이었다. 하지만 촨한에 대한 구이거의 인식은 과거에 머물러 있었다. 구이거는 촨한이 예전과 달리 잔인한 소년이 아니라는 걸 몰랐다. 촨한이 중간에 여행 가방을 열고 '물건'을 확인하려고 할 줄은 예상하지 못했을 것이다.

"내 동생을 데리고 있어요?" 페이야가 다시 질문했다. 아까와 똑같은 문장에 똑같은 말투인데, 촨한은 명확하게 설명할 수는 없지만 페이야가 어딘가 달라졌다고 느꼈다.

페이야가 어떻게 촨한이 지금 물건을 배달 중이라는 걸 알지? 누군가 알려준 것이다. 구이거? 아니야, 구이거는 이 사실을 이용해 촨한을 협박하려 할 텐데 페이야에게 알려 주는 것은 이상하다.

오늘 거래는 전부 거짓이고, 구이거의 진짜 목적은 너를 무너뜨리는 건지도 모른다. 사자가 추측했다.

그렇다면 앞뒤가 맞다. 촨한은 고통스럽게 머리를 짚었다. 구이거가 큰돈을 버는 건수라고 강조하는 데 휘둘려서 그놈의 진짜 의도를 파악하지 못했다. 촨한은 쓴웃음을 뱉었다. 완전히 놀아났다……. 멍청하기 짝이 없었다.

"이게 웃을 상황이에요?"

촨한이 목소리를 가다듬고 대답했다. "맞아, 나하고 같이 있어. 내가 설명할게……."

페이야가 촨한의 말을 끊었다. "내 동생을 팔고 나면 그 다음엔 날 팔았겠군요. 그렇죠?"

뭐? 촨한이 다급하게 설명하려 했다. "무슨 말이야? 오해야, 나는 절대로……."

"절대로? 그럼 왜 내 동생이 납치되고 나서 당신 손아귀에 있어요?"

"구이거가 물건을 배달하라고 했어, 나는 그게 뭔지 몰랐고……."

"몰랐다고? 내가 바보인 줄 알아? 내가 그렇게 속이기 쉬워 보였어? 나랑 내 동생이 얼마나 비싸게 팔 수 있는 몸이기에 이런 연기까지 하면서 나를 속여요?" 전화 저편에서 페이야가 소리 질렀다. 촨한은 마음이 조각나는 것 같았다.

"난 항상 오빠를 믿었는데. 오빠는 내가 가장 믿을 수 있는 사람이었어." 페이야의 목소리가 돌연 작아졌다. 그만큼 촨한의 마음을 더 깊이 찔러드는 가시가 되었다. 과거형의 '이었다'는 무슨 뜻일까? 지금부터는 둘이서 함께했던 기억도 전부 뒤집힌다는 걸까?

안 돼, 페이야. 그 사람이 너에게 한 말은 다 가짜야! 그 사람이 누구든, 무슨 말을 했든 절대로 믿지 마……. 촨한은 그렇게 외치고 싶었지만 목소리가 나오지 않았다.

"쑹산松山 지하철역. 동생을 데리고 와요. 동생을 돌려주지 않으면, 무슨 수를 써서든 당신을 찾아낼 거야. 나는 당신이 진심으로 나를 돕는 줄 알았는데, 내가 멍청했어. 당신이 이겼고, 나는 속았어."

전화는 일방적으로 끊겼다. 촨한은 어찌할 바를 모르고 전화기를 잡은 손만 쥐었다 폈다 했다. 차가운 바람이 몸속으로 파고드는 듯했다. 촨한은 전화가 끊긴 후의 신호음만 멍하니 듣고 있었다. 심장이 쪼그라드는 것 같았다. 피가 굳고 호흡도 멈춘 듯했다. 밖으로 분출하지 못한 후회의 포효가 몸 안에서 터질 듯 펄떡였지만, 아무도 듣지 못할 가날픈 울음소리만 겨우 입 밖으로 새어 나왔다.

"우! 우!" 페이야의 동생이 도와 달라고 외쳤다.

환한은 간신히 다정한 미소를 지으며 페이야의 동생에게 다가갔다. "나는…… 네 누나의 친구야. 이제 널 누나한테 데려다 줄 거야. 아무 일도 없을 테니 무서워하지 마. 내가 테이프를 떼 줄게. 입에 붙은 걸 뗄 때는 조금 아프겠지만 잠깐만 참자……."

환한은 테이프를 뗀 뒤 아이를 가방에서 꺼내 주었다. 몸에 둘둘 말린 두꺼운 이불을 벗겼더니 손과 발이 밧줄로 꽁꽁 묶여 있어서, 아이를 차 뒷좌석에 앉혀놓고 한참 씨름한 뒤에야 풀 수 있었다.

그 와중에도 페이야의 동생은 울지 않았다. 아마 너무 놀라서 정신이 없는 모양이다. 한동안은 제 발로 걷기 힘들터였다. 환한은 아이를 업어서 조수석에 태우고 안전벨트도 매 주었다.

쑹산역으로 가는 동안 환한은 아무 말도 하지 않았다. 말이 나오지 않았다. 나오지 않는 말, 흘리지 못한 눈물은 전부 사자가 대신했다. 환한의 마음속 어두운 곳에서, 사자는 상처 입은 채 고치처럼 몸을 말아 웅크리고 있었다. 멈추지 않는 눈물이 영혼을 태우는 듯했다. 하지만 불씨는 없었다. 사자든 환한이든, 일찌감치 다시는 불이 붙지 못할 잿더미가 되었으니까.

자신이 괴롭힌 사람이 자살했다는 걸 안 날부터 환한의

내면은 조금씩 붕괴했다. 그러다 페이야를 만났다. 촨한은 자신이 속죄할 기회가 생겼다고 여겼다. 사자와 같이 속죄한다면 구원을 받을 수 있다고도 생각했다. 심지어 페이야 곁에 줄곧 같이 있을 거라는 망상도 했다. 그는 무너져 내리던 자신의 내면이 천천히 다시 완전해진다고 느꼈다. 그건 전부 페이야 덕분이었다.

촨한은 끝이 보이지 않는 도로를 응시했다. 사자도 마침내 견디지 못하게 되고 말았다. 촨한은 소리 없이 눈물을 흘렸다.

이건 전부 네 덕분이었어.

강둑.

"봐, 내 말이 맞지? 넌 어쩌면 그렇게 멍청하니?" 구이메이가 페이야를 조롱했다. 좀 전의 대화로 구이메이는 페이야가 더 이상 촨한을 믿지 않으며, 둘 사이가 완전히 틀어졌다는 사실을 알게 되었다.

일이 잘 풀렸군! 이제 촨한이 구이거 일을 도울 이유가 없으니, 반대로 구이거가 촨한을 손봐 주겠지? 구이메이의 진짜 목적은 이것이었다. 구이메이는 구이거에게 필요한 사람이라는 위치를 유지하고 싶었다. 친구들 사이에서 존경을 받는 입장을 계속 누리고 싶었고, 무엇보다 '사탕'을 분배할 때 가장 많은 할당량을 받고 싶었다.

그러려면 구이거가 가까이 두고 부리는 녀석들을 하나씩 제거해야 했다. 구이거의 일을 도운 지 오래된 구이메이는 그의 사고방식을 그대로 이어받았다. 수단과 방법을 가리지 않고, 이기적으로 탐욕스럽게……. 구이메이는 아직 만 열여섯 살도 되지 않았지만, 이 나이대의 소녀가 가져야 할 순진함은 일찌감치 사라졌다.

구이메이는 만족스러운 눈빛으로 휴대전화를 내려다봤다. 촨한과 어떤 여자애가 다정하게 붙어 있는 사진이 화면에 떠 있었다. 촨한이 노래방에 와서 구이거를 만났던 날 몰래 찍은 사진이었다. 구이메이는 이 사진을 찍으려고 화장을 고치는 척하면서 계속 기회를 엿보았다. 그렇게 해서 샤오시가 촨한에게 달라붙는 순간을 포착할 수 있었다.

촨한은 곧바로 샤오시를 떼어 냈지만 페이야는 그 사실을 모른다. 페이야가 본 것은 촨한이 다른 여자애와 껴안고 있는 사진일 뿐이다. 페이야가 또래보다 성숙한들 어쩌겠어? 마음에 둔 사람이 다른 애와 친밀하게 구는 걸 보면 이성을 잃기 마련이지!

거기에 더해 촨한은 멍청하게도 구이거의 배달 일을 받아들이면서 덫에 걸렸다. 구이메이는 이 기회를 이용해 페이야를 도발하기로 했다. 온갖 양념을 친 이야기로 자극하자 페이야는 정말로 구이메이의 말을 믿었다.

"나한테 왜 이런 걸 알려 주는 거야? 넌 나를 죽이고 싶을 텐데?" 페이야가 물었다.

이게 무슨 멍청한 질문이람? 머리가 나쁜 애는 어쩔 수가 없네. 구이메이는 짜증이 났지만 곧 술술 대답했다.

"간단해. 너를 납치해서 팔아넘길 때까지 기다리면, 널 비웃을 기회가 사라지잖아. 너한테 미리 말하는 것도 겁나지 않아. 어차피 넌 도망 못 가니까. 누가 네 말을 믿어 주겠어? 학교에선 내가 괴롭혔다고 말해도 선생들이 널 무시했잖아!" 구이메이는 페이야의 상처에 계속해서 소금을 뿌렸다. "넌 촨한 오빠가 정말 네 편인 줄 알았니? 공부 잘하는 모범생이라더니 바보 멍청이였어? 그 오빠는 여자가 따로 있어. 너랑은 그냥 논 것뿐이야."

구이메이가 휴대전화를 흔들어 보였다. 샤오시가 촨한에게 기대 있는 사진 때문에 마음이 아프겠지? 그러니까 사진을 보지 않으려고 고개를 돌리는 걸 테고.

"뭐야? 울어? 혼자서 천천히 울어, 난 갈 테니까. 너한테 낭비할 시간은 없어." 구이메이는 한 사람을 제대로 짓밟았다는 쾌감을 느끼며 만족스럽게 돌아섰다. 그때 격렬한 통증이 덮쳐 왔다. 구이메이는 비명을 지르며 바닥에 쓰러졌다. 저주인지 욕설인지 모를 말을 몇 마디 내뱉은 구이메이가 겨우 고개를 돌리자, 무표정한 얼굴의 페이야가 전기충격기를 들고 서 있었다.

페이야가 전기충격기의 스위치를 누르자 파란 전류가 맺혔다. 구이메이는 페이야가 한 발짝씩 다가오는 모습을 두 눈 뜨고 지켜보아야 했다.

구이메이는 함정에 빠진 사람은 페이야가 아니라 자신이라는 것을 뒤늦게 깨달았다.

19

꽃 피는 계절

환한은 쌍산역에 도착했다. 그는 차를 길가에 댄 뒤 조수석의 안전벨트를 풀어 주며 페이야의 동생에게 차에서 내리면 된다고 말해 주었다. 아이는 납치의 공포에서 아직 벗어나지 못한 듯 꼼짝도 하지 않았다. 차에서 내리자마자 누군가에게 붙잡혀 다시 끌려갈까 봐 걱정스러운 듯했다.

환한이 차에서 내려 조수석 차 문을 열어 주었다. "괜찮아, 내가 지켜보고 있을게."

아이는 망설이며 환한과 빛나는 쌍산역 간판을 번갈아 보았다. 역 간판의 글자가 너무 크고 눈에 띄어서 텅 빈 건물의 황량함이 오히려 더욱 강렬하게 다가왔다. 환한은 참을성 있게 기다렸다. 몇 분쯤 지났을까, 아이가 용기를 내어 천천히 차 밖으로 나왔다. 손을 대기 전에 물이 뜨거운지 확인하려는 사람처럼 조심스러운 동작이었다. 아이는 겨우 차에서 내렸지만 어깨를 움츠린 채 환한에게 다가가지도, 혼자 돌아다니지도 못했다.

페이야 전용 벨소리가 울렸다. 촨한은 착잡한 표정으로 전화를 받았다.

"동생은 거기 두고, 당신은 가요."

"지금 보고 있니?" 촨한이 전화기를 귀에 댄 채 주변을 둘러봤지만 페이야는 보이지 않았다. "어디에 있어? 난 정말로 네 동생인 줄 몰랐어, 널 속인 게 아니야……."

"이번에는 경찰을 부르지 않을 거야. 당신에게 진 빚을 갚는 걸로 치죠. 가세요. 다시는 보고 싶지 않아요." 페이야는 단호했다. 그의 변명을 조금도 들으려 하지 않았다.

"페이야!"

전화가 끊겼다. 촨한은 고통스럽게 침묵했다. 사자가 안에서 포효했다. 시끄러워, 좀 조용히, 조용히……. 사자!

촨한은 스스로를 다그치며 냉정을 찾으려 했다. 아이가 겁먹지 않도록 애써 미소를 지었다. "여기서 조금만 기다리면 페이야 누나가 데리러 올 거야."

페이야의 이름을 발음할 때, 마음속에서 참기 힘든 슬픔이 차올랐다. 페이야와 그의 관계란 이렇게 연약했다. 악의적인 거짓과 계략 하나도 버텨 내지 못할 만큼…….

~

촨한이 떠난 후 흰색 혼다 시빅 자동차가 천천히 역 쪽으로 다가왔다. 아이는 두려움에 떨며 뒤로 몇 걸음 물러섰다. 흰 자동차는 환한이 차를 댔던 바로 그 자리에 멈춰 섰다. 페이야가 차에서 뛰쳐나왔다.

"누나!" 동생이 페이야를 보고 그녀의 품으로 뛰어들었다. 아이는 그제야 큰소리로 울음을 터뜨렸다. 페이야는 동생을 꼭 안고 등을 쓸어 주었다. 얼마나 놀랐을까?

왜 우리 남매는 모두 기괴한 불운을 만나는 걸까? 세계가 그들을 괴롭히고 파괴하려는 의도라도 품고 있는 것 같았다. 페이야는 동생의 눈물을 닦아 주었지만 동생은 쉽게 울음을 그치지 못했다. 막 닦은 볼이 또 눈물로 젖었고, 잠깐 그쳤다가 다시 울었다. 역 앞 광장에 아이의 울음소리가 메아리처럼 울렸다. 밤늦게 귀가하던 행인들이 의아한 눈초리를 보내며 페이야와 동생을 피해서 멀찌감치 걸어갔다.

페이야는 가까스로 동생을 안심시킨 뒤, 아직 떨리는 작은 손을 잡고 흰색 시빅 뒷좌석에 앉았다. "손이 너무 차가워. 춥니?" 페이야는 외투를 벗어 동생에게 덮어 주었다. 동생은 페이야 옆에 바짝 붙어 코를 훌쩍였다. "누나, 너무 무서워……."

"괜찮아, 누나가 여기 있잖아." 페이야는 동생의 머리를 쓰다듬으며 위로했다.

운전석에 앉아 있는 사람은 햇살처럼 밝은 분위기의 청년으로, 이름은 이하오以豪다. 그는 닥터 야오의 조수이자 옛 환자라고 했다. 이하오가 핸들을 돌리자 흰색 시빅이 쑹산역을 천천히 벗어났다. 차는 네이후內湖 지역의 호화로운 빌딩 지하주차장으로 들어갔다.

차가 멈추자 이하오가 고개를 돌려 페이야에게 말했다. "먼저 위층으로 올라가. 야오 선생님이 기다리고 계셔. 난 마저 처리하고 올라갈게."

페이야는 동생을 데리고 엘리베이터로 향했다. 엘리베이터 문이 열리자 그 안의 거울에 페이야의 등 뒤에서 무슨 일이 벌어지는지 비쳤다. 이하오가 트렁크에서 소녀를 꺼내 어깨에 짊어졌다. 정신을 잃은 구이메이였다. 이하오는 구이메이의 몸무게 정도는 별것 아닌 듯, 힘들이지 않고 주차장 한쪽으로 사라졌다.

엘리베이터 문이 자동으로 닫혔다. 페이야는 숫자 2가 적힌 버튼을 눌렀다.

"여기가 어디야? 몇 층에 가?" 동생이 불안한 듯 물었다.

페이야가 부드러운 말투로 설명했다. "여기는 의사 선생님이 사는 집이야. 아주 친절한 분이라서 나를 많이 도와주셨어. 오늘은 누나랑 여기서 자고, 내일 고모 집으로 데려다줄게."

"주사를 맞으라고 하실까? 그건 싫어, 아픈 건 싫어……." 동생이 또 무서운 곳에 왔다는 생각이 드는지 울먹였다.

"여기 사는 의사 선생님은 감기를 치료해 주는 그런 의사가 아니라서 주사는 안 놓아. 그러니까 걱정 마." 페이야가 미소를 지었다. 이럴 때일수록 동생의 순수함에 힘을 얻게 된다. 쥐고 있는 조그만 손이 점차 따뜻해졌다. 페이야는 동생의 손을 좀 더 힘주어 잡았다.

구이메이가 나서서 도발하지 않았더라면 페이야는 동생이 어딘지 모를 곳으로 팔려 갈 때까지 그 사실을 전혀 알지 못했을지도 모른다. 페이야는 촨한을 완전히 신뢰했다. 그런데 어쩌다 이런 상황이 된 걸까? 촨한의 행동이 전부 거짓이고 연극이었다는 게 믿기지 않았다. 아무것도 모르는 페이야는 동생이 영영 사라졌는데도 촨한에게 더욱 의지했을 수도 있다. 그는 페이야의 약점을 잡아 유인할 작정이었을지도 모른다.

내가 어수룩해서 쉽게 속은 거야. 페이야는 촨한이 다른 여자와 친밀하게 끌어안거나 그보다 더한 행동을 하는 장면을 상상했다. 상상을 멈출 수가 없었다. 혹시…… 내가 지겨워지면 동생에게 그랬듯 나도 팔아 버릴 생각이었을까?

"누나…… 도착했어?" 동생이 겁먹은 표정으로 물었다. 엘리베이터 문은 이미 열려 있었다. 동생은 밖을 힐끔거리면서도 혼자서 엘리베이터에서 내릴 엄두가 나지 않는 모양이었다.

엘리베이터에서 내린 페이야가 동생을 데리고 아무도 없는 복도를 걸었다. 전체적인 가구의 배치나 조명이 미술관처럼 우아하면서도 소박했다. 한 층 전체가 닥터 야오의 개인 진료실로, 특별한 환자를 전문적으로 상담하는 곳이었다. 페이야는 진료실 문을 노크한 뒤 안으로 들어갔다. 진료실에는 병원 하면 흔히 떠올리는 환자용 침대나 링거대 같은 건 전혀 없었다. 오히려 고급 응접실처럼 하얀 벽지를 바른 벽면에 유화 몇 점이 걸려 있는 아늑한 공간이었다.

닥터 야오가 진료실 소파에 앉아 있었다. 그녀는 외모든 분위기든 흠잡을 데 없이 아름다운 여자다. 오늘은 깔끔한 검은색 바지에 가슴이 V자로 파인 상의 차림이라 장인이 공들여 빚은 듯한 쇄골이 드러나 있었다.

사실 페이야도 여기를 방문한 적은 몇 번 되지 않아 낯설었다. 하지만 지금의 페이야는 무엇도 두려워하지 않는다. 그녀는 거듭 양보했던 나약한 자신을 없애고 사냥감 역할에서 벗어나겠다고 결심했다. 페이야의 뒤에 숨은 동생은 낯선 장소에 대한 불안감을 감추지 못했다. 페이야는 겁내지 말라는 듯 동생의 손을 꼭 잡았다.

"동생이 많이 놀랐나 봐. 얼른 쉬는 게 좋겠어. 이하오는?" 닥터 야오가 물었다.

"그 사람은…… 처리하고 온대요." 페이야는 정확한 단어를 찾지 못해 얼버무렸다. 기절시켜 납치한 구이메이를 뭐라고 불러야 정확할까? 페이야는 늘 구이메이의 얼굴에 대고 말하고 싶었던 단어를 떠올렸다. 천박한 년. 구이메이를 지칭하는 데 그보다 더 적합한 말은 없을 터였다.

천박한 년. 페이야가 속으로 반복했다. 천박한 년.

"알았어. 이하오라면 잘 처리할 거야. 자, 너희들이 지낼 새 방을 보여 줄게." 닥터 야오가 움직일 때마다 또각또각 구두 소리가 들렸다. 그녀가 앞장서서 계단을 올랐다. 3층 입구에는 도난 방지문이 설치돼 있었다. 마그네틱 카드를 센서에 댄 뒤 비밀번호를 누르자 문이 스르르 열렸다.

문이 열리는 순간 그 안의 어둠도 동시에 사라졌다. 복도에 움직임 감지 장치가 있어 불이 자동으로 켜지기 때문이다. 복도 왼쪽은 벽이고, 오른쪽에는 우아한 나무문이 몇 개 늘어서 있었다. 안에서 복도를 내다볼 수 있도록 렌즈가 달려 있었다. 페이야는 그중 하나를 골랐다. 밀어서 여는데 묵직한 무게감이 느껴졌다.

"이 문은 겉만 나무고 속은 방탄 소재야. 내가 살던 다른 집에 누군가가 침입한 적이 있거든. 그래서 이하오가 방범 조치를 강화했는데, 여기 인테리어도 그때 같이 수리했어." 닥터 야오는 그 일이 별것 아니었다는 식으로 행동했다.

"좀도둑이었어요?" 페이야가 물었다.

"그냥 장난꾸러기 어린애였어." 그리움을 살짝 담은 닥터 야오의 표정에 페이야는 더욱 의아해졌다. 닥터 야오는 마저 설명했다. "그 아이도 내가 책임지던 환자였거든. 이리 들어오렴, 새 방을 구경해야지."

닥터 야오가 가볍게 재촉하자 페이야는 새로 가지게 된 방 안으로 한 걸음 내딛었다. 싱글 룸이지만 혼자 쓰기에는 상당히 넓었다. 침대, 책상과 의자, 1인용 소파와 독서용 스탠드가 전부 갖춰져 있었고 옷장은 붙박이장 형태였다. 방에 딸린 욕실도 있었다. 낯설긴 해도 둘째 고모네 집보다는 훨씬 편안할 터였다.

"정리를 마치면 아래층으로 내려오렴. 서두를 건 없어. 시간은 많으니까." 닥터 야오가 마그네틱 카드와 비밀번호가 적힌 쪽지를 건넸다.

페이야는 매트리스에서 먼지 방지 커버를 벗긴 후 동생을 눕혔다. 동생은 순순히 신발을 벗고 침대에 올라갔다. 페이야는 동생의 손목에 밧줄 자국이 남은 것을 보고 마음이 아팠다. 촨한에 대한 오해는 더 깊어졌다. 동생은 도롱이벌레처럼 솜이불을 돌돌 말고 얼굴만 쏙 내밀었다. 동생이 겁먹은 목소리로 물었다. "나쁜 사람이 나를 또 잡으러 오면 어떡해?"

"그렇지 않아. 이곳은 안전해." 페이야는 침대 옆에 앉아서 동생의 등을 도닥였다. 이곳은 안전해. 페이야는 마음속으로 되뇌었다. 자신을 설득하는 한편 촨한의 배신을 더 생각하지 않으려는 거였다. 하지만 어떻게 그 사실을 잊을 수 있을까?

페이야는 동생이 잠들 때까지 기다렸다가 방을 나섰다. 동생이 깨서 무서워할까 봐 전등도 켜 두었다. 조용히 문을 닫은 그녀는 문이 완전히 닫히기 전에 문틈으로 동생을 한 번 더 보았다. 동생은 정말 작고 연약해 보였다. 누구든지 그 아이를 다치게 할 수 있었다. 페이야는 동생과 자신을 지키려면 맞서 싸워야 한다는 것을 뼈저리게 깨달았다.

응접실로 내려가니 닥터 야오와 이하오가 보였다. 탁자 위에 쿠키를 담은 흰 접시 두 개가 놓여 있었다. 이하오가 뜨거운 김을 뿜는 홍차를 잔에 따르면서 물었다. "크림이나 설탕?"

페이야가 고개를 저은 뒤 찻잔을 받아들고 닥터 야오를 마주보는 자리에 앉았다. 이하오는 접시를 페이야 쪽으로 밀어 주면서 설명했다. "이건 오트밀 쿠키, 이건 초콜릿칩 쿠키."

페이야는 초콜릿칩 쿠키를 집었다. 이리저리 뛰어다니느라 저녁도 걸렀는데 쿠키에서는 아무 맛도 느껴지지 않았다. 이하오는 닥터 야오가 전에 말했던 디저트를 잘 만드는 그 사람이다. 페이야가 거의 홀리다시피 했던 치즈케이크가 바로 그가 구운 것이었다.

"페이야, 네가 마침내 결정을 내려서 정말 기뻐." 닥터 야오가 자식에게 새로운 도전을 하도록 격려하는 부모처럼 흐뭇해했다.

이하오는 소파 팔걸이 옆에 서서 닥터 야오가 입을 열 때마다 온 정신을 쏟아 그녀에게 집중했다. 눈빛에는 강렬하고 깊은 애정이 담겨 있었다. 그를 잘 알지 못하는 페이야도 쉽게 알아볼 수 있을 정도였다.

"유일하게 남은 가족을 잃을 뻔했어요. 하지만 구이메이는 포기하지 않을 테니, 이건 제가 할 수 있는 유일한 선택이에요." 페이야의 눈빛이 바뀌었다. 그녀가 마지막으로 확인하듯 닥터 야오에게 물었다. "정말 절 도와주실 건가요?"

"그럼. 페이야는 내 환자고, 난 너에 대한 책임이 있어. 여기서 일어난 일은 아무도 모를 거야. 나, 페이야, 그리고 이하오만 알겠지. 준비됐어?" 닥터 야오의 말은 선동적이지 않았지만 믿음이 갔다. 사람들은 쉬이 그녀에게 자신의 모든 것을 맡기고 싶어 했다.

페이야가 단호하게 고개를 끄덕였다.

"좋아." 닥터 야오가 흡족한 표정을 지었다. 그녀의 인솔을 따라 세 사람은 지하주차장 옆의 배전실로 향했다. 이하오가 사람 키 정도 높이의 변전함으로 다가가 문을 열었다. 변전함 안은 텅 비었고, 아래로 내려가는 계단이 보였다. 이하오가 먼저 변전함 안으로 들어섰다. 센서 등이 연이어

켜지며 계단을 환하게 비췄다.

페이야는 두 사람을 따라서 주차장 지하의 비밀 공간에 도착했다. 주차장의 절반 정도 되는 넓이였다. 그 한가운데 팔걸이의자에 묶인 구이메이가 있었다. 의자 아래에는 방수천이 깔려 있었다. 천장에는 펜던트 형식의 전등이 매달려 있었는데, 그게 이 공간의 유일한 조명이었다. 전등 아래의 구이메이는 마치 스포트라이트를 받는 무대의 주인공처럼 보였다. 이하오가 일부러 그렇게 배치했다.

오늘밤 구이메이는 어떤 의미에서는 확실히 주인공이라 할 만했다.

닥터 야오가 페이야의 손에 전기충격기를 쥐여 주었다.

"이건 아까 너한테 준 거랑 좀 달라. 고통은 주지만 사람을 기절시키지는 못하지. 가 봐, 내가 널 지켜볼게."

페이야는 전기충격기를 힘주어 잡았다. 문제없어. 난 할 수 있어. 반드시 저 천박한 년을 잘 처리할 거야. 페이야는 다짐했다.

깨어난 구이메이가 알아듣기 힘든 신음 소리를 내며 고개를 들었다. 그녀는 자기가 지금 어디에 있는 건지 알 수 없어서 일단 일어서려다가 손발이 묶인 것을 알아차렸다. 팔을 들려고 했지만 밧줄로 단단히 묶여 있어 움직이질 않았다. 구이메이는 거미줄에 묶인 작은 벌레처럼 허우적거렸다.

"누, 누구야? 누구 있어요?" 구이메이가 소리쳤지만 특수 방음 처리가 된 바깥으로는 아무 소리도 새어 나가지 않았다. "살려 주세요! 살려 주세요!"

발소리. 구이메이는 어둑한 그늘에서 나타난 페이야를 보고 경악했다. "너, 왜 너야? 나는 왜 여기 있어?"

몇 걸음 떨어진 곳에 멈춰 선 페이야가 전기충격기를 켰다. 전류가 흐르는 소리가 구이메이의 기억을 일깨웠다. 구이메이는 의자 등받이에 최대한 몸을 붙였다. 페이야는 전기충격기의 전원 스위치를 켰다 껐다 반복했다. 그때마다 페이야 주변이 밝아지고 어두워졌다. 페이야가 점점 구이메이에게 가까이 다가갔다.

"너, 내가 가만두지 않을…… 악!" 페이야가 전기충격기를 구이메이의 팔에 댔다. 구이메이의 몸이 펄떡였다. 아프다는 비명이 쉬지 않고 터져 나왔다.

심장은 피해야 해. 페이야는 닥터 야오가 알려준 요령을 기억하고 있었다. 스위치를 끈 전기충격기를 구이메이의 몸에 대고 천천히 미끄러뜨렸다. 구이메이의 긴장된 눈동자가 언제 물어뜯을지 모르는 독사를 보는 것처럼 전기충격기를 따라 움직였다. 페이야는 마음에 드는 자리를 골라 전기충격기를 대고 전원을 켰다. 전류가 즉시 방출되었다. 구이메이는 찢어질 듯 눈을 크게 뜨고 몸을 구부렸다. 충격이 가해진 아랫배는 수축해서 제대로 펴지지 않았다.

페이야는 전기충격기를 켰다 껐다 반복했다. 구이메이의 비명이 그치지 않고 이어졌다.

"내 동생을 누구한테 팔 예정이었어?" 페이야가 물었다. 구이메이는 대답하지 않았고, 그 결과는 끔찍한 전기충격으로 돌아왔다. 구이메이가 의자 팔걸이를 으스러질 듯 붙잡았다. 어찌나 힘을 줬는지 손톱이 부러질 뻔했다. 그녀의 창백한 손등에 가늘고 푸른 혈관이 드러났다.

"내 동생을 누구한테 팔 예정이었어?" 페이야가 다시 물었다.

"몰라……." 아파서 죽을 지경인 구이메이가 울며 대답했다. 입에서 침이 뚝뚝 떨어졌다.

페이야는 두 번째 질문을 던졌다. "내 동생이 팔렸다면 어떻게 됐을까?"

구이메이는 또 대답하지 않았고, 페이야도 두말없이 전기충격기의 전원을 켰다.

구이메이가 처절한 비명을 질렀다. 페이야가 전기충격기를 떼자 구이메이는 힘없이 고개를 늘어뜨렸다. 항상 신경써서 빗던 앞머리가 엉망이 되어 얼굴에 달라붙었다. 평소의 오만방자하고 기세등등하던 분위기와는 완전히 달랐다.

"진짜 알고 싶어?" 구이메이가 힘겹게 입을 벌렸다. 눈물과 콧물이 섞인 체액으로 인중이 미끈거렸다.

"네 동생은 죽을 거야. 아주 비참하게 죽을 거라고! 구이거가 걜 변태한테 팔 거라고 했어. 사람을 학대하는 걸 전문으로 하는 변태한테!" 궁지에 몰려 힘껏 고함을 지르는 구이메이의 두 눈에 고통으로 인한 핏발이 가득 섰다. 구이메이는 페이야가 자신의 말을 들으면 분노할 거라 생각하면서도 죽기 살기로 소리를 질렀다.

페이야는 말이 없었다. 아니, 말이 나오지 않았다. 증오의 감정이 이성을 흐리게 했다. 동생은 아무 잘못도 없는데 왜 그 어린애를 죽이려는 거지?

"그 다음에는 네 차례야. 촨한 오빠가 널 변태들한테 팔 거랬어!" 구이메이는 얼굴을 일그러뜨리며 사납게 웃었다. 흰 이 사이에서 악의적 거짓말이 튀어나왔다. 페이야는 구이메이가 이런 상황에서조차 진실을 왜곡하려 들 거라고는 상상도 하지 못했다.

페이야가 지금 가장 마주하고 싶지 않은 사실이 바로 촨한의 배신이었다. 페이야는 전기충격기의 스위치를 다시 눌렀고, 이번에는 끝까지 손가락을 떼지 않았다. 구이메이는 온몸을 격렬하게 떨었다. 핫팬츠가 짙은 색 자국으로 동그랗게 물들었다. 지린내가 공기 중으로 퍼져 나갔다. 옅은 노란색의 투명한 액체가 빗방울처럼 방수포 위로 뚝뚝 떨어졌다.

페이야의 마음에서 동정심은 일찌감치 사라졌다. 또한 페이야는 순간적이지만 구이메이가 지금껏 자신을 왜 괴롭혔는지도 이해할 수 있었다. 타인을 완전히 지배하는 쾌감은 중독적이었다. 특히 자신을 죽이려 했던 천박한 년을 지배하고 고통을 주는 것은 더욱 통쾌한 법이다.

전기충격기가 방전되자 페이야가 손을 뗐다. 구이메이의 머리는 가슴께까지 늘어졌고 호흡도 매우 얕았다. 두부처럼 하얀 허벅지는 오줌 범벅이었고, 방수포 위에 생긴 웅덩이는 한층 커졌다. 구이메이는 손끝이 이따금 떨리는 것 외에는 아무런 움직임도 없었다.

페이야는 홀로 서서 구이메이의 애원과 비명이 귓가를 맴도는 것을 느꼈다.

한참 후에 이성을 찾은 페이야는 꿈에서 막 깬 사람처럼 경악해선 구이메이를 마구 흔들었다. 다행히 구이메이는 아직 살아 있었다. 페이야는 방금 마음속 어둠에 완전히 지배당했었다.

무서워, 내가 미쳤나 봐. 페이야는 가슴에 손을 얹고 빠르게 뛰는 심장박동을 느꼈다. 아직 마음의 준비가 되지 않았다…….

구두 소리가 또각또각 다가왔다. 닥터 야오가 페이야의 손에서 전기충격기를 가져갔다. "잘하고 있어. 하지만 충분하지는 않아."

충분하지 않다고? 얘가 거의 죽을 뻔했는데도? 페이야는 깜짝 놀랐다. 더 계속할 엄두가 나지 않았다. 구이메이는 더 이상 날뛰지 못할 텐데, 이것만으로는 부족한가?

닥터 야오가 페이야의 손에 수술실에서 쓰는 메스를 쥐여 주었다. 차가운 금속 손잡이에 페이야는 문득 한기를 느꼈다. 닥터 야오의 의도는 알지만 실행할 수가 없었다. 페이야가 고개를 저었다. 계속. 안 돼요, 못 해.

닥터 야오는 페이야의 손가락을 잡아 그녀가 메스를 쥐도록 유도하며 속삭였다. "너는 정말 착하고 네 행동도 고귀하지만, 그건 아무 가치가 없단다. 동생이 변태 살인마에게 팔릴 뻔했어. 그게 무슨 뜻인지 아니? 네 동생은 산 채로 팔다리가 잘렸을 거야. 산 채로."

닥터 야오가 '산 채로'를 강조했다.

"페이야, 선량함을 버려. 삶이 아니면 죽음이란다. 저 애를 죽여야 너와 동생이 안전해지는 거야." 닥터 야오가 페이야의 손 위로 자기 손을 얹었다. "무섭다면 선생님이 도와줄게."

줄에 매달려 조종되는 마리오네트 인형처럼, 페이야의 손은 닥터 야오가 이끄는 대로 구이메이를 향해 뻗어 갔다. 메스의 날카로운 칼끝에 반사된 빛이 아프게 눈을 찔러 왔다. 페이야는 도망치듯 눈을 감았다. 칼끝이 나아가는 힘을 막는 무언가가 느껴졌다. 닥터 야오는 조금 더 힘을 주었다. 페이야의 손은 곧게 나아갔다. 더 앞으로, 더…….

닥터 야오가 손을 놓았다. 남은 것은 혼자 힘으로 메스를 움켜쥔 페이야의 손뿐이었다. "눈을 뜨렴. 네가 해냈단다."

페이야는 시키는 대로 눈을 떴다. 소름끼치는 한기가 등줄기를 달렸다.

구이메이의 상의에 눈부시게 아름다운 붉은 꽃이 피어 있었다. 칼날이 가슴을 파고들어 간 자리를 중심으로, 오만하지만 화려한 자태로.

20

거짓말쟁이는 지옥으로

여자는 바닥에 쓰러져 꼼짝도 하지 않았다. 마른 잡초 같은 머리카락이 축 늘어져 얼굴 대부분을 가렸다. 천장에 매달린 전구가 살짝 흔들리며 어디서 왔는지 모를 나방을 유혹했다.

점원은 자욱한 연기와 함께 나타났다. 연기가 그의 불완전한 신체를 감싸고 있었다. 담배꽁초를 던져 버린 그가 발로 찼는데도 여자는 움직이지 않았다. 점원은 여자의 팔을 들고 자세히 살폈다. 손바닥은 없고 손목의 절단면만 보였다. 고르지 못한 단면에 젤리처럼 응고된 핏덩어리가 붙어 있었다. 물감으로 장난을 한 것처럼 갈색 얼룩이 여자의 몸 아래부터 넓게 퍼져 있었다. 점원이 여자를 똑바로 눕히자 흐트러진 머리카락 아래로 허무한 공기를 하염없이 바라보는 확장된 눈동자가 보였다.

점원은 바닥의 얼룩을 아무렇지 않게 밟고 지나가 식칼을 들고 돌아왔다. 그는 여자의 몸에 걸터앉아 가슴에 묻은 갈색 얼룩을 닦았다. 그런 다음 식칼을 양손으로 쥐고 가슴을 푹 찔렀다. 하지만 칼은 뼈에 막혀 더 이상 안으로 들어가지 않았다. 몇 차례 더 시도했지만 성과가 없자 점원은 화를 내며 칼끝을 여자의 상복부에 겨누었다.

그가 숨을 크게 들이마시자 악취가 섞인 더러운 공기가 콧속으로 밀려들어 왔다. 나방이 날개를 퍼덕이며 날아다녔다. 칼이 여자의 배를 찔렀다.

점원은 식칼을 잘 쓰지 못했다. 서툰 칼질로 끈적끈적한 고기를 써는 듯한 소리와 함께 여자의 배에서 피가 한 줄기 흘렀다. 점원의 목에서 환호가 쏟아졌다. 그는 점점 기운을 차렸다. 식칼은 여자의 아랫배까지 핏빛으로 갈라진 비뚤어진 틈을 몇 개나 만들어 냈다. 점원의 시선이 가장 아래에 만들어진 틈에 머물렀다. 자신의 지저분한 음모와 그 아래의 썩은 살덩이도 동시에 시야에 잡혔다.

존재하지 않는 음경이 다시 아프기 시작했다. 배 아래쪽 상처에서 피가 콸콸 쏟아져 바닥이 다 젖었던 장면이 떠올랐다. 당시 그는 너무 어려서 저항하지 못했다. 가위는 원래 그의 배를 찌를 예정이었다. 엄마. 엄마의 얼굴은 낯설었다. 엄마는 발광하면 친자식도 봐주지 않았다. 그는 엄마에게 죽을 뻔했고, 거의 죽기 직전까지 갔다. 남은 기억은 겹겹이 쌓인 두려움의 보따리가 되었다. 엄마의 얼굴은 기억나지 않았다. 엄마가 마지막에 왜 마음을 바꾼 건지는 몰랐다. 그 결과가 자신에게 다행인지 아닌지도 몰랐다. 점원이 아는 것은 그날 이후로 죽음만도 못한 삶을 살았다는 사실이었다. 결함을 지닌 신체로 목숨만 겨우 연명하는 그런 삶.

점원이 쳇 하는 소리를 내며 식칼을 내던졌다. 그는 양손을 천천히 여자의 몸속으로 집어넣었다. 손가락 사이로 기묘한 습기가 느껴졌다. 끈적거리고 피비린내가 났다. 그가 틈새를 벌려 끄집어낸 것은 피범벅인 창자였다. 잡아당기자 창자는 영원히 끝나지 않을 것처럼 계속 이어졌다. 호기심 많은 아이처럼 장난을 치던 점원이 혀를 내밀어 창자를 핥았다. 혀끝에 느껴지는 비린 맛은 말로 표현할 길이 없었다.

그는 자랑스럽게 자신이 만든 걸작을 감상했다. 얼른 칭찬을 받고 싶어 안달 난 아이처럼 눈이 반짝였다. 엄마, 얼굴은 잘 기억나지 않지만 그래도 난 엄마 자식이 맞는다는 걸 증명했어요.

점원이 다시 식칼을 쥐었다. 이번에는 칼끝이 자신의 오른쪽 가슴으로 향했다. 그는 이를 꽉 물고 통증을 참으며 칼을 움직였다. 자신이 새로운 존재로 다시 태어났다는 증거를 새겼다. 점원은 자랑스럽게 핏빛 글자를 바라봤다. 모든 잭 조직원의 기호, 엄마가 남긴 각인.

알파벳 J였다.

∿

검은 포드 자동차가 화살처럼 밤거리를 질주했다.

환한은 액셀러레이터를 꽉 밟아 속도를 계속 올렸다. 미친 속도로 내달리는 자동차와 달리 환한은 말라 버린 우물과 같은 상태였다. 그의 안에 던져 넣은 돌은 아래로 추락하기만 할 뿐 어떤 메아리도 돌려주지 않았다. 지금 환한이 느끼는 절망에는 끝이 없었다.

사람은 결국 모순된 동물이다. 환한은 구이거 패거리를 애써 외면하며 과거의 잘못을 속죄할 기회를 찾고 있지만, 이런 식의 폭주는 불량배 못지않게 큰 화를 불러올 수 있었다. 하지만 어떻게든 감정을 토해 낼 출구가 필요했다. 요 몇 년간 그는 이렇게 위험한 스피드를 즐기는 식으로 잠시나마 후회를 잊곤 했다. 페이야를 만난 뒤에는 그럴 필요가 없었다. 그러나 지금처럼 모든 게 엉망이 된 상황에는 다른 선택의 여지가 없었다.

지금 환한의 마음은 슬픔보다는 참을 수 없는 분노로 가득 차 있었다. 구이거가 꾸민 계략에 분노했고, 살아 있는 사람을 구매하는 소위 고객이라는 자에게 분노했으며, 무엇보다 페이야가 그에게 설명할 기회도 주지 않은 데에 분노했다. 바보 같은 페이야. 너는 공부를 잘하니 분명히 똑똑할 텐데, 왜 내가 억울할 거라고는 생각하지 못하지? 구이메이의 온갖 악랄한 수법을 잘 알 텐데 왜 구이거가 숨긴 악의를 눈치채지 못한 걸까?

분노가 커질수록 포드의 속도는 빨라졌다. 차창 밖의 풍경은 초점이 맞지 않는 사진처럼 흐릿하게 흘러가는 잔상이 되었다. 목숨을 건 여정을 마친 뒤 촨한은 사고 없이 목적지에 도착했다. 자주 오는 워런 부두다.

그는 차 문을 박차고 나가 바람을 맞았다. 무엇도 생각하기 싫었다. 생각할 수도 없었다. 수만 년 쌓여서 만들어진 암석층처럼 머리가 굳어서 자기 이름조차 생각나지 않았다. 다행히 사자의 이름은 기억했다. 돌연 가슴이 찢어지듯 아팠다. 괴롭다. 오해란 어떤 날카로운 무기보다 치명적이다. 사자가 그를 대신해서 촨한이라는 이름으로 살아간다면 좋을 텐데. 그러면 촨한은 이런 고통을 겪지 않아도 된다.

그만. 그런 어리석은 생각은 하면 안 된다. 사자는 여전히 이성적이었다. 촨한의 마지막 방어선다웠다.

"적어도 나는 해야 할 일이 있어." 촨한이 휴대전화를 꺼냈다. 수십 통의 부재중 전화는 전부 구이거에게서 걸려 온 거였다. 부재중 전화를 확인하는 그 순간에도 전화가 왔다.

구이거는 미치기 일보 직전인 듯했다. 전화 저편에서 분노에 찬 고함이 들려왔다. "너 무슨 짓을 한 거야? 왜 연락을 안 해? 고객이 몇 시간 전부터 재촉했단 말이다! 내가 전화를 얼마나 했는지 알아? 빌어먹을, 너 이번 고객이 누군지는 알고 그분 신경을 건드려? 거래도 파투나고 손해가 막심해! 이제 만족하냐? 야, 말을 해! 너 언제부터 벙어리가 됐어?"

환한이 차갑게 대꾸했다. "넌 이렇게나 나를 망가뜨리고 싶었나?"

"널 망가뜨려? 얌전히 시키는 대로 했으면 됐잖아? 지금 어디야, 물건은?" 구이거는 다급히 질문을 쏟아 내다가 돌연 입을 다물었다. 잠깐의 정적이 흐른 뒤 알아챈 듯했다. "가방을 열었어?"

"그래. 넌 정말 쓰레기다."

"쓰레기? 우리는 동족이야! 네가 멀쩡한 사람 하나를 죽음으로 내몬 거나 잊지 마라." 구이거가 일부러 그 이야기를 꺼냈다. 그러고는 다시 버럭 화를 내며 소리를 질렀다. "네가 내 사업을 다 망쳤다고! 꼬마 여자 친구가 어떻게 되든 상관 안 하시겠다? 그렇게나 걔 나체 사진을 사람들한테 보여 주고 싶었나 보지?"

환한은 미간을 찌푸렸다. 무언가 이상했다. 구이거의 반응이 예상과 달랐다. 그는 정말로 이 사업을 중요하게 생각하는 듯했다. 그렇다면 오늘 밤의 거래는 가짜가 아니다. 만약 거래가 진짜라면, 구이거가 페이야에게 사실을 알리는 것은 물건을 전달한 후여야 한다. 적어도 돈이 확실히 들어온 뒤에 지금과 같은 상황이 벌어졌겠지.

다른 사람이 개입했고, 구이거도 상황을 모른다. 사자가 이성적으로 판단했다.

환한도 사자의 말이 맞을 거라 생각했다. 개입한 사람은 누굴까? 구이거의 원수일까? 적어도 페이야를 노리고 한 짓은 아닌 것 같았다. 그러니 페이야에게 동생의 납치 사실을 알려 주고 동생도 찾을 수 있게 해 줬겠지. 확실한 것은 그 사람이 구이거의 사업에 대해 잘 안다는 점이다. 아마 구이거가 가까이 두고 부리는 녀석일 터였다.

환한은 구이거에게 이 사실을 숨기기로 마음먹었다. 지금 해야 할 행동은 구이거의 신경이 전부 자신에게 쏠리도록 만드는 것이다. 어쩌면 내부의 배신자에게 구이거의 등에 칼을 꽂을 틈을 만들어 줄 수 있을지도 모른다. 환한은 반격할 태세를 갖췄다.

"협박하려거든 마음껏 해 봐. 사진을 뿌려도 상관없어. 하지만 페이야에게 손끝 하나라도 댄다면 너도 죽여 버리겠다."

환한의 위협은 주어진 원고를 읽는 듯 평온했다. 짖는 개는 물지 않는다고 했다. 환한은 자기가 한 말을 지킬 자신이 있었다. 그러니 허세를 부릴 필요가 없었다.

"어이구, 패기 부리긴! 류환한, 네가 정말 걔가 무슨 꼴을 당하든 상관하지 않을 수 있을까? 걘 우리가 같이 일하는 걸 알고 있으니 경찰에 신고라도 하면 일이 복잡해져. 입을 막아야 하지 않겠어? 나는 날이 밝자마자 학교로 사람을 보내서 걔 입을 막을 작정이었거든. 그런데 나도 그렇게까지 잔인무도한 놈은 아니야. 이 상황을 해결할 수 있는 방법이 있어. 네가 시키는 대로만 해 주면, 나는 한동안 구석에 박혀서 조용히 지낼 거고 네 귀여운 여자 친구도 위험하지 않을 거야. 내가 원하는 건 돈이니까."

"무슨 방법?"

"간단해. 사람 둘만 잡아 와. 남자든 여자든 상관없지만 늙은 건 안 돼. 거래가 깨졌으면 사과를 해야지. 내가 고객하고 잘 얘기했어. 가격도 깎고 원 플러스 원으로 한 명 더 보내 주겠다고. 어때? 너랑 관계없는 사람 둘하고 교환하는 거야. 좋은 제안이지?"

일단 거래를 성사시킨 뒤, 나중에 사정을 아는 페이야를 죽여서 입을 막는 게 구이거의 진짜 계획일 것이다. 촨한은 구이거가 자신에게 배달이나 납치를 계속 종용하는 이유도 알고 있었다. 조금이라도 문제가 생기면 촨한을 밀어 넣고 자기는 쏙 빠지기 위해서다. 만약 촨한이 멍청하게 사람을 납치해서 배달까지 하러 간다면, 거기서 촨한의 목도 같이 떨어질 터였다.

구이거는 절대로 페이야를 놓아 주지 않을 것이다. 어떻게든 입을 막으려 할 게 뻔했다. 나체 사진보다 페이야의 목숨을 살리는 게 더 중요했다.

"틀렸어. 더 간단한 방법이 있잖아." 촨한이 구이거의 제안을 거절했다.

구이거가 흥미를 느낀 듯 물었다. "말해 봐, 들어나 보게."

"내가 널 죽이는 거야. 그러면 아무 일도 없겠지."

"하, 네가 날?" 구이거의 말꼬리가 올라갔다. 분노와 의아함이 있는 그대로 드러났다.

"기다려라, 잡으러 갈 테니." 촨한이 전화를 끊었다.

결심했나? 사자가 물었다.

그래, 어차피 아까울 것 없는 목숨인데. 촨한은 그렇게 생각했다. 구이거와 같이 죽겠다는 결심으로 싸울 작정이었다. 구이거를 없애면 페이야를 위협하는 존재는 사라지는 셈이다. 이게 촨한이 페이야를 위해 해 줄 수 있는 마지막 일이었다. 마지막…….

그래도 내가 있잖아. 나는 너와 같이 간다. 우리는 지옥까지 같이 갈 거다. 사자가 말했다. 영원히 같이 있겠다고.

ᔕᔕ

지하의 비밀 공간에서 단조로운 소리가 시계추가 흔들리듯 끊임없이 반복된다. 페이야의 흰 손가락과 얼굴에는 구이메이의 몸에서 튄 피가 말라붙어 있었다. 페이야는 멍하니 메스를 찔렀다. 칼날이 구이메이의 몸속으로 완전히 파고들 때까지.

구이메이의 몸은 여기저기 부서지고 뜯겨 들개에 물린 것 같았다. 옷에 스며든 피는 한참 후에야 한 방울, 또 한 방울씩 바닥으로 떨어지고 흩어졌다. 페이야는 명령어가 입력된 기계처럼 같은 동작을 반복했다. 하룻밤 사이 페이야의 두 손은 시뻘겋게 물들었고, 손가락 사이에는 반쯤 응고된 피가 고였다.

닥터 야오가 어두운 그늘에서 걸어 나왔다. "날이 밝았단다, 페이야."

하지만 페이야는 그녀의 말을 듣지 못한 것처럼 한 번 더, 한 번 더, 이제는 고깃덩이나 다름없는 구이메이의 몸에 메스를 찔러 넣었다. 구이메이는 죽었다. 수백 번 칼에 찔렸으니 머리를 제외하면 온몸에 성한 곳이 없었다.

뒤에서 다가온 닥터 야오가 페이야의 어깨를 짚었다. 놀란 페이야가 몸을 홱 돌리면서 메스를 푹 찔렀다. 닥터 야오는 얼른 페이야의 손목을 붙잡았다. 칼끝이 아슬아슬하게 닥터 야오의 옷을 스쳤다. 페이야의 눈은 시꺼멓게 죽어 있었다.

닥터 야오가 손목을 놓았지만 페이야는 팔을 내리지도 않고 멍하니 서 있었다. 닥터 야오는 칼끝을 피해 페이야 앞으로 다가가 손가락으로 그녀의 얼굴을 치켜들었다. 닥터 야오의 얼굴이 페이야의 눈동자에 비쳤다. 하지만 페이야의 시선은 닥터 야오에게 닿지 않았다.

"아주 잘했어. 너는 성공적으로 동생을 지켰단다." 닥터 야오의 손가락이 페이야의 얼굴에 튄 핏자국을 닦아 희게 질린 입술에 발랐다. "이 냄새를 기억하렴. 앞으로 넌 이 냄새와 함께 살아가게 될 거야."

페이야는 닥터 야오가 떠난 뒤에도 그 자리에 석상처럼 가만히 서 있었다. 그리고 아주, 아주 오랜 시간이 흐르고 나서야 눈물 한 방울이 또르르 굴러 떨어졌다. 그녀는 몸을 돌려 온몸이 새빨갛게 물든 구이메이를 다시 쬘렀다.

"여긴 내가 치울게. 넌 가서 씻어." 이어서 나타난 사람은 이하오였다. 그는 페이야를 비밀 공간 옆에 마련된 세척실로 데려갔다. "갈아입을 옷도 안에 있어. 씻고 나면 위층에 가서 준비하고 나와. 데려다줄 테니까. 야오 선생님께서 지금 너는 정상적인 생활 루틴을 유지해야 한다고 하셨어. 그래야 사람들이 의심하지 않을 거야."

이하오가 전등을 켜 주었다. 페이야는 신발과 양말을 벗고, 피가 묻은 옷도 벗어서 비닐봉투에 던져 넣었다. 벌거벗은 페이야가 거울을 응시하자 거울 속 자신도 이쪽을 쳐다봤다. 페이야는 손을 들어 다섯 손가락을 활짝 벌렸다. 반쯤 말랐던 핏덩어리가 세면대에 떨어졌다. 손이 거울 위를 꾹 눌렀다. 차가웠다.

이게 정말 나야?

짧은 하룻밤이었지만 페이야에게는 영원처럼 길게 느껴졌다. 무언가가 페이야의 몸에서 떨어져 나갔다. 그건 눈에 보이지 않지만 더없이 소중하고, 다시는 되찾지 못하는 것이었다. 페이야는 찬물로 세수를 했다. 투명하던 물이 수채화 물감을 푼 것처럼 붉게 물들었다가 서서히 옅어지면서 옅은 분홍색으로 변해 어두운 배수구로 흘러 들어갔다. 이 핏물은 원래 구이메이의 일부였고, 구이메이는 다시 가지지 못하는 귀한 생명의 액체다.

어쩌면 구이메이도 페이야가 그랬듯 지난밤 무언가를 잃어야 했는지 모르겠다.

페이야는 얼굴과 손을 깨끗이 씻었다. 무력감이 소용돌이처럼 그녀를 덮쳤다. 바닥에 주저앉은 페이야는 무릎 사이에 고개를 파묻었다. 악몽이 아니라 현실이었다. 시큰거리는 손이 어젯밤 페이야가 수술용 메스로 구이메이를 수백수천 번 찌르고 구멍을 냈다는 걸 증명해 주고 있다.

페이야는 닥터 야오의 지시를 따르지 않을 수 없었다. 닥터 야오의 목소리에는 스스로 그 말을 따르게 하는 힘이 있었다. "큰 변화는 언제나 고통스럽고 견디기 힘들단다." 닥터 야오가 어젯밤 이렇게 말했다. 페이야를 격려하기 위해 한 말이었다. 닥터 야오의 말이 맞았다. 페이야는 지금 고통스럽고 지쳤다. 숨 쉬는 것조차 피곤해 그저 눕고 싶었고, 그대로 영원히 잠들고 싶었다.

하지만 그러면 안 돼. 아직 끝나지 않았어.

“이건 시작일 뿐이야.” 역시 닥터 야오가 한 말이다. 그랬다, 이것은 시작에 지나지 않았다. 구이메이의 죽음은 발단이지 결말이 아니다. 하지만 페이야는 지금 자신이 구이메이와 같이 죽어 버린 것 같다고 느꼈다. 지금의 페이야는 페이야가 아니라 다른 사람이다. 그러니 거울에 비친 모습이 이토록 낯선 것이다.

이 복잡하고 설명하기 힘든 느낌은 무엇일까? 복수의 쾌감? 해방감?

페이야는 몸에 물을 끼얹었다. 차가운 수온에 이가 딱딱 부딪혔다. 마지막으로 발가락까지 옹송그린 채 온몸을 떨면서 몸을 닦고 이하오가 준비한 옷을 입었다. 그런 다음 맨발로 신을 신고, 피 묻은 옷이 든 비닐봉투를 들고 욕실을 나왔다. 은은하게 남아 있는 쇳내를 빼면 비밀 공간에는 이제 아무것도 남아 있지 않았다. 구이메이와 의자, 방수포, 메스까지 전부 사라졌다.

페이야는 변전함을 빠져나와 주차장으로 돌아왔다. 어젯밤에는 보지 못했던 화물차 한 대가 주차장 입구 근처에 주차되어 있었다. 페이야는 엘리베이터를 타고 곧장 2층으로 올라갔다. 엘리베이터 문이 열리자 바로 앞에 택배기사 유니폼을 입은 사람이 커다란 화물용 상자를 안고 서 있었다.

페이야는 무표정한 얼굴로 엘리베이터를 빠져나왔고,

역시 무표정한 얼굴의 택배기사가 엘리베이터로 들어가 버튼을 눌렀다. 곧 엘리베이터 문이 닫혔다.

"저 사람은 수거업자야." 이하오가 소개했다. "너도 곧 저 사람을 알게 될 거야."

"지금 몇 시죠?"

"5시 정각." 이하오가 손목시계를 흘낏 보며 말했다. "위층에 가서 동생을 깨우고, 머리도 말리고 와."

"좀…… 도와주실래요?" 페이야가 물었다.

"그래."

페이야가 방에 돌아왔을 때 동생은 이미 깨어 있었다. 솜이불을 고치처럼 둘둘 말고 누워 있던 동생이 페이야를 보더니 눈을 크게 떴다. "누나!" 동생은 눈앞에 있는 사람이 정말 페이야가 맞는지 확인하듯 소리쳤다.

페이야는 많은 것을 잃었지만 제대로 된 누나 역할을 하는 방법은 잊지 않았다. 그녀는 금세 다른 사람이라도 된 것처럼 활기차게 행동했다. 방금 전의 시체 같은 무기력함은 싹 사라졌다.

"악몽을 꾸기라도 했니? 잠을 잘 못 잤어?" 페이야는 침대 옆에 앉아 헤어드라이어로 젖은 머리카락을 말렸다.

"나 집에 안 가면 안 돼? 누나랑 같이 살고 싶어. 고모 집에는 나하고 같이 있어 주는 사람이 없는걸. 학교 끝나고 바로 학원에 가는 것도 싫어."

페이야는 잠시 헤어드라이어를 껐다. "누나한테 시간을 조금만 주면 알아서 해결할게. 그동안 착하게 지낼 수 있지, 응?"

"약속한 거다!" 동생은 페이야가 자기를 달래려고 거짓말하는 걸까 봐 걱정하는 것 같았다.

페이야는 처음부터 닥터 야오의 도움을 받아 둘째 고모 집을 빠져나오고 동생도 데려올 계획이었다. 다만 닥터 야오의 방식이 이렇게 과격할 줄은 몰랐다. 페이야는 돌이킬 수 없는 범죄를 저질렀다. 직접 구이메이를 고문했다. 처음 칼로 찌른 상처는 치명상이 아니었다. 구이메이는 피를 좀 흘렸을 뿐 그걸로 죽지는 않았다. 하지만 닥터 야오가 시키는 대로 두 번, 세 번 찔렀고…….

이제 와서 번복할 수는 없다. 그러니 닥터 야오가 자신을 이용하려 한다면 자신도 닥터 야오를 이용하겠다고 페이야는 다짐했다. 지금은 독립이 더 급했다.

"그런데 누나, 나 무서워서 혼자 집에 못 갈 것 같아……. 데리러 오면 안 돼?" 동생이 애원했다.

똑똑. 이하오가 과일 생크림 케이크를 들고, 그 위에 숫자 초까지 꽂아서 가지고 왔다. 동생은 어색한 표정으로 케이크와 페이야를 번갈아 보았다. 페이야가 활짝 웃으며 말했다. "생일 축하해!"

"생일? 내 생일은 지났는데……." 동생이 어리둥절해했다.

페이야는 그런 동생의 머리를 쓰다듬으며 발랄하게 말했다. "솔직히 말할 테니까 누나한테 화내면 안 돼? 어제 너를 납치한 건 누나가 꾸민 연극이었어. 카메라를 설치해 놓고 장난치는 프로그램 알지? 텔레비전에서 가끔 나오잖아. 그런 거야. 네 생일날 만나지 못해서 깜짝 선물을 주려고 준비했어. 너를 납치한 사람들은 전부 누나 친구들이었는데, 널 속이려고 연기를 너무 과하게 했나 봐. 누나가 미안해."

"진짜? 다 가짜였어?"

"그럼. 네가 큰고모 집을 싫어하는 것도 아니까 어젯밤은 특별히 여기서 자라고 한 거야. 놀라게 해서 미안. 그러니까 무서워할 것 없어!" 페이야가 사과했다. 사실은 동생에게 거짓말을 하는 거라 사과하는 거였다.

동생을 달래는 건 꼭 필요한 일이다. 일이 커지면 점점 수습하기 어려워진다. 납치가 전부 장난이었다고 둘러대는 것도 좋은 방법일 터였다. 게다가 동생은 아무 일 없이 큰고모에게 돌아갈 예정이니 설득력도 있다.

"하지만 고모들은 누나 친구가 이런 장난을 쳤다고 하면 화를 낼 거야. 그러니까 누나 좀 도와줄래? 고모한테는 어제 누나랑 생일 파티를 했는데 시간이 너무 늦어서 집에 못 갔다고 해. 연락하는 것도 깜빡 잊어버렸다고. 알겠지? 납치를 연기했다는 이야기는 비밀이야." 페이야가 말했다.

고모들의 무서움을 알고 있는 동생은 고분고분 고개를 끄덕였다. "알았어. 고모한테는 말하지 않을게. 어제 그 커다란 형도 누나 친구야?"

밝게 웃고 있던 페이야의 얼굴이 굳어졌다.

그때 이하오가 끼어들었다. "얼른 소원 빌고 촛불 꺼. 초가 케이크에 떨어지겠다." 맛있어 보이는 생크림 케이크가 동생의 주의를 끌었다. 페이야는 입모양으로 이하오를 향해 고맙다고 인사했다. 이하오는 별일 아니라는 듯 고개만 까딱해 보였다.

이하오가 정기적으로 디저트를 만드는 습관이 있어서 다행이었다. 과일 생크림 케이크도 냉장고에 있던 것이다. 오늘 오후 닥터 야오의 티타임에 내놓으려던 케이크였다. 하지만 동생을 속여야 하니 도와 달라는 페이야에게 이하오는 기꺼이 그러겠다고 했다.

후! 소원을 빈 동생이 촛불을 껐다.

페이야가 손뼉을 쳤다. "무슨 소원 빌었어?"

동생이 단호하게 고개를 저었다. "말하면 소원이 안 이루어진대."

"알았어, 안 물어볼게. 빨리 케이크 먹어. 다 먹고 나면 큰고모 집에 데려다줄게. 오늘은 얌전히 학교에 가야 해."

이하오가 케이크를 완벽한 모양으로 잘라 작은 접시에 담아 가져왔다. 포크까지 예쁘게 놓여 있었다. 그는 케이크를 건넨 다음 당부했다. "늦어도 30분 후에는 내려와야 해."

딸기가 향긋하고 신선해 보였지만 페이야는 먹고 싶은 생각이 전혀 들지 않았다. 동생은 맛있게 잘 먹었다. 그거면 됐다고 페이야는 스스로 위로하듯 생각했다.

케이크를 다 먹은 동생이 포크를 내려놓았다. 입가에 하얀 생크림이 묻어 있었다. 페이야는 동생이 케이크를 더 먹고 싶어 할 거라고 생각했는데, 동생은 아까 답하지 못한 질문을 또 했다. "커다란 형도 누나 친구야?"

페이야는 동생이 묻는 사람이 촨한이라는 걸 알았다. 예전이라면 이 질문에 조금도 망설이지 않고 대답했을 것이다. 하지만 지금은 그렇다고 하는 것도, 아니라고 하는 것도 쉽지 않았다. 동생이 호기심 가득한 눈으로 머뭇거리는 페이야를 빤히 쳐다봤다.

"그래, 누나 친구야. 왜 계속 물어보니?" 페이야가 결국 대답했다. 동생의 의심을 피하려면 이러는 수밖에 없었다.

"그 형은 진짜 이상해. 계속, 계속 울고 있었어."

~

반쯤 남은 케이크를 들고 동생과 계단을 내려가는 동안 페이야는 촨한이 왜 울었는지 생각했고, 그가 오열하는 모습을 상상했다. 갑자기 가슴이 아팠다. 왜 이렇게 촨한에게 신경을 쓰게 되는 걸까? 그 사람은 자신을 속인 기만자인데 말이다. 그런 사람 때문에 가슴 아파하는 것은 쓸데없는 짓이었다.

그러나 페이야가 촨한에게 온갖 부정적인 형용사를 갖다 붙여도 스스로를 속일 수는 없었다. 동생에게 납치가 연극이었다고 거짓말한 이유 중에는 고모들이 경찰에 신고할까 봐 걱정된다는 것도 있었다. 그러면 촨한은 경찰에게 쫓겨 다니게 될 테니까.

그러니까 이걸로 당신한테 진 빚은 갚은 셈 칠래. 페이야는 마음속으로 계속 되뇌었다. 거짓말쟁이, 사기꾼…….

21

정보 판매상과 수거업자

같은 교복, 같은 시간, 익숙한 인파지만 페이야의 마음만은 완전히 달랐다. 페이야는 사람을 죽였다. 확실히 죽였다. 학생 무리에 섞여 있지만 페이야는 자신이 또래 학생들과는 결정적으로 다르다는 걸 알고 있었다. 피비린내가 아직도 가시지 않았다.

교문을 지키던 생활지도부장이 페이야를 발견하고는 고함을 질렀다. "어제 그러고 도망을 갔겠다? 봉사활동 시간을 늘려야겠다. 방과 후에 학무처로 와!"

이런 협박은 페이야에게는 이미 통하지 않았다. 일부러 가슴과 팔뚝 근육을 부풀린 생활지도부장에게서 볼을 부풀린 황소개구리 같은 익살스러움이 느껴졌다. 그러나 교사의 저런 말에 적잖은 학생이 겁을 먹는다. 마음대로 처벌할 권한을 가진 사람 앞에서 소란을 피우면 뒷감당이 어려우니 어쩔 수 없다.

다행히 페이야는 더 이상 예전의 페이야가 아니었다. 페이야는 그의 눈을 똑바로 바라봤다. 거칠고 예의 없는 사람은 얼굴만 봐도 안다. 생활지도부장은 페이야의 눈빛에 당황하며 짜증스럽게 손을 내저었다. "빨리 교실에 들어가! 지각하면 경고를 받을 줄 알아라!"

경고? 그게 뭐야? 그래 봤자 퇴학시키는 걸로 끝이잖아. 목숨을 잃은 것에 비하면 아무것도 아니었다.

"평소와 다름없는 척해야 의심받지 않아." 페이야는 이하오의 말을 떠올렸다. 생각해 보면 지금은 다른 사람에게 이상하게 보여서는 안 된다.

구이메이의 실종은 금세 알려질 것이다. 하지만 평소 불량배와 어울려 다닌 전적이 있어서 가출했다고 생각하기가 쉬웠다. 그게 다행이라면 다행이었다. 페이야는 그동안 얌전한 척 위장하고 구이메이 실종의 폭풍우가 지나가기를 기다리면 된다. 사람들은 쉽게 잊는다. 그러니 시간이 지나면 다들 구이메이가 어디로 사라졌는지 관심을 가지지 않을 것이다.

구이메이는 이제 학교에 나타나지 않는다. 구이메이라는 우두머리가 사라졌으니 다른 아이들은 어떤 변화를 보일까? 페이야는 잠시 생각해 보다가 곧 그만뒀다. 그런 건 아무 의미도 없으니까. 학생들이 어떻게 되든 상관없었다. 과거에 그들은 페이야의 고통을 방관했다. 그러니 앞으로 어떻게 되든지 말든지 자신도 신경 쓰지 않을 참이었다. 페이야는 가장 끔찍한 경험을 이미 겪어 보았다.

페이야는 교실로 향했다. 페이야가 가 버리자 생활지도부장은 저도 모르게 안도했다. 방금 페이야와 눈이 마주쳤을 때 위협적인 느낌이 들었기 때문이다.

교실은 여전했다. 다른 학생들이나 구이메이의 시녀들은 아직 구이메이가 실종된 것도 알아차리지 못했다. 페이야는 자습시간에 평소처럼 영어 단어를 외웠다. 1교시 수업에 들어온 선생님은 구이메이가 자리에 없다는 걸 알아차렸지만 오랜만에 수업 분위기가 평화로워서인지 큰 관심을 두지 않았다. 어차피 이 반은 진학에 관심이 없는 반이었다. 페이야가 계산한 그대로, 선생님들은 구이메이가 불량배들과 어울려 다니는 걸 알고 있었기 때문에 수업을 빼먹는 정도로는 놀라지도 않았다.

구이메이가 없어지자 교실 분위기가 훨씬 가벼웠다. 전에는 학생들이 혹시나 구이메이의 심기를 거스를까 전전긍긍했다. 그러다 페이야처럼 괴롭힘을 당하는 처지가 되는 것을 두려워했다. 지금 그들은 편안하게 웃고 떠들었다.

조용한 하루가 느리게 흘러갔다.

수업이 모두 끝나자 페이야는 책가방을 메고 학무처로 갔다. 생활지도부장은 컴퓨터 화면을 들여다보면서 발을 동동 구르고 있었다. 페이야를 본 그가 짜증을 부렸다. "제시간에 오라고 했잖아? 지금이 몇 시야!"

페이야가 선택한 대응법은 간단했다. 침묵하는 것. 페이야는 스스로가 껍데기만 남은 것 같다고 생각했다.

생활지도부장은 차를 마셔 가며 장황하게 잔소리를 늘어놓았다. 그의 이야기는 학무처에 교장이 나타날 때까지 멈추지 않았다. 생활지도부장이 주인을 본 충견처럼 얼른 교장을 맞이하러 갔다.

"교장선생님, 무슨 일로 오셨습니까? 퇴근하지 않으시고요!" 생활지도부장의 열렬한 인사 소리가 학무처를 가득 채웠다.

"뭐 합니까? 시간이 다 되어 가는데! 늦으면 어떡해요?" 교장은 손목에 찬 금시계를 가리키며 초조해했다.

생활지도부장은 교장의 미움을 살까 봐 얼른 변명했다. "학생을 훈계하다가 시간을 깜빡 잊었습니다." 그 말을 들은 교장이 학무처를 둘러보더니 금방 페이야를 알아봤다. "요즘 학생들은 스승을 존중하지도 않고, 가르침을 받아들일 줄도 몰라요. 우리 때와는 전혀 다릅니다!"

"맞습니다, 맞습니다!" 생활지도부장이 웃으며 교장의 귀에다 뭐라고 귓속말을 했다.

페이야는 두 사람이 쑥덕이는 내용을 대충 알아들었다. "이번에는 잘 골랐지요? 저번에 그건 영 못쓰겠더군요. 사진과는 전혀 다른 데다 체취까지 나빴습니다."

"이번에는 절대 문제없을 겁니다. 제가 몇 번이나 전화해서 당부했거든요. 아무렇게나 골라서 보내면 당장 쫓아내겠다고 했지요. 마음 푹 놓으십시오!" 생활지도부장은 간신처럼 야비하게 웃으며 교장과 앞서거니 뒤서거니 하며 학무처를 나갔다. 그러다가 갑자기 페이야에게 생각이 미쳤는지 건성으로 지시했다. "여기서 6시까지 벌을 서다가 집에 가도록 해라. 내일도 같은 시간에 오고."

두 사람이 멀어졌다. 페이야는 꼼짝도 않고 벌을 섰다. 학무처의 모든 교사가 자리를 비울 때까지는 그랬다. 학무처가 텅 비자 페이야는 갑자기 되살아난 것처럼 움직여 생활지도부장의 컴퓨터를 켜고 브라우저를 클릭했다. 그는 급하게 나가느라 열람 기록을 지우지 못했다.

페이야는 이름이 괴상한 웹사이트를 클릭했다. 젊은 여성의 커다란 사진이 잔뜩 전시되어 있었다. 사진을 하나 선택해서 클릭한 뒤 들어갔더니 그 여자가 각종 야한 포즈로 찍은 사진과 가슴, 허리, 엉덩이 등의 신체 사이즈, 나이 등이 나타났다.

페이야는 생활지도부장과 교장이 황급히 어디로 갔는지 눈치채고 차갑게 코웃음을 쳤다. 6시가 되려면 아직 멀었지만 페이야는 더 벌을 설 필요가 없다고 생각했다. 학교 사랑 봉사활동도 여기서 끝날 것이다. 생활지도부장이 자신의 매춘 사실을 전교생에게 공개하고 싶지 않다면 말이다.

페이야는 닥터 야오의 개인 진료실로 돌아왔다. 낯선 손님이 있었다. 정장을 차려입고 영국 신사 같은 분위기를 풍기는 남자였다. 그는 은색 티스푼을 들고 블랙커피가 든 잔에 각설탕을 넣는 중이었다. 닥터 야오는 1인용 소파에 앉아서 우아하게 홍차를 마셨다. 탁자에는 이하오가 정성스럽게 준비한 디저트도 있었다. 이하오는 닥터 야오의 옆에 티 포트를 들고 서 있다. 막 차를 따라 준 모양이었다.

"야오 선생님, 부르셨어요?"

"어서 와. 이리 앉으렴." 닥터 야오가 소파의 빈자리를 가리켰다. 시키는 대로 자리에 앉으니 그곳은 마침 정장을 입은 신사의 맞은편 자리였다. 신사는 페이야를 찬찬히 살펴보더니 눈을 살짝 크게 뜨고 더 깊은 미소를 지었다. 미소가 깊어지면서 눈가 주름도 자연스레 짙어졌다. 꼭 까마귀가 찍은 발자국 같았다.

신사가 가볍게 고개를 끄덕이더니 다시 자기 잔에 각설탕을 넣는 일에 집중했다. 커피 잔에 흰 각설탕이 가득 찼다. 반쯤 녹은 각설탕 몇 개가 커피를 머금고 천천히 가라앉았다. 그러나 신사는 멈출 생각이 없어 보였다.

방금 전 그가 보여 준 순간적인 반응 때문에 페이야는 신사가 자신을 알고 있는 걸까 하고 의아하게 여겼다. 쓸데없는 생각인지도 모르지만, 어쩐지 그런 느낌이었다.

닥터 야오가 페이야에게 소개했다. "이쪽은 다비도프. 정보 판매상이야. 어떤 정보든 손에 넣을 수 있는 사람이란다."

"보수가 만족스럽다는 전제조건이 있을 경우에만." 다비도프가 강조했다. 그가 커피를 한 모금 마셨다.

페이야는 각설탕을 잔뜩 넣은 커피가 얼마나 달지 저도 모르게 상상해 보았다. 하지만 다비도프는 그런 커피를 마시고도 태연했다. 오히려 설탕을 더 넣었다.

"지금은 이 사람을 이용하진 못할 거야. 하지만 언젠가는 협력하겠지." 닥터 야오가 말했다.

협력. 페이야는 금방 눈치챘다.

다비도프는 커피를 다시 한 모금 마시고는 고개를 끄덕였다. 드디어 당도에 만족한 모양이다. 그는 커피를 홀짝홀짝 마시면서 정장 재킷 안주머니에서 휴대전화를 꺼냈다. 짙은 은색에 오래된 모델이었다. 흔히 사용하는 터치 화면이 아니라 버튼식 휴대전화로, 크기는 손바닥만 했다.

"휴대전화에 내 번호가 있어. 외운 뒤에는 지워." 다비도프가 휴대전화를 탁자에 내려놓고 페이야 앞으로 밀어 주었다. 페이야는 서툴게 주소록을 열었다. 그 안에는 두 사람의 연락처가 있었다.

"어느 쪽이 당신이죠?" 페이야가 물었다.

다비도프는 '이제 생각났다'는 듯 이마를 탁 쳤다. "수거업자 전화번호도 적어 둔 걸 깜빡 잊었네. 9로 끝나는 번호가 내 거. 수거업자 번호도 같이 외우고 지워."

페이야는 전화번호 두 개를 빠르게 외웠다. 그런 다음 삭제 버튼을 눌렀다.

"좋아." 다비도프가 고개를 끄덕였다. 그러면서 손으로 각설탕을 집어 입에 쏙 넣었다. 그는 몇 번 씹은 뒤 설탕을 꿀꺽 삼켰고, 손수건을 꺼내 각설탕을 집을 때 쓴 손가락을 닦았다. 일련의 동작을 하는 동시에 닥터 야오에게 질문했다. "얘가 수거업자랑은 알아?"

"만난 적은 있어요. 뭘 수거하는데요?" 페이야가 물었다. 그날 수거업자가 안고 나갔던 커다란 상자가 궁금했다.

"호흡하지 못하는 고깃덩어리를 전문적으로 수거해." 다비도프가 대답했다.

"당신 말은……."

다비도프가 손가락을 딱 튕겼다. "그렇지, 바로 시체야. 죽은 몸뚱이를 이르는 '시체'와 중요한 이치를 의미하는 '대체大體'를 혼동하지 않도록 주의해. 안 그러면 예민한 사람이 발을 동동 구르게 될 테니까. 평범한 사람이 왜 평범할까? 그런 인간들은 벼룩 같은 작은 일에만 신경을 쓰면서 세상의 모든 잘못을 바로잡아야 할 무거운 책무를 지고 있는 것처럼 굴거든. 너무 재미없어서 슬플 지경이야."

페이야는 구이메이의 시체가 어디로 갔는지 이제 이해

했다. 시체를 어떻게 숨길지 고민했을 때, 닥터 야오가 그런 건 걱정하지 말라고 했던 기억이 났다. 수거업자란 단순히 물건을 가져가고 배달하는 사람이 아니라 시체를 전문적으로 처리해 주는 사람이었던 것이다.

"수거업자에게 전화를 걸어서 시체 숫자와 장소만 알려주면 책임지고 달려갈 거야. 비용은 안 들어. 시체가 그들의 보수거든. 하나만 기억해. 산 것은 수거하지 않으니까 업자가 도착하기 전에 확실히 죽었는지, 호흡하지 못하고 움직이지도 않는지 확인해야 해. 또 전화할 때는 벨이 세 번 울린 다음 끊고 다시 걸면 돼. 그렇게 안 하면 죽을 때까지 걸어도 안 받을 거야."

닥터 야오가 보충 설명했다. "수거업자는 일률적으로 택배기사 유니폼을 입는단다. 만약 도착한 수거업자의 옷차림이 다르다면 두 가지 선택지 중 하나를 골라야 해. 도망치거나, 죽이거나. 물론 지금까지 수거업자로 위장한 사람이 있다는 이야기는 들은 적 없지만."

"왜 없죠?"

"수거업자는 정말 신비한 존재거든." 다비도프가 설명했다. "그들이 어떻게 발탁됐는지, 배후에는 어떤 세력이 있는지 누구도 몰라. 신상 정보도 나오지 않지. 이들은 전부 엄격하게 선발하는데, 과거 경력이 전부 공백이야."

다비도프가 '과거 경력이 전부 공백'이라고 하자 닥터 야오가 고개를 돌려 자기 뒤에 서 있는 이하오와 눈을 마주쳤다. 두 사람은 약속이나 한 듯 미소를 지었다. 두 사람 사이의 암묵적인 사인이라 페이야는 이해할 수 없었다.

"수거업자가 가져가면 완전히 사라지는 거야. 어떤 증거도 남지 않아." 닥터 야오가 경쾌하게 덧붙였다.

"마음씨 좋고 유용한 청소부." 다비도프가 한마디로 정리했다.

ᔕᔕ

페이야가 자리에서 일어난 후 다비도프가 쾌활하게 다리를 꼬았다. 그는 닥터 야오를 보며 고개를 절레절레 흔들었다. "당신 참 나쁜 여자야." 하지만 비난하는 투가 아니라 칭찬처럼 들렸다. "장린칭의 딸?"

"맞아. 조사했어?"

"조사할 게 뭐 있어. 살인사건이 알려지고 기자들이 똥 냄새를 맡은 파리처럼 몰려들었잖아. 페이야를 인터뷰한 영상에는 모자이크도 되어 있지 않았으니 바로 알아챘지. 저 애가 당신 곁에 있을 줄은 몰랐군. 당신, 저 애한테 아빠가 왜 죽었는지 알려 주고 데려온 거야?" 다비도프는 이렇게 닥터 야오와 마주앉아 있으면 포커 판을 앞에 둔 도박사가 된 기분이라고 생각했다.

"아니. 페이야는 몰라. 아빠가 무고하게 살해된 줄 알지."
닥터 야오는 진실을 알고 있었다.

"무고한 사람이 어디 있나." 다비도프가 어깨를 으쓱했다. "특히 재 아빠는 무고하다는 말과 전혀 어울리지 않고."

"나의 친애하는 환자이자 페이야의 아빠를 죽인 범인은 요즘 어떻게 지내?" 닥터 야오의 목소리는 오래 만나지 못한 친구를 그리워하는 듯했다. 닥터 야오와 페이야의 아빠를 죽인 살인자의 관계는 한두 마디로 정리할 수 없을 만큼 복잡했다. 그들 사이의 연원은 닥터 야오가 아직 닥터 야오라고 불리기 전, 그 살인자를 처음 알게 되었을 때로 거슬러 올라가야 했다.

페이야가 다니는 학교의 상담지도실과 협력한 것도 우연이 아니었다. 닥터 야오가 나서서 주선했다. 야오커린姚可麟이라는 이름을 가진 이 여자는 고통스럽게 아빠를 잃은 어린 여자애가 어떻게 변하는지 직접 보고 싶었다. 솔직히 페이야를 자신이 그린 청사진대로 키우고 싶었다. 닥터 야오가 관여한 것은 페이야 한 사람의 인생만이 아니었다.

막다른 골목에 몰린 소녀는 닥터 야오가 짠 촘촘한 그물 안으로 정확히 뛰어들었다. 그리고 이제는 그녀가 만든 감옥에 갇혀 있었다.

닥터 야오는 악惡일까? 아니, 닥터 야오의 인지 세계에는 선악의 구분이 없다. 존재하는 기준은 오로지 '욕망'뿐이다. 내키는 대로, 원하는 대로 행동하는 것은 야오커린이 태어날 때부터 가진 특성이었다.

"당신 덕분에 여전히 즐겁게 잭 조직원 사냥을 하고 있지." 다비도프가 한 번 더 손가락을 튕겼다.

"당신 계획, 정말 악랄해. 페이야가 진실을 알게 될 날이 기대되는군. 그 애가 아빠의 죄악을 어떻게 마주할 것인지, 이제 더 이상 과거로 돌아갈 수 없는 자신은 또 어떻게 받아들일지."

"기대하며 지켜보자고." 닥터 야오가 웃었다. 다비도프도 웃었다.

방으로 돌아온 페이야는 노크 소리가 공허한 생각에서 자신을 끌어낼 때까지 멍하니 앉아 있었다. 찾아온 사람은 이하오였다.

"들어가도 돼? 아니면 문 앞에서 이야기할까?" 이하오가 물었다.

"들어오세요." 페이야가 그를 방 안에 들였다.

이하오가 들고 있는 건 화사한 핑크색 케이스를 끼운 휴대전화였다. 이하오의 스타일과는 전혀 어울리지 않았다. 그가 페이야에게 휴대전화를 건넸다. "구이메이의 전화기야. 페이스북이나 라인에 등록된 친구 목록에서 구이메이의 일당들을 찾아낼 수 있겠어?"

페이야가 손가락으로 화면을 터치하며 구이메이의 친구 목록을 살폈다. 대부분의 프로필 사진이 보정을 거친 것들이었지만, 페이야는 기억 속 인상이나 닉네임 등을 통해서 몇 명을 알아볼 수 있었다. 페이야는 친구 목록에서 구이거도 발견했다. 구이거가 보낸 메시지 중 읽지 않은 게 여럿 있었다. 이 사람, 혹시 구이메이가 실종된 걸 알아차렸을까?

"몇 명 골라서 구이메이인 척 그들을 속인 뒤 만나자고 해." 이하오가 지시했다.

페이야가 머뭇거리며 물었다. "구이메이 하나면 된 거 아니에요?"

"야오 선생님이 말씀하셨지. 이건 시작일 뿐 결말이 아니라고. 나는 옆에서 너를 돕는 역할이야. 네가 손쓰기 힘들다면 나한테 넘기면 돼. 지금 너는 그 녀석들을 속이는 데 집중해."

페이야는 어젯밤 구이메이를 몇 번이나 찔렀던 게 생각났다. 그 깊고 어지러운 피 냄새와 두 손 가득 묻은 피, 그리고 마술에 걸린 것처럼 손을 멈추지 못했던 자신이 떠오르자 갑자기 속이 뒤집혀 구역질이 났다.

"야오 선생님께 그들이 네게 했던 일을 전해 들었어. 무척 잔인한 일을 당했더구나. 네가 아주 착하다는 이야기도 들었지. 그런데 착하기만 해서는 안 돼. 어떨 때는 착한 게 짐이 되기도 하거든. 그런 사람들은 무리 지어 다니며 여기저기서 문제를 일으켜. 그냥 놓아 두면 너처럼 피해를 입는 사람이 또 생길 거야. 그러니까 구이메이 하나만 없앤다고 끝나는 문제가 아니지. 야오 선생님은 그들은 한 몸이나 다름없으니 아예 뿌리를 뽑아야 한다고 하셨어."

"왜……. 왜 그렇게까지 야오 선생님 말을 따르는 거죠?" 사실 페이야가 정말로 묻고 싶은 것은 이하오가 닥터 야오에게 가진 감정이었다. 페이야는 이하오의 밝고 명랑한 외모 아래 이루 말할 수 없는 극단적인 공포가 숨어 있음을 눈치챘다.

이하오가 생각도 하지 않고 대답했다. "야오 선생님은 내 전부야. 선생님께서 너를 선택했으니 지금 우리는 생명 공동체지. 나는 너에게 협조할 거야."

이하오는 페이야가 거절할 틈도 주지 않고 재촉했다. "지금 바로 움직이자. 내가 같이 가 줄게."

22

사냥 후의 초승달은

눈부셔서 똑바로

쳐다볼 수 없어.

페이야는 휴대전화에서 대화기록을 살펴봤다. 구이메이의 말버릇을 알아내기 위해서였다. 메시지 내용은 대부분 쓸데없거나 저속해서 읽는 게 힘들 지경이었다. 참을성을 갖고 겨우 대강 훑었다. 구이거가 보낸 읽지 않은 메시지도 있었지만, 그는 목표물이 아니라서 우선 넘어갔다.

페이야는 구이메이가 여러 번 언급한 '사탕'이 무엇인지 궁금했다. 그게 진짜 막대사탕은 아닐 터였다. 이하오는 마약일 거라 추측했다.

"내가 보기에는 마약 같아. 마약으로 애들을 조종했던 모양이군."

그렇다면 이해가 된다. 구이메이는 너무 쉽게 학교의 불량학생들이 자기 명령을 따르게 만들었다. 특히 페이야를 수영장에 빠뜨린 날에는 구이메이가 무슨 말을 하든 시키는 대로 할 정도였다. 그날의 기억을 떠올린 페이야는 굴욕감을 느꼈고, 그래서 구이메이가 부리던 애들에게 먼저 손을 쓰겠다는 결심을 했다. 결심한 뒤에는 금방 그날 수영장에서 보았던 놈들을 몇 명 골라냈다.

페이야는 구이메이의 말투와 자주 사용하는 단어를 흉내 내 메시지를 보냈다. 안하무인에 무신경한 놈들을 유인하는 건 그리 어려운 일이 아니었다. 그들은 메시지를 보고는 바로 참석하겠다고 답을 주었고, 그중 적잖은 숫자가 이번 모임에서 사탕을 받을 수 있는지 간절히 물었다. 페이야는 어차피 사기를 치는 중이니 꼭 주겠다고 약속했다.

얼마 되지 않는 아이들만 구이메이가 오늘 왜 학교에 오지 않았는지에 관심을 가졌다. 페이야는 평소 학교에서 우두머리 노릇을 하던 구이메이의 모습이 허상에 불과하다는 데 묘하게 비애를 느꼈다.

"약속 시간을 다 어긋나게 해야 따로 처리할 수 있어." 이하오가 주의를 주었다. 페이야는 그의 조언에 따라 만날 시간을 전부 다르게 정했다.

페이야는 이하오가 준비한 편한 옷으로 갈아입었다. 시중에서 흔히 볼 수 있는 스타일이었다. 후드가 달린 점퍼, 스웨트 셔츠, 레깅스, 운동화. 마치 운동하는 행인처럼 보였다.

"일하기도 쉽고 사람들의 주목도 받지 않는 옷차림이야." 이하오도 비슷한 옷으로 갈아입었다. 그는 후드 점퍼의 지퍼를 목까지 올리더니 야구 모자도 썼다. 그런 다음 전기충격기를 페이야에게 건넸다. "넌 이게 익숙하겠지." 페이야는 그걸 외투 주머니에 넣고 이하오와 함께 엘리베이터를 탔다. 두 사람은 주차장에 내려서 야간활동을 할 때 쓰는 검정색 자동차에 몸을 실었다. 둘은 거의 말이 없었다. 페이야는 주머니 속 전기충격기가 점점 묵직해진다고 느꼈다.

약속 장소는 강둑이었다. 구이메이가 어제 페이야를 불러낸 바로 그 장소다. 페이야는 어제 구이메이의 전화를 받은 후 똑같이 맞서 싸우겠다고 결정했고, 바로 닥터 야오에게 도움을 청했다. 닥터 야오는 이하오를 보내 페이야에게 준비한 선물을 건네주고 강둑에 몰래 숨어 둘을 지켜보라고 지시했다. 이하오가 준 선물이 바로 구이메이를 기절시킨 전기충격기였다.

이곳은 일을 하기에 적당한 장소였다. 농구장에서 멀리 떨어져 있어 지나가는 사람이 거의 없었다. 최근 날씨가 추워지면서 야외로 운동하러 나오는 사람도 많이 줄었다.

차가 강둑 한쪽에 멈췄다. 뒷좌석에 앉은 페이야는 구이메이의 휴대전화를 자연스럽게 조작하며 새로운 소식이 없는지 확인했다. 구이거가 또 메시지를 보냈다. 미리보기에서 알 수 있는 내용이라고는 '패를 보여 준다', '사업', '두배' 정도였다.

그리고 '촨한'. 촨한의 이름이 나오는 걸 보고 페이야는 미간을 찌푸렸다. 구이거의 메시지는 대개 환한과 관계가 있는데, 좋은지 나쁜지 알 수가 없었다. 페이야는 구이거가 보낸 메시지를 열어 내용을 보는 게 맞을지 아닐지 망설이며 걱정만 했다.

"왔다." 이하오가 작게 부르짖으며 페이야의 망설임을 끊었다.

두 소년이 걸어왔다. 노랑머리와 자주색 머리였다. 한 녀석은 구이메이가 페이야를 서관 화장실로 끌고 갔을 때 페이야의 가슴을 만졌다. 수영장에서 강제로 페이야의 옷을 벗길 때도 둘 다 있었다.

교과서를 넣지 않아 홀쭉한 책가방을 메고 헐렁한 패딩 점퍼를 입은 소년들은 마치 미쉐린 타이어맨처럼 보였다. 페이야는 그들이 두꺼운 겉옷으로 덩치를 부풀려도 실은 근육 없는 마른 몸이라는 데 놀랐다.

예전에 페이야는 이들의 몸집이 거대하다고 생각했다. 하지만 지금 다시 보니 맹목적인 공포 때문에 깡마른 원숭이 같은 놈들을 무서운 사자라고 착각한 것뿐이었다. 그리고 녀석들은 무리 지어 다녀서, 수적 우위 때문에 덩치가 크다는 인상이 남았던 듯했다.

페이야는 코웃음을 치고 이들에 대한 평가를 수정했다. 공포와 분노, 증오가 교차하는 복잡한 감정을 경험한 후에야 이들의 진짜 모습을 볼 수 있었다. 이 정도밖에 되지 않는 놈들이 사람을 그토록 괴롭혔다니? 역시 구이메이만 없애는 걸로는 부족했다…….

습기를 머금은 바람이 강둑으로 불어왔다. 함정으로 다가오는 소년들은 전혀 눈치채지 못하고 있었다. 웃고 떠들며 일부러 멋 부리듯 머리카락을 넘기곤 했다.

"두 사람이라 동시에 제압할 수가 없어요." 페이야가 전기충격기를 꺼내며 준비를 했다.

"걱정 마. 원래 계획대로 해. 너는 차 문 가까이에 있는 녀석을 해결해. 다른 놈은 내가 맡을게." 이하오가 조수석 쪽으로 이동하며 조용히 차 문을 열었다. 바람소리 덕분에 차 문을 닫는 소리는 거의 들리지 않았다.

소년들이 차 문 쪽으로 걸어왔다. 자주색 머리가 차창을 두드렸다. 얼굴을 차창에 딱 붙이고 괴상한 표정을 짓기도 했다. 차창은 검은색으로 선팅해서, 내부에 전등을 켜지 않는 한 그들은 안에 앉아 있는 사람이 페이야라는 걸 보지 못했다.

차창이 천천히 내려갔다.

"대단한데, 차 안에 숨어 있고." 자주색 머리가 떠벌렸다. 아직 다 열리지 않은 창문 틈으로 손 하나가 튀어나왔다. 희미하게 전류가 튀고 자주색 머리 남자애가 눈을 커다랗게 뜬 채 비명도 못 지르고 바닥에 쓰러졌다.

상황을 제대로 파악하지 못한 노랑머리가 자주색 머리

를 툭툭 찼다. "장난치지 말고 일어나. 야!" 그 말이 끝나자마자 노랑머리도 두 손을 등 뒤로 꺾여 제압당했다.

기습에 나선 이하오 역시 전기충격기를 들고 있었지만, 전기충격 대신 턱을 강타해 노랑머리를 기절시켰다. 이하오는 노랑머리의 손목을 끈으로 재빨리 감은 뒤 테이프로 눈과 입을 막았다.

칭칭 감긴 테이프 사이로 노랑머리가 삐져나온 모습이 콧구멍 밖으로 자라난 코털처럼 보였다. 놈이 우, 우 하는 이상한 소리를 냈다. 우는 것 같았다. 두꺼운 외투를 입고 있었지만 가슴이 격렬하게 들먹이는 게 보였다. 물에 빠진 사람이 어렵게 수면 위로 올라왔을 때 격렬하게 산소를 흡인하는 것 같았다.

풀밭에 쓰러진 노랑머리가 물에 빠질 리야 없다. 하지만 이하오와 페이야의 손에 떨어졌으니 그가 앞으로 겪을 상황은 물에 빠져 죽는 것보다는 더 참혹할 터였다.

자주색 머리도 마찬가지로 밧줄과 테이프로 칭칭 동여맨 뒤, 이하오는 붙잡은 두 소년을 트렁크에 집어넣었다. 얼핏 보기에는 자기 집 골목 앞에서 쓰레기 수거 차량이 오기를 기다리다가 정리를 끝낸 쓰레기를 차에 던지는 것과 비슷했다.

"잘했어. 다음에도 이렇게 처리하자. 실수할 걸 걱정하지는 마. 내가 항상 주의 깊게 보고 있으니까." 이하오가 어느 틈에 차량 반대쪽으로 이동했다.

페이야는 전기충격기를 쥐고 있는 손마디가 차가워지고 점점 감각이 사라지는 듯했다. 하지만 긴장할 것은 없다. 순수하게 날이 추워서 그런 걸지도 모른다. 구이메이를 처리한 날은 바로 어제인데, 지금의 페이야에게는 그게 아주 오래전 일처럼 느껴졌다. 페이야는 눈을 감고 기억을 더듬었다. 어제의 그 지하실로 돌아가는 것이다. 쉴 새 없이 울부짖는 소리와 쿰쿰한 오줌 냄새, 피 냄새……. 모든 것이 선명하게 되살아났다. 페이야는 손끝을 몇 번 움직이면서 손가락의 감각과 전기충격기의 촉감을 확인했다.

페이야는 오래 참았다. 자기는 물론 동생까지 죽을 뻔했다. 정말 오래 참았다. 페이야는 전원을 누르고 전류가 흐르는 모습을 빤히 쳐다보다가 트렁크에 실린 두 녀석을 어떻게 할지 좋은 생각이 떠올랐다.

"세척실에 있는 수조를 써도 되나요?" 페이야가 이하오에게 물었다. 핏자국을 씻을 때 수조를 보았다. 수조라기보다는 '욕탕'이라고 해야 더 어울릴 만한, 세 명이 너끈히 들어갈 만한 크기였다.

"그럼. 뭐든지 네가 하고 싶은 대로."

잘됐다. 페이야는 다시 자동차 뒷좌석에 앉아서 다음 사냥감이 오기를 기다렸다. 그런데 한 가지 생각이 머릿속에서 떠나지 않았다. 페이야는 이를 떨치려 심호흡을 했지만,

결국 구이거가 보낸 메시지를 열어 보았다.

"왜 전화를 안 받아?" "실종 놀이야?" "환한과 틀어졌다. 날 죽이겠다는군." "그 자식을 막으라고 사람을 보냈다." "이번에 잡으면 그 자식을 진짜 죽여 버리겠어." "네 친구들과 같이 가서 환한을 찾아 봐. 찾거든 연락해." "메시지 보면 연락해. 착하게 굴지 않으면 사탕은 없다."

환한이 위험하다. 메시지를 다 읽은 후 처음 든 생각이었다. 갑자기 마음이 어수선해졌다. 약속 장소로 나온 멍청한 놈들을 '처리'할 생각보다 이게 더 긴장되었다. 생각하지 않으려 하고 부정하려고도 했지만, 페이야는 환한을 신경 쓰고 있었다. 정말 많이 신경 쓰고 있었다. 알려 줘야 할까? 하지만 나는 그 사람을 용서하지 않았는데……. 뭐라고 말을 꺼내지?

휴대전화에서 메시지 알림이 떴다. 사냥감 중 하나였다. 사냥감이 구이메이에게 강둑 어디쯤에 있느냐고 물었다. 페이야는 빠르게 답장을 보냈다. 일단 지금은 낚시에 집중해야 했다.

환한한테는 내가 필요하지 않아. 구이거와 오랜 친구 사이니, 아무리 멍청하대도 그 사람과 맞서려면 어떻게 해야 하는지 잘 알겠지. 그리고 그 여자애도 있잖아. 성질이 난 페이야는 사냥감에게 전기충격을 생각보다 오래 주고 말았다.

"지금은 죽일 때가 아냐." 이하오가 제지했다. 페이야는 그러고도 전기충격기 전원을 몇 번 더 누르고서야 그만두었다.

이하오와 페이야는 차에 사람을 가득 쌓은 후 닥터 야오의 개인 진료실로 돌아왔다. 빌딩 전체가 닥터 야오의 소유였고, 이하오와 페이야를 제외하면 다른 사람이 없어서 행적을 감추려고 조심할 이유가 없었다.

이하오가 트렁크를 열었다. 전기충격을 받고 기절했던 두 사람은 이미 깨어서 벌레처럼 꿈틀대고 있었다. 물고기를 낚으려고 바늘에 꿰어 둔 미끼 같았다. 이하오는 놈들을 일단 바닥에 내려놓고, 뒷좌석 문을 열어 나머지 세 사람을 내렸다.

다섯 명을 잡아 왔으니까 한동안은 페이야가 사용하기에 부족하지 않을 터였다. 페이야가 어디선가 카트를 찾아내 가져왔다. 두 사람은 사냥감을 카트에 차곡차곡 쌓은 뒤 변전함에 밀어 넣었다. 입구를 지나 지하 비밀 공간으로 향해 다섯 놈을 한쪽 구석에 내려놓았다. 달아날 걱정은 없었다. 꽉 묶은 밧줄을 푸는 것부터 쉽지 않을 터였다. 경찰에 신고하거나 구조 요청을 하는 것도 불가능했다. 그들의 휴대전화는 페이야가 전부 강에 던져 버렸으니까.

"오늘은 여기까지. 야오 선생님이 찾으셔. 앞으로 어떻게 할지 말씀해 주실 거야." 이하오가 출구 쪽으로 향했다.

페이야도 얼른 그의 뒤를 따랐다. 비밀 공간을 나가기 직전 페이야는 뒤를 돌아봤다. 지금 저들에게 남은 것은 똑같이 사냥감 신세인 친구들뿐이다. 곧 온통 어둠으로 덮인, 사람을 한입에 삼키는 공포가 비밀 공간에 가득 찼다.

사냥이 끝났다.

둘째 고모 집에서 나온 지 벌써 사흘이 흘렀다. 페이야는 시간이 그만큼 흘렀는지 실감을 하지 못했다. 오늘은 드디어 둘째 고모 집에 가서 담판을 지을 예정이다. 닥터 야오와 이하오도 동행했다.

닥터 야오는 페이야가 이 감옥을 탈출하기 위해 꼭 필요한 수단이다. 이하오는 오늘 캐시미어 니트 안에 화이트 셔츠를 받쳐 입고, 카키색 트위드 팬츠에 갈색 가죽구두를 매치했다. 도수 없는 안경도 썼다. 닥터 야오 역시 비슷한 스타일이었다. 페이야는 이하오가 닥터 야오의 옷차림에 맞춘 것인지, 아니면 이것저것 책임지고 관리하는 이하오가 닥터 야오의 옷까지 골라 주는 것인지 궁금했다.

페이야는 오늘 방문을 둘째 고모에게 알리지 않았다. 둘째 고모의 목소리를 미리 듣고 싶지 않아서였다. 둘째 고모는 예상대로 어찌할 바를 몰랐고, 왜 마음대로 손님을 모시고 오느냐고 질책부터 하려 들었다. 그때 닥터 야오가 명함을 건네 고모의 입을 막아 버렸다. 고모는 명함에 적힌 직책을 유심히 보더니 닥터 야오의 방문 이유를 더 이해할 수 없게 된 모양이었다.

"앉아도 될까요?" 닥터 야오가 예의 바르게 물었다. 온화하면서도 한순간에 상황을 통제하는 기세에 고모는 그러시라고 대답할 수밖에 없었다. 닥터 야오가 소파에 앉고 이하오는 평소처럼 소파 뒤에 자리 잡았다. 닥터 야오를 보호하기 위한 그의 전용 위치였다.

"의사시라고요? 페이야가 병에 걸렸거나 문제를 일으켰나요?" 고모는 날카롭게 질문하며 페이야에게 짜증스러운 눈빛을 던졌다. 페이야는 고모의 눈빛을 그대로 맞받았다. 페이야가 시선을 피하지 않는 게 고모의 기분을 상하게 한 듯했다.

"둘 다 아닙니다. 제가 맡고 있는 연구 프로젝트가 하나 있습니다. 중앙연구원의 바이오 기술 연구죠. 우연히 페이야를 만났는데, 이 애가 대단한 재능을 지녔음을 알게 되었습니다. 그래서 이대로 재능을 썩히기보다 제 곁에서 같이 연구하기를 바랍니다." 고모를 속이기 위한 거짓말이었다.

"연구라니요? 페이야는 중학생인데 어떻게 그런 일을 하겠어요?" 둘째 고모의 눈이 커다래졌다.

"나이는 어리지만 페이야의 잠재력은 정말 대단합니다.

그러니 페이야가 학업과 연구를 병행하도록 할 생각입니다. 페이야라면 빠르게 성장할 수 있으니, 페이야를 제가 있는 연구소로 데려갈 수 있게 허락해 주십시오. 페이야가 대학을 졸업할 때까지의 모든 비용은 제가 대겠습니다. 물론 제가 말씀드린 대학이란 해외에 있는 곳입니다. 전 페이야를 유학 보낼 생각이니까요."

둘째 고모는 귀를 의심했다. 뭘 해도 거슬리는 조카가 무슨 재주로 이렇게 대단한 사람을 알게 되었을까? 명함에 적힌 직함이 한두 개도 아닌데 하나같이 대단했다. 학계를 잘 모르긴 해도 중앙연구원이라는 이름은 들어 보았다. 야오 박사라는 여자 역시 사기꾼은 아닌 듯했다. 고모에게도 보는 눈이 있다. 옷차림은 둘째 치고 몸에 걸친 보석만 봐도 가격대가 어마어마했다. 고모 역시 연금을 받으며 큰 부족함 없이 살지만 절대 살 수 없는 것들이었다.

게다가 기품이 넘치는 분위기도 예사롭지 않았다. 둘째 고모는 공공기관에서 여러 해 동안 일하다 퇴직한 말단 공무원이었다. 야오 박사의 담담하지만 강력한 위세는 고모가 겪어 보았던 고위 공무원들보다 훨씬 윗길이었다. 분명히 높은 자리에 있는 사람인 것 같았다. 페이야가 이런 사람과 아는 사이일 뿐 아니라 그 사람에게 인정받는다고? 고모는 혼란스러웠다.

때마침 고모부가 귀가했다. 그는 코트를 벗으며 거실로

들어왔다. "웬 손님이야? 아, 페이야가 집에 왔구나."

고모부가 이름을 부르자 페이야는 참을 수 없는 토기를 느꼈다. 은근슬쩍 몸을 더듬던 손과 탐욕스레 자신을 바라보던 눈빛은 절대 잊을 수 없을 것이다.

닥터 야오가 고모부에게 고개 숙여 인사했다. 고모부는 겸손한 태도로 미소 지으며 고모 옆에 앉았다. 고모에게 대충 설명을 들은 고모부는 난처해하며 말했다. "그렇지만 박사님께 너무 폐가 되지 않을까요?"

"아닙니다. 전혀 그렇지 않아요. 저희는 연구비가 풍족하거든요. 페이야를 데리고 있는 건 문제가 안 됩니다." 닥터 야오가 대답했다.

"그럼 페이야 생각은 어떠니? 우리 집에서 지내는 것도 나쁘지 않지?" 고모부는 뻔뻔스럽게도 페이야를 붙잡으려 했다.

나쁘지 않기는 뭐가 나쁘지 않아. 그렇게 생각한 페이야는 입을 여는 것도 싫어서 고개만 저었다.

"야오 박사님과 지내는 것도 좋은 일이죠. 박사님은 중앙연구원에 계신 분이래요. 린칭은 사범대학을 나와서 유명한 사립초등학교 교사였어요. 이제 린칭의 딸이 중앙연구원에 들어가다니, 그야말로 청출어람이라고요!" 고모는 복권 당첨이라도 된 것처럼 들떴다. 이 모든 게 고모와 아무 관련 없는 일인데도 자기가 닥터 야오에게 선택받기라도 한 것처럼 이유 없이 자랑스러워했다. 남에게 떠벌릴 일화가 늘어나서 이러는지도 모른다.

"아쉽구나. 고모부는 너를 친딸처럼 여겼는데, 갑자기 집을 나간다니 너무 아쉬워." 고모부가 페이야에게 다가와 두 손을 어깨에 얹었다. 일본 드라마에서 자주 본 어른이 젊은이를 격려하는 장면을 흉내 낸 동작이었다. 그러나 페이야는 그 말의 숨은 의미를 민감하게 포착했다. 그녀는 어깨를 비틀어 고모부의 손에서 빠져나가며 전염병 환자를 피하듯 뒤로 물러났다.

민망해진 고모부가 콧잔등을 문지르며 닥터 야오 쪽으로 몸을 돌렸다. 그가 양손을 같이 내밀며 말했다. "페이야를 잘 부탁합니다. 아이에게 무슨 일이 생기면 저희에게 꼭 알려 주십시오. 페이야는 언제든지 이곳에 돌아올 수 있습니다. 여긴 영원히 페이야의 집이니까요."

고모부가 어떤 사람인지 모른다면 그 말에 감동을 받을지도 모른다. 하지만 페이야는 고모부의 위선을 누구보다 잘 알았다. 닥터 야오 역시 고모부에 대해 알 만큼 알았다. 하지만 그녀는 여전히 예의를 잃지 않고 고모부가 하는 대로 가만히 손을 잡혔다. 고모부는 닥터 야오의 보들보들한 손을 두 손으로 쥐고 쓸데없이 힘을 주었다.

역겨워. 페이야는 토하고 싶었고, 따귀를 때리고 싶었다. 하지만 충동을 고스란히 행동으로 옮길 만큼 멍청하진 않왔다. 닥터 야오는 알아서 할 것이다.

"흠흠." 이하오가 헛기침을 했다. 고모부에게 '적당히 하라'고 눈치를 준 것이다. 고모부는 이하오의 불쾌감을 알아차렸지만 무시했다. 닥터 야오가 기술적으로 손을 빼냈다. 고모부는 민첩하고도 매끄러운 닥터 야오의 손 움직임에 살짝 당황했다.

"페이야는 걱정하지 않으셔도 됩니다. 페이야, 가서 짐을 챙겨오렴. 난 거실에서 기다릴게." 닥터 야오가 부드럽게 일렀다.

"가져갈 건 하나도 없어요." 페이야는 둘째 고모네 집과 관련된 기억마저 전부 버리고 싶었다.

"그럼 이만 가자." 닥터 야오가 다시 한 번 고개 숙여 인사했다. 고모부는 아파트 1층까지 내려와서 세 사람을 배웅했는데, 그러는 동안 쉬지 않고 닥터 야오에게 말을 걸었다. 닥터 야오는 줄곧 옅은 미소를 유지하면서 한마디도 대꾸하지 않고 걷기만 했다. 닥터 야오의 미소는 이하오가 운전하는 자동차 뒷좌석에 탄 뒤에도 여전했다.

조수석에 앉은 페이야는 이 상황이 현실감 없게 느껴졌다. 둘째 고모에게서 벗어나는 것은 페이야의 오랜 바람이었는데, 갑자기 꿈꾸던 자유를 손에 넣은 것이다. 이렇게 쉽게 감옥 같은 집에서 탈출할 수 있을 줄은 몰랐다.

한참 차를 몰던 이하오가 갑자기 브레이크를 밟더니 뒷

좌석 쪽으로 몸을 홱 돌렸다. 상체가 거의 넘어올 정도였다. 그가 작은 병에 든 투명한 액체를 닥터 야오의 손에 뿌렸다. 미약하지만 알코올 냄새가 났다.

"이런 건 누구한테 배웠을까? 너한테 결벽증이 있는 줄은 몰랐구나." 닥터 야오가 반달처럼 눈을 휘며 웃었다. 반려동물의 애교를 눈앞에서 본 사람이 그러듯 '널 어쩌면 좋니' 하고 말하고 싶은 듯한 표정이었다.

이하오가 닥터 야오의 손에 알코올 소독제를 꼼꼼히 바르며 씹어뱉듯 말했다. "그 인간의 손은 너무 더럽습니다. 당신을 만지게 둬선 안 됐어요."

닥터 야오가 화사하게 미소 지었다. "바보."

두 사람에게 공기 취급을 당한 페이야는 창밖 거리만 쳐다보며 아무것도 들리지 않는 척했다. 오늘 밤은 달빛도 평소보다 밝은 듯했다. 닥터 야오와 이하오 사이의 달콤한 감정 교류에 질투가 날 지경이었다.

달빛이 너무 눈부셔서 제대로 쳐다볼 수 없었다.

23

사냥꾼을 기다리는 야수

페이야는 혼자서 비밀 공간으로 향하는 계단을 지나 어두운 지하로 들어갔다. 비밀 공간의 어둠은 농밀하고도 묵직해서 사람도 삼킬 수 있을 듯했다. 물론 그런 기분은 착각에 지나지 않는다.

똑같이 어둠 속에 홀로 서 있어도 페이야는 또 다른 극단적인 방향으로 자신을 밀어붙이고 있었다. 페이야는 사람을 죽였고, 이제 돌이킬 수 없다. 걸음이 느려졌다. 어둠이 페이야를 마음껏 할퀴고 혀로 핥는다.

비밀 공간은 어둠 속에서 돌아다녀도 부딪혀 다칠 염려가 없을 만큼 넓다. 지금 이곳에서 페이야가 부딪힐 가능성이 있는 것은 납치된 다섯 명의 교내 양아치뿐이다. '친애하는' 같은 학교의 학생들. 그들은 이런 상황에 처할 줄은 상상도 못했을 것이다. 구이메이도 숨이 끊어질 때까지 자기 상황을 이해하지 못했다. 그래서 멍청하게 소리를 지르거나 욕을 하는 데 남은 힘을 낭비했다.

그래, 구이메이는 뭐가 뭔지도 모르고 덫에 걸렸고 잡혀 와서 유린당했다.

어둠을 더듬으며 전진하던 페이야는 마침내 발끝에 부드러운 육체가 닿는 걸 느꼈다. 걷어차인 녀석이 끙끙거렸다. 목소리를 들어 보니 자주색 머리 아니면 노랑머리다. 그때 불이 켜졌다. 밧줄에 둘둘 감긴 채 미라처럼 뻣뻣하게 굳은 다섯 녀석이 보였다. 그들은 꼼짝달싹 하지 못하고 불안하게 상황 변화를 주시했다.

불을 켠 사람은 아무도 모르게 모습을 드러낸 이하오였다. 그가 페이야에게 고개를 끄덕이며 보물이 묻힌 장소를 이미 알고 있는 도굴꾼처럼 비밀 공간 구석으로 직진했다. 그가 페이야에게 물러나라고 손짓했다.

페이야가 충분히 거리를 벌리자 이하오가 바닥을 열었다. 아래에 물건을 보관하는 공간이 있었다. 그곳에는 쇠망치, 톱, 갈고리, 밧줄, 쇠도리깨 등이 있었다.

"이 건물에는 숨겨진 장치가 많네요." 페이야가 말했다. 지하의 비밀 공간부터 위층에는 비밀번호로 작동하는 입구와 방범장치가 된 문이 있었다. 페이야가 본 것 외에도 얼마나 많은 비밀이 숨어 있을지 모른다.

"전부 필요한 설비야." 이하오가 별것 아니라는 식으로 대답했다. "쓰고 싶은 건 마음대로 고르면 돼. 잘라내는 용도로 쓸 것들은 그쪽에 있어." 이하오가 가리킨 방향의 바닥에도 또 다른 보관 공간이 있었다.

페이야에게 필요한 도구는 많지 않았다. 갈고리와 가위 하나만 꺼냈다. 쇠갈고리를 선택한 것은 다섯 명을 세척실로 쉽게 끌고 가기 위해서다. 페이야가 잡아 온 녀석들을 확인했다. 자주색 머리와 노랑머리 남자애, 그리고 같은 반의 여자애 둘. 여자애들은 구이메이와 가장 가까운 '시녀'였기 때문에 가장 우선한 목표물이었다. 마지막 한 녀석은 누구인지 중요하지 않았다. 어쨌거나 죽어 마땅한 인간이다.

이하오는 운반도 도왔다. 그는 자주색 머리를 짊어지고 세척실로 먼저 향했다.

페이야에게 끌려가는 노랑머리는 몸에 불이 붙은 애벌레처럼 꿈틀거렸는데, 페이야는 불을 꺼 주는 호의를 베풀 듯 녀석의 얼굴을 밟아 주었다. 볼에 멍이 들고 코가 삐뚤어져 코피를 흘릴 때까지 말이다.

얌전해진 노랑머리는 여전히 끙끙거렸지만 더는 버둥대지 않게 되었다. 그 덕분에 운반 작업은 좀 더 순조로워졌다. 구이메이의 시녀들도 전혀 얌전하지 않았고, 그래서 페이야는 그 애들도 고분고분하게 만들어 주었다.

"움직이지 마." 페이야는 갈고리를 휘둘러 둘 중 한 명을 후려쳤다. 맞은 여자애는 비명을 질렀지만 소리가 밖으로 새어 나오지는 않았다. 입을 막은 테이프는 정말 유용했다.

다섯 명 전부를 세척실에 데려가는 데만 해도 시간이 적

잖게 걸렸다. 사전 준비는 아직 끝나지 않았다. 페이야가 수조에 연결된 수도꼭지를 돌리자 거센 물줄기가 쏟아지며 하얀 물보라가 튀어 올랐다. 용량이 커서 다 채우려면 시간이 꽤 걸릴 것이다. 이제는 기다리는 일만 남았다.

조력자 역할인 이하오가 옆에서 대기했다. 서로 말없이 있어도 어색하지 않았다. 페이야의 눈에 비친 그는 신중하고 인내심이 강하며, 무슨 일이든 정확하게 처리하는 닥터 야오의 오른팔이었다.

"당신은 야오 선생님이 왜 그렇게 중요해요?" 페이야가 계속 궁금했던 것을 질문했다.

"다비도프가 방문한 날 기억해? 과거 경력이 공백인 사람이 있다고 했잖아. 나도 거의 그런 사람이야. 나는 고아원에서 자랐는데, 자선기관 같은 게 아니었어. 원장은 주민등록이 되지 않은 아기를 특수한 경로로 데려와서 장기매매용으로 키웠지. 등록되지 않았다는 건 존재하지 않는다는 뜻이야. 유령 같은 거지. 원장은 비용을 아끼려고 아이들을 최소한의 생존만 가능한 상태로 키웠어. 팔아치울 장기가 정상적으로 발육하고 애들이 굶어서 죽지 않을 정도로만. 그때는 항상 불면증에 시달렸어. 잠에 들었다가도 배가 고파서 깼거든."

"당신이 그랬다고요?" 페이야가 경악했다.

"나도 그 아이들 중 한 명이었어. 야오 선생님이 아니었다면, 넌 방금 나 없이 혼자서 재들을 운반해야 했을걸. 나는 아마 각막과 신장, 그리고 돈이 되는 장기 몇 개는 없는 신세일 테고. 혹시나 목숨을 부지했다면 이상한 곳으로 팔려갔을 거야. 어쨌든 좋은 결말은 아니었겠지." 이하오는 어깨를 으쓱하며 말을 마쳤다.

놀라운 이야기였다. 그러니 닥터 야오가 이하오에게 정말 소중한 사람일 수밖에 없다. "제 동생도 비슷한 일을 당했어요. 납치되어서 팔려갈 뻔했으니까요."

"그날 동생을 역까지 데려온 사람이 구해 준 거야?"

페이야는 힘없이 고개를 저었다. "그건 아니에요."

이하오는 더 묻지 않았다. 페이야의 표정이 바뀌는 걸 보았는지도 모른다. 페이야도 더는 말할 기분이 아니었다. 하지만 구이거가 촨한을 죽이려 벼르고 있다는 사실이 계속 마음에 걸렸다. 구이메이만 보아도 대충 상상이 가니, 구이거란 인간은 구이메이보다 훨씬 음험하고 악랄할 게 분명하다. 촨한이 그의 계략을 잘 피해갈 수 있을까?

"고민이 있어 보이네. 견디기 힘들면 야오 선생님께 말씀드려. 널 도와주실 거야." 이하오가 수조를 가리키며 말했다. "거의 다 찼어."

페이야는 잔잔하게 파문을 그리는 수면을 응시했다. 수위는 충분했다. 수도꼭지를 잠근 페이야가 누구를 처음으로 할지 고민했다. 자주색 머리와 노랑머리가 1순위 후보인데, 노랑머리에게 우선권을 주기로 했다. 수영장에서 페이야를 제압할 때 은밀한 곳을 슬쩍 더듬었던 놈이니 1순위로 부족함이 없었다.

놈의 멱살을 잡고 당겼다. 근육이라곤 없는 녀석이었지만 무게가 가볍지는 않다. 페이야는 꽤 용을 써서야 놈을 수조에 밀어 넣을 수 있었다. 튀어 오른 물에 소맷자락이 젖었다.

수조는 아주 깊지는 않았지만 손발과 눈, 입까지 테이프로 칭칭 감긴 놈이 빠져나오기는 불가능했다. 그는 장구벌레처럼 필사적으로 꿈틀대며 코를 수면 위로 빼내고 공기를 흡입했다. 페이야는 동물원에서 돌고래 쇼를 구경하는 관광객처럼 퍼덕이는 노랑머리를 가만히 바라봤다.

기발한 발상이지만 과연 익사시킬 수 있을지는 의문스럽다. 하지만 시간은 많으니 다양한 시도를 해 보자고 페이야는 생각했다. 일단 고통을 주는 쪽으로는 효과적이다. 직접 겪어 보았기 때문에 잘 알고 있었다.

그날 수영장에서는 정말 많은 일이 일어났다. 구이메이는 그때 페이야를 죽이지 못한 것을 후회할까? 뭐, 죽은 사람은 후회할 권리가 없다.

페이야의 복수는 이제 막 시작됐다.

담임을 비롯한 학교 선생들의 얼굴이 떠올랐다. 페이야가 죽을 뻔했는데도 그들은 사건을 덮으려고만 했다. 학교의 명예를 위해서라는 핑계를 댔지만 사실은 사회의 질책과 비난을 피하기 위해서였다. 구이메이 일당을 처리한 다음에는 그들에게 손을 쓰자.

어차피 돌아갈 길은 없다.

페이야는 남은 녀석들도 순서대로 수조에 빠뜨리기로 했다. 이하오가 도와주겠다고 했지만 거절했다. "이건 내 숙제예요."

"넌 정말 빨리 배우네. 완전히 다른 사람이 된 것 같아." 이하오가 칭찬했다. 불필요한 망설임이 사라진 페이야는 과감했다.

"그들이 나에게 한 일을 용서할 수 없을 뿐이에요." 페이야는 쉬지 않고 움직였다. 바다에 버리는 쓰레기처럼 '풍덩' 하고 자주색 머리가 수조에 빠졌다.

"그럼 난 올라갈게. 필요한 게 있으면 언제든 불러." 이하오가 나갔다.

페이야는 수조에서 조금 떨어진 곳에서 그들을 지켜봤다. 어린 양아치들이 격렬하게 몸부림을 치는 바람에 사방으로 물보라가 튀어 올랐다. 세척실 바닥에 크고 작은 물웅덩이가 생겨났다.

첫 번째로 던져진 노랑머리는 점점 움직임이 작아졌다. 거의 물에 잠긴 채 가끔 몸을 실룩거리는 정도였다. 구이메이의 시녀 노릇을 하던 여자애 둘은 서로 얽히고설켜 있었다. 한 명이 친구를 자기 몸 아래로 깔아뭉개면서 머리를 조금 더 쉽게 물 밖으로 내밀었다. 밑에 깔린 여자애도 지지 않고 반격했다. 둘은 살아남기 유리한 위치를 차지하기 위해 끊임없이 싸웠다.

끔찍하네. 냉정한 평가를 내린 페이야는 둘 중 하나를 갈고리를 이용해 끌어올렸다. 여자애는 물 밖으로 머리가 빠져나오자 숨을 헐떡이며 몸을 덜덜 떨었다. 페이야는 그 애의 머리끄덩이를 잡고 가위를 꺼내 눈을 가린 테이프를 잘랐다.

갑자기 밝은 빛에 노출된 여자애가 눈을 가늘게 떴다. 잠시 후 페이야를 똑똑히 보게 된 여자애가 도움을 청하는 것처럼 우, 우 하는 소리를 냈다. 고개를 좌우로 흔들기도 하고 위아래로 흔들기도 했다.

페이야는 저도 모르게 양쪽 입가를 끌어올렸다. 섬뜩한 미소가 그려졌다.

그 사실을 깨달은 페이야는 짧은 고민에 빠졌다. 내가 왜 웃지? 이게 재미있나?

정답을 찾기도 전에 페이야는 그 애의 머리를 물속에 밀어 넣었다. 여자애의 콧구멍에서 기포가 쏟아져 나왔고 한데 묶인 두 다리가 버둥거렸다. 그래도 머리를 누르는 페이야의 손은 떨어지지 않았다.

페이야는 한참 후에야 손을 놓고 여자애가 바닥으로 가

라앉는 것을 차가운 눈으로 바라봤다. 손에 묻은 머리카락을 뗐지만 방금까지 잡고 있던 까끌까끌하고 간지러운 촉감은 여전히 남아 있었다. 여기까지 하자, 충분해. 페이야가 세척실을 나섰다. 등 뒤로 첨벙거리는 물소리가 계속 들렸다. 소리는 점점 작아졌고, 약해졌으며, 어느새 거의 들리지 않게 되었다…….

페이야는 벽에 기대어 주저앉았다. 손에 든 휴대전화 배경화면에서는 누나와 동생이 환하게 웃고 있었다. 하지만 페이야는 그 사진을 보고 있는 게 아니었다. 한참을 꼼짝 않고 있던 페이야가 갑자기 전화를 걸었다.

"전화가 꺼져 있어……." 기계적인 안내 음성이 흘러나왔다.

촨한에게 무슨 일이 생겼을까? 왜 전화가 꺼져 있지? 연락할 결심을 하기까지 고민이 많았던 페이야는 당황했다. 페이야가 예상한 범위는 촨한이 전화를 받지 않는 것 정도였다. 불안해진 페이야는 촨한에게 메시지를 남겼다. 그러나 마음은 여전히 어수선했다. 지금 어떤 상황일까? 구이거의 부하들에게 둘러싸여 있는 걸까? 페이야는 그를 거짓말쟁이, 사기꾼이라고 생각하면서도 걱정을 멈추지 못했다.

페이야는 외투 주머니에서 구형 휴대전화를 꺼냈다. 다비도프가 준 전화기다. 페이야는 외우고 있는 번호를 누르고 긴 통화 연결음을 견뎠다.

"이렇게 빨리 네 전화를 받을 줄은 몰랐네." 재미있어 죽겠다는 듯 들뜬 목소리였다.

"비용은 어떻게 계산하죠?"

"건별로 다르지. 의뢰인이 누구인지, 조사 대상이 누구인지를 보고 결정하거든. 조사비용을 꼭 돈으로 받는 것도 아니고. 내 구미에 맞는 일이라면 공짜로 해 주기도 해. 말해 봐, 누구의 정보를 원해?"

"두 사람이에요. 그들이 각자 어디에 있는지를 알고 싶어요. 한 명은 류촨한이고……." 페이야는 촨한이 다니는 학교와 아르바이트를 하는 편의점 이름을 댔다. "또 한 명은 이름을 몰라요. 사람들이 구이거라고 불렀어요. 눈에 띄는 초록색 자동차를 몰고요."

안타까울 정도로 정보량이 부족했지만 다비도프는 흔쾌히 수락했다. "오케이. 전화는 계속 켜 놓도록 해. 연락할게."

손가락을 튕기는 청량한 소리가 들리고 다비도프 쪽에서 전화를 끊었다. 페이야는 한숨을 쉬며 휴대전화를 집어넣었다.

"아무 일도 없어야 해……. 날 속인 벌은 나한테 받아야지……."

구이거가 렌트해서 배달용으로 썼던 검은색 포드 자동차가 길가에 주차되어 있다. 일부러 그랬는지 몰라도 근처에 주차된 차들이 전부 흰색 아니면 은색이라 검은색 포드는 눈에 확 띄었다.

2인승 오토바이 한 대가 달려와 포드 자동차 옆에 멈췄다. 뒷좌석에 탄 교복 소년이 포드의 번호판을 확인했다. 이어서 차창에 얼굴을 대고 내부를 들여다봤다.

“맞아, 이거야!” 소년이 소리쳤다.

오토바이를 몰던 어린 양아치가 휴대전화를 헬멧 안쪽에 욱여넣어 고정한 다음 마이크에 대고 외쳤다. “찾았어요. 데려오라고요? 하지만 차밖에 안 보이는데……. 아, 알았어요. 숨어서 그 자식이 나타날 때까지 기다릴게요. 애들 더 부를까요?”

통화가 끝난 뒤 양아치가 교복 소년에게 명령했다. “근처에 숨어서 잘 지켜봐. 나는 주차하고 다시 올게. 구이거가 애들을 더 보내 준대.”

“응.” 교복 소년은 말 잘 듣는 부하처럼 대답하고는 주변을 두리번거리다가 적당한 골목을 발견했다. 어두워서 몸을 숨기고 감시하기 좋아 보였다.

골목 입구에는 전단지와 담배꽁초가 널려 있었다. 교복

소년도 담배를 한 대 꺼내 입에 물었다. 불을 붙이면서 무심코 고개를 들었는데, 어둑한 골목 안에서 한 사람이 걸어 나왔다. 헝클어진 머리카락 아래로 야수처럼 위험한 빛을 뿜는 눈동자가 보였다.

교복 소년이 그대로 얼어붙었다. 본능이 위험 신호를 보냈다. 정신을 차린 소년은 달아나려고 했지만 무릎 뒤쪽을 걷어차여 쓰러졌고, 일어나려고 버둥거리다가 한 번 더 걷어차였다. 소년은 덜덜 떨면서 고개를 돌렸다.

그 사람이 씩 웃었다. 흰 치아가 드러났다.

"날 찾는 게 아니었어?"

야수는 골목에 숨어서 덤벙대는 사냥꾼이 덫에 걸리기만을 기다렸다.

사냥꾼은 차례대로 달려왔고, 바닥에 쓰러져 다음 동료를 끌어들이는 미끼가 되었다.

속아 넘어간 사냥꾼은 그렇게 야수가 준비한 피바다로 들어섰다.

~

날카롭게 바람을 가르며 스틱이 날아든다. 어린 녀석이 무의식적으로 팔을 들어서 막았다가 뼈가 부러졌다. 촨한은 비명을 지르는 놈을 붙잡아서 골목 안으로 끌고 들어갔다. 녀석은 온힘을 다해 버둥거리더니 촨한의 손아귀에서 빠져나가 어두운 골목 안쪽으로 달아났다. 그러나 골목 안에는 얻어맞고 기절한 동료들이 몇 명이나 쓰러져 있었다. 그 장면을 본 녀석은 도망쳐야 한다는 생각밖에 할 수 없었다. 그런데 달아나는 방향의 골목 끝에 자동차 한 대가 나타나 길을 막았다.

뒤에서는 촨한이 다가오고 있었다. 녀석은 앞뒤 잴 것 없이 자동차를 타 넘어 도망가기로 했지만, 막 자동차 위로 올라가려다 발목이 붙들렸다. 촨한이 발목을 콱 잡아당기자 놈이 더러운 물웅덩이에 처박혔다. 어린 양아치는 덜덜 떨면서 촨한을 올려다봤다.

"구이거는 어디 있어?"

양아치가 고개를 힘껏 저었다. 겁을 먹어서 말하는 법도 까먹은 듯했다. 촨한이 스틱을 휘두르자 녀석의 반대쪽 팔도 부러졌다. 돼지 멱따는 소리가 울리는 가운데 촨한이 다시 물었다. "구이거는 어디 있어?"

"정말 몰라!" 양아치가 버럭 소리를 질렀고, 촨한은 스틱으로 놈을 내리쳐 기절시켰다. 벌써 여러 놈을 잡았는데도 구이거가 어디에 있는지 알아내지 못했다. 좐한은 일부러 구이거의 주요 활동 지역에 덫을 놓았다. 그러나 이 어린놈들이 충성심이 대단한 것인지, 아니면 정말로 아무것도 모르는지 누구도 구이거가 있는 장소를 말하지 않았다.

좐한이 다음 계획을 고민할 때 또 한 명의 사냥꾼이 걸려들었다. 민소매 셔츠를 입고 푸르스름한 문신을 한 팔뚝을 드러낸 짧은 머리의 남자가 골목 입구에 서 있었다.

드디어 제대로 싸울 줄 아는 놈이 왔군. 사자가 기분 좋게 안달했다.

짧은 머리 남자가 허리춤에서 길쭉한 칼을 꺼내들었다.

"아쉽군. 총을 가져왔어야지." 좐한이 스틱을 고쳐 쥐고 달려들었다.

24

책의 딸

멀리서 사이렌 소리가 들렸다.

촨한은 숨을 몰아쉬며 피투성이가 된 왼팔을 붙잡았다. 땀에 섞인 피가 흘러내려 손끝에 맺혔다가 떨어지길 반복했다. 손에 쥔 압축 스틱에도 피가 묻어 있다. 쓰러진 짧은 머리 남자는 숨을 쉬지 않았다. 얼굴뼈가 움푹 파였고, 반쯤 열린 입안에는 피가 고여 있었으며, 그 옆에는 누런 이가 몇 개 흩어져 있다. 문신을 한 손가락 열 개는 전부 부자연스러운 방향으로 꺾여 있었다.

촨한은 쓰러진 남자를 넘어 골목 입구로 향했다. 바깥 상황을 살핀 뒤 빠르게 골목을 빠져나가 주차해 둔 포드 자동차에 올랐다. 경찰차 사이렌 소리가 점점 가까워진다. 촨한은 얼른 현장을 떠났다. 왼팔에서 흐른 피가 바지와 신발 위에 떨어졌다.

전혀 다치지 않는 건 역시 어렵군. 사자가 말했다.

촨한은 말없이 속도를 높여 달렸다. 현장에서 꽤 멀어지고 나서야 속도를 조금 늦췄다. 정지 신호에서 대기하는 동안 차 안을 뒤져 찾아낸 수건을 상처에 묶어 지혈했다. 싸우는 중에 휴대전화 액정화면이 부서졌다. 촨한은 망가진 전화기를 조수석에 던져 놓고, 생수로 몸 여기저기 튄 핏자국을 닦았다.

부상을 입기는 했지만 구이거의 위치를 알아낼 수 있었다. 지금 구이거는 부하들을 전부 불러 모았을 터였다. 죽는 것이 무서운 놈이니 말이다. 그리고 촨한은 피가 끓어 앞뒤 가리지 못하는 멍청이가 아니었다. 자신의 한계를 누구보다 잘 알았다. 아무 준비 없이 구이거가 있는 곳에 난입해서야 구이거를 보지도 못할 가능성이 컸다.

지금 촨한에게 필요한 것은 구이거와 부하들을 분산시킬 방법이다. 그러려면 충분히 난장판을 만들어야 했다. 촨한은 혼자인데다 준비할 시간도 부족했다. 그렇지만 시간을 끌수록 페이야가 위험해진다. 구이거는 비밀을 알고 있는 페이야의 입을 막는 걸 결코 포기하지 않을 것이다.

초록불이 켜졌다. 검은색 포드가 쏜살같이 달려 나갔다. 촨한은 좋은 생각이 떠올랐다.

괜찮겠어? 너무 무모해. 사자가 말했다.

촨한은 확신에 차서 대답했다. "효과가 있을 거야. 그 자식은 대비할 방법이 없어. 내 생각에는 잘될 것 같아. 페이야를 보호하고, 내가 지은 죄도 갚을 수 있어."

게다가 쓰레기들까지 전부 청소하고. 사자가 크게 웃었다.

"같이 지옥에 가자." 촨한의 눈에 단호한 결심이 어렸다. 모든 일이 오늘 밤 끝날 것이다.

ᔓ

촨한에게 보낸 부하들의 소식이 전부 끊겼다. 구이거는 미칠 지경이었다. 설마 모두 촨한 한 명에게 당한 걸까? 무시무시한 놈 같으니. 역시 개과천선 따위는 다 거짓이었다. 그는 여전히 폭력과 피의 화신이다.

구이거는 스무 명쯤 되는 부하들을 주변에 배치했다. 어리고 충동적인 녀석들이지만 말은 잘 들었다. 이게 다 사탕 덕분이다. 밖에서 건물을 지키는 애들 외에도 야구방망이와 칼 등으로 무장한 부하들이 구이거 바로 옆에 붙어 있었다. 촨한이 뛰어들더라도 부하들이 구이거의 앞을 막아 줄 것이다. 그뿐 아니라 비밀 무기를 허리춤에 숨겨 두었다. 촨한이 스무 명을 다 쓰러뜨릴 수 있다고 해도 총알보다 빠르지는 못할 테니까.

탕, 총알 한 번이면 촨한을 저승으로 보낼 수 있다. 구이거는 총알이 촨한의 미간 중앙을 꿰뚫는 것을, 그리고 머리를 관통한 후 튀어나오는 것을 상상했다. 그는 얼른 근심거리를 해결하고 싶었다. 촨한에게 물건을 배달시킨 것부터 패착이었다.

구이거는 처음부터 촨한의 본성을 잘못 생각했다. 고등학교 시절, 촨한이 거칠게 살았던 것은 부조리한 상황에 자포자기했기 때문이었다. 촨한은 구이거가 그렇듯 타고나기를 악랄하고 비열한 인간이 아니었다. 그에 비해 구이거는 어떤 끔찍한 짓도 아랑곳하지 않고 해치울 수 있다.

이제 구이거는 분노한 야수를 제 손으로 해결해야 할 처지가 되었다. 양쪽 다 자신의 목숨을 내걸고 싸워야 한다.

인신매매 사업에 문제가 생긴 것도 골칫거리다. 이 사업의 장점은 사람을 납치한 후 그 가족을 협박해 몸값을 뜯어내는 구조가 아니라는 데 있다. 납치한 사람을 상자에 담아서 정해진 장소에 전달하기만 하면 큰돈이 계좌에 들어온다. 부잣집 애를 납치해서 몸값을 받는 것보다 금액은 좀 적을지 몰라도 체포될 위험은 거의 없다.

벌 수 있는 돈, 얻을 수 있는 이익을 포기한 적 없는 구이거다. 어차피 마약에도 손을 댔는데 인신매매가 대수인가? 매일 얼마나 많은 사람이 실종되는가. 그중 몇 명이 진짜 없어진대도 큰일은 생기지 않는다. 게다가 구이거는 그렇게 넘겨준 사람이 어디로 가는지 모른다. 경찰이 실종자를 한 명 한 명 끈덕지게 추적할 리도 없다.

이런 여러 장점 때문에 이 사업에 뛰어들었다. 그런데 첫 거래부터 촨한이 대차게 망쳐 버렸다. 이제 구이거는 배상

명목으로 약속한 한 명 외에도 무료로 한 명을 더 제공해야 한다. 고객의 신뢰를 회복해 장기 거래를 성사하기 위한 마지막 방법이다.

그나저나 이 고객이라는 사람 역시 괴상하기 짝이 없었다. 구이거는 몇 차례 그와 대화를 나누다 고객이 살아 있는 인간을 고문하고 학대하는 것을 즐긴다는 걸 알게 되었다. 전화기를 통해 전해지는 목소리만 듣는데도 그 속에 담긴 광기에 모골이 송연해졌다. 새삼 이 세상에는 다양한 종류의 정신병자가 존재한다는 생각이 들었다. 어쩌면 구이거의 고객은 사회적으로 높은 지위에 있는 인간일지도 모른다.

'인간'이라는 이름의 껍질은 과연 유용하다. 그 속이 아무리 더럽고 끔찍해도 겉만 잘 위장하면 여전히 사회에서 잘 살아남을 수 있다.

"중요한 건 돈과 힘이지." 구이거가 중얼거렸다. 조직이 와해되어도 구이거는 상관치 않는다. 돈을 벌 수 있으면 된다.

지금 눈앞에 닥친 문제 두 가지는 반드시 해결해야 했다. 하나는 환한이고, 다른 하나는 약속한 거래일이 바로 오늘 밤이라는 것이다. 물건을 납치하는 일을 맡긴 부하에게서는 연락이 없다. 그건 지금까지도 데려갈 사람을 구하지 못했다는 뜻이다. 구이거는 한숨을 쉬었다. 데리고 있는 어린 녀석들은 거칠고 겁 없이 싸우지만 머리가 좋지는 않았다.

그는 자기가 분신술을 쓸 수 있었다면 훨씬 쉽게 자신만의 왕국을 세웠을 거라 여겼다.

그때 고객이 전화를 걸었다.

"하필 이 시간에!" 구이거가 화를 내자 옆에 있던 부하가 화들짝 놀랐다. "겨우 이거에 놀라? 그 배짱으로 무슨 일을 하겠냐?"

부하에게 짜증을 내고 전화를 받은 구이거는 금세 기름을 바른 듯 매끄러운 목소리를 내며 웃었다. "오늘 밤? 문제없다니까요, 절대 문제없습니다. 어떤 물건이냐고요? 지금은 비밀입니다. 하지만 분명히 만족하실 겁니다. 그럼요, 이따가 뵙지요."

고객이 전화로 재촉까지 했으니 빨리 끝내야 한다. 구이거는 두 번째 기회도 날릴 수는 없었다. 그래서 직접 나서는 대신 만일에 대비해 부하를 전부 데려갈 작정을 했다.

바깥이 소란스러워졌다. 구이거는 일이 생겼다는 것을 직감하고 옆에 있던 부하에게 눈짓을 했다. "무슨 일인지 나가 봐."

부하가 입구에 다가갔다가 놀라서 되돌아왔다. "형님, 그거……."

"그거 뭐? 똑바로 말해!" 구이거가 버럭 화를 냈다.

그리고 그의 의문에 대답하듯 밖에서 불붙은 유리병이 건물 안으로 들어왔다. 병이 깨지면서 유리 조각과 액체가 사방으로 튀었다. 기름 냄새가 훅 끼쳤다. 구이거는 상황이 심상치 않다는 걸 알아차렸다. 주변으로 금세 불이 붙어 빠르게 번졌다.

"젠장, 화염병!"

구이거가 소리를 지르며 벌떡 일어섰다. 찬한 이 미친 놈!

화염병 하나가 더 던져졌다. 이번에는 부하에게 정통으로 맞은 뒤 바닥에 떨어졌다. 당연히 병은 깨지고 불이 붙었다. 부하 녀석은 온몸에 불이 번지자 비명을 지르며 옆 사람을 움켜잡았고, 그 녀석도 몸에 불이 붙었다. 건물 전체가 혼란에 빠졌다. 부하 중 몇몇은 알루미늄 방망이를 들고 밖으로 뛰쳐나갔다. 바깥에서 격렬한 타격음과 고함이 들렸다.

하지만 공세는 멈추지 않았다. 화염병이 또 날아들었다. 구이거는 뺨에 화끈거리는 통증을 느꼈다. 깨진 유리조각이 스친 것이다. 그는 입구에서 가장 먼 쪽으로 물러나면서 부하 세 놈을 잡아 제 앞에 세웠다. 나머지 애들은 우왕좌왕하면서 불을 끄려고 애쓰는 중이었다.

부하들이 이리 뛰고 저리 뛰는 동안 구이거는 가만히 입구만 노려봤다. 밖에서 싸우던 부하 중 한 명이 비틀거리며 안으로 굴러 들어왔다. 뒤이어 구이거가 죽은 뒤에도 알아볼 사람이 나타났다.

구이거는 놀라서 눈을 크게 떴다. 사자 같은 남자가 타오르는 불길을 뚫고 구이거를 덮쳤다.

구이거의 부하들은 촨한을 저지하려 했다. 하지만 야구방망이 한 번 휘둘러 보지도 못하고 촨한의 주먹이 턱에 꽂혔다. 방망이를 놓친 녀석은 맥없이 쓰러져 다시 일어서지 못했다. 이어서 두 명이 달려들었는데, 촨한은 맨주먹으로 달려든 놈을 힐끗 쳐다보더니 배를 걷어찼다. 배를 움켜쥐고 무릎을 꿇은 녀석은 곧 발차기에 머리를 맞고 실이 끊어진 꼭두각시처럼 쓰러졌다.

구이거는 어떻게든 벗어날 기회를 엿보았다. 유일한 방법은 부하들이 촨한을 붙들고 늘어져 이곳에서 같이 불타 죽는 것이었다. 구이거가 고함쳤다. "저놈을 막으면 상으로 다섯 배를 준다!" 그는 일부러 알약 봉지를 꺼내 흔들기까지 했다.

부하들의 눈빛이 바뀌더니 촨한을 포위하기 시작했다. 사탕이라는 미끼가 없었더라도 촨한이 입구이자 출구인 곳에 서 있으니 살려면 싸우는 수밖에 없었다. 사탕의 힘까지 더해져 부하들이 미친 사람처럼 촨한을 덮쳤다. 촨한은 전혀 밀리지 않았다. 오히려 싸울수록 더 무섭게 날뛰었다. 그가 낮게 으르렁거리며 스틱으로 구이거의 부하를 후려쳤다. 스틱에 맞은 부하는 멍하니 서서 꼼짝하지 않았다. 이마에서 뱀처럼 구불구불 피가 흘러내렸고, 눈을 뒤집더니 무너지듯 쓰러졌다.

다른 부하는 맹목적으로 칼을 휘둘렀다. 춴한은 그걸 정확히 보고 있다가 스틱으로 칼을 후려쳐 떨어뜨렸다. 칼을 놓친 부하는 호랑이 앞에 선 초식동물 신세가 되었다. 춴한의 스틱이 놈의 얼굴을 때렸다. 부하는 얼굴을 싸쥐고 무릎을 꿇었으며, 피로 물든 이 몇 개를 뱉었다. 춴한은 그 녀석의 머리를 잡아 번지는 불길 속으로 던져 넣었다. 녀석은 펄쩍펄쩍 뛰면서 불이 붙은 제 몸을 때려 불을 끄려고 했지만, 그 행동이 오히려 공기를 흐르게 하는 바람에 불길은 더 커졌다.

구이거는 춴한이 부하들과 싸우는 틈을 타 총을 꺼냈다. 하지만 춴한이 마구 날뛰고 있어 정확히 조준하기가 쉽지 않았다. 까딱하면 부하를 맞힐 것 같았다. 부하야 죽든 말든 상관없지만, 자신의 죄를 대신 짊어질 희생양이 줄어드는 게 걱정이었다.

"야, 날 엄호해." 구이거가 부하 한 놈을 방패처럼 앞세우고 출구 쪽으로 이동했다. 막아선 놈들을 해치우면서 조금씩 구이거 쪽으로 향하던 춴한은 이를 금세 눈치챘다. 춴한이 곧바로 길을 막는 놈을 제치고 구이거를 덮쳤다. 구이거도 거의 동시에 앞장세웠던 부하를 춴한에게 떠밀었다. 그리고 총을 조준한 뒤 방아쇠를 당겼다.

불빛, 연기. 총성이 울리자 모든 사람이 일시에 동작을 멈췄다.

환한은 위급한 순간에 몸을 날렸지만 떠밀린 부하는 운이 따라 주지 않았다. 구이거는 그 틈을 타 건물 밖으로 달렸다. 환한도 급히 뒤를 따랐다. 총성이 다시 울렸다. 구이거는 고개를 돌리며 연신 총을 쏘았다. 그 바람에 환한은 막 뛰쳐나가려던 건물 안으로 몸을 피해야 했다. 아직 남아 있던 부하들이 다시 덮쳐 왔다.

얼른 처리해, 잔챙이에게 시간을 낭비하면 안 된다! 사자가 초조하게 소리쳤다.

환한이 주먹을 휘두르자 부하들이 뒤로 물러섰다. 그는 기회를 놓치지 않고 건물을 빠져나갔다. 환한은 멀리 보이는 구이거를 향해 곧장 달렸다.

구이거는 죽어라 뛰고 있었다. 근거지는 불길에 휩싸였고, 부하들은 죽거나 다친 놈이 태반이다. 목숨만 부지할 수 있다면 이런 것들은 다 중요하지 않았다. 환한은 정말로 미쳤다. 구이거는 환한이 다시 쫓아오자 차를 타고 달아날 생각을 했다. 가장 아끼는 초록색 튜닝 자동차가 멀지 않은 곳에 있었다. 구이거는 만일을 대비하여 한 번 더 뒤쪽으로 총을 쏘았다. 그러자 환한이 엄폐물을 찾아 몸을 숨겼다. 그 틈에 자동차 옆에 도착한 구이거가 주머니에서 차 키를 꺼냈다. 그런데 옆에서 작은 발소리가 들리고 웬 그림자가 다가왔다.

구이거가 위험을 감지하고 빠르게 뒤로 물러서지 않았다면 감전되었을 것이다. 전기충격기의 빛이 번쩍거리다 곧 꺼졌다. 구이거는 총을 들어올렸다.

"꼼짝 마!"

그림자의 정체는 페이야였다.

그리고 마침내 촨한이 구이거를 따라잡았다. 촨한은 믿을 수 없는 기분으로 천천히 걸음을 옮겼다. 페이야가 왜 여기에 있는 거지?

페이야의 표정이 무언가 이상했다. 사람이 달라진 것 같았다.

구이거가 냉소했다. "비열한 자식. 여자 친구를 보내서 나를 감시해? 전기충격기 이리 내놔. 안 그러면 총을 쏘겠다." 페이야는 꼼짝도 하지 않았다. "이리 내! 손잡이를 내 쪽으로 돌려서 건네. 허튼 수작 부리면 쏠 거다."

페이야는 무표정한 얼굴로 전기충격기를 반대로 잡고 구이거에게 내밀었다. 구이거는 전기충격기를 받아들고 전원 스위치를 눌러 보았다. 육안으로도 보이는 전류가 파직거리다 사라졌다. "이런 위험한 물건을 어디서 구했지?" 구이거가 페이야에게 총구를 들이대며 촨한 쪽으로 차 키를 던졌다. 열쇠 꾸러미가 아스팔트 위에 떨어지며 맑은 금속성 소리를 냈다.

"운전해." 구이거가 촨한에게 명령했다. 이어서 페이야에게 말했다. "넌 나하고 같이 뒷좌석에 탄다. 누구든 허튼 수작 부리면 바로 총을 쏠 테니까 알아서 해!"

환한은 어쩔 수 없이 차 키를 집었다. 지금은 구이거가 상황을 주도하고 있으니 그가 시키는 대로 해 주는 수밖에 없었다. 환한이 시동을 걸었고, 구이거는 페이야를 위협하여 뒷좌석에 태운 뒤 자신도 그 옆에 앉았다. "뭐해? 출발해!"

"어디로 갈 거냐?" 환한이 물었다.

구이거가 교활한 미소를 지었다. 환한과 페이야가 딱 좋은 때에 왔다는 생각이 들었다.

∿

세척실. 수조에 다섯 구의 시체가 둥둥 떠 있다.

"이게 전부 페이야 작품이야?" 닥터 야오가 흥미롭다는 눈빛으로 퉁퉁 불은 시체를 쳐다봤다.

"네, 혼자서 해냈죠." 이하오가 대답했다. 그는 닥터 야오의 발밑을 닦느라 여념이 없었다. 굽 높은 구두를 신고 젖은 바닥을 걸어 다니는 건 위험했다. 하지만 이하오의 걱정은 쓸데없었다. 닥터 야오는 바닥이 미끄러운 것은 신경도 쓰지 않았다.

"페이야의 증오심이 정말 무서운걸." 닥터 야오가 만족스럽게 웃었다. "유전일까? 하지만 가학 성향이 유전된다는 말은 들은 적 없는데. 후천적인 거라기엔 학습할 기회가 없었잖아. 그 애는 자기 아빠가 어떤 인간인지 몰랐으니까. 겉으로 드러난 포장지만 보았을 뿐이야. 아빠가 어떻게 죽었는지도 모르고. 설마 내가 괴물을 깨운 것이려나?"

이하오는 대답하지 않았다. 하지만 누구라도 그가 닥터 야오를 걱정하고 있다는 것을 알 수 있었다.

닥터 야오가 세척실을 나갔다. 이하오가 바로 뒤에서 수행했다. 두 사람은 비밀 공간을 나와 계단을 올랐다.

"정말 기대가 커. 누가 뭐래도 그 애는 잭 조직원의 딸이니까." 닥터 야오가 찬란한 미소를 지었다.

문이 닫혔다. 비밀 공간은 다시 고요해졌다.

25

가장 성실한
거짓말쟁이

구이거가 목적지를 말한 순간, 촨한은 그의 의도를 알아차렸다. 첫 거래의 접선지. 고객을 만나러 가는 것이다. 그렇다면 '물건'은 촨한 자신과 페이야겠지.

촨한은 그 사실을 잠시 숨기기로 했다. 자신이 눈치챘다는 사실을 알리는 것은 도움이 되지 않는다. 차는 어두운 산업용 도로를 달리고 있었다. 촨한은 가끔 백미러로 뒷좌석에 앉은 두 사람을 살폈다. 다리를 꼬고 앉은 구이거는 페이야에게서 권총을 한순간도 떼지 않았다.

페이야는 미간을 살짝 찡그리고 있었다. 어딘지는 몰라도 존재하지 않는 곳을 보고 있는 듯했다. 촨한은 차 안이 너무 어둡다고 생각했다. 잘 보이지는 않았지만 창백한 페이야의 얼굴이 아파 보였다.

촨한은 하고 싶은 말이 많았다. 페이야를 배신한 적 없다고 해명하고 싶었고, 처음 페이야에게 말을 걸었을 때도 우울한 모습이 걱정되어 그런 거라고 말하고 싶었다. 그때의 페이야는 촨한의 괴롭힘 때문에 자살한 남자애처럼 보였다. 촨한은 속죄를 갈망하고 있었고, 그래서 페이야에게 도와주겠다고 제안했다.

속죄의 대상일 뿐이었던 페이야가 우리에게 이토록 중요한 사람이 될 줄이야. *나도 이렇게 될 줄은 몰랐다.* 사자가 말했다.

페이야가 돌연 눈을 돌려 백미러를 똑바로 쳐다봤다. 두 사람의 시선이 마주쳤다. 페이야가 입을 열려다 도로 다물었다. 촨한은 페이야가 하려던 말이 궁금했지만 지금은 대화할 상황이 아니었다. 페이야를 위험에서 벗어나게 하는 데 집중해야 했다. 구이거의 손에 총이 들려 있으니 함부로 행동할 수는 없었다. 그렇다고 이대로 접선지에 물건을 배달할 수는 없는 노릇이다.

"촨한 오빠." 페이야가 조그맣게 불렀다. 불확실한 무언가를 확인하려는 듯한 목소리였다. 그녀는 촨한이 이 자리에 있다는 걸 믿기 어려워하는 듯했다. "나한테 거짓말한 적 있나요?"

"없어."

촨한은 당황했지만 얼른 대답했다. 페이야만 믿어 준다면 같은 대답을 1만 번 하라고 해도 그럴 용의가 있었다.

구이거가 벌컥 화를 냈다. "둘이 여기서 연애해? 나는 안 보여?" 그가 권총으로 페이야의 머리를 세게 내리쳤다. 페이야가 비명을 질렀다. 백미러에 그녀의 이마가 붉게 부어오르는 모습이 비쳤다.

"그만둬! 그 애는 건드리지 마!" 촨한이 다급하게 외쳤다. 그는 할 수만 있다면 구이거를 갈기갈기 찢어 죽이고 싶었다.

"잘 생각해, 지금 네가 그렇게 말할 상황이 맞는지." 구이거가 권총을 흔들더니 페이야의 머리를 한 번 더 후려쳤다. 페이야는 이를 사리물고 참았다. 작은 신음소리만 흘러나왔지만 실제 상처는 컸다. 피부가 찢겼는지 이마에서 빨간 피가 흘러내렸다.

촨한은 마음이 아팠다. 하지만 페이야는 구이거가 위협하든 말든 집요하게 질문했다. "내 동생 납치한 거, 오해였죠? 그렇죠?"

"니미럴, 아직도 정신을 못 차리고!" 구이거가 페이야를 힘껏 걷어찼다. 발길질 한 번으로 차 문에 처박힌 페이야가 몇 번 콜록거렸다.

"오빠, 대답해요……."

바보같이 왜 저러는 거야! 이런 상황에서 왜 얻어맞을 짓을 하는 거지? 사자가 걱정이 되어 안절부절못했다.

"전부 오해야! 나는 배달하라고 한 물건이 살아 있는 사람인 줄도 몰랐어. 네 동생이라는 것도 전혀 몰랐다고! 페이야, 제발 그만 말해."

무시당하다시피 한 구이거가 폭발했다. 그에게는 이 상황을 통제할 힘이 있었다. 구이거가 총구를 페이야의 머리에 댔다. 이대로 방아쇠를 당기면 머리가 터질 것이다. "닥쳐. 또 입을 열면 바로 쏜다."

페이야는 구이거의 말이 들리지 않는 것처럼 입술을 움직였다. 또 뭐라고 말하려는 것 같았다.

"저 자식이 시키는 대로 해! 아무 말도 하지 마!" 놀란 환한이 제지하려 했다. 대체 무슨 일이 일어난 것일까? 며칠 사이 페이야는 집요하면서도 죽음을 두려워하지 않는 모습으로 변했다. 분명히 엄청나게 고통스러운 계기가 있었겠지…….

"그렇지, 그렇지. 그나마 넌 눈치가 있군. 내가 어떤 사람인지 알 테니까." 구이거가 환한과 페이야를 번갈아 노려봤다. 그리고 천천히 총을 뗐다. 하지만 총구의 방향은 여전히 페이야를 향해 있었다.

침묵이 흘렀다. 누구도 입을 열지 않았다. 환한은 몇 번이나 백미러를 쳐다봤고, 그때마다 페이야와 눈이 마주쳤다. 페이야의 눈에 후회가 가득하다는 걸 충분히 알 수 있었다. 페이야의 닫힌 마음의 문이 열린 걸까?

정말 잘됐다.

구이거는 페이야를 때리고 찰 수는 있겠지만 절대 총은 쏘지 않을 것이다. 환한과 페이야 두 사람 모두 지금은 중요한 거래 물품이니, 고객에게 넘기기 전까지는 죽일 리 없다. 그러니 접선지에 도착하기 전까지는 기회가 있다.

거짓말로 속일 것도 없다. 의심이 많은 성격인 구이거는 이럴 때 촨한의 말에 귀를 기울이지도 않을 터였다. 촨한은 구이거가 대처하지 못할 방법을 알고 있었다. 그 순간이 바로 페이야가 도망칠 제일 좋은 기회가 될 것이다.

촨한이 천천히 액셀러레이터를 밟아 속도를 점차 높였다. 늦은 밤 도로에 다른 차가 없어서 다행이었다.

휴대전화가 울렸다. 구이거의 주머니에서 나는 소리였다. 촨한이 백미러를 통해 페이야를 보며 눈짓했다. 구이거는 전화기를 꺼내느라 촨한이 그러는 줄 몰랐다.

구이거가 고개를 숙여서 휴대전화를 확인하는 순간, 촨한이 급하게 브레이크를 밟았다.

귀를 찌르는 마찰음을 내며 차체가 미끄러졌다. 구이거는 비명을 지르며 앞좌석 등받이에 머리를 박았다. 페이야 역시 그랬다. 촨한이 뒷좌석 쪽으로 반쯤 넘어가다시피 몸을 뻗어 구이거의 권총을 붙잡았다.

"빌어먹을!" 구이거가 전화기를 내던지고 촨한과 몸싸움을 벌였다.

"내려! 빨리 내려!" 촨한이 페이야에게 소리쳤다. 그러나 페이야는 도망가지 않고 주사기로 구이거를 찌르려 했다. 촨한은 몸싸움을 하는 와중에도 한 손으로 페이야의 손목을 잡았다.

"봐요!" 페이야는 뭔지 모를 액체를 어떻게든 구이거에게 주사하려고 애를 썼다.

"페이야, 안 돼! 넌 나처럼 되면 안 돼!" 촨한이 페이야를 향해 고함쳤다. 그는 페이야가 누군가를 해치는 꼴을 두고 볼 수 없었다. 그런 일은 페이야에게 어울리지 않는다. 더러운 일은 내가 하면 된다. 촨한은 그렇게 생각했다.

"이미 늦었어." 페이야는 혼나는 어린아이처럼 조그맣게 속삭였다. 쓸쓸한 목소리였다. 촨한은 그 말을 제대로 듣지 못했다. 그는 일단 페이야의 손에서 주사기를 빼앗았다. 페이야가 발버둥을 쳤지만 별 소용이 없었다.

그 틈에 구이거가 촨한의 손에 잡혔던 총을 빼냈다. 촨한이 몸으로 구이거를 막았다. 총구가 페이야를 향하지 못하게 하려는 거였다.

탕! 총알이 차 천장을 뚫고 나갔다.

"도망가!" 촨한은 페이야가 여기 있는 게 싫었다. 페이야에게 무슨 일이라도 생길까 봐 겁이 났다. 그가 다시 고함쳤다. "차에서 내리라고!"

페이야는 어쩔 수 없이 차 문을 열고 바깥으로 나갔다. 하지만 도망갈 생각은 없었다. 그녀는 운전석 쪽으로 와 차 문을 열며 촨한을 향해 외쳤다.

"같이 가!"

구이거가 다시 방아쇠를 당겼다. 총알은 이번에는 차창을 뚫고 나갔다. 촨한은 여기에 계속 있다가는 눈먼 총알에 페이야가 다칠지 모른다고 생각했다.

"날 기다려, 알았지? 데리러 올게."

촨한이 페이야를 똑바로 쳐다보며 말했다. 동시에 힘껏 액셀러레이터를 밟았다. 엔진이 굉음을 토했고, 차는 고삐 풀린 말처럼 튀어나갔다. 페이야는 차가 멀어지는 걸 멍하니 바라볼 수밖에 없었다……. 차의 후미등 불빛도 금방 보이지 않게 되었다.

페이야는 그 자리에 못 박힌 듯 서서 촨한의 마지막 말을 되새겼다. 데리러 온다고, 기다리라고. 돌연 총성이 울렸다. 아주 멀리서 난 소리였다. 잠깐 소란스러운 기척이 느껴졌다가 금세 사위가 고요해졌다. 그 후로는 아무 소리도 들리지 않았다.

한참 후 초조해진 페이야는 더는 기다릴 수 없어서 어둠을 더듬으며 도로를 따라 걸었다. 촨한을 찾아야 했다. 그가 무사한 걸 확인해야 했다. 그녀는 계속 걸었다. 밤이 물러가고 희부옇게 동이 텄다. 페이야는 겨우 튜닝 자동차를 발견했다. 길가 수풀에 반쯤 처박힌 자동차는 보닛이 함몰되었고 차체 앞부분이 거의 부서진 상태였다.

"촨한……." 페이야는 두렵고 걱정스러워 저도 모르게 자동차로 달렸다.

그러나 차 안에는 아무도 없었다.

페이야는 정신없이 주변을 뒤졌지만 촨한은커녕 있을 법도 한 핏자국 하나조차 발견하지 못했다. 근처를 돌아다니며 목이 쉬도록 촨한을 불러도 끝끝내 그의 대답은 들려오지 않았다. 촨한도 구이거도 증발한 것처럼 사라졌다.

페이야는 고집스럽게도 원래의 장소로 돌아가서 기다렸다. 해가 지고 초승달이 다시 떠오를 때까지 꼼짝하지 않았다. 그러나 촨한은 오지 않았다.

페이야는 어떻게 해야 할지를 몰랐다. 무얼 해야 하지? 촨한은 어디로 간 거지? 질투와 오기로 촨한을 의심한 게 후회스러웠다. 페이야가 그를 믿었더라면 촨한이 혼자서 구이거를 찾아가지 않았을지도 모른다. 그랬다면 지금 실종되었을 리도 없는데…….

"촨한 오빠가 나를 피하는 걸까?" 페이야는 자책감 때문에 이런 생각까지 했다. 하지만 촨한은 그럴 사람이 아니다. 페이야가 싫어서 숨어 버릴 거였다면 왜 죽음을 무릅쓰고 그녀를 구해 준단 말인가?

∽

페이야는 촨한을 걱정하느라 자기가 어떻게 닥터 야오의 개인 진료실 건물로 돌아왔는지도 몰랐다. 그녀는 멍하니 방안에 앉아서 먹지도 마시지도 않았다. 마침내 정신을 차린 페이야가 처음 한 행동은 다비도프에게 전화를 거는 거였다.

"실종자를 찾는다고? 이러면 내가 사회복지기구라도 된 것 같잖니." 다비도프의 말투에 날이 섰다.

"무슨 대가를 원하시든 다 드릴게요. 그 사람만 찾아 주세요. 뭐든지 할게요." 페이야의 목소리에는 아무런 감정이 없었다.

"내가 사람을 죽이라고 하면?" 다비도프가 떠 보듯 물었다.

"죽일게요."

다비도프가 또 웃었다. 귀를 찌르는 웃음소리는 한참 이어지다가 돌연 뚝 끊겼다. "모범생 여자애가 이렇게 변하다니 상상도 못할 일이네. 너의 놀라운 변신을 기념하기 위해서라도 그 사람을 꼭 찾아 주지. 하지만 금방 결과가 나오지는 않을 거야."

"얼마가 걸리든 기다릴게요." 페이야가 말했다. 언제까지든 기다릴 수 있었다.

페이야는 겉옷을 입고 나갈 준비를 했다. 주머니에 넣은 손은 휴대전화를 꽉 쥐고 있었다. 다비도프의 전화를 받지 못해 환한의 소식을 놓쳐서는 안 되니까.

눈에 익은 장면이었다. 인파로 붐비는 거리, 시끄러운 자동차 클랙슨 소리……. 그러나 지금의 페이야에게는 모두 낯설었다. 페이야는 한 번도 방문한 적 없는 도시를 보듯 주변을 두리번거렸다.

페이야가 기억하고 있는 것은 거짓말쟁이가 마지막으로 한 약속뿐이었다.

"날 기다려, 알았지? 데리러 올게."

26

마지막,
완성

아름다웠던 몸뚱이는 지금 구더기의 낙원이 되었다.

금발 여자의 벌거벗은 몸에는 구더기가 구물구물 기어 다녔다. 마치 하얀 담요를 덮어 놓은 것 같았다. 머리부터 발끝까지, 심지어 눈구멍에서도 구더기들이 썩은 고기를 즐거이 갉아 먹고 있다.

파리가 한 바퀴 선회한 뒤 하강했다. 그들이 착륙한 장소는 불결한 진물 위다. 혹은 시커먼 고깃조각이 말라붙은 칼 위다. 파리들은 피와 고기를 탐하는 욕망에 순종했다.

벌거벗은 점원이 부패해 악취를 풍기는 시체 옆에 주저앉아 있다. 그는 숨이 턱 막히는 시취는 아랑곳하지 않았다. 오른쪽 가슴에 직접 새긴 글자는 이미 아물어 울퉁불퉁한 딱지가 앉았다.

"부족해." 점원이 혼잣말을 뇌까렸다. 누렇게 뜬 얼굴에 실핏줄이 터진 눈이 우묵했다. 더 많은, 더 많은 신선한 육체가 필요했다. 부족해.

그가 칼을 움켜쥐자 칼에 붙어 있던 파리들이 이리저리 흩어지며 윙윙 소리를 냈다. 그들의 낙원인 칼을 빼앗아 간 점원이 이기적이라고 항의하는 듯했다. 파리들 중 몇 마리는 천장에 매달린 전구에 부딪혀 방향을 상실했다. 한 바퀴 빙 돌아서 겨우 바닥에 착륙한 파리가 끈적한 피고름을 빨아들였다.

깊고 묵직한 힘이 점원을 일으켜 세웠다. 가야 해.

밖으로 나가 사냥을 할 시간이었다.

~

타이베이 번화가의 밤.

SUV 자동차 한 대가 길가에 정차해 있다. 운전자는 두리번거리며 지나가는 여자를 유심히 살폈다. 그는 겨울인데도 일부러 반소매를 입고 자신만만하게 팔 근육을 드러냈다. 수시로 가슴과 팔에 힘을 주어 근육이 불끈 튀어나오게 하기를 반복했다. 육체를 전시하길 즐기는 이 남자는 어느 중학교의 교사로, 생활지도부장을 맡고 있다.

약속 시간까지 10분이 남았지만 그는 일찍 도착했다. 이번에 예약한 아가씨는 사진으로 볼 때는 정말 좋았다. 흰 피부와 청순한 분위기가 일본 여배우 아라가키 유이新垣結衣를 생각나게 했다.

생활지도부장은 시간을 확인하면서 이따가 어떻게 놀지 고민했다. 2시간을 채울 걸 그랬다며 조금 후회했는데, 오늘따라 체력이 좋다는 생각이 들었기 때문이다.

길 건너에서 단발머리 여자가 이쪽을 빤히 쳐다보더니 반쯤 뛰듯이 도로를 건넜다. 자기 차 쪽으로 오는 것 같았다. 하지만 사진과 다른데? 예약한 여자도 괜찮았지만 이 여자가 훨씬 예뻤다.

단발머리 여자는 검은색 사파리 재킷에 스키니 바지를 입었다. 몸의 곡선이 잘 드러나는 옷인데 군살이라고는 하나도 없었다. 여자가 운전석 쪽으로 다가왔다. 인조 속눈썹을 붙이고 아이섀도를 바른 눈을 보자니 감전이라도 된 것 같았다.

"안녕하세요, 늦어서 죄송! 갑자기 연락을 받았는데…… 예약한 애가 아프다고 해서 대타로 왔어요!" 단발 여자는 귀엽고 애교 있는 목소리로 설명했다. 생활지도부장은 가슴이 두근거렸다.

여자가 순진하게 눈을 깜빡거렸다. "저…… 괜찮아요? 아니면 다른 애로 바꾸실래요?"

"괜찮아, 너로 하자." 생활지도부장이 여자를 차에 태웠다.

여자가 조수석에 앉자마자 그의 손이 여자의 허벅지 위를 오르락내리락했다. 이 얼마나 부드럽고 탄력 있는 몸인가!

생활지도부장은 예약한 모텔로 차를 몰았다. 목적지에 도착한 뒤에는 여자의 허리를 감고서 안으로 들어갔다. 아라가키 유이를 닮은 그 애는 아니지만 이 여자애도 흠잡을 데가 없었다. 정말 의외의 수확이었다.

"금액은 그대로지?" 생활지도부장이 물었다.

"네!" 단발 여자가 고개를 끄덕였다.

방에 들어간 뒤 생활지도부장은 웃옷을 벗고 샤워할 준비를 했다. 그런데 단발 여자가 갑자기 가까이 다가오더니 그를 향해 묘한 미소를 짓고는 무릎을 바닥에 대고 앉았다.

"이렇게 적극적이라고? 좋은데!" 그는 무척 만족해하며 단발 여자가 바지 지퍼를 내리는 것을 가만히 내버려 두었다. 곧 팽창한 물건이 툭 튀어나왔다. 그러나 기대했던 따뜻하고 축축한 감촉이 아니라 선뜩한 차가움을 느끼고는 저도 모르게 아랫배를 움찔거렸다.

"무슨 짓이야? 이따가 혼날 줄 알아라."

생활지도부장은 호기심에 고개를 숙였다가 날카로운 날이 맞물리는 것을 보고 말았다.

달카닥. 쪼그라든 살덩이가 바닥에 툭 떨어졌다.

"아아아아아아아!" 생활지도부장이 극심한 고통에 눈물을 흩뿌리며 시뻘겋게 물든 아랫도리를 붙잡고 뛰었다 굴렀다 난리를 쳤다. 심지어 머리를 벽에 처박기도 했다. 격통에서 벗어나고픈 몸부림이었다.

“신고할 거다! 고소할 거야! 평생 감옥에서 썩게 해 줄 테다!” 생활지도부장이 눈물과 콧물로 더러워진 얼굴을 치켜들고 소리를 질렀다.

그는 자신에게 일어난 일을 믿을 수가 없었다. 잘렸다, 남자에게 가장 중요한 부분을!

“그럼 당신이 매춘했다는 사실도 알려지겠군요. 교직에서 쫓겨날지도 몰라요. 그러면 연금과는 작별이지.”

원래는 귀엽게 느껴졌던 코맹맹이 목소리가 지금은 털이 쭈뼛 설 만큼 무서웠다.

“죽인다, 죽일 테다!” 생활지도부장은 피투성이 손으로 바닥을 짚으며 일어나려 했지만 힘이 빠져서 미끄러지기를 반복했다. 너무 아팠다. 정말 죽을 만큼 아팠다.

단발 여자는 가위로 살덩이를 살짝 집어 욕실로 향했다. 생활지도부장은 나쁜 예감에 다급히 소리를 질렀다. “멈춰! 거기 서!”

물론 여자는 그 말을 듣지 않았다. 변기 뚜껑을 올린 여자가 보란 듯이 살덩이를 흔들었다. 생활지도부장은 거의 울기 직전이었다.

“밥그릇과 작별 인사하기 전에 우선 애랑 바이바이.”

코맹맹이 소리가 싹 사라졌다. 단발 여자가 보통의 목소리로 말했다.

“Say goodbye to your penis.”

생활지도부장은 그 목소리를 알고 있었다. 하지만 어떻게…….

가윗날이 벌어졌고, 살덩이가 퐁당 소리를 내며 변기 안으로 떨어졌다. 단발 여자가 물을 내렸다. 쏴아 하는 소리와 더불어 생활지도부장은 그 살덩이와 영원히 헤어졌다.

단발 여자는 느릿느릿 손을 씻었다. 비누로 손가락을 하나하나 깔끔히 닦으면서 생활지도부장이 목 놓아 우는 소리를 들었다. 여자는 젖은 손을 턴 다음 가위를 지퍼 백에 잘 넣고 아무 일 없었다는 듯 방을 나섰다.

단발 여자가 옅은 미소를 띠고 택시를 불렀다.

"어디로 가시나요?" 택시 기사가 물었다.

여자는 장소를 말해 준 뒤 팔짱을 끼고 눈을 감았다. 입술이 종종 움찔거리는 게 뭐라고 중얼거리는 듯했다.

택시에서 내린 여자는 한밤의 차가운 바람을 뚫고 걸었다. 거리를 걸으며 인조 속눈썹을 떼고 클렌징 티슈로 화장을 지웠다. 화장기 없는 얼굴은 훨씬 어렸다. 위장하듯 짓고 있던 자신만만한 미소도 화장과 함께 씻은 듯 사라졌다.

소녀는 이 동네를 잘 알았다. 어느 골목으로 접어들자 멀리서 불을 밝힌 편의점이 보였다. 초점 없는 눈동자가 적막하고도 쓸쓸했다.

가발을 벗자 어깨에 닿을 만큼 긴 머리카락이 나타났다. 소녀는 멍하니 서 있다가 천천히 머리카락을 포니테일로 묶었다. 어떤 거짓말쟁이가 좋아하던 머리 모양이었다.

"데리러 온다고 약속했는데 왜 안 와?" 소녀가 눈물을 뚝뚝 흘렸다. 눈물방울이 차가운 뺨에서 미끄러져 바닥으로 추락했다.

화장으로 대학생인 척했지만 사실 소녀는 아직 열여섯 살도 되지 않았다. 그런데도 강인한 모습으로 가면을 쓰고 살아야 했다.

"보고 싶어……."

∿

점원은 일하는 곳 근처에 몸을 숨기고 기다렸다. 이곳은 그의 전용 사냥터였다. 금발 여자 역시 이곳에서 손에 넣었다. 거리의 지형을 손바닥 보듯 훤히 알고 있어 사냥할 때 훨씬 안심이 되었다.

그는 사냥터를 순시하며 적당한 먹잇감을 찾았다. 어린애는 빽빽 울고 귀찮게 구니까 안 된다. 늙은이도 안 된다. 살이 뻣뻣한 데다 주름이 져서 싫다. 점원은 늙어빠진 고기의 공허함을 가르는 재미없는 짓은 하고 싶지 않았다. 남자도 안 된다. 남자들의 체취는 끔찍했다. 게다가 저항할 경우 대처하기 까다롭다.

그러니까 목표물은 젊은 여자여야만 했다. 예쁘면 더 좋다. 예쁜 것은 오래 감상해도 질리지 않으니까 유효기간이 더 길다.

존재하지 않는 조물주가 그의 욕망을 허락해 준 것처럼, 편의점에서 멀지 않은 곳에 혼자 움직이는 여자가 보였다. 점원은 지나가는 사람처럼 걸어가면서 여자의 얼굴을 확인했다. 소녀는 멍하니 생각에 잠겨 있어서 옆으로 누가 지나가는지도 모르는 듯했다.

점원은 조금 놀랐다. 잘 아는 사이라고는 하기 힘들지만 몇 번 본 적 있는 소녀였다. 편의점 동료의 여자 친구. 그 두 사람이 진짜 사귀는 사이인지는 확신하기 어렵지만, 어쨌든 그 여자애였다.

여자애는 얼마 전까지 종종 편의점에 찾아왔다. 점원이 몰래 감시카메라 기록을 살펴봤더니 이 예쁜 소녀는 밤에 와서 동이 틀 때까지 있다가 가곤 했다. 그런데 그 동료가 지금 어디로 갔는지 사라진 상태다. 사전에 말도 없이 가게에 나오지 않는 바람에 점장이 화를 많이 냈다. 물론 점원과는 상관없는 일이다. 점장은 골머리를 앓다가 결국 다른 지점에서 지원 인력을 빌려왔다.

하지만 이런 정보는 별 필요가 없다. 점원이 저 소녀를 오늘의 사냥감으로 점찍었다는 게 중요하다.

점원은 어둑어둑한 방화용 골목에 몸을 숨겼다. 금발 여자를 납치하던 날에도 이렇게 했다. 그는 여자애가 이 앞을 지나갈 때 덮쳐서 골목 안으로 끌고 들어올 계획이었다. 그런 다음 제압해서 집으로 데려갈 것이다.

점원이 벽에 등을 댔다. 고요한 겨울밤이라 여자애의 단화가 길바닥에 닿아서 나는 소리가 더욱 멀리까지 울렸다. 소녀가 점점 가까워졌다. 점원이 준비해 온 고기 써는 칼을 꺼내들었다. 많이 놀라겠지. 울까? 비명을 지를까? 아니야, 비명을 지르면 쓸데없이 일이 커질 수 있으니 소리 내지 못하게 하자. 그러려면 우선 입부터 막아야겠다. 그래, 그렇게 하는 거다.

그는 방화용 골목을 지나가는 소녀의 그림자를 지켜봤다. 포니테일로 묶은 머리카락이 달랑거리는 모습이 매혹적이었다. 점원은 민첩하게 달려들어 소녀의 입을 막고 다른 손으로 칼을 들어 목에 들이댔다.

"소리 내지 마. 얌전히 굴면 다치진 않을 거다." 점원이 혀로 입술을 핥았다. 여자애의 목덜미에서 좋은 향기가 났다. 정말 좋았다.

소녀는 얌전히 그가 이끄는 대로 방화용 골목 안까지 들어왔다. 이 골목은 사냥감을 간단히 처리하기에 좋은 장소다. 여기서 사냥감을 묶은 다음……. 점원은 이곳에 미리 밧줄을 갖다 두었다. 그는 소녀에게 그 밧줄을 주워 스스로 자기 몸을 묶으라고 명령했다. 밧줄을 주우려 허리를 굽히는 여자애를 점원은 흡족하게 바라봤다.

다음 순간 전류가 번쩍였다. 점원은 무슨 일이 벌어졌는지도 제대로 이해하지 못하고 나무토막처럼 쓰러졌다.

여자애가 검은색 물건을 쥐고 있었다. 점원은 그 물건이 눈에 익다고 생각했다. 여자애가 전원 스위치를 누르자 파란 전류가 생겼다. 어떻게…… 어떻게 저런 걸 가지고 다니는 거지?

감전된 점원의 몸이 무력하게 퍼덕거렸다. 저도 모르게 입에서 신음소리가 쏟아졌다. 땅바닥에 누운 그의 시선이 소녀가 신은 단화 코에 닿았다. 아니야, 이건 아니야. 내 계획은 이게 아니었어!

여자애가 점원 앞에 쪼그려 앉았다. 작은 유리병을 꺼내 투명한 황록색 액체를 주사기로 뽑아내는 게 보였다. 점원은 당장 도망가야 한다는 걸 직감했다. 하지만 소녀가 더 빨랐다. 목에 따끔한 통증이 느껴졌다. 주사기가 꽂힌 것이다. 소녀가 주사기의 피스톤을 쭉 눌렀다. 황록색 액체가 전부 그의 몸에 주입되었다.

몇 초쯤 흘렀을까, 점원은 목구멍에서 극심한 통증을 느꼈다. 억센 밧줄이 목을 꽉 조이는 듯했다. 그는 경련을 일으켰다. 전기충격을 받았을 때보다 더욱 고통스러웠다. 경련할 때마다 통증이 뒤따랐다. 앞이 보이지 않았다. 분명히 눈을 뜨고 있는데도 눈앞이 새카만 어둠으로 덮였다…….

왜? 이렇게 되면 안 된다. 저 여자애가 얌전히 내 말을 들었어야 한다. 금발 여자처럼 내 마음대로 할 수 있었어야 한다. 배를 가르는 쾌감을…….

안 돼…….

∿

페이야는 주삿바늘을 빼서 플라스틱 케이스에 넣은 뒤 주사기와 유리병은 외투 안에 넣었다. 외투 안쪽에는 주머니가 여러 개 달려 있었다. 주사기 외에도 여러 가지 도구를 보관하는 용도였다.

페이야는 쓰러진 남자를 알아봤다. 촨한의 동료였던 사람이다. 이름이 아저였던가? 그녀는 골목길에서 이 남자를 마주쳤던 기억을 떠올렸다. 고모부처럼 오싹하고 탐욕스러운 눈빛으로 자신을 쳐다보는 바람에 역겨웠다. 페이야는 주사기를 꽂고 나서 잠깐 동안 후회했다. 목적을 물었어야 하나? 자기를 노린 게 계획된 일인지, 아니면 갑자기 결정한 것인지……. 설마 구이거의 부하는 아니겠지. 아니, 그건 불가능하다.

페이야는 오른쪽 주머니에서 은색 구형 휴대전화를 꺼냈다. 전화를 걸고 신호음이 세 번 울린 뒤 끊는다. 그런 다음 다시 전화를 건다. 이제 이런 절차를 거치는 데에도 익숙해졌다. 촨한이 사라진 후 페이야는 많은 사람을 찾아갔다. 죽기에는 좀 억울할 구이거의 부하들, 학교 폭력을 조장했던 학생들도 봐주지 않았다…….

10분 후 화물차 한 대가 방화용 골목 앞에 주차했다. 차에서 내린 남자는 택배기사 유니폼을 입었지만 택배기사가 아니라 '수거업자'다. 수거업자는 화물칸에서 비어 있는 나무 상자를 꺼냈다. 페이야는 뒤로 좀 물러났다. 남은 일은 전부 업자에게 맡기면 된다.

업자는 평소처럼 말없이 일에 전념했다. 입가에 흰 거품이 묻고 얼굴은 새파랗게 변한 아저는 확실히 숨이 끊긴 듯했다. 수거업자가 인형을 다루듯 아저의 몸뚱이를 나무 상자에 밀어 넣었다. 뼈가 부러지는 소리가 페이야에게까지 들렸다. 수거업자의 거친 손놀림에 척추가 부러진 듯싶었다. 아마 갈비뼈도 불행을 면치 못했을 것이다.

그래도 상관은 없다. 죽은 자는 아픔을 느끼지 못한다. 그것은 산 자의 의무다.

수거업자가 나무 상자를 화물칸에 도로 싣고 운전석에 올랐다. 페이야는 업자가 떠나는 것을 가만히 바라봤다. 업자는 끝까지 아무 말도 하지 않았다. 페이야는 그가 벙어리는 아닐까 의심하는 중이다.

페이야는 간단히 정리를 마치고 머리를 다시 묶었다. 편의점에 다시 가 볼 작정이었다. 혹시 환한이 편의점에 와 있을지도 모른다. 어떤 일이 생길지는 모르는 것이다. 오늘 촨한을 만나지 못하더라도 그런 날이 하루 이틀도 아니니까 괜찮다.

페이야는 매일 밤 이곳에 온다. 기다린다.

오지 않을걸. 방금 페이야는 어떤 목소리를 들었다. 착각이었을까? 주변에는 아무도 없다. 그리고 목소리는 마치…… 자기 안에서 나오는 듯했다.

거짓말쟁이는 거짓말쟁이일 뿐이야. 너 같은 바보나 그 말을 믿지.

환청, 환청이다. 페이야는 혼잣말을 하는 습관이 없다. 그러나 목소리는 점점 더 선명해졌다. 고개를 마구 저었지만 목소리를 떨쳐낼 순 없었다. 목소리는 명확히 페이야를 향해 말을 걸고 있었다.

동시에 페이야의 머릿속으로 수많은 장면이 스쳐 지나갔다. 비명을 지르는 구이메이, 산 채로 물에 던져져 익사한 녀석들……, 페이야가 가위로 음경을 잘라 버린 교장과 생활지도부장, 방금 독극물을 주사해 죽인 아저……. 심지어 참혹하게 살해된 둘째 고모와 고모부의 모습도 있었다. 사실 두 사람은 살아 있다. 페이야가 아직 손을 쓰지 않았기 때문이다. 계획 단계일 뿐…….

후회하지 않아. 조금도 후회하지 않아. 나는 선택의 여지가 없었어, 반격할 수밖에 없었다고! 페이야는 자신을 설득하려 했다. 하지만 목소리는 점점 더 분명해지면서 페이야에게 말을 걸었다.

괜찮아, 괜찮아. 사람을 좀 죽인 것뿐인데 뭐. 목소리가 말했다.

입 닥쳐! 시끄러워! 페이야는 마음속으로 거칠게 고함쳤다. 목소리를 덮어 버리고 싶었다. 하지만 그럴 수 없었다. 목소리는 페이야의 마음에 똬리를 튼 악마였다. 귀를 막든 큰 소리를 지르든 그 목소리에서 벗어날 방법은 없었다. 페이야는 촨한이 종종 허공에 대고 중얼거리던 이유를 깨달았다. 이제 페이야도 촨한과 같은 길을 걷고, 그와 같은 결말을 맞이하고 있었다.

"거짓말쟁이……! 어디에 있어, 날 구해 준다며! 무섭단 말이야, 이러지 마……." 페이야는 무릎을 꿇고 주저앉았다. 어두운 방화용 골목 안에 페이야의 안타까운 애원이 울려 퍼졌다.

페이야를 받아 주겠다고 한 남자는 사라졌다. 앞으로는 이 목소리만 페이야의 곁을 지킬 것이다. 계속해서, 영원히.

목소리는 절대 페이야를 놓아 주지 않겠다는 듯 쉼 없이 말을 걸었다.

우리 같이 지옥에 가자.

마지막,
그 후

정장을 입은 남자가 화물차에서 내렸다. 손에는 버건디 색상의 담뱃갑을 들고 있었다. 담뱃갑에는 금박으로 영문 'Davidoff'가 적혀 있었다.

그것은 남자의 별명이기도 했다. 다비도프. 남자가 담배에 불을 붙였다. 칠흑같이 어두운 길가에서 주황색 불꽃이 조그맣게 타올랐다. 다비도프는 수풀에 처박힌 차량에 접근했다. 품위 없게 개조한 초록색 자동차다. 일부러 이런 색상으로 도색한 것을 보니 꽤나 자기중심적인 놈이리라.

다비도프는 깨진 차창 너머로 차 안을 확인했다. 판매자가 맞다. 그리고 남자가 한 명 더 있었다. 다비도프가 아는 얼굴이다. 얼마 전에 이 두 사람의 행적을 알아봐 달라는 의뢰를 받았으니 당연한 일이다.

화물차의 다른 쪽 문이 열리고 택배기사가 내렸다. 수거업자다.

"고마워, 화물차에 태워 줘서. 사실 여기 오면 당신 역할이 있을 거라고 예상했거든. 짠, 두 구의 신선한 시체."

다비도프가 초록색 자동차 문을 열고 판매자가 확실히 죽었는지 확인했다.

경동맥에서 맥박이 느껴지지 않는다. 사망했다.

다비도프는 수거업자가 일하기 편하게 뒤로 약간 물러났다. 그러면서 의뢰인에게 전화를 걸어 상황을 알렸다. "사고가 있었습니다. 당신 판매자가 죽었거든요."

"물건이요? 못 봤는데요." 다비도프는 일부러 거짓말을 했다. 그는 의뢰를 받았을 뿐 거래를 달성해야 하는 사람이 아니었다. "새로운 판매자가 필요하십니까? 저한테 명단이 있는데, 나중에 보내드리죠. 좋습니다. 그럼 이만."

다비도프가 통화를 끝내고 반쯤 남은 담배를 마저 피웠다. 수거업자는 판매자의 손과 발을 부러뜨리고 몸을 꾸깃꾸깃 접어 상자에 들어갈 크기로 만드는 중이었다. 이 장면은 몇 번을 봐도 재미있었다. 다비도프는 인간이나 레고 블록이나 다를 바가 없다고 생각했다.

"살아 있는 건 안 받아."

침묵하던 수거업자가 입을 열었다.

다비도프가 가까이 가서 확인해 보니 수거업자가 가리킨 것은 판매자가 아니라 그 옆의 남자였다.

"저 남자를 데려가는 게 어때?" 다비도프가 제안했다. "내가 조사했던 남자인데, 꽤 재미있어. 주변 사람들을 잘

속이고 있긴 했지만 정신과 진료 기록은 감출 수 없거든. 공장에서는 이런 사람을 좋아하잖아."

수거업자는 대답이 없었다. 그는 언제나처럼 침묵하더니 시체를 넣은 나무 상자를 화물칸에 싣고 나서 정신을 잃은 남자도 그 옆에 올렸다. 보아하니 다비도프의 제안을 받아들인 것 같다.

다비도프가 눈을 가늘게 접으며 웃었다. 그는 수거업자의 뒤를 이어 화물차에 탔고, 곧 밤의 어둠 속으로 사라졌다.

번외 1

점장이 알아서는 안 되는 폭력적인 루돌프

연말, 추운 밤.

페이야는 편의점에 들어오자마자 입을 꽉 막고서 웃음을 참으려 애썼다. 하지만 손가락 사이로 새어 나오던 웃음이 결국 크게 터졌다. 계산대에 선 촨한이 루돌프 머리띠를 하고 있었다. 촨한은 무척 부끄러웠지만 회사에서 시키는 일이라 어쩔 수 없었다.

"헬로, 루돌프! 산타 할아버지는 어디에 계시니?" 페이야가 장난을 쳤다.

"그렇게 웃겨?" 촨한이 머리를 긁적였다. 그러다 실수로 머리띠가 벗겨졌다.

"음…… 오빠랑은 안 어울려요. 너무 위화감이 커." 말을 마친 페이야가 또 웃음을 터뜨렸다.

"나도 어쩔 수 없어. 본사 지시니까. 나라고 이런 걸 하고 싶겠어?" 환한이 루돌프 머리띠를 주워 들고 먼지를 턴 뒤 다시 머리에 썼다. "부탁이니까 그만 좀 웃어."

늘 앉던 취식 구역 테이블에 앉은 페이야가 환한을 쳐다보다가 웃음을 참지 못하고 고개를 돌렸다.

"야……."

"다른 건 없어요? 차라리 산타 모자가 나을 것 같아요." 페이야는 애써 환한을 쳐다보지 않으려 하면서 제안했다. 눈이 마주치면 또 웃어 버릴 것 같았기 때문이다.

"점장님이 그걸 어디다 두셨는지 모르겠어. 어쩔 수 없지." 환한이 머리띠를 빼서 계산대 구석에 던져 놓았다. 야간 근무라 본사 매니저가 점검하러 올 리도 없으니 들킬 염려는 없다.

하지만 본사 매니저는 아니라도 바퀴벌레처럼 오지 말아야 할 생물이 갑자기 등장했다. 야마하 BWS 모델 오토바이 두 대가 시끄럽게 달려와 편의점 앞에 섰다. 딱 봐도 성년이 되지 않았을 법한 남자애 넷이 우르르 가게 안으로 들어왔다. 치기 어린 얼굴에는 자신이 세상에서 제일 잘났다는 표정이 떠올라 있었다.

네 소년은 포켓몬스터 중 '근육몬'을 오마주한 듯한 괴상한 헤어스타일을 하고 줄줄이 편의점 안을 돌아다니며 웃고 떠들고 욕설을 내뱉었다. 그중 한 녀석이 계산대에 와서 촨한을 위아래로 훑어봤다.

촨한은 그런 눈길에 별로 신경 쓰지 않았다. 오히려 "어서 오세요! 특가 할인 중입니다!" 하고 정해진 인사를 했다. 그는 아무렇지 않았는데 오히려 페이야의 기분이 확 상했다. 학교에서 비슷한 양아치 녀석들을 충분히 겪고 있는데, 마음 편하게 쉬려고 온 편의점에서까지 이런 꼴을 마주치는 게 짜증스러웠다. 촨한은 페이야가 불편해하는 걸 눈치채고는 미소를 지으며 긴장하지 말라는 듯한 표정을 지었다. 양아치 녀석들은 냉장고를 둘러싸고 이것저것 고르더니 맥주 몇 캔을 들고 계산대로 왔다.

"마일드 세븐* 두 갑." 그중 한 명이 주문했다.

"신분증을 보여 주시겠습니까?" 촨한이 물었다.

"만 열여덟인데." 다른 녀석이 말을 받으며 지폐를 건넸다.

"신분증을 제시하셔야 담배를 사실 수 있습니다."

이런 녀석들은 고름이 꽉 찬 종기와 비슷하다. 조금만 마음에 들지 않는 일이 생기면 곧바로 과격한 반응을 보이며 터진다. "신분증 검사? 열여덟 살 지났다니까! 계산이나 해!" "팔 거야, 말 거야? 판매 거부로 고소당해 볼래?"

"이건 회사 규정입니다." 촨한은 여전히 평온한 말투로 응대했다. 어린 양아치들의 위협 정도는 정말 아무것도 아

* 일본의 유명한 담배 브랜드명이자 제품의 이름.

니었다.

겁 없는 어린 녀석들은 넷이나 되는 머릿수를 믿었다. 놈들이 계산대 앞으로 모여들더니 무언가 위협적인 행동을 하기 시작했다. 작은 짐승이 꼬리털을 부풀리고는 '내 덩치가 이렇게 크니 나를 건드리지 마라' 하고 허세를 부리는 것 같았다. 환한은 담배를 팔 생각이 전혀 없었지만, 페이야는 불안해서 휴대전화를 꺼내 들고 언제든지 경찰을 부를 준비를 했다.

하지만 양아치라고 하는 생물은 바퀴벌레와 크게 다르지 않다. 한 마리만 눈에 띄더라도 보이지 않는 곳에 훨씬 많은 수가 숨어 있기 마련이다. 편의점에 들어간 애들이 한참 지나도 나오지 않으니 이번에는 좀 더 큰 바퀴벌레가 등장했다.

이번에 나타난 놈은 근육몬 머리 대신 푸석한 머리카락을 볏짚처럼 삐죽삐죽 세운 헤어스타일을 하고 있었다. 머릿결이 너무 거칠어 아무리 뛰어난 미용사라도 포기할 것 같았다.

"물건 사는 데 뭐가 이렇게 오래 걸려?" 새로 등장한 놈이 건들거렸다.

양아치들의 기세가 수그러들었다. 누가 봐도 이 남자가 '형님'인 것 같았다.

"형님, 담배를 안 팔겠대요!" 양아치 중 한 놈이 환한을 가리키며 고자질했다. 다른 놈들도 얼른 거들었다. 다들 형님이 무언가 보여 줄 거라고 기대하는 듯했다.

"안 팔아? 왜?" 남자가 손으로 뒷목을 주무르며 다가왔다. 손으로 문지르는 부분에 색이 바랜 문신이 있었다.

다른 양아치 한 놈이 얼른 나섰다. "신분증을 달라고 했어요."

"달라면 드려야지. 자, 이러면 만족해? 팔 거야, 말 거야?" 남자가 운전면허증을 꺼내 계산대 위에 던졌다. 촨한을 매섭게 노려보는 것도 잊지 않았다.

촨한이 운전면허증을 집어 들고 사진과 남자의 얼굴을 번갈아 보며 비교했다. 이 남자를 어디선가 본 것도 같은데 기억이 잘 나지 않았다. 남자도 눈앞의 편의점 점원이 눈에 익었다. 그는 점점 표정이 굳더니 충격을 받은 듯 손으로 입을 싸쥐었다.

촨한이 열심히 기억을 더듬는 사이, 남자가 먼저 입을 열었다. "촨……한 형님? 왜 이런 데서 아르바이트? 하세요?"

옆에서 재미있는 구경을 하려고 희희낙락했던 어린 양아치들이 당황했다. 상황이 예상과 다르게 흘러가고 있었다.

"우리가 아는 사이입니까?" 촨한이 물었다.

"아, 그게, 그게……." 남자가 더듬거렸다. 빠끔거리는 그의 입안을 보니 드문드문 치아가 빠져 있었다. 누가 봐도 어디서 얻어맞아 부러진 모양새였다. "아니, 아닙니다. 저 저저는 다른 가게에서……. 동생들이 철이 없어 그런 거니, 형님이 좀 봐주십시오. 야, 뭐하고 있어! 얼른 나가!"

남자가 쏜살같이 내뺐다. 그는 눈 깜짝할 사이에 벌써 편의점 문 앞에 서 있었다. 동생 양아치들도 의아해하면서 그 뒤를 따랐다. '형님'이 왜 이런 태도를 보이는지 그들로서는 알 수가 없었다.

"잠깐." 촨한이 남자를 불러 세웠다. 깜짝 놀란 남자가 그 자리에 딱 굳었다. "운전면허증이요." 남자는 얼른 달려와 운전면허증을 받아들었다.

"촨한 형님, 감사합니다! 감사합니다!" 남자는 황송하다는 듯 연신 굽실거렸다. 그들을 보내고 나서도 촨한은 남자를 어디서 본 건지 기억하지 못했다.

호되게 때려준 적이 있나 본데. 잊어버렸어? 이가 부러진 걸 보니 네 솜씨 같더군. 사자가 재미있다는 듯 말했다.

촨한은 기억이 날 듯 말 듯 했다. 예전에 때린 사람이 한둘이 아니니 다 기억하지 못하는 게 당연했다. 익숙한 얼굴이라는 느낌이라도 있는 게 기적이었다. 그 시절에는 어리고 철도 없었지. 촨한이 한숨을 쉬며 반성했다.

기억을 못하면 못하는 거지. 별로 대단한 녀석도 아니던데 뭐. 사자가 말했다.

"오빠?" 페이야가 걱정스러운 얼굴로 다가왔다. "저 사람들 왜 도망가는 거죠?"

"물을 끓이곤 가스를 잠그지 않은 게 기억났대. 그래서 급히 돌아간 거야."

페이야가 눈을 가늘게 뜨면서 구박했다. "그런 아재 개그 하면 욕먹어요."

"하하하……. 그런가? 참, 잠깐만 기다려!"

촨한이 잠시 직원 휴게실에 들어갔다가 갈색 곰 인형을 가지고 나왔다.

"선물."

"어?" 페이야는 촨한에게 선물을 받을 줄은 꿈에도 생각하지 못했다. "가게에 왜 이런 게 있어요?"

"이번 달 포인트 교환 상품이야."

"이렇게 마음대로 주는 거 괜찮아요? 회사에서 알면 어떡해요?" 걱정이 된 페이야가 곰 인형을 도로 내밀었다. 하지만 촨한은 인형을 돌려받을 생각이 없었다. "괜찮아. 지금은 나 혼자 있으니까 마음대로 할 수 있어."

"점원이 회사 물품을 마음대로? 와, 경찰에 신고해야겠다!" 페이야가 장난스럽게 웃으며 휴대전화를 꺼냈고, 촨한은 그걸 빼앗으려 했다. 페이야는 재빠르게 촨한을 피하면서 그를 놀려 댔다. "번호가 뭐였더라? 110?"

"힘들게 일하는 아르바이트생을 괴롭히다니, 나쁜 손님이네!" 촨한은 페이야의 말을 받아치면서도 손은 쉬지 않았다. 그래도 오랫동안 격투기 훈련을 했던 터라 금세 전화기를 쥔 페이야의 손을 붙잡는 데 성공했다.

췐한의 큰 손에 전화기와 페이야의 손이 한꺼번에 폭 감싸였다. 페이야는 손 전체를 덮는 따뜻한 체온을 느끼자 묘한 기분이 들었다. 페이야의 손을 이렇게 잡아 준 남자는 췐한이 처음이었다. 한편 췐한은 이겼다는 데 의기양양했다가 페이야의 얼굴이 빨개진 걸 보고서야 상황을 알아차렸다.

"어…… 미안." 췐한이 얼른 손을 놓았다.

"아니에요……." 페이야가 바닥만 쳐다보면서 대답했다. 뺨이 뜨끈뜨끈했다.

침묵이 흘렀다. 두 사람은 서로를 잘 쳐다보지도 못했다. 그러다가 췐한이 먼저 입을 열었다. "인형은 지나가다가 예뻐 보여서 샀어. 회사에서 나온 거 아니야. 크리스마스니까 선물을 주는 건 아주 논리적이잖아, 그렇지?"

크리스마스! 페이야는 곧 크리스마스라는 건 알고 있었지만 집안에 큰일이 생긴 후로는 둘째 고모 집에서 눈칫밥을 먹으며 지내야 했고 학교에서는 온갖 괴롭힘을 당하고 있는지라 선물을 주고받을 마음의 여유가 없었다.

페이야가 곰 인형을 품에 안았다. 털이 보송보송하고 부드러워서 만지면 기분이 좋았다. "하지만 나는 선물을 준비하지 못했는데……."

"괜찮아, 대신 경찰에는 신고하지 말기." 촨한이 한 번 더 농담을 던졌다. "메리 크리스마스!"

"메리 크리스마스." 페이야가 씩 웃더니 일부러 한 자 한 자 힘주어 말했다. "고마워요! 루, 돌, 프!"

"너……."

촨한이 포기했다는 표정으로 웃었고 페이야도 따라 웃었다. 웃음소리가 찬란했다. 페이야가 상상하지 못했던 즐겁고 따뜻한 크리스마스 이브였다.

~

페이야는 문득 정신을 차리고 존재하지 않는 기억에서 벗어났다. 그녀는 눈을 깜빡이며 신체의 모든 감각이 정상적으로 기능하는지 확인했다.

원하지 않았던 환청을 듣게 된 뒤부터 페이야는 정신을 어디다 빼 놓은 사람처럼 멍해질 때가 많았다. 그럴 때면 허구의 기억 편린이 머릿속을 지배하곤 했다. 지금처럼 중요한 순간조차 예외가 아니었다.

"헬로, 고모부. 오랜만이군요." 페이야가 찬란하게 미소지었다. 하지만 그 눈은 시커멓게 죽어 조금의 온기도 느껴지지 않았다.

페이야가 사무용 의자에 꽁꽁 묶인 남자에게 다가갔다.

붉은 피로 그를 산타클로스로 분장시킬 준비가 끝났다.

어쨌든 오늘은 크리스마스니까.

번외 2

이웃이 알아서는 안 되는 핏빛 크리스마스

이 집은 페이야가 증오하던 곳이었다. 매일 한순간도 빠짐없이 이곳을 벗어나고 싶다고 생각했다. 그런데 오늘 이 순간, 드디어 과감한 발걸음으로 들어선다. 그때의 공포를 대신한 것은 복수의 기쁨과 흥분이다.

"헬로, 고모부. 오랜만이군요." 페이야의 목소리는 꿀보다 달았다. 웃음기 가득한 말과 달리 눈빛은 착 가라앉아 모든 색채를 집어삼키는 고요하고 검은 물처럼 보였다.

고모부는 기억하던 모습 그대로 달라진 것이 없었다. 인간이란 어느 순간을 기점으로 정체되어 더 이상 진보하지 못한다. 퇴보하지 않는 것만 해도 대단한 일이다. 다행히 고모부는 인간으로서 하한선에 이르렀으니 더 나빠질 것을 걱정할 필요가 없다.

웃음을 머금은 페이야가 물건을 감정하듯 눈앞에 자리 잡은 남자를 훑어봤다. 명문 타이완대학 금융학과를 졸업한 뒤 지금은 은행장으로 재직하고 있으니 직위면 직위, 재산이면 재산, 모자랄 것이 없다. 그러나 한 꺼풀 벗겨 내면 조카딸을 음흉하게 바라보는 호색한이 드러난다.

지금 고모부는 벌레처럼 꿈틀거리고 있었다. 그는 손잡이가 달린 소가죽 사무용 의자에 앉은 채 묶여 있었다. 본인의 양말이 입에 처박혀 있었다. 페이야는 고모부의 입에 양말을 처넣을 때 비닐봉지로 손을 감싸는 걸 잊지 않았다.

넓은 서재에는 페이야와 고모부뿐이었다. 항상 짜증을 유발하는 둘째 고모는 오늘 집을 비웠다. 친구들과 정기적으로 만나는 모임 날이었기 때문이다. 퇴직 공무원들끼리 인생의 아름다움을 즐기는 모임이다. 덕분에 페이야는 고모부와 단둘이 충분한 시간을 보낼 수 있었다.

페이야는 서재를 둘러봤다. 책장에는 각종 경제학 서적, 시사경제지 등이 꽂혀 있다. 한때 베스트셀러 순위를 점령했던, 지금은 유행이 지나간 자기계발서도 빼놓을 수 없다. 페이야는 긍정적 사고를 강조하는 자기계발서를 꺼내 심드렁하게 몇 장 넘기다 말았다. "고모부, 이 책이 도움이 되던가요? 이따가 제가 책 내용을 검증할 기회를 드릴게요. 긍정적 사고가 고모부에게 인생을 포기하지 않도록 용기를 줄 수 있기를 바라요."

말을 할 수 없는 고모부가 눈만 크게 떴다. 페이야의 말 속에 담긴 독기를 느끼고 크게 놀란 듯했다. 그는 지금 피가 얼어붙는 듯한 공포를 느끼고 있었다.

페이야는 발밑에 둔 가방 안에서 망치를 꺼냈다. 도금한 망치 표면은 거울처럼 매끄러웠다. 페이야는 장난감을 가지고 노는 것처럼 가냘픈 손가락으로 망치를 살살 쓰다듬었다. 그 동작이 가려운 데를 긁는 고양이처럼 깜찍했다. 페이야가 마침내 망치를 꽉 쥐고 경쾌한 걸음을 내디뎠다. 고모부는 공포에 질린 얼굴로 점점 다가오는 페이야를 뚫어져라 바라봤다.

"내 속옷은 왜 뒤졌어요?" 고개를 숙이지 않고 눈만 내리뜬 페이야가 바퀴벌레를 보듯 혐오감을 드러냈다.

"허벅지는 왜 빤히 쳐다본 거고요?" 페이야의 말투는 책을 읽는 것처럼 평온했다.

"왜 위선으로 더러운 욕망을 포장했어요?"

고모부는 대답할 수 없었다.

페이야 역시 그에게 생각할 시간 따위는 줄 마음이 없었다. 그녀는 높이 치켜든 망치를 고모부의 사타구니 위에 내리찍었다.

"우욱!" 막힌 입 너머로 답답한 비명이 새어 나왔다. 고통에 잔뜩 힘이 들어간 안면근육이 쭈글쭈글해진 꼴이 말린 과일 같았다. 눈은 쉴 새 없이 물을 짜내고 있었다. 그러니 이제는 페이야의 허벅지 사이를 훔쳐보지 못할 것이다.

그는 반사적으로 다리를 오므리려 했지만 밧줄로 단단히 묶여 있어 불가능했다. 얇은 정장 바지는 사타구니를 방어하는 데는 쓸모가 없었다.

"왜 그랬냐고!" 페이야가 다시 망치를 내리쳤다. 손끝에 전해지는 느낌만으로도 망치가 제대로 살덩이 위를 때린 것을 알 수 있었다. 하지만 완전히 으깨졌는지는 모르겠다. 무언가 터져 나가는 소리는 듣지 못했다.

상관없다. 계속 내리치다 보면 언젠가는 으깨질 테니까. 페이야는 간단히 생각을 정리한 뒤 떡 반죽을 치듯 망치를 연거푸 내리쳤다.

"우! 우!" 고모부는 망치를 내리칠 때마다 격렬하게 몸을 퍼덕거리며 들리지 않을 소리를 질렀다. 양말로 입을 막지 않았더라면 이웃사람들에게 소음으로 피해를 줬을 것이다.

그래서는 안 된다. 페이야는 누구에게도 폐를 끼치고 싶지 않았다. 그녀는 기계적으로 망치를 내리쳤다. 고모부의 고환과 음경을 회생 불가한 상태로 만들 생각이었다. 고깃덩이를 치는 느낌이 점점 다진 고기를 치는 느낌으로 바뀌었다.

한 번 더 망치를 치켜들었을 때, 페이야는 선홍색 무언가가 떨어지는 것을 발견했다. 손을 멈춘 페이야가 망치 표면을 살폈다. 얇게 피가 묻어 있었다.

머리를 늘어뜨린 고모부의 털에 땀이 맺혔다가 축축한 바짓가랑이 위로 뚝뚝 떨어졌다. 정장 바지와 소가죽 의자가 모두 검은색이어서 빨간 피가 흐른 게 잘 보이지 않았다. 말로 표현할 수 없는 고통에 고모부는 영혼이 찢기는 것만 같았다.

페이야는 망치에 묻은 액체를 고모부의 볼에 문질렀다. 붉은 선이 그어지는 것을 보며 페이야가 말했다.

"이런 말 들어 보셨어요? 진심으로 바라면 온 우주가 힘을 합쳐 도와준다는 말이요. 이제부터 진심으로 바라는 게 좋을 거예요. 전 잠시 나갔다 올 테니까요."

아무렇게나 내던진 망치가 고모부의 발 위로 떨어졌다. 그는 아무 반응도 없었다. 이 정도의 고통은 이제 아무렇지도 않다는 듯…….

"언제 돌아올지 정하지 않았어요. 기회를 잘 잡으세요." 최후통첩을 날린 페이야는 불을 끄고 방을 나갔다. 서재가 어둠에 덮였다. 서재에 남은 것은 헐떡거리는 고모부의 숨소리뿐이었다.

∽

절기상 입동立冬이 지났기 때문인지 찬바람에 저도 모르

게 목을 움츠리게 된다. 그나마 오후의 따스한 햇살이 창백한 볼에 약간의 온기를 더해 준다. 하교시간의 교문 앞에서 끝없이 쏟아져 나오는 초등학생들을 지켜보는 페이야는 아이들이 귀엽다는 생각이 전혀 들지 않았다. 꼬맹이들이 시끄러워 죽겠다는 생각뿐이었다. 동물원을 탈출한 원숭이처럼 이리저리 뛰어다니며 웃고 떠드는 녀석 중에는 달리다 페이야의 몸에 부딪히는 녀석도 있었다. 페이야는 짜증스럽게 미간을 찌푸렸다.

초등학생이면 아직 어리지만 그래도 첫사랑을 시작할 나이이기도 했다. 몇몇 아이는 예쁜 누나가 어디서 왔는지 궁금한 듯 계속 뒤를 돌아봤다. 아이를 데리러 온 학부모들 중에서도 페이야를 흘깃거리는 사람이 적지 않았다.

페이야는 자신을 쳐다보는 그런 눈빛에 어떻게 대처해야 하는지 잘 알았다. 딱딱한 표정을 지으며 사람들을 무시하는 눈빛을 보내는 것이다. 거기에 검정 일색의 옷차림까지 더해지면 가까이 다가가기 어려운 분위기를 풍긴다.

페이야는 기다리는 사람이 나타날 때까지 얼음 공주 같은 표정을 풀지 않았다. 멀리서 동생이 달려왔다. 주인이 던져준 공을 물어 온 강아지처럼 흥분한 얼굴이었다.

"누나!" 동생이 페이야의 품으로 뛰어들었다. 아주 오랜만에 만나는 것이라 더욱 어리광을 부렸다.

페이야는 환하게 웃으면서도 동생을 놀렸다. "친구들이

다 너 쳐다본다."

얼굴이 빨개진 동생이 얼른 누나 품에서 빠져나왔다. 하지만 조그만 손은 페이야의 옷깃을 꽉 쥐고 놓지 않았다. 페이야는 동생의 손을 잡고 걷기 시작했다. 작은 손이 따뜻했다. 꼭 핫팩을 손에 쥐고 있는 것 같았다.

"누나, 손이 너무 차가워. 추웠어?"

"하나도 안 추웠어. 넌? 춥지?"

"안 추워!" 동생이 씩씩하게 대답했다. "누나, 오늘 뭐 먹어? 맥도날드는 싫어. 선생님이 그러는데, 치킨을 많이 먹으면 살찐대."

"오늘은 훠궈火鍋* 먹자. 미리 예약했어."

페이야가 택시를 잡으며 대답했다.

오늘 동생과 만나는 건 큰고모에게 허락을 받았다. 둘째 고모에게는 말하지 말라고 했다. 둘째 고모가 무서운 것은 아니지만 귀찮은 일은 피하고 싶었다. 신경질이 심한 사람은 상대하기 피곤하니까.

동생은 택시를 타고 훠궈 식당으로 가는 동안 학교에서 있었던 일을 재잘재잘 떠들었다. 페이야는 정말 재미있다는 표정을 지으며 동생의 말에 귀를 기울였다. 뒤에서는 무

* 고기와 채소 등 다양한 식재료를 뜨겁고 매운 국물에 담가서 익혀 먹는 중국식 샤브샤브.

슨 일을 하고 다니든 동생 앞에서만은 전과 똑같은 사람이 고 싶었다.

훠궈 식당에는 매콤한 향기가 떠돌았다. 페이야와 동생은 종업원의 안내를 받아 자리에 앉았다. 페이야가 우선 여러 종류의 고기와 생선, 그리고 채소를 시켰다.

초록색 채소가 탁자 위에 놓이자 동생이 입을 삐쭉거렸다. "채소 싫어, 맛없어!"

"편식하면 안 돼. 영양소를 골고루 섭취하는 건 정말 중요하단 말이야. 너는 지금 뭐든지 잘 먹고 쑥쑥 커야 하는 시기라고." 페이야가 동생을 타이르며 고기와 청경채를 훠궈 냄비에 담가 익혔다.

동생은 볼이 포동포동했지만 아직 성장기니까 잘 먹여야 한다. 몸매를 유지하기 위한 노력은 신진대사가 떨어지는 스물다섯 살 이후에 시작하면 된다.

"채소를 많이 먹으면 나도 그때 만난 형처럼 커질까?" 동생이 기대감에 찬 눈으로 물었다.

"이하오 말이야? 그 형은 채소도 잘 먹고 운동도 열심히 해." 페이야는 이하오 정도의 체격이면 상당히 노력해서 몸을 만들어야 할 거라고 생각했다.

"아, 그 형은 이름이 이하오구나!" 동생이 고개를 끄덕이며 중얼거렸다.

"자, 고기가 익었네. 식기 전에 먹어." 페이야가 동생의 접시에 다 익은 고기와 채소를 가득 담았다.

"엑, 채소가 너무 많아!"

동생이 독약이라도 되는 것처럼 접시를 밀어냈다.

"꼭 먹어야 돼." 페이야가 일부러 엄한 얼굴을 하고 말했다.

"와, 무서워서 누나랑 같이 밥을 못 먹겠어." 동생이 투덜거리면서도 청경채와 쑥갓을 입에 넣었다. 진저리를 치면서 몇 번 씹지도 않고 꿀꺽 삼키더니 얼른 콜라를 마셨다. 입안에 남은 채소의 맛을 콜라로 중화시키려는 것 같았다.

페이야는 별로 먹지 않았다. 요즘 식사량이 많이 줄어서 한 접시 정도 먹으니 배가 찼다. 페이야는 가끔 홍차를 한 모금 마실 뿐, 나머지 시간은 전부 동생에게 고기를 집어 주는데 쏟았다.

"누나, 요즘 잘 지내?" 동생이 갑자기 걱정하는 말을 했다. 사실 교문 앞에서 누나를 봤을 때부터 묻고 싶었다.

"그럼!" 페이야가 웃으며 대답했다. 동생이 걱정하지 않게끔 거짓말을 해야 하는 상황에는 일찌감치 익숙해졌다.

"하지만 누나가 오늘 좀 이상한걸. 예전하고 달라." 동생의 순진한 눈망울이 페이야가 숨기고 있는 비밀을 다 꿰뚫어 볼 것만 같았다.

페이야는 동생의 무해하고 애정 어린 눈빛을 차마 마주 보지 못했다. 동생의 시선을 피하기 위해 페이야는 채소를 접시에 올려 주었다. "또 채소야! 누나, 솔직하게 말해. 채소 먹으면 진짜로 그 형처럼 커다래지는 거 맞지?"

페이야는 반사적으로 동생을 달래는 말을 하려다가 문득 이상한 느낌을 받았다. "네가 말하는 형이 쑹산역으로 널 데리러 갔던 사람이니?"

동생이 고개를 저었다. "아니야. 지하철역까지 태워 준 형 말이야."

페이야는 말문이 막혔다. 동생이 지금까지 촨한을 기억하고 있을 줄은 몰랐다. 헤어지기 전에 맛있는 케이크를 준 이하오를 이야기하는 거라고 생각했던 것이다.

동생이 촨한을 기억하고 언급하는 것은 특별한 일이 아니다. 오히려 페이야가 촨한에 관해 생각하고 싶지 않았을 뿐이다.

그 거짓말쟁이는 지금까지도 소식이 없었다. 페이야는 사라진 촨한 때문에 무력감과 쓸쓸함을 느꼈다. 그는 페이야에게 약속했다. 분명히 약속했는데.

"누나?"

"메리 크리스마스." 촨한 이야기를 길게 하고 싶지 않았던 페이야가 얼른 선물을 꺼내 동생의 주의를 끌었다. 달래기 쉬운 동생은 페이야와 같이 선물이 뭔지 맞히는 놀이를 하는 사이 촨한에 대해서는 잊어버렸다.

동생과 같이 시간을 보낼 기회가 적기 때문에 페이야는 가능한 한 오래 저녁 식사를 했다. 식당을 나온 뒤에도 동생을 데리고 이곳저곳 다니며 쇼핑까지 하고서야 큰고모 집으로 향했다. 동생과 헤어지기 전, 페이야는 아이를 꼭 안아 주었다.

"다음에 또 같이 밥 먹어야 돼." 동생이 애교를 부렸다. 그러면서도 거듭 강조했다. "다음에는 채소가 없는 식당에 갈래."

"편식하면 안 돼." 페이야가 동생의 머리카락을 쓰다듬으며 말했다.

동생이 계단을 올라가는 뒷모습을 바라보던 페이야의 얼굴에서 부드러운 표정이 서서히 사라졌다. 페이야는 고개를 치켜들고 걸었다. 발소리만 외롭게 페이야를 뒤따랐다.

다시 한 번, 혼자가 되었다.

계획대로 둘째 고모 집에 돌아왔다. 시간을 딱 맞췄다. 페이야는 모임을 마치고 온 둘째 고모의 뒤를 따라 계단을 올랐다. 고모는 자기 뒤에 누가 있는지도 모른 채 무방비하게 현관문을 열었다.

페이야는 계단참에 서서 둘째 고모가 집 안으로 들어간 것을 확인했다. 그런 다음 현관문 앞으로 다가갔다. 페이야는 열쇠를 꽂고 소리 없이 돌렸다. 이 집에서 사는 동안 둘째 고모의 신경질을 피하기 위해 반드시 익혀야 했던 기술이다.

페이야는 잠긴 문은 열었지만 바로 집안에 들어가지 않았다. 기대했던 비명이 들릴 때까지 기다렸다. 목구멍이 찢어지는 듯한 날카롭고 뾰족한 비명이 들렸다. 둘째 고모 특유의 듣기 싫은 목소리였다. 고모부를 발견한 모양이었다.

페이야는 겨우 몸을 집어넣을 정도만 문을 열었다. 이 집에서 좀도둑처럼 숨소리조차 죽이며 살던 시절에도 그렇게 문을 열고 드나들었다. 집안에 들어온 페이야는 문을 잠갔다.

서재 앞에 도착하니 이쪽을 등지고 선 둘째 고모가 보였다. 충격을 받은 고모는 어찌할 바를 모르는 듯했다. 일단 고모부를 묶은 밧줄을 풀려고 했지만 당황한 나머지 오히려 더 세게 죄고 말았다.

페이야가 픽 웃었다. 둘째 고모가 그 소리를 듣고 고개를 홱 돌렸다. 페이야는 관대하게 인사부터 했다.

"헬로, 둘째 고모. 오랜만이군요."

특별부록

DEAR DIARY

~~장페이야~~

9월 28일

첫날부터 둘째 고모에게 욕을 먹었다. 이곳에는 지켜야 할 규칙이 정말 많다. 감옥에 갇힌 죄수라도 된 것 같다. 무슨 일이든 다 물어보고 허락을 받아야 한다.

며칠 후면 전학을 간다. 새 친구들은 어떤 애들일까? 좋은 친구를 사귈 수 있으면 좋겠다. 둘째 고모는 학교에 가서 착하게 지내라고 몇 번이나 경고했다. 절대 남부끄러운 짓을 하면 안 된단다.

왜 그런 말을 하는 걸까? 나는 말썽을 부리는 그런 애가 아닌데…….

10월 8일

새 학교의 친구들은 내가 상상했던 것과 많이 다르다……; 수업시간에도 다들 떠들기만 하고 선생님 말씀을 듣는 애가 없다. 선생님도 반 친구들이 그러거나 말거나 신경 쓰지 않는 눈치다. 내년에 고등학교 입학시험을 치는데, 지금 열심히 준비해야 하는 것 아닌가?

이유는 모르겠지만 반 친구가 나만 보면 잡아먹지 못해 난리다. 나는 조용히 수업 듣고 필기만 했는데, 그 애들을 기분 나쁘게 할 일이 뭐가 있담? angry!!!

특히 여왕 노릇을 하는 애는 정말 싫다. 입만 열면 욕을 한다. 내 교과서도 막 밟았다.

그런데 왜 다들 그걸 모른 척하는 걸까?

10월 17일

또 악몽을 꾸고 말았다. 아빠가 왜 그런 일을 당해야 했을까?

모르겠다. 아무것도 모르겠다. 요즘은 아빠도 낯설게 느껴진다. 아빠는 분명히 나하고 동생을 사랑해 주셨지만, 그래도 너무 이상하다.

아빠에게는 우리보다 더 마음을 쏟았던 게 있는 것 같다.
범인은 아직도 체포되지 않았는데, 혹시 언젠가 그 사람을 다시 만나게 되는 건 아닌지……. 동생은 어떻게 지내고 있는지 모르겠다. 큰고모가 잘해 주시겠지?
나는 오늘 또 둘째 고모에게 욕을 먹었다. 이 집을 빨리 떠나고 싶다. 학교에 가는 것도 싫고, 그 애들을 만나는 것도 싫다.

10월 24일

구이메이의 괴롭힘이 점점 심해진다. 담임선생님께 말씀드릴까? 아니면 야오 선생님께 도움을 청할까? 야오 선생님이 나를 문제 학생이라고 생각하면 어떡하지?
야오 선생님은 늘 나를 도와주셨다. 선생님께 상담을 받으면서 배운 게 정말 많다. 야오 선생님을 만난 것은 행운이다.
아……. 하지만 구이메이가 너무 싫다. 도대체 어떻게 해야 하는 거지?
어쩌면 이러다 미칠지도 모른다.

11월 7일

밤에 몰래 빠져나가는 게 이젠 습관이 되었다. 밤은 정말 조용하고 사람도 없다. 조금 무섭기는 하지만, 고모 집에 있지 않아도 된다는 그 기분이 진짜 최고다.
찬한 오빠는 오늘 근무 중에 졸았다. 새벽 시간이라 피곤하겠지. 꾸벅꾸벅 조는 모습을 보니 차마 깨울 수가 없었다. 어쩔 수 없이 손님이 오나 안 오나 지켜봤다. 다음에는 푹 자라고 해야지. 잠이 모자라면 건강을 해친다.
찬한 오빠 덕분인지 요즘 구이메이가 조용하다. 더는 나를 괴롭히지 않는다. 찬한 오빠에게 계속 신세를 지고 있어서 미안하다. 다음에는 야식이라도 사서 가야겠다. 만날 나보고 살찐다고 놀리는데, 나도 오빠를 통통하게 살찌워 보고 싶다. 흥!!

11월 10일

고모부의 태도가 이상하다. 옷장 서랍에 넣어 둔 속옷을 누가 뒤진 듯하다. 제발 내가 착각한 것이었으면…….

11월 19일

내일이 동생 생일이다. 동생이랑 같이 저녁을 먹으러 가기로 했다. 정말 오랜만에 보는데 키는 좀 컸을까? 뚱뚱해진 것만 아니면 된다! 선물로 아디다스 운동화를 샀는데, 농구를 좋아하니까 받으면 분명히 기뻐할 것이다. ☺!!

우체국 계좌에 돈이 남아 있어서 다행이었다. 돈이 조금 더 많았더라면 좋았겠지만. 그랬다면 방을 빌려서 나가 살 수 있을 텐데. 동생도 데려오고.

가족은 함께 살아야 한다.

11월 23일

왜 이러는 거지? 왜 아무도 나를 믿지 않는 거야? 구이메이가 나를 물에 빠뜨렸는데! 구급차를 불러서 나를 구했다고? 선생님들은 전부 눈이 멀었나? 교장선생님, 생활지도부장 선생님, 둘째 고모 전부 어떻게 된 거 아니야?

난 거짓말한 적 없다고!

구이메이가 나쁜 애야.

11월 30일

역겨워. 토하고 싶어. 줄곧 거짓말을 했던 거였어. 사기꾼.

나도 거짓말쟁이야. 이하오가 나한테 다른 애들을 속여서 불러내라고 했는데, 그건 닥터 야오의 명령이겠지? 닥터 야오는 내가 둘째 고모 집에서 나올 수 있게 도와준 사람이니까 믿어

야 해. 시키는 대로 해야 해……:

참, 구이메이는 이제 나를 괴롭히지 못한다.

거짓말쟁이 거짓말쟁이 거짓말쟁이 거짓말쟁이

거짓말쟁이 거짓말쟁이 거짓말쟁이 거짓말쟁이

거짓말쟁이 거짓말쟁이 거짓말쟁이

거짓말쟁이

날 속였어!!!

죽여 우리 죽여 같이

죽여 지옥에 죽어 버려 가자

거짓말쟁이……

어디에 있어

나를 구해 줘!!

너무 무서워

이러고 싶지 않아……

쿤룬 삼부곡 2

선생님이 알아서는 안 되는 학교 폭력 일기

1판 1쇄 인쇄 2022년 1월 11일
1판 1쇄 발행 2022년 1월 27일

지은이 쿤룬
옮긴이 강초아
펴낸이 김기옥

문학팀 김세화 | 마케팅 김주현
경영지원 고광현, 김형식, 임민진

표지디자인 공중정원 박진범 | 본문디자인 고은주
인쇄·제본 (주)민언프린텍

펴낸곳 한스미디어(한즈미디어(주))
주소 (04037) 서울시 마포구 양화로 11길 13(서교동, 강원빌딩 5층)
전화 02-707-0337 | 팩스 02-707-0198 | 홈페이지 www.hansmedia.com
출판신고번호 제313-2003-227호 | 신고일자 2003년 6월 25일

ISBN 979-11-6007-874-9 03830

한스미디어 소설 카페 http://cafe.naver.com/ragno | 트위터 @hans_media
페이스북 www.facebook.com/hansmediabooks | 인스타그램 @hansmystery